# KAPITEL



### Hamburg-Winterhude, Polizeipräsidium

Wieder hatte Kriminaloberrat Kalle Bärwolff sein Versprechen gebrochen. Statt mit Eliza bei Kaffee, Kuchen und Kerzenschein zu feiern, saß er an seinem freien Sonntag im Polizeipräsidium fest. Fuck. Er schielte auf seine Armbanduhr. Gleich fünf. Fast auf die Minute genau vor vierzehn Jahren hatte er seine kleine Krabbe zum ersten Mal in den Armen gehalten. Die Fruchtblase war geplatzt, die Herztöne im Keller. Eliza musste ruck, zuck aus der Gebärmutter evakuiert werden. Was für ein Drama! Winzig war sie gewesen, kaum so lang wie sein Unterarm. Mit großen Augen hatte Eliza ihn angesehen und schien sagen zu wollen: Du bist jetzt mein Papa, ich zähle auf dich! Ihm waren die Knie weich geworden. Er hatte sich vorgenommen, ein guter Vater zu sein, der beste. Na ja.

»Noch einen Moment Aufmerksamkeit, bitte.« Die externe Personaltrainerin Dr. Gesa Clasen lächelte in die Runde. Wunderschöne gerade Zähne hatte sie, blendend weiß wie frischer Schnee – in Ewigkeit, om. Seit einer geschlagenen Stunde versuchte Kalle, seine Mitte wiederzufinden.

»Frau Polizeipräsidentin, meine Herren, ich fasse mich kurz, versprochen.« Diesmal lächelte Gesa nur für Kalle. Seine Pumpe drehte am Rad.

»Ich habe Ihnen die anonymisierten Daten im Einzelnen vorgestellt«, fuhr Gesa Clasen fort. »Jetzt folgt die Zusammenfassung und der Ausblick, wie es mit den Workshops weitergehen wird.« Sie klickte die Maustaste. Einen Ehering trug sie nicht. Leise klimperte das bunte Glasperlenarmband an ihrem Handgelenk. Es würde Eliza gefallen. Nicht einmal ein Geburtstagsgeschenk hatte Kalle besorgt. Erneut streifte Gesa ihn mit diesem Blick, der alles bedeuten konnte. Oder nichts. Kalle war kein Frauenversteher. Das rächte sich jetzt. Vermutlich war sie bereits jenseits der 50. Die herzallerliebsten Krähenfüßchen behaupteten tapfer ihre Daseinsberechtigung unter dem Make-up. Verglichen mit Gesa wirkte die junge Polizeipräsidentin wie ein Graureiher: langer Hals, hochgeschlossene Bluse, schiefer Schnabel. Eine karrieregeile Lesbe. Der Flurfunk kannte keine Gnade, und Kalle stimmte absolut zu. Frauen als Vorgesetzte waren noch unerträglicher als kleinwüchsige Männer. Kalles Chef, Kriminaldirektor Guntbert Meyer, der gegenüber am Tisch in seinem Stuhl mehr lag als saß, fielen immer wieder die Augen zu. Guntbert interessierte das Gesabbel, wie er es nannte, einen Dreck. Drei Jahre noch, dann ging er in Pension, und nach ihm würde das Landeskriminalamt zu Staub zerfallen. Sein Potenzial für den Posten des Polizeipräsidenten hatte die Innenbehörde über alle Dienstjahre hinweg verkannt. Zu allem Übel setzte man ihm diese Edeltraut mit Haaren auf den Zähnen vor die Nase, die gerade dem Windelalter entwachsen war. Kalle unterdrückte einen Seufzer der Genugtuung. Guntberts Ehre war schwer traumatisiert, das war offensichtlich – und es geschah ihm recht. Immerhin hatte er es auf den letzten Metern noch zum stellvertretenden Leiter des Landeskriminalamtes gebracht. Was ihm nichts als – Zitat Guntbert –: Bullshit, Extratermine und virenverseuchtes Händedrücken beschert hatte. Für Guntbert Meyer war die Beförderung kein Grund zum Feiern gewesen. Okay, ein paar schimmelige Brötchen aus der Kantine hatte er ausgegeben. Je höher die Besoldung, desto

geiziger der deutsche Beamte. In diesem Sinne war Guntbert vorbildlich.
»In den Workshops ging es um diese zentrale Frage: Was bereitet Ihnen auf dem Weg zur Arbeit Bauchschmerzen?« Gesa trank einen Schluck Wasser und fuhr sich mit der Zunge über die Lippen.
Alter Falter, Kalles Kehle war staubtrocken.
»Wir haben uns ausgetauscht, die Wortmeldungen gesammelt, die Probleme benannt. Das Ergebnis ist eine Prioritätenliste, die, wie ich Ihnen erläutert habe, für jedes Dezernat anders aussieht, jedoch bei allen auf den Plätzen eins und zwei identisch ist.«
Der Polizeipräsidentin entwich ein Pfiff, als die nächste Folie auf der Leinwand erschien.
»Handlungsbedarf LKA. Priorität 1: Führung. Priorität 2: Kommunikation.«
Plötzlich füllte sich der schlaffe Körper von Guntbert Meyer mit Leben. »Verehrte Frau Clasen, es ist zweifellos hochinteressant, was Sie uns hier im Beisein der geschätzten Personalratsprominenz verkaufen wollen.« Guntbert nickte Kalle zu. »Dennoch möchte ich höflichst daran erinnern – unsere kriminelle Kundschaft raubt, vergewaltigt und mordet in aller Seelenruhe, während wir hier Kaffeekränzchen halten, und das ist ja wohl nicht im Sinne der rechtschaffenen Hamburger Bürgerinnen und Bürger.« Er stand auf, schenkte der Polizeipräsidentin ein schmieriges Lächeln und klopfte mit den Fingerknöcheln dreimal auf den Tisch. »Ich bin dann mal weg.«
Bevor jemand etwas erwidern konnte, knallte es. Entwarnung, es war bloß die Tür. Die Miene der Polizeipräsidentin verriet nicht, ob sie über Guntberts Zwergenaufstand verärgert war. »Nun gut, bitte kommen Sie zum Schluss, Frau Clasen.«

Gesa Clasen schlug die Beine übereinander.
Kalle fühlte sich wie im Schwitzkasten. In der Brusttasche des Jeanshemdes fingerte er nach einer Schachtel Schnoopkrom und schob sich hinter vorgehaltener Hand eine Schokopastille in den Mund.
»Workshop-Phase zwei beginnt übernächste Woche gleich am Montag. Das Dezernat für Todesermittlungen wird den Anfang machen. Wir werden Ursachen analysieren und gemeinsam konstruktive Vorschläge zur Verbesserung der Führungskultur erarbeiten.«
Jau, das hatten sie sich verdient. Endlich, der Krämerladen LKA gehörte richtig aufgemischt. Kalle war 40. Durchschnittlich segneten Männer mit 73 das Zeitliche. Sein Leben raste frontal auf den Tod zu. Er würde keine Minute mehr verlieren, sondern für sein Glück kämpfen und Gesa zum Essen einladen. Morgen bummelte er Überstunden ab, doch der Tag war schon für Eliza reserviert – Rodeln mit Kalle und Oma Emma.

# KAPITEL 2

**Emden, Ostfriesland**

Marga Terbeek zog die Wohnungstür zu. Die Zähne fest in einen roten Apfel versenkt, sperrte sie ab. Kurz blickte sie sich im Treppenhaus um, dann deponierte sie ihren Wohnungsschlüssel unter der Fußmatte und sah vor ihrem geistigen Auge den guten alten Eduard Zimmermann die Hände vors Gesicht schlagen. Und das bei ihrem Job. Als Alternative kam nur der Blumentopf mit dem ausgemergelten Efeu in Frage. Auch blöd. Der Pott stand auf der Fensterbank, viel zu hoch, da war die Fußmatte besser. Außerdem saß Ludger, Margas Mischlingshund, auf der anderen Seite der Tür. Momentan fiepte Ludger allerdings wie ein frierendes Ferkel. Dabei hatte Marga das Haus noch nicht einmal verlassen, und die Gassirunde auf dem Emder Stadtwall war wirklich groß gewesen. Sie trommelte zum Abschied mit den Fingerspitzen an die Tür und lief die Treppe hinunter. Ihren Apfel kauend verließ sie das Haus, und ihr schlechtes Gewissen sprang gleich hinterher. Bei ihren Arbeitszeiten hätte sie sich niemals einen Hund anschaffen dürfen. Aber erstens hatte sie ihn quasi gefunden, verdreckt und verwurmt neben dem leblosen Körper eines Berbers, der seine letzte Reise ohne Hund angetreten hatte, und zweitens hatte Ludger frische Farbe in Margas Leben gebracht. Und jede Menge Haare. Das Problem war nur, dass Ludger einen ausgeprägten Freiheitssinn besaß. Er blieb eben ein Hund der Straße. Marga stieg in ihren grauen Skoda, der ein bisschen nach nassem Fell roch, und nahm sich vor, im Präsidium wegen des Hundes anzufragen. Vielleicht konnte sie mit den Kollegen von der Hundestaffel etwas aushandeln oder bekam einen verlässlichen Hundesitter. Wie musste erst Frauen mit Kindern zumute sein, die ihre zarten Ableger in Fremdbetreuung gaben? Ludger war wenigstens groß und kräftig. Heute Mittag würde Peter den Hund zum Laufen abholen; außerdem einen Blick auf die Heiztherme werfen. Sweet Pete war nicht nur ausgesprochen nett, sondern Margas handwerklich begabter Vermieter, und die Therme fiel somit in seinen Aufgabenbereich. Die letzten zwei Tage hatte Marga morgens nur kaltes Wasser zum Duschen gehabt. Grauenhaft. Entsprechend strähnig war Margas blonder Zopf – und ihre Laune vom Eiswasserguss schockgefrostet. Nicht einmal der Gedanke an Peters heilende Hände konnte daran etwas ändern. Sie fädelte den Skoda in den morgendlichen Berufsverkehr ein und fuhr in der langen Schlange aus Blech in Richtung Aurich. Seit zwei Jahren arbeitete Marga im 1. Fachkommissariat der Polizeiinspektion Aurich, war zuständig für Mord und Totschlag in halb Ostfriesland und auf den ostfriesischen Inseln, mit Ausnahme von Borkum. Die Borkumer fielen in den Leeraner Zuständigkeitsbereich. Eine Anstellung in Emden hätte ihr die Fahrerei erspart, aber dort war keine Stelle frei gewesen. Den Wohnort wechseln kam nicht in Frage. Die Hafengeräusche, die Verladekräne – sie brauchte einfach Wasser in ihrer direkten Nähe wie Füße zum Laufen. Viele Bekannte hatte Marga nicht, und auch nur eine Handvoll Freunde überall verstreut. Die Eltern lebten auf Baltrum, einer kleinen ostfriesischen Insel, auf der Marga auch aufgewachsen war. Ihre ältere Schwester Beate wohnte seit Jahren in Hamburg Volksdorf. Sie war verheiratet und spielte mit dem Gedanken, ein Kind zu bekommen. Ein beunruhigendes Thema, wie Marga fand. Als sie sich einer Freundin anvertraute, die als Heilpraktikerin arbeitete, erhielt Marga umgehend die Empfehlung, mit Familienaufstellung und Hypnose ihre Bindungsängste behandeln zu lassen. Frechheit. An Ludger hatte sich Marga schließlich auch gebunden. Und zeitlich gebunden durch ihren Beruf war sie allemal. Außerdem brauchte sie sich nicht zu rechtfertigen, sie hatte sich immer mit Männern getroffen. Nett, aber das war's auch schon. Und in letzter Zeit mit Sweet Pete, aber so nannte sie ihn nur in Gedanken und aus Spaß. Er war fast zehn Jahre älter als sie und geschieden. Sie gingen manchmal essen oder tranken ein Glas Wein. Nur so. Unverbindlich. Und Marga hoffte, Peter sah das genauso. Am Himmel drängten sich die Wolkenberge um die besten Plätze vor der Sonne. Heute früh würde mit Sicherheit kein einziger Strahl Margas Laune oder die Landschaft erhellen. Auf Höhe Suurhusen öffnete Marga das Fenster und warf den Apfelpitt hinaus. Sie wischte sich die Finger an der Jeans ab und stellte das Radio an. Ein gut gelaunter Moderator gab feixend seine Weisheiten zum Besten und erklärte einem Gesprächspartner via Telefon, dass er soeben keine fünfzigtausend Euro gewonnen habe. Margas Stirn wurde noch krauser, und sie drückte die halbausgespuckte CD zurück in den Schlitz. Zwanzig Minuten später rollte der Skoda vom Fischteichweg auf den Parkplatz ihrer Dienststelle in Aurich.

# KAPITEL 3

**Fachkommissariat Aurich, Ostfriesland**

Marga wickelte sich fest in ihre Jacke. Es war saukalt, sie hätte eine Mütze vertragen können. Mit großen Schritten betrat sie das Gebäude, grüßte rechts und links und nahm die Treppe in den zweiten Stock. Ihr Kollege Johann war schon da, seine knautschige Lederjacke hing über seinem Schreibtischstuhl. Montags kam Johann gerne früh, holte sich Kaffee und die Neuigkeiten des Wochenendes brühwarm bei den Kollegen ab. Der Raum war hell mit mehreren Fenstern. Zwei Schreibtische, eine Ostfrieslandkarte an der Wand, ein Wimpel der Polizei Niedersachsen auf Johanns Schreibtisch, ein Foto seiner Enkelkinder. Margas Schreibtisch war aufgeräumt. Außer dem PC, ein paar Meldungen vom Wochenenddienst und dem hellbraunen Kringel eines Kaffeebechers gab es nichts zu sehen. Bei Johann stapelten sich die Akten zu einem schiefen Turm. Da wurde schließlich gearbeitet, verteidigte er sein Chaos. Eine frische Tageszeitung, ein angetrunkenes Glas Wasser. Das Schmerzmittel hatte Johann wieder eingesteckt, doch der kleine Fetzen Silberpapier verriet Marga, dass er es genommen hatte. Marga reagierte von Haus aus allergisch auf Tabletten. Ihre Mutter hatte Pillen geknuspert wie Smarties, angeblich gegen Schmerzen. Tat sie es eigentlich noch? Sie sahen sich selten, seit Marga auf dem Festland wohnte. Obwohl das Telefon natürlich schon erfunden war. Aber ihre Schwester Beate hatte schon immer einen besseren Draht zur Mutter gehabt. Der Duft von frischem Kaffee wehte durch die Luft, und sie hörte Johanns leicht hinkenden Gang; da halfen auch keine Luftpolstersohlen an den Schuhen, auf die er so schwor. Der Kerl hatte ernste Probleme mit seinem Knie.

»Moin, mien Wicht!« Eine lautstarke Begrüßung und ein Pott Kaffee, nur mit Milch, so wie Marga ihn immer trank, wurde ihr von seiner Pranke gereicht. Wenn Johann vor dem Fenster stand, wurde es dunkel. Marga mochte Johann. Er erinnerte sie irgendwie an Ludger. Bullig, gutmütig und mit sandfarbenem Haar. Nur, Ludgers waren dichter und die Haut schimmerte nicht durch. ›Drittes Knie‹ nannte Johann seine Halbglatze, und Marga verkniff sich einen Spruch. Er hatte eben auch große Knie. Dankbar nahm Marga den Kaffee an und spürte, wie sich ihre Stirn glättete. »Moin, Joki. Wochenende gut überstanden?«

»Alles bestens. Wir haben Samstagabend gegrillt. So 'n lecker Stück Grillfleisch nach dem Winter ist doch was Feines.« Johann grinste über beide Ohren und ließ sich steifbeinig in den Stuhl fallen.

Noch eine Übereinstimmung mit Ludger. Beide brauchten Fleisch, sonst wurden sie nicht satt. Marga nahm einen Schluck und griff sich die Meldungen. »Was Besonderes dabei?« Sie ging die Blätter durch. »Schlägereien in der Innenstadt, Sachbeschädigung, mehrere Widerstandsdelikte. Das Übliche nach dem Wochenende. Noch eine Sachbeschädigung durch Inbrandsetzung und eine Vermisstenmeldung aus Pewsum.«

Johann rieb sich die Bartstoppeln gegen den Strich, dass es schubberte. »Hariasses. Dass die nicht ohne Klopperei saufen können.«

Marga setzte sich halb auf ihren Schreibtisch und nahm einen Zettel genau unter die Lupe. »Bei der vermissten Person handelt es sich um eine 82-jährige Frau aus Pewsum. Ist gestern Nachmittag aus dem Garten ihrer Pflegeeinrichtung verschwunden.«

»Nicht gut«, Joki schüttelte den Kopf, »heute Nacht hat es in Oldersum noch gefroren. Hoffentlich hatte die 'ne dicke Jacke dabei.«

»Sitzt im Rollstuhl und ist dement, die Dame. Die Kollegen in Pewsum haben mit einem Trupp der freiwilligen Feuerwehr den ganzen Ort auf den Kopf gestellt, bis in die Nacht hinein. So weit kann die mit ihrem Rolli doch nicht gekommen sein.« Margas Stirn bekam wieder ein Gewinde.

# KAPITEL 4

**Uttum, Ostfriesland**

*Der Junge läuft gebückt durchs hohe Gras am Rand der Weide. Vom Uttumer Kirchturm hört er drei Schläge. Eine Viertelstunde bleibt ihm noch, um eins gibt es Mittag. Geduckt läuft er weiter und fegt mit den Händen die harten Schilfhalme zur Seite, die ihm augenblicklich in die Haut ritzen. Bei jedem Schritt steigt Wasser nach oben und dringt durch die Nähte seiner Turnschuhe. Er fühlt die Feuchtigkeit in seinen Socken; seine Mutter wird sich aufregen, denn es ist immer noch frostig kalt. Der Wind weht scharf aus Nordwest und bläht ihm den Anorak auf. Er spürt die Kälte nicht. Zu zweit kommen die Fänger aus dem Schilf und nehmen ihn in die Zange. Sie sind nicht dumm, machen ihre Sache gut. Er kennt sie schon aus den letzten Ferien und auch aus den Ferien davor. Wilde Bengels, schimpft seine Mutter, er nennt sie Freunde. Immer tiefer läuft er ins Schilf, das Brackwasser reicht ihm bis an die Knöchel, nur noch schmatzend kann er die Füße aus dem Modder ziehen. Er hockt sich hin und wartet ab. Seine Blase meldet sich, er müsste dringend pinkeln, doch er kann die Stimmen seiner Verfolger hören. »Er muss hier irgendwo sein!«*
*»Geh weiter bis zum Schlot, dann haben wir ihn!«*
*Der Junge sitzt in der Falle. Den breiten Entwässerungsgraben zu überspringen, wird er ohne Anlauf niemals schaffen, und selbst mit Anlauf ist es ein Riesensatz. Vorsichtig läuft er parallel zum Graben weiter, geht halb in der Böschung. Er rutscht*

*auf dem nassen Untergrund aus und tritt eine Lawine an Kleiklumpen und Steinen los, die plätschernd im Wasser verschwindet. Helles Sediment vom Grund steigt auf und wird zu einer Wolke am Wasserhimmel. Ein aufgeschreckter Fasan fliegt vor ihm aus dem Schilf, und der Junge zuckt zusammen. Ob es im Schlot noch andere Tiere gibt? Dann sieht er das Brett. Eine halbverrottete Eichenbohle, grün und eingewachsen, führt auf die andere Seite. Von wegen in der Falle. Er wippt, prüft die Festigkeit der Planke und ist auch schon drüben. Ein Gespinst aus wilden Brombeeren liegt vor ihm. Das Grundstück liegt viel höher und ist bedeutend trockener. Ein Trampelpfad führt durchs Gebüsch. Tonscherben in Rot-orange knirschen unter seinen Sohlen und färben sich dunkel, als das Wasser aus dem Nylonstoff seiner Turnschuhe quillt. Verdeckt durch einen Baumwipfel erscheint der niedrige Giebel eines alten Landarbeiterhauses. Das Gebäude ist völlig verwittert. Dachsparren ragen wie zersplitterte Knochen aus Löchern in der Ziegeldecke, auch die Fenster sind größtenteils herausgebrochen. Der Sämling einer Eberesche streckt einen nackten Trieb aus einem Loch in der Wand, als würde er am liebsten davonlaufen. Der Junge entdeckt das mahnende Schild: Betreten verboten! Der Satz mit den Eltern, die für ihre Kinder haften, ist zur Hälfte abgebrochen. Der Junge will das Haus nicht betreten, sondern er hält sich links, in Richtung Landstraße, hofft, dass er trotzdem rechtzeitig zum Essen im Dorf ist. Merkwürdig – von seinen Verfolgern ist nichts mehr zu hören. Vielleicht schluckt der Wind alle Geräusche? Selbst die dichten Brombeerbüsche bewegen sich mittlerweile so stark, dass ihm immer wieder Triebe ins Gesicht und an die Hosenbeine schlagen. Der Pfad wird breiter, das Gestrüpp weniger. Mit der Pieke tritt er gegen einen Stein, der im hohen Bogen davonschießt. Spätestens heute Nachmittag auf dem Bolzplatz wird er seine*

*Freunde wiedertreffen. Er hat die Straße schon fast erreicht, hört den Motorenlärm eines vorbeifahrenden Autos und sieht hinten im Hammrich die Windräder sich drehen, als er die Spuren entdeckt. Sehen fast aus wie von einem Kinderwagen. Reifenspuren, parallel nebeneinander, ziehen sich durch den Matsch und führen ihn wieder zu dem maroden Backsteinbau. Sie enden vor einem schiefen Schuppen rechts neben dem Häuschen, das ihn aus leeren Augen anglotzt. Er will nur mal nachschauen. Vor der Holztür des Verschlags ist das Gras heruntergetreten. Der Riegel fühlt sich spröde an, Rost hat ihn wundgefressen. Es ist ein Rollstuhl, kein Kinderwagen. Der Junge sieht ihn nur von hinten. Und sich im Wind bewegendes weißes Haar. Seine Füße gehen einfach weiter, ob er will oder nicht, dabei scheint um ihn herum alles stehen zu bleiben. Er sieht eingestanzte Vierecke in der hellblauen Steppjacke, farblich abgesetzte Nähte an der Brusttasche. Dann das Gesicht der Frau. Und er kriegt Angst, als er das schreckliche Geräusch hört. Ein Pfeifen, das sich ausbreitet und von den Wänden wieder auf ihn zukommt. Unmöglich, dass es von der Frau in dem Rollstuhl stammt, denn die ist tot, er weiß das. Nicht wegen der grauen Haut oder des Drecks, der aus ihrem Mund rieselt und ihre Lippen schmutzig macht. Er sieht es an ihrem Blick. Und an dem Käfer. Träge läuft das Insekt durch ihr Gesicht und geradewegs in eins der Augen, das starr bleibt wie ein gefrorener See. Trüb und unbeweglich. Das Geräusch schwillt an und lässt das Herz des Jungen in seinem Brustkorb vibrieren. Er stolpert rückwärts, reißt am Verschluss seiner Jacke, denn der Kragen ist viel zu eng. Und plötzlich ist keine Luft mehr da, die er einatmen kann.*

*

## Fachkommissariat Aurich, Ostfriesland

»Die Norder haben heute Morgen bei Harm Verstärkung für die Suche in Pewsum geordert.« Joki schielte zu Marga rüber. »In zehn Minuten ist Besprechung. Harm hat es gerade angekündigt. Es muss schnell gehen.«

Schnell gehen. Marga rutschte vom Schreibtisch, spürte plötzlich Hummeln im Hintern. Die alte Frau wurde seit siebzehn Stunden vermisst. Wie lang hielt sie durch bei der Kälte? Der Radius, in dem sie sich befinden musste, konnte nicht besonders groß sein. Die Kanäle schossen Marga in den Sinn. Vielleicht bräuchten sie auch Taucher. Hastig suchte Marga ihre Sachen zusammen, stopfte sich mehrere Kugelschreiber in die Jackentasche und nahm ein Notizbuch aus dem Schreibtisch. Gemeinsam mit Johann betrat sie kurze Zeit später den Versammlungsraum am Ende des Flurs. Keiner der Kollegen hatte auf den rauchblauen Polsterstühlen Platz genommen, Anspannung lag in der Luft. Harm grüßte knapp und richtete das Wort an alle. »Die Kollegen in Norden brauchen Unterstützung, zwei Teams fahren nach Pewsum und leiten die Suche nach der vermissten Person.«

Marga streckte sich und fixierte Harm. Nur mit Mühe unterdrückte sie den brennenden Drang, mit den Fingern zu schnippen, doch er übersah sie, und der Fall der Vermissten ging an ältere Kollegen. Als sei das nicht schon schlimm genug, schloss er die Einteilung mit den Worten: »Joki, ihr macht die Inbrandsetzung.«

Weiter hörte Marga nicht hin. Schon wieder waren die guten Sachen an andere gegangen, und für sie blieben ein angezündeter Müllcontainer und Akten, nichts als Akten. Papier war geduldig, aber Marga nicht. Nach fünf Minuten war alles vorüber; enttäuscht zog Marga ab in ihr Büro.

»Nun macht dir man nix draus. Du bist eben unser Küken.« Johann rüttelte freundlich an Margas Schultern.
Ihr flogen alle Gedanken durcheinander. Sie war 30 und hatte weder gelben Flaum noch Eierschale auf dem Kopf. Drei Jahre Studium, anschließend Streifendienst. Sie war bereit, und das seit Jahren.
»Wenn ich erst mal in Rente geh, gibt es auch bessere Happen für dich. Harm hat da schon so was angedeutet.«
Marga biss die Zähne aufeinander. Also noch zwei Jahre. Das war ganz und gar nicht tröstlich, auch wenn es von Joki so gemeint war. Der und sein Scheißknie. Ihre Beine waren in Ordnung. Was aus Rücksichtnahme auf Joki geschah, ließ sie versauern. Mit starrer Miene verließ sie den Raum und besorgte die Akte zur Inbrandsetzung. Noch auf dem Rückweg warf sie einen Blick hinein. Der Müllcontainer eines Fleischerei-Fachbetriebes war angezündet worden und zu einem Klumpen zerschmolzen. Na großartig. Sie hatte es geahnt. Demonstrativ legte sie Joki den Schinken auf den Tisch. Mahlzeit. Geräuschvoll nahm sie ihre Unterlagen aus dem Schreibtisch und arbeitete sich schweigend durch. Hin und wieder ein Husten von Johann war alles, was sie hörte. Sie sah erst wieder auf, als sich die Tür öffnete und Harm eintrat. Er war ernst wie immer. Das Lachen schien ihm abhandengekommen zu sein in den Jahren als Dienststellenleiter. »Aufbruch! Ihr müsst nach Uttum. Wir haben einen Leichenfund.«
Margas Magen rutschte nach unten, und die Aufregung nahm den direkten Weg übers Rückenmark. So schnell konnte es gehen. Es war so weit, Zeit für einen ordentlichen Happen!

# KAPITEL 5

**Uttum, Ostfriesland**

An der Landstraße in Richtung Uttum war ein Stück Wiese provisorisch abgesperrt mit rot-weißem Flatterband, das sich im Wind bog wie ein grinsender Mund. Marga hielt gleich hinter einem Einsatzfahrzeug. Zwei uniformierte Kollegen und ein Rettungswagen der Johanniter waren vor Ort. An der Absperrung hatte sich eine kleine Menschentraube gebildet, und im Wagen der Johanniter saß, in glitzernde Folie gewickelt, ein blasser Junge. Argwöhnisch beobachtete eine großbusige Frau jeden Handgriff des Sanitäters. Regen wurde vom Wind durch die Luft gewirbelt. Marga ging an den Kofferraum ihres Wagens und tauschte die schwarzen Lederschuhe gegen Gummistiefel. Das Gelände war wässrig wie ein Feuchtbiotop. Joki kam mit seinem eigenen Wagen, Margas roch angeblich nach Hund. Sie schloss den Kofferraum und sah sich um. Auf den sumpfigen Pfützen überschnitten sich die Regentropfenkreise,wurden olympisch und noch viel größer. Einer der Uniformierten kam auf Marga zu. Söcker hieß er. Sie wies sich aus und reichte ihm die Hand zur Begrüßung. Er stellte auch seinen jungen Kollegen vor, aber Marga hörte vor Anspannung nur noch mit einem halben Ohr zu.

»Sie ist da drin.« Er deutete mit dem Kopf auf das baufällige Gebäude und sah Marga an, als hätte er Schmerzen.

»Ganz kleines Persönchen. Ich bin gleich wieder raus.«

»So schlimm?«

Söcker zuckte mit den Schultern. »Seien Sie vorsichtig, da sind überall Reifenabdrücke, vielleicht ist das was für die Spurensicherung.«
Marga spürte, wie sich ihre Haarwurzeln aufrichteten. Jokis dunkelblauer Passat hielt am Straßenrand. Sie winkte beiläufig, während sich ihre Augen schon an die Fährte im weichen Untergrund hefteten. Ein unangenehmer Geruch stieg Marga in die Nase, und ihre Augen fanden eine Lache Erbrochenes, dann sah sie durch die geöffnete Schuppentür einen Rollstuhl. Ihre Hände begannen zu schwitzen, während sie noch überlegte. Pewsum lag mindestens fünf Kilometer südwestlich. Luftlinie. Im Rollstuhl und quer durch die Meeden? Sie nahm einen tiefen Atemzug und warf einen Blick auf die Leiche. Mein Gott. Die alte Frau gehörte in eine warme Stube mit Tee und Kokosplätzchen und nicht in dieses abgewrackte Kabuff. Auf dem Kopf die flauschigen Löckchen. So schutzlos. Und so tot. Marga wurde flau, und der Boden unter ihren Füßen schwankte. Fast wäre sie vornüber in den Schoß der Leiche gekippt. Die Tote nahm es gelassen. Sie saß gerade und fast ordentlich, die Hände auf den Oberschenkeln abgelegt. Über 80 war sie geworden. 82 oder 83, Marga konnte sich nicht mehr genau erinnern, was im Bericht gestanden hatte. Es gab keinen Zweifel, dass sie es war. Margas latexbehandschuhte Finger suchten vorsichtig im Genick der Toten. *T. Neehuis* war auf ein Schildchen im Kragen der Bluse gedruckt. Armes, altes Menschlein. Marga blickte auf den Mund der Frau, der, grotesk aufgerissen, wie eine dunkle Höhle mitten im Gesicht lag. Dreck und Speichel hatten die fahle Unterlippe grauschwarz eingefärbt. Behutsam tastete Marga mit dem Finger, stieß aber sofort auf Widerstand. Sie rieb die dunklen Krumen, lehmhaltig und fest waren sie, und sie zerfielen nicht durch die Reibung. Marga roch daran. Kleiboden, der Mund-

raum schien komplett damit angefüllt zu sein. Offensichtlich kein natürlicher Todesfall. Sie bemerkte, dass ihre Knie zitterten, sie bekam wieder Puddingbeine. Tief durchatmen, Marga, und Ruhe bewahren. Das einzig Tote, was sie bis dato zu Gesicht bekommen hatte, war der Kater ihrer Eltern gewesen. Sie musste sich konzentrieren. Aber die Augen der Toten. Irgendwie transparent, wie dünnes Porzellan. Ohne jegliches Leben. Margas eigene Augen waren voll funktionsfähig und gerade im Begriff, sich mit überschüssiger Flüssigkeit zu füllen. Sie beschloss, dass es fürs erste Mal reichte, und verließ so schnell wie möglich den Schuppen.

Joki stand im Gespräch mit Söcker und dem anderen Uniformierten, der aussah wie 17. Englisch. Es war ein englischer Vorname gewesen. Steven? Brian? Er lag Marga auf der Zunge, aber sie kam nicht drauf. Als sie auf die Gruppe zustapfte, sah Joki sie erwartungsvoll an.

»Die Vermisste aus Pewsum.«

Er hob die buschigen Brauen, und Marga sprach weiter. »Kein Zweifel, die Personenbeschreibung passt, und in ihrer Kleidung sind Namensschilder eingenäht, du weißt schon, damit es bei der Wäsche keine Verwechslungen gibt. Und … es war keine natürliche Todesart.«

»So 'n Schiet nu wer! Ich sag sofort in Pewsum Bescheid. Die suchen sich 'nen Wolf, und die Frau sitzt hier doed im Huck.«

Jokis Blick bohrte sich strafend in die Gesichter der Kollegen.

»Den Schuh zieh ich mir nicht an. Die Norder haben uns hergeschickt, weil es schnell gehen sollte. Von einer Vermissten in Pewsum weiß ich nichts.« Söcker war beleidigt. Steven, oder wie er hieß, blieb stumm. Weiter auf Platt fluchend, steckte Joki sein Handy zurück in die Lederjacke. »Hier weiß die Rechte wieder nicht, was die Linke macht. Und kein Netz.

Marga, mach Meldung über Funk. Ich möchte mal wissen, wie die im Rollstuhl hierhergekommen ist.«
Und wer ihr den Dreck in den Mund gestopft hat. Marga musste unwillkürlich schlucken. Jokis Jahreswagen, frisch aus dem Werk und ausgerüstet mit allen Schikanen, hatte Funk an Bord. Marga informierte die Dienststelle und orderte die Spurensicherung. Ihr Blick fiel auf den Aufkleber, der sich, glatt und präzise gesetzt, mühelos an dem mit Cockpitspray bearbeiteten Armaturenbrett hielt. Gu(r)te Fahrt!

*

Joki stand am Rettungswagen mit der Mutter des Jungen. Sie kamen aus Moers und verbrachten das Wochenende in einer Ferienwohnung in Uttum. Frau Schulz redete wie ein geöffneter Wasserhahn. »Marek ist kein gesundes Kind. Er hat's mit den Atemwegen, schon seit er klein ist, deswegen verbringen wir so viel Zeit wie möglich an der Nordseeküste.« Sie spielte nervös mit dem Anhänger ihrer Kette. »Es hat uns auch immer gut gefallen. Wer hätte denn damit rechnen können? Ich dachte, er könnte wenigstens hier auf dem Land ungefährdet draußen spielen. Man kann ihn wirklich keine Minute aus den Augen lassen. Was hast du dir nur dabei gedacht, Marek?« Ihre Stimme wechselte ins Schrille und tat Marga in den Ohren weh.
Joki versuchte zu beschwichtigen. »Nu mal langsam. Das Einzige, was man dem Jungen zur Last legen könnte, ist, dass er den baufälligen Stall betreten hat. Das hätte gefährlich werden können. Ansonsten haben die Kinder nichts angestellt. Wir bräuchten noch Ihre genauen Daten. Alles andere klären wir später, wenn Ihr Lütscher wieder auf dem Damm ist.« Er nickte Marga zu und nahm Frau Schulz mit Formalitäten in Beschlag.

Der Sanitäter war bereits dabei, seine Siebensachen wieder einzuräumen.
»Wie sieht es aus mit dem Jungen?« Marga duckte sich. Sie suchte am geöffneten Heck des Rettungswagens Schutz vor Wind und Regen – mit mäßigem Erfolg.
»Alles halb so schlimm, sofern ich das beurteilen kann. Hat einen Schock, aber seine Atmung hat sich schon fast wieder normalisiert. Die Kinder haben goldrichtig gehandelt. Einer der Jungen ist los, um Hilfe zu holen, der andere blieb bei Marek und hat ihm geholfen, seinen Inhalator zu benutzen. Im akuten Fall ist das Medikament schon die halbe Miete.« Er zurrte die Haltegurte um den Jungen und machte ihn fertig zum Abtransport.
Der Junge sah noch spitzgesichtig aus, guckte jedoch erwartungsvoll, als Marga sich vorstellte. »Sieht so aus, als würden sie dich mit ins Krankenhaus nehmen, aber deine Mutter kann sicher mitfahren.«
»Hier hinten ist doch gar kein Platz mehr für sie. Und man kann sich auch nicht anschnallen.« Marek blickte sich um.
»Klar kann man«, warf der Sanitäter ein, und der Junge verzog den Mund.
»Du würdest lieber alleine mit dem Krankenwagen fahren? Mütter können ganz schön nervig sein. Das kenn ich.« Verstohlen deutete Marga ein Würgen an. Treffer, Marek grinste.
»Ich glaube, deine Mutter hatte Angst um dich. Sie hat sich erschrocken. Vielleicht genauso doll wie du.« Er war immer noch sehr blass. Marga versuchte ihr Glück. »Marek, ich muss ganz genau wissen, was du alles gesehen hast, als du in dem Schuppen warst.«
»Sie hatte einen Käfer im Auge. Sie ist tot, nicht? Die Frau, mein ich. Sie muss tot sein, niemand lässt einen Käfer durch sein Auge kriechen.«

Marga nickte. »Ja, sie ist tot.«
»Ist sie gestorben, weil sie den Schmutz gegessen hat?«
»Ehrlich gesagt, weiß ich nicht, warum sie gestorben ist. Um das rauszufinden, muss ich wissen, was passiert ist. Es ist ganz wichtig, dass du dich genau erinnerst, ob du irgendwas oder irgendwen gesehen hast. Einen Mann oder eine Frau, vielleicht ein Auto?«
Seine Augen wurden kreisrund, und er überlegte angestrengt. »Nee, ich glaube nicht. Da war nur der Rollstuhl und die alte Frau und der Käfer. Und dann habe ich mich so erschrocken, dass meine Bronchien gepfiffen haben, aber richtig. Und dann war meine Jacke so eng am Hals, die hat mir Tobi später aufgemacht. Und ich hatte ganz viel Spucke im Mund und musste sogar kotzen.«
»Marek!« Frau Schulz hatte sich offensichtlich von Joki freimachen können. »Ich denke, es reicht jetzt. Er hat ihrem Kollegen doch schon alles erzählt.« Sie funkelte Marga an.
»Okay, Marek. Danke für deine Hilfe und gute Besserung. Wir besprechen später noch mal alles in Ruhe, ja?« Marga winkte ihm zu, er winkte zurück.
Frau Schulz schob sich an Marga vorbei in das Innere des Rettungswagens, und Joki ließ Luft ab, als der Krankentransporter startete. »Himmel, war die gute Frau aufgelöst, die ging ja am Stock. Wenn du mich fragst, hätte die auch auf eine Bahre gehört, nicht nur der Lütsche.«
»Sie war besorgt um ihr Kind.«
Joki wusste doch, wie das war. Marga stopfte die Hände tief in die Hosentaschen. Seite an Seite liefen sie auf die kleine Gruppe Menschen zu, die Steven-Brian gerade wie eine Schafherde zur Seite trieb. Der Rettungswagen schob sich schwerfällig auf die Landstraße und fuhr davon. Joki hatte keinen Grund, den Abgeklärten zu mimen. Als sein Enkel sich vor

kurzem beim Schlittschuhlaufen verletzt hatte und genäht werden musste, hatte Joki tagelang von nichts anderem gesprochen: eine Betäubungsspritze direkt in die Wunde und sieben Stiche. Bis es sogar die Spülhilfe in der Kantine am Fischteichweg wusste, die nur alle vierzehn Tage stundenweise arbeitete. Marga spürte die vielen Blicke. Sie und Joki wurden genau beäugt. Ein Blondschopf mit weißen Wimpern und massig Sommersprossen im Gesicht und ein aschblonder Junge mit einrasiertem Wellenschliff im Nacken seines Kinderkopfes waren Mareks vorbildliche Freunde. Joki entließ sie mit einem Dankeschön, aber Fehlanzeige. Der eine scharrte mit den Füßen im Dreck, der andere kaute am Nagel seines kleinen Fingers. Beide hatten Ohren groß wie Topfdeckel. Ein dunkelhaariger Mann mit Schnauzer stellte sich als Hermann Tjaden vor. Als Uttumer Ortsvorsteher war er schwer in Sorge, ob sich die Einwohnerzahl seines Dorfes verringert hatte. »Es ist doch hoffentlich niemand aus dem Ort? Die Jungen haben sie jedenfalls nicht erkannt.«
Marga verzog den Mund. Die Kinder waren also schon ausgequetscht worden.
»Wir können im Augenblick noch nichts Genaues sagen«, setzte Joki an.
»Wir dürften es auch gar nicht«, warf Marga dazwischen.
»Richtig, Frau Terbeek«, fuhr Joki fort, »aber allem Anschein nach handelt es sich bei der Toten um eine Vermisste aus Pewsum.« Er wandte sich an den Ortsvorsteher. »Ich möchte Sie bitten, mir eine Liste aller Anwesenden zusammenzustellen, wir müssen im Rahmen der Ermittlungen noch einige Befragungen durchführen. Wem gehört eigentlich das Grundstück, auf dem die Bruchbude steht?« Joki rieb sich die Hände. »Leev kolt hem ji dat hier. Können wir nicht irgendwo reingehen? Hier draußen bekommen wir sonst alle Iesjöckels an't

Fauten.« Er wechselte willenlos vom Plattdeutschen ins Hochdeutsche und wieder zurück.
Tjaden schlug das Dorfgemeinschaftshaus vor. Joki war selig. »Sehr gut. Sagen wir in einer Dreiviertelstunde?«
Tjaden willigte ein und zog ab, das halbe Dorf im Schlepptau.
»Warum hast du das gemacht? Das sind schließlich alles Tatverdächtige.« Marga puffte Johann in die Seite.
»Ach, nu hol upp! Ich hab denen doch nichts erzählt, was die nicht längst wussten. Die haben den Kindern schon alles aus der Nase gezogen, das glaub mir man. Außerdem war das Taktik. Die sind hier alle so …« Joki legte den Mittelfinger über den Zeigefinger und schüttelte sein Fingermakramee vor Margas Gesicht. »Wenn du denen gleich am Anfang doof kommst, kriegst du gar nichts raus.«
Marga biss sich auf die Unterlippe. Da war was dran. So ausgebufft kannte sie Joki gar nicht. Sie hatte eher auf kollegiale Geschwätzigkeit unter Männern getippt. Söcker stand bei einem älteren Mann, den Marga spontan auf über 80 schätzte. Die blaue Arbeitsjacke war an den Schultern ausgeblichen, und an der Stange seines Herrenrads war eine Harke mit Bontjeband festgebunden. Als Marga sich noch fragte, ob es zulässig war, den Alten so fahren zu lassen, schmiss dieser erstaunlich behende das Bein über den Gepäckträger und trat in die Pedalen, ein Hosenbein mit einer Spange ans Bein geklemmt, damit die weiten Piepen nicht in die Fahrradkette gerieten.
»Theda Neehuis ist eine aus Uttum.« Söcker blickte zufrieden. Marga und Joki sahen sich an. »Wie bitte?«
»Hat der Opa gerade erzählt.«
»Was hat er denn gesagt?« Joki blickte dem davonradelnden Mann hinterher.
»Weißt ja wohl.« Söcker winkte ab. »Wie alte Leute halt so schnacken. Theda Neehuis ist eine geborene Hayenga und auf

dem Hof dahinten im Hammrich groß geworden. Und das Grundstück hier gehörte wohl auch den Hayengas.«

»Und wer war der gute Mann?« Joki blickte fragend.

»Keine Ahnung.« Söcker zuckte mit den Schultern.

»Keine Ahnung?«

Als Söcker sah, wie Joki einen knallroten Kopf bekam, entgleisten ihm die Gesichtszüge. »Kann ich doch nichts für. Der Alte sagte, he har keen Tied.«

»Keine Zeit?« Jokis Stimme klang wie das Grummeln eines nicht mehr ganz fernen Donners.

»Ich konnt ihn ja schlecht vom Fahrrad ziehen.«

»Du Pfeife!«, explodierte Joki, und Söcker war wieder beleidigt. Marga kniff die Augen zusammen und plierte durch den Regen. In der Ferne konnte sie einen ostfriesischen Gulfhof erkennen, mit dem typisch herabgezogenen Dach, eingesäumt von Bäumen, Sträuchern und Windrädern. Sehr idyllisch.

# KAPITEL 6

**Hamburg-Neustadt, Bismarck-Denkmal**

Kalle und Emma saßen auf der Mauer zu Füßen des Bismarck-Denkmals und feuerten Eliza und ihre Freundin Laura an, die bäuchlings auf ihren Schlitten die vereiste Rodelpiste hinunterjagten. Kalles Füße waren nass und kalt.

»Warum hast du die ollen Bommelslipper nicht wenigstens imprägniert?«

Emma hatte gut reden, ihre Füße steckten in Wollsocken und Wanderboots.

»Lohnt sich nicht mehr.« Kalle umfasste den Deckel der Thermoskanne mit beiden Händen und nippte am heißen Kaffee.

»Papa, hier liegt eine Tote!« Das schrille Geschrei von Eliza ging Kalle durch Mark und Bein.

Er warf den Becher in den Schnee und rutschte den Berg hinunter.

»Vorsicht! Vorsicht, du wirst dir noch was brechen!«, rief Emma ihm hinterher.

Laura kniete dicht neben Eliza, die vom Schlitten gekippt war und der Länge nach im Schnee lag. »Da, die Hand«, flüsterte Laura.

Kalle schob das Eichenlaub beiseite.

»Was ist? Nun sag doch, was los ist?« Emmas Stimme überschlug sich.

Mit einem Ruck zog Kalle an der Hand, die unter dem Schnee hervorlugte. Eliza und Laura kreischten hysterisch.

»Kalle, soll ich die Polizei rufen?«
»Lieber die Müllabfuhr.« Er hob die Schaufensterpuppe hoch. »Hallo, Mädels, mein Name ist Nacki Dei.«
»Sehr lustig, Papa.« Eliza war den Tränen nahe.
»Hey, das war doch nur Spaß.«
»Guntbert Meyer will dich sprechen, sofort!« Emma wedelte mit dem Handy in der Luft.
Als Kalle nach gefühlten Stunden wieder oben am Hang angelangt war, stand der silberne Dienstwagen schon bereit. Tinta Krieger, die Assistentin im Dezernat für Todesermittlungen, saß am Steuer und warf Kalle eine Kusshand zu. Emma runzelte die Stirn, sagte aber nichts.
»Tut mir leid, Mam. Wat mutt, dat mutt.« Kalle hob den Kaffeebecher auf und drückte ihn Emma in die Hand. Mit ein paar Schritten war er am Wagen und riss die Beifahrertür auf. Er rief ein schnelles »Moin!« und ließ sich in den Sitz fallen. Ohne seinen Gruß zu erwidern, schenkte ihm Tinta ihr Zahnpastalächeln, startete, wendete und brauste den Berg hinunter zur Seewartenstraße. Sie bremste abrupt, um den roten Doppeldeckerbus der Stadtrundfahrt vorbeizulassen.
»Was liegt an?«
»Leichenfund in einer Gartenlaube, Nähe Israelitisches Krankenhaus.« Tinta erhielt von der Zentrale die Freigabe für Sonderrechte, befestigte das Blaulicht auf dem Wagendach und schaltete das Martinshorn ein. Sie gab Gas. Kalle klammerte sich am Türgriff fest. Ihm war schlecht.

*

## Hamburg-Alsterdorf

Das rot-weiße Flatterband mit dem Aufdruck *Polizei* sperrte den Eingang zum Kleingartenbauverein Birkenhain e. V. ab. Eine Menschenmenge hatte sich davor versammelt. Die Leute machten bereitwillig Platz, als Tinta in den von immergrünen Hecken umrahmten Weg einbog. Kalle musste sich an ihre Fersen heften, bevor die Gasse sich wieder schloss. Tinta, groß und eine der letzten echten Blondinen weltweit, verströmte offenbar auch in Zivil reichlich staatliche Autorität, ganz ohne Erklärungen. Kalle in seiner nassen Hose kam sich vor wie der Asi persönlich. Die Blutlache im Schneematsch neben dem Gartentor war unübersehbar. Er machte einen Bogen darum. »Wurde geschossen?«

Kalles Teamkollege Kriminalrat Bodo Steinhoff nickte. Er setzte zu einer Antwort an, aber Kalle eilte bereits voraus zur Laube, in der die Beamten der Spurensicherung in ihren weißen Einwegoveralls aussahen wie überdimensionierte Maden.

»Stopp!« Vor Kalles Nase baumelten die weißen Überziehschuhe. Auf einem Bein um das Gleichgewicht ringend, schaffte er es, erst den einen, dann den anderen Bommelslipper einzutüten.

Die Leiche lag auf dem Boden unter dem vergitterten Fenster. Noch waren die Scheinwerfer nicht verkabelt und die Lichtverhältnisse in der kleinen Butze unter aller Kanone. Kalle ging in die Hocke und betrachtete das Gesicht der Toten. Die Frau schätzte er auf mindestens 70 Jahre, womöglich auch älter. Die Mundpartie war mit einer dunklen Masse beschmiert?

»Was ist das? Matsch?«

»Es wird sich um Hasenscheiße handeln«, sagte der Kollege von der Spurensicherung.

»Lecker.« Kalle wandte sich wieder der Toten zu. Sie war nur mit Unterwäsche bekleidet. Teure Marke aus Angorawolle. Ächzend erhob er sich wieder. Der feuchte Stoff seiner Jeans klebte an seinen Oberschenkeln. Er sah sich um. Auf dem Boden waren Mantel, Pullover, Hose und Stiefel verstreut, wie achtlos weggeworfen. »Habt ihr die Rektaltemperatur gemessen?«

»Mensch, Kalle, lass uns unsere Arbeit machen, und du machst deine, okay!«

»Is ja schon gut.« Blödmann. Kalle verließ die Laube. Er kniff die Augen zusammen, während er das Plastik von seinen Schuhen schälte. Das Sonnenlicht blendete. »Was ist mit dem Blut, Bodo?«

Bodo Steinhoff deutete auf einen hageren jungen Kerl, der in Handschellen neben der rostigen Regentonne stand und gut und gerne als Designervogelscheuche durchgehen könnte. Der Hosenbund saß ihm in den Kniekehlen, die Unterhose schaute hervor, und der Ledergürtel mit den spitzen Nieten hielt das ganze Kunstwerk kurz oberhalb der Schamhaare zusammen.

»Sein Köter wollte wohl dem Kollegen Dominko in die Hand beißen. Daraufhin hat der Kollege Jansen kurzen Prozess gemacht.« Bodo Steinhoff zeigte zum Zaun hinter der Laube. »Armes Viech, mausetot.«

»Wer ist der Typ?«

»Eine Nachbarin hat ihn beobachtet, als er in die Kolonie rein is. Und weil in den letzten Wochen immer wieder Lauben aufgebrochen worden sind, hat sie die Kollegen benachrichtigt. Die haben ihn dann um exakt vierzehn Uhr in der Laube erwischt.«

»Hat die Nachbarin sonst noch etwas beobachtet? Gibt es einen weiteren Eingang zur Laubenkolonie?«

»Ja, an der Alsterkrugchaussee. Nein, sie hat nichts beobach-

tet, aber du kannst sie ja selbst noch mal befragen. Sie heißt …«
Bodo blätterte in seinem Notizblock.
Kalle winkte ab und ging auf die abgerissene Gestalt zu.
»Moin, Bärwolff, Kripo. Wie ist Ihr Name?«
Der Typ glotzte Kalle an.
»Verstehen Sie mich? Wie heißen Sie?«
Der Typ glotzte.
»Warum sind Sie hierhergekommen?«
Wieder keine Antwort. Die schwarzen lockigen Haare, der Vollbart, der starre Blick und der dunkle Teint ließen ihn wie den jungen Räuber Hotzenplotz erscheinen.
»Wie alt sind Sie?«
»Der redet nichts, Kalle.«
»O senhor fala português?« Kalle gab es auf. »Abführen.«

# KAPITEL 7

**Pewsum, Ostfriesland**

Kurz bevor Marga sich auf den Weg nach Pewsum machte, war die Spurensicherung eingetroffen und hatte das zerfallene Gebäude in eine Filmkulisse verwandelt. Überall Lampen, Stative und Männer in weißen Schutzanzügen. Die sterblichen Überreste von Theda Neehuis wurden nach einer kurzen Untersuchung am Fundort in die Gerichtsmedizin überführt, den Obduktionsbericht würden sie morgen erhalten. Joki war in Uttum geblieben, nachdem Marga ihm versichert hatte, alleine klarzukommen. Sie brauchte niemanden zum Händchenhalten. Das Pflegeheim von Theda Neehuis war eigentlich nur ein größeres Doppelhaus und lag mitten in einer Wohnsiedlung aus den 1960ern. Marga hatte es sich wesentlich größer vorgestellt. Erst im letzten Augenblick nahm sie das Schild wahr, das im Vorgarten hinter einem Rhododendronbusch stand, der seine Blätter bis zum Anschlag aufgerollt hatte.

»Wir legen Wert auf Überschaubarkeit.« Frau Lorei bot Marga einen Platz am Esstisch an. Das Esszimmer ging nahtlos in einen gefliesten Wintergarten über, in dem eine Frau auf dem Sofa saß und strickte. Eine andere im Rollstuhl war geparkt mit Blick ins Grüne. Außer einem Schluckauf zeigte sie keinerlei Regung. Im Radio dudelte Plüschmusik. Frau Lorei schloss die gläserne Schiebetür zwischen Esszimmer und Wintergarten. Musik und Schluckauf waren nur noch gedämpft zu hören. Sie bot Marga Kaffee an, Marga lehnte ab. »Und trotzdem ist Frau Neehuis einfach verschwunden.«

»Ich habe mich die ganze Nacht gefragt, wie das passieren konnte.« Die Schatten unter Frau Loreis Augen waren nicht zu übersehen, und dicke Tropfen rollten ihre Wangen hinab. Sie sah vergrämt aus. Marga ließ ihr Zeit, sich zu schneuzen. Anschließend wischte sich Annette Lorei die Tränen mit dem zerknüllten Tempo vom Kinn, die nassen Stellen auf der Tischplatte übersah sie.

»Wann haben Sie bemerkt, dass Frau Neehuis nicht mehr da war?«

»Nach dem Mittagessen. Ich hatte gerade die Küche aufgeräumt und die Tee-Tabletts vorbereitet.« Sie presste sich die Faust vor den Mund, schien untröstlich.

»Sie betreuen die Frauen allein?«

»Unsere Mitbewohnerinnen«, verbesserte Frau Lorei. »Wir leben mit den Damen zusammen wie eine große Familie.«

»Wer sind ›wir‹?«

»Mein Mann und ich. Es ist wichtig, für ein gutes Klima zu sorgen.« Frau Lorei klang, als würde sie Phrasen aus einer Hochglanzbroschüre vortragen. Eine glückliche Herde, und doch war eines der Schäfchen abhandengekommen.

»Sie und Ihr Mann pflegen die Damen?« Marga versuchte es noch mal.

»Mein Mann hilft nur am Wochenende und abends. Unter der Woche arbeitet er für die Gemeinde.«

»Bestimmt sehr stressig, so eine Doppelbelastung. Und wann haben Sie mal frei?«

»In Absprache mit unseren Aushilfen.« Frau Lorei riss kleine Fetzen vom Papiertaschentuch und rollte sie zwischen den Fingern. Als sie bemerkte, dass Marga ihr zusah, hörte sie auf.

»Gestern, als Frau Neehuis verschwunden ist, waren aber nur Sie und Ihr Mann im Haus?«

»Und die übrigen Bewohnerinnen.«

Marga nickte und bat Frau Lorei, ihr das Zimmer von Theda Neehuis zu zeigen. Der kleine Raum ähnelte dem Zimmer eines x-beliebigen Krankenhauses. Ein Bett, ein Tisch, ein Schrank. Von wegen Bewohnerin. Der einzige Farbklecks war das grünstichige Bild eines betenden Mädchens an der Wand. Marga warf einen Blick in den Kleiderschrank. Nur Wäsche, fein säuberlich gestapelt, ein paar Blusen, eine beige Sommerjacke. »Keine persönlichen Sachen von Frau Neehuis?«

»Wir haben alles eingepackt. Frau Neehuis war durch ihre Demenz sehr unruhig. Wir hielten es für besser, ihr Umfeld so neutral wie möglich zu gestalten.«

Marga hob die Brauen, und Frau Lorei erklärte. »Wenn man nur noch in der Vergangenheit lebt und selbst da alles durcheinanderwirft, dann ist persönlicher Besitz manchmal weder hilfreich noch sinnvoll.«

»Haben vertraute Sachen denn keine beruhigende Wirkung auf Demenzkranke?«

»Kommt ganz darauf an, welche Erinnerungen der Kranke mit ihnen verknüpft. Sie können sicher sein, dass wir für Frau Neehuis nur das Beste wollten.«

Marga verließ den Raum. Nur das Beste. Aber irgendwer hatte der alten Frau das Maul gestopft. Aus dem Zimmer gleich nebenan erklang ein schwaches Husten, und Frau Lorei entschuldigte sich. Die halbgeöffnete Tür ließ Marga den merkwürdig kleinen Schädel einer alten Frau erkennen, die tief ins Kissen gesunken dalag. Annette Lorei arbeitete zügig. Mit ein paar Handgriffen fuhr sie das Kopfende des Bettes hoch, so dass ihr Schützling mehr ins Sitzen kam, beugte den schmächtigen Oberkörper der Pflegebedürftigen vor, schüttelte ihr das Kissen auf und lehnte sie zurück. Der Unterkiefer der Alten klappte auf und wieder zu, aber sie gab keinen Laut von

sich. Und die Lorei auch nicht. Aus den geballten Fäusten der alten Frau ragte weißer Verbandsstoff.
»Was hält sie in ihren Händen?«, fragte Marga, als Frau Lorei wieder auf den Flur getreten war.
»Das? Eine einfache Pflegemaßnahme. Wegen der Spasmen legen wir gerollte Mullbinden in die Hände. Die Faust würde sich sonst komplett schließen und nur mit langwieriger Gymnastik wieder zu öffnen sein. Die Binden sind effektiv und sauber.«
»Aha.« Es sah aber komisch aus. Sauber und schnell. Damit konnte man bei Frau Lorei anscheinend punkten.
Sie gingen den Flur hinunter.
»Wir gehen davon aus, dass Frau Neehuis Opfer eines Gewaltverbrechens geworden ist.«
»Ich hätte sie niemals aus den Augen lassen dürfen, aber sie war so gerne im Garten.« Frau Loreis Stimme wechselte in den Sopran.
»Den Garten würde ich mir auch gerne ansehen.« Marga reagierte, bevor sich noch mehr Tränen den Weg nach draußen bahnten. Frau Lorei ging stumm voran. Die Terrasse lag vor dem Wintergarten und war zur Hälfte von einem Windschutz umgeben. Eine uniforme Thuja-Hecke umsäumte das Grundstück wie aufmarschierte grüne Soldaten, zu deren Füßen zeugte ein grauer Gruß Restschnee vom Jahrhundertwinter. Durchbrochen wurde das Heer von einer kleinen Gartenpforte, ein unbefestigter Pfad führte nach vorn zur Straße.
»Ist die Gartenpforte abgeschlossen?«
Frau Lorei guckte verständnislos. »Sie ist nur kniehoch, jeder, der rein will, könnte drübersteigen.«
»Also hätte Frau Neehuis den Garten auch auf diesem Weg unbemerkt verlassen können?«
»Mit dem Rollstuhl über das Gras, das hätte sie niemals ge-

schafft. Jemand muss sie geschoben haben. Das habe ich aber gestern auch schon Ihren Kollegen erzählt. Irgendwer hat sie mitgenommen.«

Marga ging über den Rasen zur Pforte, weiche Moospolster gaben unter ihren Schritten nach. Oder irgendwer hatte sie weggebracht. Oder weggeräumt. Sie nahm ein Tempo aus der Jackentasche und zog am Riegel des Türchens. Geräuschlos schwang die Pforte auf. Auf dem Weg fand Marga zwei alte Bekannte aus Uttum. Die Reifen des Rollstuhls hatten auch hier tiefe Abdrücke hinterlassen.

*

Marga war allein im Esszimmer und rief Joki an. Durch die Schiebetür sah sie Frau Lorei den übrigen Bewohnerinnen die traurige Nachricht überbringen. Ruhig und gefasst. Ohne Tränen. Marga wandte sich ab und versuchte es ein zweites Mal unter Jokis Nummer. Endlich ging er dran.

»Die Pflegeeinrichtung ist ziemlich klein. Sieben Bewohnerinnen, das leitende Ehepaar und zwei Aushilfen, die gestern nicht im Haus waren; von denen hab ich aber die Adressen. Die Oma ist denen praktisch aus dem Garten geklaut worden.«

»Könnte sie weggelaufen sein?«

»Kann ich mir nicht vorstellen. Kein befestigter Weg, unwahrscheinlich, dass sie es mit dem Rolli alleine geschafft hätte. Das Gleiche wie an der Scheune. Tiefe Abdrücke vom Rollstuhl. Ich hab da kein gutes Gefühl. Hätte die Spurensicherung sich das gestern schon angeguckt, hätten wir vielleicht was in der Hand gehabt und sie noch rechtzeitig gefunden.«

Joki grunzte. »Haben und hätten. Ich schick die Spurensiche-

rung gleich rüber. Laut unserem Medizinmann ist die Neehuis ungefähr zwischen acht und zwölf Stunden tot. Vermutlich erstickt, es gibt Einblutungen in der Bindehaut. Was ist mit den Betreibern? Sind die sauber?«
Marga zupfte sich an der Unterlippe. Frau Lorei hatte sich zu ihren Damen gesetzt.
»Ich weiß nicht. Sie wirkt ziemlich fertig. Und er ist noch in der Arbeit. Ist in Pewsum bei der Gemeinde beschäftigt, auf dem Bauamt.«
»Wir brauchen die Krankenakte von der Neehuis zum Abgleich mit dem Obduktionsbericht. Lass dir den Namen des Hausarztes sagen. Gibt es Verwandte?«
»Ein Neffe, wohnt hier im Ort. Zu dem hatte sie auch Kontakt.«
»Guck, ob der was erbt.«
»Logo. Wie weit bist du in Uttum?«, fragte Marga.
»Gleich fertig. Gab sogar Tee und Kuchen, ansonsten wenig Brauchbares. Und alle ziemlich wortkarg, bis auf den alten Kerl mit dem Fahrrad. Und der erzählt, aber wie das Orakel von Delphi. Nur Andeutungen. Ist als Junge Melker auf dem Hayenga-Hof gewesen. In der schlechten Zeit. Alles nicht rosig, alle Männer im Krieg, schwere Zeiten, was hätten sie denn tun sollen ... gearbeitet für 'n Liter Milch und ein paar ruch Tuffels.«
Marga spürte ihren eigenen Magen ziehen. Lag das an der Erwähnung von Krieg und leerem Bauch? Sie verabredete sich mit Joki in Pewsum am Bauamt. Außerdem setzte Joki zwei Beamte auf die Befragung der direkten Nachbarschaft an. Für gewöhnlich hatten in solchen Siedlungen die Hecken Ohren.

*

Die Befragung der Bewohnerinnen war nicht einfach. Drei waren bettlägerig und hatten nichts bemerkt. Von den Damen im Wintergarten war einzig die Strickende in der Lage, auf Margas Fragen zu antworten. Die andere war dermaßen schwerhörig, dass Marga es aufgab, ihr ins Gesicht zu brüllen. Und den Schluckauf hatte die Frau auch immer noch. Die strickende Dame war erschüttert, die Handarbeit lag schlaff in ihrem Schoß auf dem braunen Faltenrock. »2006 ist Theda gekommen. Bisschen später als ich.«

»Frau Dagelow, haben Sie denn irgendwas bemerkt? Gestern, nach dem Mittagessen?«

»Zum Mittagessen war Theda noch da. Wir sitzen am selben Tisch. Unterhalten kann man sich nicht mehr so gut mit ihr. War schon bisschen tüdelig geworden. Altwerden ist schiete, wenn's hier oben nicht mehr funktioniert.« Sie tippte sich an den Kopf. »Bei mir wollen die Beine nicht mehr. Ist auch schiete. 2006 ist Theda gekommen. Bisschen später als ich.«

Marga lächelte. »Hat Frau Neehuis sich denn irgendwie anders verhalten in der letzten Zeit? War sie ängstlich oder aufgeregt?«

»Neeisch, warum sollte sie denn Angst haben?« Frau Dagelow sah Marga verblüfft an. »Aufgeregt war sie nur einmal, aber dann nicht mehr. Sie wollte nicht in den Hühnerstall, hat sie gesagt. Dabei haben wir doch gar keinen. 2006 ist Theda gekommen. Bisschen später als ich.«

Frau Lorei ging dazwischen. »Frau Neehuis war außer sich. Hatte panische Angst. Wir konnten sie kaum beruhigen.«

»Wie geht man damit um?«, fragte Marga.

Frau Lorei zuckte mit den Schultern. »Mit Geduld und Einfühlungsvermögen. Mit ganz normalem Menschenverstand.«

Hörte sich simpel an aus Frau Loreis Mund.

»Ich bräuchte dann noch Nummer und Anschrift des behandelnden Arztes von Frau Neehuis.«
Frau Lorei öffnete den Mund, als wollte sie etwas sagen, ließ es aber bleiben. Marga wurde stutzig. »Gibt es Einwände?«
»Muss denn das sein?«, sagte Frau Lorei und fuhr sich mit der Hand über die Stirn. Sie sah plötzlich müde aus. »Jetzt wird sie bestimmt auch noch aufgeschnitten, die arme Seele. Das hätte sie nicht gewollt.«
Marga schwieg. Und dachte an Theda Neehuis' schmutzige Lippen.

# KAPITEL 8

**Pewsum, Ostfriesland**

Als wären Wind und Regen nicht genug, fielen nun auch noch Eisklumpen aus der Luft. Der Winter gab sich nicht geschlagen. Die gelbe Manninga-Burg stand wie ein Legoturm in Pewsum Mitte. Marga fuhr durch den Kreisel, hielt sich links und parkte bei einem Supermarkt; sie brauchte unbedingt was zu essen. Der Parkplatz sah nach dem Hagelschauer aus, als hätte jemand Salz verschüttet. Im Supermarkt war eine Bäckerei, und Marga bestellte sich einen Kaffee zum Mitnehmen und eine große Rosinenschnecke. Während die Verkäuferin den Kaffee eingoss, bemerkte Marga, dass sie noch ihre Gummistiefel trug. Kein Wunder, dass Frau Lorei so geweint hatte, Marga war ihr mit den ollen Stiefeln quer durchs Haus gelatscht. Sie ging zurück zum Wagen, wechselte die Schuhe und nahm einen Schluck vom heißen Kaffee, ohne sich die Zunge zu verbrennen. Dafür war die Rosinenschnecke dröge und pappte ihr am Gaumen, und der fingerdicke Zuckerguss verwandelte sich in Konrads Spezialkleber. Frau Lorei hatte für Marga den Namen des Hausarztes aufgeschrieben. Dr. Brügge war in Pewsum ansässig. Außerdem hatte Marga die Adresse von Frau Neehuis' Neffen erhalten, der ebenfalls in Pewsum wohnte. Marga hatte auf der Fahrt in den Ort bei ihm haltgemacht, aber niemanden angetroffen. Sie würde es später noch einmal versuchen. Ihr blieb noch eine knappe Viertelstunde bis zum Treffen mit Joki auf dem Bauamt. Sie ging zurück in die Bäckerei und erkundigte sich nach der Praxis von Dr. Brügge. Die schmucke weiße Villa war nicht zu übersehen, sie lag auf der anderen Seite des Marktplatzes, Marga konnte fast rüberspucken. Auf einem polierten Messingschild prangte Brügges Name. Marga öffnete die doppelte Tür mit den schmiedeeisernen Verzierungen, trat ein und war wieder draußen, noch bevor die letzten Krümel der Rosinenschnecke zwischen ihren Zähnen geschmolzen waren. Ohne richterliche Verfügung lief hier gar nichts. Keine Auskunft, keine Akte. Marga hatte die Sprechstundenhilfe unterschätzt. Freundlich, aber bestimmt war sie abgewiesen worden. Sie kramte nach ihrem Handy und orderte den Wisch in Aurich bei den Kollegen. Mit ein bisschen Glück würde das Papier noch heute per Fax in der Praxis landen. Sie umrundete den Marktplatz und kam zum Verwaltungsgebäude der Gemeinde. Jokis Passat stand schon vor dem Eingang, auf einem Parkplatz für Gehbehinderte, er selbst war nirgends auszumachen. Dann kam er angelaufen. Mit Schlagseite. Eine unförmige Plastiktüte baumelte neben seinem Bein, und die Griffe quetschten ihm die Hand ins Blauviolette. »Musste noch eben was besorgen. Da vorne ist ein Viersterneschlachter.« Er deutete über seine Schulter. »Die luftgetrocknete Mettwurst – eins a.« Behutsam legte er seine eingetüteten Wurstringe auf den Beifahrersitz und gurtete sie an.

Marga grinste. »Hast du Angst, deine Wurst geht tot?«

»Nee, aber die Dinger würden beim Bremsen glatt durch die Scheibe schmieren. Knüppelhart – und so lecker.« Joki bekam einen verklärten Dackelblick und erinnerte Marga einmal mehr an Ludger. »Und noch was …« Joki öffnete die Eingangstür und ließ Marga den Vortritt. Etwas Schweres, Fettiges musste den rosigen Schimmer auf Jokis Wangen gezaubert haben. Marga wettete, es waren Grieben. Oder Grünkohl mit Pinkel. Erbsensuppe?

»Die Neehuis ist tatsächlich auf dem Hof im Hammrich geboren.«
Marga war enttäuscht. »Weiß ich. Hat der Fahrrad-Opi doch schon erzählt.«
»Ja, aber das ist noch nicht alles. Der Hof wird heute noch bewirtschaftet. Von einem Derk Kampmann. Und nun rate mal, wem die Bruchbude gehört, in der wir die Neehuis gefunden haben. Auch dem Kampmann. So klein ist die Welt. Gediegen, oder?«
Marga hob die Brauen. So klein war Uttum, irgendwem musste der Schuppen doch gehören. Im Büro war Herr Lorei dabei, seine Tasche zu packen. Marga nahm Platz, Joki ging ans Fenster und sah sich die kleine Welt an.
»Meine Frau hat mich bereits informiert.« Lorei blinzelte, sein Schnauzbart hob und senkte sich. Marga kam ohne Umschweife zum Thema. »Herr Lorei, wo genau befanden Sie sich, als Frau Neehuis verschwand?«
Lorei räusperte sich. »Ich werde Ihnen da keine große Hilfe sein. Ich hab nichts mitgekriegt. Nach dem Mittagessen ein halbes Stündchen aufs Sofa, da bin ich wohl eingenickt.« Er lächelte Marga und Joki entschuldigend an.
Joki zeigte weiter nur seinen Rücken, und das Lächeln des Herrn Lorei ging ins Nirgendwo. Marga überlegte. »Sie haben also geschlafen, als Sie eigentlich für die Betreuung von Frau Neehuis verantwortlich waren?«
»Wie hört sich denn das an? Es war Sonntag, und ich hab mich kurz hingelegt. Das Ganze ist wirklich tragisch.« Lorei versuchte es mit einem betroffenen Gesicht und sah aus wie ein greinender Säugling.
»Tragisch?« Jokis Rücken sprach. Dann drehte er sich um. »Bei Mord würden mir da ganz andere Wörter einfallen. Heimtückisch. Oder grausam.«

»Mord?« Loreis Unterkiefer sackte ab. »Aber wer sollte denn die alte Frau Neehuis um die Ecke bringen?«
»Keine Ahnung, Herr Lorei. Fakt ist, dass irgendwer sie in einen Schuppen nach Uttum gebracht hat.« Joki wurde lauter.
»Ich kenn Frau Neehuis, seit ich als lüttjer Steppke bei ihr im Kindergottesdienst war. Wir haben ihr mit Sicherheit kein Haar gekrümmt.« Loreis Schnauzbart vibrierte vor Entrüstung.
»Wie erklären Sie es sich dann, dass Frau Neehuis gestern verschwunden ist?«, bohrte Marga nach.
»Ja, was weiß denn ich?« Lorei brauste auf.
»Nu man immer mit der Ruhe.« Joki richtete sich auf. »Wenn hier einer bölkt, dann bin ich das. Und auch nur, weil ich langsam doof auf den Ohren werde.«
Marga fragte weiter. »War irgendwas ungewöhnlich? Hat sich vielleicht jemand nach Frau Neehuis erkundigt? Vielleicht auch schon ein paar Tage vorher?«
»Nee. Alles war wie immer.« Lorei war ins Trotzalter gewechselt, und mit Jokis Ohren ging es schlagartig bergab.
»Ja, außer für die Neehuis. Mein Gott, Lorei! Die alte Frau klaut Ihnen doch niemand spontan aus dem Garten. Die Spurensicherung wird bei Ihnen den Rasen umpflügen, und wenn da irgendwas ist, dann finden wir das.« Jokis flache Hand donnerte auf Loreis Schreibtischplatte.
»Wollen Sie mir etwa drohen?«
»Ach, hören Sie doch auf zu singen. Ich will hier nur meine Arbeit machen. Und das müsste ich nicht, wenn Sie Ihre auch gemacht hätten. Tach auch!« Joki ging mit großen Schritten davon.
»Den bist du aber ganz schön angegangen«, sagte Marga, nachdem sie Loreis Büro verlassen hatten.
»Ach, so 'ne Schlafmütze. Nichts gehört und nichts gesehen,

das sind mir die Liebsten.« Joki drehte auf. »Das gibt's doch alles gar nicht. Der liegt aufm Sofa und pennt, während irgendein Bekloppter die Neehuis einsackt, umbringt und dann in Uttum in den Schuppen stellt. Und ihr außerdem eine Ladung Erde in den Rachen drückt.« Joki spuckte aus, und sie erreichten seinen Wagen. »So. Und watt nu? Ist der Lorei echt?«
Margas Magen fühlte sich an, als hätte man ihr Zitronensaft eingeflößt. Waren die Loreis echt? Sie grübelte.
»Ich weiß es nicht. Ehrlich gesagt, hab ich ein ganz komisches Gefühl.«
»Komisches Gefühl?« Joki schnaufte. »Jetzt sag ich dir mal was, aber keinem weitersagen. Wenn dir irgendwas komisch vorkommt oder merkwürdig, dann hak nach.« Er wurde leiser und zeigte auf seine Plauze. »Und besonders, wenn's hier drin grummelt und zwickt. Ist nicht alles immer Hunger.«
Marga glotzte ungläubig. Joki war ein ganz schön bunter Hund.

# KAPITEL 9

**Pewsum, Ostfriesland**

Marga drückte auf den Klingelknopf, und ein dreitoniger Gong erklang. Anders als am frühen Nachmittag wurde die Tür geöffnet.

»Kripo Aurich. Herr Rohden? Wir müssen Sie in einer dringenden Angelegenheit sprechen. Es geht um Ihre Tante, Theda Neehuis.«

Der Mann im grauen Feinstrickpullover trat zurück und bat sie herein. »Ich hab mir schon gedacht, dass Sie kommen. Geradeaus durch ist das Wohnzimmer. Ich sag kurz meiner Frau Bescheid.«

Eisige Luft empfing Marga und Joki in dem Raum und schwappte über ihnen zusammen wie kaltes Wasser. Marga versank fast in einem grasgrünen Polstermöbel, und selbst Joki sah in der schweren Wohnzimmergarnitur zierlich aus.

»Ich wette, die sitzen hier nur zu Weihnachten.« Er blies seine Atemluft in das Zimmer, um zu sehen, ob sie weiß wurde.

Aus dem Inneren des Hauses hörten sie Schritte. In der Tür erschien Tilde Rohden – wie ein rettender Engel. »Oh! Hier ist es doch viel zu kalt.« Sie wandte sich an Marga. »Die Stube nutzen wir nur an Geburtstagen, wenn die Familie kommt. Oder zu Weihnachten.« Tilde Rohden führte sie in die Küche, von der aus es in die weniger gute, dafür warme Stube ging, und Joki zeigte Marga heimlich mit den Fingern ein Victory-Zeichen.

»Möchten Sie Tee?« Ohne die Antwort abzuwarten, begann

Frau Rohden in der Küche zu hantieren. Hans Rohden nahm Platz und fuhr sich mit den Handflächen über die Oberschenkel.
»Sie wissen, warum wir hier sind?« Joki suchte nach den passenden Worten.
Hans Rohden nickte. »Helmut Lorei rief vorhin an und teilte mir mit, dass Tante Theda gefunden wurde.«
Jokis Gesicht verdunkelte sich. Schnell ergriff Marga das Wort, mit Jokis Holzhammer waren sie auf dem Bauamt auch nicht weit gekommen. »Herr Rohden, wir möchten Ihnen unser Beileid aussprechen. Und wir müssen Ihnen im Zusammenhang mit dem Tod Ihrer Tante Fragen stellen, die Sie vielleicht unangenehm oder unpassend finden, aber das geschieht nur, um so schnell wie möglich Licht ins Dunkel zu bringen.«
Amen. Marga kam sich furchtbar vor. Sie klang wie ein TV-Pfarrer. Egal, weiter im Text, bevor Joki dazwischenfunkte. »Der Leichnam Ihrer Tante ist heute Mittag gegen ein Uhr in Uttum gefunden worden. Der ausführliche Bericht liegt noch nicht vor, aber wir gehen davon aus, dass Theda Neehuis gewaltsam ums Leben gekommen ist.«
Rohdens Gesicht sah aus, als sei es aus grauem Karton. Er schrumpfte in seinem Sessel. In der Küche bollerte der Wasserkessel, Schranktüren klappten auf und wieder zu. Dann kam Tilde Rohden mit dem Tee herein. Sie verteilte Thiele Broken Silber auf knisterndem Kluntje und malte in jede Tasse ein Wölkchen aus Sahne. Eine reichte sie ihrem Mann. »Komm, trink erst mal was.« Sie blickte kummervoll. »Ich hab's geahnt, dass wir sie nicht lebend wiedersehen«, sagte sie dann. »Komisch, oder? Die Feuerwehr hat den ganzen Sonntag gesucht. Bis in die Nacht hinein. Nichts. Und dann hab ich's gewusst. Ich hab einfach gewusst, dass das nicht gutgeht.«

Hans Rohden starrte auf die Tischdecke. »Wer macht so was? Und warum?« Er schüttelte den Kopf.
Marga stellte ihre Tasse ab. »Herr Rohden, wie lange kennen Sie das Ehepaar Lorei aus der Pflegeeinrichtung?«
»Lange.« Er winkte ab. »Ihn kenn ich schon ewig, wir sind zusammen zur Schule gegangen. Und ich war heilfroh, dass Tant-Theda zu den Loreis konnte, nachdem es alleine nicht mehr ging.«
»Wo hat sie vorher gewohnt?«
Tilde Rohden schenkte die zweite Runde ein und stellte den Teepott zurück auf das Stövchen. »Nur zwei Straßen weiter, ein Einfamilienhaus aus den Sechzigern. Nach dem Tod ihres Mannes lebte sie alleine dort. Und seit ihrem Umzug zu den Loreis wird es vermietet. Mein Mann hat sich damals um alles gekümmert. Er war immer so 'n bisschen der Liebling von Tante Theda.« Frau Rohden lächelte. Marga warf Joki einen Blick zu. Fiel dem Ehepaar jetzt zufällig das Haus in den Schoß? Tilde sprach unbekümmert weiter. »Zu Anfang sind wir täglich rüber, haben ihr Frühstück und Abendbrot gemacht. Bis es dann nicht mehr ging. Sie ist nachts aufgestanden, hat den Herd angestellt, weil sie Essen kochen wollte und all solche Sachen. Ich bin berufstätig. Eine 24-Stunden-Pflege kann ich nicht leisten.« Sie wurde leiser. »Tante Theda war zum Schluss sehr unruhig, hat viel geweint und geschimpft. Einmal hat sie mich sogar angespuckt.« Sie suchte beim Sprechen die Hand ihres Mannes. »Wir konnten nicht mehr. Nachdem die Pflegestufe durch war, durfte Tante Theda kurzfristig zu den Loreis. Das schien das Beste zu sein für alle Beteiligten.«
Joki rutschte auf seinem Platz hin und her. »Hatte Ihre Tante Feinde?«
Hans Rohden machte große Augen. »Feinde? Tant-Theda

war über 80 und hat die letzten Jahre so gut wie nichts mehr mitgekriegt. Wen sollte die sich zum Feind gemacht haben? Und wodurch? Weil sie nicht mehr wusste, wo sie ihre Puschen gelassen hatte?«

»Vielleicht konnten die Loreis auch nicht mehr?«, warf Marga ein.

»Nun hören Sie aber auf!« Klirrend setzte Tilde Rohden ihre Tasse ab. »Also, für Annette Lorei leg ich die Hand ins Feuer. Die kann wirklich gut mit alten Leuten und hat viel Geduld, und Tante Theda war eine Nette. Sie hat ihr Leben lang ehrenamtlich bei der Kirche mitgeholfen. Beim Kindergottesdienst und beim Frauenkreis für Seniorinnen. Außerdem hat sie im Kirchenchor gesungen.«

»Und hat Sie angespuckt.« Marga wippte bedächtig mit der Fußspitze.

»Kennen Sie sich aus mit Demenz?«, fragte Tilde Rohden ruhig. »Eine heimtückische Krankheit. Sie verlieren Ihre Lieben, obwohl sie noch da sind. Jeden Tag ein Stückchen.«

»Und ihr Erspartes ist mit in die Pflege geflossen«, fügte Rohden hinzu, »wir wollten, dass es ihr gutgeht.«

Joki stellte seinen Löffel in die Tasse, lehnte einen dritten Tee dankend ab. »Aber nun ist sie tot. Und das, weil irgendwer sie wirklich schlecht behandelt hat. Herr Rohden, ich muss Sie bitten, morgen in der Gerichtsmedizin zu erscheinen. Es wäre gut, wenn Sie als nächster Angehöriger Ihre Tante identifizieren.« Joki erhob sich und löste die Teegesellschaft auf.

*

»Wir müssen unbedingt bei den Rohdens die Vermögensverhältnisse abklopfen. Schulden, Kredite, was weiß ich. Immerhin haben sie durch den Tod der Neehuis nu ihr klein Häuschen mit auf der Habenseite.« Joki fuhr Marga zurück zum Parkplatz, wo sie ihren Skoda stehen gelassen hatte, und ließ seinen Gedanken freien Lauf. »Tante Theda hier, Tante Theda da. Wenn's nach denen geht, haben sie allesamt 'ne saubere Weste und sind Gunst und Güte in Person.«

Marga blickte aus dem Fenster, es war schon dunkel. »Und wenn es doch der große Unbekannte war?«

»Alles nur Zufall? Nee, nie im Leben. Zufällig kommt ein Bekloppter vorbei, der gerade Lust hat, jemanden umzubringen, und trifft auf die Neehuis im Garten. Einen passenden Wagen für den Rollstuhl hat er auch. Nicht zu vergessen, dass das Opfer zufällig aus dem Ort kommt, in dem wir es später wiederfinden. Zufällig sogar auf einem Grundstück, das früher zum Hof der Familie gehörte. Das hältst du doch im Kopp nicht aus, wie das stinkt. Das ist riesengroßer Mist!«

»Gut, dann gehen wir jetzt alles systematisch durch.« Marga rückte sich auf dem Sitz zurecht. »Es ist also kein Zufall. Dann bleibt uns ein Mord im Hause Lorei, ohne ersichtliches Motiv. Wenn die Lorei mit der Pflege von Frau Neehuis überfordert gewesen wäre, hätte sie sich einfach Hilfe holen können.«

»Totschlag?«, warf Joki ein.

»Nur weil der Lorei die Neehuis auf den Keks gegangen ist?« Marga verzog den Mund. »Kann ich mir jetzt auch nicht wirklich vorstellen. Vielleicht ein Unfall? Oder Mord zur Vertuschung einer Straftat? Die Neehuis kommt bei den Loreis zu Tode, und die beiden inszenieren eine Entführung mit anschließendem Mord, um von sich selber abzulenken.« Marga sah Jokis dicken Schädel hin- und herwiegen.

»Weiß nicht, Marga. Dann hätten sie aber ganz schön fett aufgetragen. Denk an die Erde im Mund. Bleib mal beim Affekt. Was ist mit ihm, dem sauberen Herrn Lorei? Vielleicht hat sie ihn genervt, und er hat sie, sagen wir mal, ein bisschen zu doll geschüttelt?«

»Nicht auszuschließen. Der kann bestimmt ausflippen, wenn ihm was nicht passt.«

»Das kann jeder.«

»Stimmt. Aber nicht jeder wird handgreiflich. Man könnte immer noch den Raum verlassen, bis zehn zählen oder sonst was machen, um sich zu beruhigen.« Marga kaute auf ihrer Unterlippe.

Joki setzte den Blinker und fuhr auf den Parkplatz. Er hielt neben Margas Wagen. Marga fröstelte angesichts der feuchten Kälte, die sie erwartete.

»Und was, wenn genau das die Strategie von Lorei war?« Marga drehte sich zu Joki. »Wer nervt, fliegt raus ins Grüne. Mal ganz ehrlich, ich fand's arschkalt gestern.«

Joki pfiff und schlug sich mit der Hand auf den Schenkel.

»Jo! Und genau da fängt es schon an zu stinken. Der Lorei liegt auf dem Sofa und ratzt, und die Neehuis muss nach draußen. An die frische Luft.« Joki schnaufte. »Und wir schlucken das. Da müssen wir noch mal ansetzen, aber erst morgen. Wir warten den Obduktionsbericht ab.«

# KAPITEL 10

**Emden, Ostfriesland**

Fast genau zwölf Stunden nach dem Verlassen ihrer Wohnung war Marga zurück, pulte den Schlüssel unter der Fußmatte hervor und steckte ihn ins Schloss. Die Tür sprang auf, aber da war nichts als schwarze Leere. Kein hechelnder Atem, keine feuchte Schnauze, die sich in ihre Oberschenkel bohrte, und kein bulliger Körper, der sich vor Freude wand und sie nicht in die Wohnung ließ. Nur ein blinkender Anrufbeantworter, darauf Peters Stimme, die verkündete, dass Ludger noch bei ihm sei. Und Essen gäbe es auch. Und ein Bier. Eigentlich war ihr nicht nach Gesellschaft zumute. Die Bilder vom Tatort spukten ihr im Kopf herum. Außerdem musste sie früh raus. Sie hatte mit Joki abgemacht, morgens gleich ins Krankenhaus zu fahren, um erneut mit Marek Schulz zu sprechen. Anschließend standen Uttum auf ihrer Liste und der ehemalige Hayenga-Hof. Dafür würde Joki heute Abend noch Harm auf den neusten Stand bringen und bei der Gerichtsmedizin ein bisschen drängeln. Bevor Marga zu Peter ging, musste sie aber unbedingt aufs Klo. Anschließend wusch sie sich Hände und Gesicht. Bleich war sie, und die Haut schuppte sich an Nase und Kinn. Sie suchte nach ihrer getönten Tagescreme, fand sie in einem alten Kulturbeutel und drückte sich eine Portion in die Handfläche. Skeptisch betrachtete sie den geronnenen Haufen. Sah aus wie ein Vogelschiss und roch auch nicht gut. Unbenutzt spülte sie die Creme von den Händen und warf die Tube in den Müll. Ihr

Pullover roch frischer als die Creme, deshalb ließ sie ihn an. Sie beschloss, Peter zu vertrösten und nur den Hund abzuholen, Hunger hatte sie sowieso keinen. Fünf Minuten dauerte der Fußweg. Peter wohnte gleich ums Eck in einer schönen Altbauwohnung. Sechs Mietparteien gab es in dem Haus, das Peters Mutter gehörte. Und Peter kümmerte sich um die Verwaltung der Immobilien. Soweit Marga wusste, war Peter geschieden, seine Ex-Frau und sein zehnjähriger Sohn lebten in Aurich. Das Verhältnis schien trotz der Scheidung in Ordnung zu sein, jedenfalls konnte sich Marga an nichts Gegenteiliges erinnern. Oder Peter hielt sich da bedeckt. Ludger begrüßte sie stürmisch, wie erwartet. Peter lächelte nur, und als Marga den Hund beruhigt hatte, war Peter schon wieder in der Küche verschwunden, also ging sie hinterher. Auf dem Herd blubberte Tomatensoße, und es duftete nach würzigen Kräutern. Marga fühlte sich sofort wie in Abrahams Schoß. Sogar eine Kerze brannte auf dem schweren Küchentisch. Peter goss Bandnudeln ab, der Wasserdampf stieg ihm ins Gesicht. »Du siehst müde aus.«
Marga schämte sich plötzlich für ihre struppige Haut. Toll, Peter. Sie hatte nicht um eine Verabredung gebeten. Müde? Wenn es so einfach wäre. Eher zum Zerreißen angespannt. Endlich ein großer Fall. Sie musste unbedingt alles richtig machen. Die Gedanken hinter ihrer Stirn schossen wild hin und her. Theda Neehuis. Die Lorei. Das entsetzte Gesicht von Rohden, als Joki die Gerichtsmedizin erwähnte. Die schmutzigen Lippen von Theda Neehuis. Peter lächelte immer noch. Hatte er was gesagt? Marga wusste es nicht. Er ging an den Kühlschrank und nahm zwei Flaschen Bier heraus. Widerstandslos ließ Marga sich eine davon in die Hand drücken. Peter prostete ihr zu und nahm einen tiefen Schluck. Auf seinem braunen T-Shirt prangte St. Paulis *»Retter«*-Aufdruck.

Na dann. Rette mich, Sweet Pete. Sie trank und ließ sich auf einen Stuhl fallen. Peter füllte zwei Teller, und Marga merkte mit jedem Bissen, wie hungrig sie eigentlich gewesen war und dass Nudeln glücklich machten. Ludger lag im Flur und grunzte im Schlaf.

»Hab den Dicken mit zum Joggen genommen, der ist total fertig.«

»Danke.«

»Keine Ursache. Deine Therme habe ich auch repariert. Wenn du willst, kann ich Ludger morgen Nachmittag wieder mitnehmen.« Peter trank sein Bier aus und verschränkte die Arme hinter dem Kopf.

Marga wusste nicht, ob es am Essen oder an Peters Lächeln lag, aber sie hatte plötzlich ein warmes Gefühl im Bauch.

»Stress bei der Arbeit?«, fragte er.

Marga schob die letzten Nudeln zusammen. »Ein großer Fall«, antwortete sie kauend, »und ziemlich wichtig für mich.«

»Echt? Erzähl mal.«

»Gibt nicht viel zu erzählen. Eine alte Frau ist getötet worden. Wir stehen mit unseren Ermittlungen noch ganz am Anfang, und in meinem Kopf sieht es aus wie in einem Labyrinth. Ich muss die ganzen Eindrücke erst mal sacken lassen, glaub ich.« Marga lehnte sich zurück und zog die Ärmel ihres Pullovers über die Hände.

»Zumindest siehst du aus, als könntest du eine Pause vertragen.« Peter stand auf, ging in den Nebenraum und kam mit einem schwarzen Knäuel zurück, das er Marga in den Schoß warf.

»Anziehen.« Er öffnete noch zwei Flaschen Bier und klemmte sich eine Tüte Erdnusslocken unter den Arm.

»Mir ist nicht kalt.« Marga hielt verständnislos das große Sweatshirt mit der schwarzen Kapuze hoch.

»Macht nichts. Trotzdem überziehen. Wenn St. Pauli spielt, dann gehört sich das so.«
Zwei Stunden und drei Tore später machten Marga und Ludger sich auf den Rückweg. Den Pulli behielt Marga an.
»Ist kalt draußen«, hatte Peter gesagt, als Marga ihn ausziehen wollte. Also behielt sie ihn an. Ehrlich gesagt, roch er ziemlich gut. Sie nahm eine heiße Dusche und cremte sich sorgfältig ein, dann ging sie zu Bett. Ludger fiepte vor ihrer Zimmertür, aber Marga blieb hart. Einschlafen konnte sie nicht. Sie blätterte in einem Buch, musste aber nach ein paar Seiten feststellen, dass sie zum Lesen zu unkonzentriert war. Ihr Gedankenkarussell lief auf Hochtouren. Wer hatte so einen Rochus auf Theda Neehuis haben können? Wer hatte ihr das Maul gestopft? Überall Erde, der Geruch von Moder und Humus. Und Sand, der zwischen den Zähnen knirschte und ihr den Hals verschloss und keine Luft zum Atmen hineinließ. Sie wollte schlucken, aber es ging nicht. Die fahlen Lippen, Augen aus Porzellan. Marga schreckte hoch, die Haare klebten an ihrem Kopf. Erst halb drei. Sie hatte vergessen, das Licht auszumachen. Benommen hörte sie Ludger an der Tür kratzen. Auf steifen Beinen stakste sie zur Tür und ließ den Hund rein. Er sprang am Fußende auf das Bett und drehte sich im Kreis, bevor er sich mit einem tiefen Seufzer fallen ließ und sich kein Stück mehr bewegte. Marga hatte Mühe, ihre Bettdecke unter ihm hervorzuziehen. Wie ein nasser Sack lag er auf ihren Füßen. Ganz egal. Hauptsache, sie konnte in Ruhe einschlafen.

# KAPITEL 11

**Emden, Hans-Susemihl-Krankenhaus**

Marek Schulz hatte die Nacht im Emder Hans-Susemihl-Krankenhaus verbracht. An der Information wies Marga sich aus und erkundigte sich nach dem Zimmer des Jungen. Die Kinderklinik befand sich im zweiten Obergeschoss. Auf dem Weg zu den Fahrstühlen las sie in der Auslage der Cafeteria die Schlagzeile der Emder Zeitung. *Tote Frau in Uttumer Abbruchhaus.* Marga kramte nach Kleingeld in ihrer Jackentasche, kaufte für sich die Emder und eine Tüte Lachgummis für Marek.

Vor den Fahrstühlen schwenkte sie nach links und nahm die Treppe. Auf das Fahrstuhlgefühl im Bauch konnte sie gut verzichten. Das Muster auf den Treppenstufen war unruhig und aufdringlich, die schwarzen Sprenkel sahen aus wie Theda Neehuis' schwarz gefüllter Mund. Marga übersprang einzelne Stufen und wurde immer schneller. Frühsport. Auf dem Flur der Station belud eine Schwester einen Rollwagen mit Tabletts, Marga wäre fast mit ihr zusammengestoßen. Sie fragte nach Marek Schulz.

»Zimmer 227. Der frühstückt gerade.«

Auf Margas Klopfen kam keine Antwort. Als sie eintrat, saß Marek mit Kopfhörern auf seinem Bett und biss so herzhaft in ein Marmeladenbrötchen, dass die Krümel in alle Richtungen splitterten.

»Guten Morgen.«

Marek entstöpselte schnell seine Ohren, und Marga sah sich

um. »Bist du ganz alleine? Ich dachte, ein Elternteil wird mit aufgenommen, wenn Kinder ins Krankenhaus müssen.«
»Bei den Kleinen schon, aber bei Größeren nicht mehr.«
»Aber du bekommst hier ja alles, was du brauchst, wie ich sehe.« Marga zeigte auf den Kopfhörer.
Marek grinste. »Der ist super. Den steckst du in die unterschiedlichen Buchsen am Telefon, und dann kannst du damit den Ton vom Fernseher empfangen oder Radio hören. In den Gameboy passt der auch. Und mit dem Telefon kann man den Fernseher umschalten. Willst mal?«
Marga grinste zurück. »Nee, lass lieber, ich bin im Dienst. Darfst du Gummikram?« Sie ließ die Tüte Lachgummis baumeln.
»Klar.«
Marga zögerte. Eigentlich hatte sie mit Frau Schulzes Anwesenheit gerechnet. Hoffentlich gab das keinen auf den Deckel, wenn sie den Jungen nicht im Beisein der Mutter befragte. Sie wischte die Bedenken fort, und die Tüte Süßigkeiten landete auf Mareks Bettdecke.
»Können wir uns noch mal unterhalten? Über den Vorfall gestern? Oder ist dir das unangenehm?«
»Nö, das geht schon. Ist ja schließlich meine Pflicht.« Er guckte wie ein Nachrichtensprecher.
Marga hob die Brauen. »Dann erzähl mir doch noch mal genau, was gestern passiert ist.«
Er wischte sich den Mund mit dem Ärmel seines Schlafanzuges ab. »Wir haben Partei gespielt. Ich hab die Schuppentür aufgemacht, und da hat der Rollstuhl gestanden mit der toten Frau drin.«
»Partei?« Marga schaute fragend.
»Die einen suchen, die anderen laufen weg. Zwei Parteien eben«, erklärte er.

»Ach so. Bei uns hieß das Räuber und Gendarm.«
»Das kenn ich nicht.«
»Na ja, so ein bisschen wie Verstecken«, versuchte Marga zu erklären, »nur mit Weglaufen und Fangen.«
Er zuckte mit den Schultern. »Kann sein. Wir sagen Partei.«
»Okay. Wenn du sagst ›wir‹, meinst du dich und die anderen beiden Jungen?«
»Gestern waren wir nur zu dritt. Eigentlich sind wir mehr. Nachmittags wollten wir alle zusammen Fußball spielen.«
»Du und die Jungen aus dem Dorf.«
»Ja.«
»Okay. Vormittags spielt ihr Partei, nachmittags Fußball?«
»Manchmal auch andersrum.«
»Gut. Was macht ihr sonst noch so?«
Er zuckte wieder mit den Schultern. »Spielen eben.«
Marga lutschte an dem Ende ihres Kugelschreibers. So wurde das nichts. »Reden wir mal über vorgestern. Was habt ihr da gemacht?«
»Morgens haben wir Partei gespielt.«
Marga seufzte. »Alles klar. Und nachmittags dann wahrscheinlich Fußball?«
»Nee, auch Partei. Weil mir das Knie weh tat«, Marek stockte, »und man beim Fußball öfter hinfällt als bei Partei.« Seine Wangen verfärbten sich rosa, und er spielte mit den Brötchenkrümeln auf seiner Bettdecke.
»Und warum tat dir dein Knie weh?«
»Bin gestürzt.« Seine Bettdecke schien ihn zu faszinieren, zumindest konnte er nicht aufhören, sie anzustarren.
»Ich hab keine Zeit für Spielchen.« Margas Ton verschärfte sich.
»Es kam plötzlich ein Auto. Von der Wiese vor dem Schuppen.« Seine Stimme wurde kraftlos.

»Eins aus dem Dorf?«
»Nee, die anderen kannten es nicht.«
»Mensch, Marek! Soll ich einen Arzt holen, der dir's aus der Nase zieht?«
Er blinzelte. »Wir haben dem Steine hinterhergeworfen.«
Marga verzog das Gesicht.
»Der hätte da gar nicht fahren dürfen. Hat Torben auch gesagt. Hätte mich beinahe umgefahren, und ich bin voll hingefallen. Tat höllisch weh. Mein Knie hat sogar geblutet. Und was macht der? Fährt einfach weiter. Das darf man nicht. Das ist Fahrerflucht.« Er verschränkte die Arme vor der Brust und blickte Marga zornig an.
»Und warum erzählst du das nicht gleich?«
Marek kaute auf seiner Unterlippe. »Weil einer der Steine getroffen hat. Das Auto hat bestimmt 'ne Beule oder einen Lackschaden. Das kann teuer werden, hat Torben gesagt, die ganze Rückseite muss dann neu gespritzt werden.«
»Und da habt ihr Schiss gekriegt und es lieber für euch behalten.«
»Ja.«
»Na toll.«
»Sagen Sie das jetzt meiner Mutter?«
Marga verkniff sich einen Spruch – wenn das seine einzige Sorge war …
»Nein. Aber ich muss wissen, was das für ein Wagen war. Habt ihr das Kennzeichen erkannt?«
»War größer, das Auto. Und dunkelrot. Nummernschild weiß ich nicht. Hatte einen Piratenaufkleber hinten auf der Scheibe.«
»Größer?« Marga hakte nach.
»Größer. Ein Bulli eben.«
Jo. Endlich! Da konnte sie ansetzen. Margas Magen hüpfte

hoch. Wie hatte Joki gesagt? Nicht immer Hunger, wenn es rumorte. Sie verstaute ihre Sachen und stand auf.

»Sagen Sie auch wirklich nichts zu meiner Mutter?«

»Nö, das wird nicht nötig sein«, antwortete Marga, »weil du ihr das schön selber erzählen wirst.«

Er riss die Augen auf. Marga deutete mit dem Zeigefinger auf ihn.

»Mann oder Memme? Das ist schließlich deine Pflicht.«

Beim Hinausgehen lief sie seiner Mutter in die Arme.

»Schon fertig, Frau Schulz. Marek und ich haben uns nur noch mal kurz über den gestrigen Tag unterhalten. Und über vorgestern. Ich melde mich dann wegen des Protokolls.«

Bevor die Schulz antworten konnte, war Marga schon verschwunden.

# KAPITEL 12

**Uttum, Ostfriesland**

Die einspurige Straße schlängelte sich durch wintergraues Grün, vorbei an einem gigantischen Windrad, das surrend die Luft zerschnitt. Der ehemalige Hayenga-Hof bei Uttum war umgeben von Gras- und Weideland. In einem schnurgeraden Horizont ging die Erde in den Himmel über. Marga hatte noch beim Verlassen des Krankenhauses mit Joki telefoniert und ihm berichtet. Der Bulli war zwar keine Spur, aber ein Anfang. Sie hatte ihren Kollegen kaum verstanden, entweder war der Empfang schlecht, oder ein halbes Brötchen steckte als zweites Frühstück in Jokis Backentasche. Er war echt ein Drangfass. Aus der Gerichtsmedizin lagen noch keine Ergebnisse vor, hatte Joki erzählt. Er saß mit dem Hintern auf glühenden Kohlen, denn er benötigte die genauen Daten zum Weiterleiten und Abgleichen mit ViCLAS, einem Analysesystem zur Verknüpfung von Gewaltdelikten. Er wollte sich sofort bei Marga melden, wenn er Näheres wusste. Der Hayenga-Hof trotzte dem Wind schon seit über hundert Jahren, die Schutzbepflanzung aus Bäumen und Sträuchern wuchs schräg und sah aus wie umgepustet und gerade noch festgehalten. Die Maueranker weinten rostige Tränen. Auf dem Hof stand ein Traktor mit Anhänger. Ein Jagdhund mit weißem Bart warf bellend den Kopf in den Nacken, als Marga sich näherte. Es roch nach Dung und Silage. Neben einer geöffneten Stalltür hing ein Schild: *Achtung! Wertvoller Zuchtbetrieb.* Der Hund trottete ins Innere des Stalls, wo ein Mann in Jeans und Strickpulli die Einstände ausmistete.

»Herr Kampmann?«

»Wer fragt?«

»Marga Terbeek. Kripo Aurich.«

»Die Polizei? Na, da muss ich wohl eine Pause machen.« Er grinste. Struppig sah er aus wie die Heide in den Blumenkübeln, aber nicht unsympathisch. Mit Schwung stach er die Forke in die halbvolle Schubkarre.

»Es geht um die Tote, die wir gestern in Uttum gefunden haben. Auf Ihrem Grundstück.«

»Hab ich gehört. Die Buschtrommeln funktionieren hier ausgezeichnet.« Er wischte sich die Hände an der Hose ab und zog ein Päckchen Van Nelle aus seiner Gesäßtasche. »Schlimme Sache.«

»Die Tote hieß Theda Neehuis, geborene Hayenga. Sagt Ihnen der Name etwas?«

Kampmann verteilte gleichmäßig Tabak auf einem Blättchen. »Natürlich.« Er steckte sich den fertigen Glimmstengel zwischen die Lippen und zündete ihn an. »Der Hof ist fast hundert Jahre im Familienbesitz der Hayengas gewesen. Ich bin der Erste, der nicht aus der Sippe stammt.«

»Und von wem haben Sie den Hof übernommen?«

»Sibo Hayenga.«

»Wissen Sie, in welchem verwandtschaftlichen Verhältnis der zu Theda Neehuis stand?«

Kampmann strich sich über den Kopf und blies blauen Rauch in die Luft. »Sibo hat den Hof von seinem Vater übernommen. Der wiederum ist an den Hof gekommen, weil sein Bruder kurz vor Kriegsende eingezogen wurde und nicht mehr wiederkam, soviel ich weiß. Sibos Onkel war der Vater der Toten.«

Marga runzelte die Stirn. »Also ist Theda Neehuis die Cousine von Sibo Hayenga?«
»Könnte man sagen.« Die Glut seiner Zigarette krabbelte das Papier hinauf.
»Hatten Sibo Hayenga und Frau Neehuis Kontakt zueinander?«
»Soweit ich weiß, nein.«
»An der Entfernung nach Pewsum lag das aber nicht, oder?«
»Keine Ahnung.«
Seine Gesprächigkeit hielt sich in Grenzen. Marga wies mit dem Kopf auf die Einstände. »Sie haben Milchvieh?«
Er nickte. »Und ein bisschen Land. Für den Futteranbau.«
»Selbstversorger.« Marga lächelte.
»Wir stellen gerade auf Bio um«, sagte Kampmann, »das Futter muss einwandfrei sein, da trau ich nur mir selber.«
»Das bringt sicher jede Menge Auflagen mit sich.«
Er zuckte mit den Schultern. »Am schlimmsten ist die Übergangsphase. Viel Arbeit, wenig Geld.«
»Und Sie sind noch in der Übergangsphase?«
»Wir entgiften gerade, könnte man sagen.« Er trat die Zigarette aus, hob den zerknautschten Stummel auf und grinste.
»Löblich.« Marga meinte es ehrlich. »Wann haben Sie den Hof übernommen?«
»Gelernt hab ich hier Anfang der Neunziger, dann in Kiel Agrarwirtschaft studiert und mich anschließend in den Hof eingekauft.«
»Legte Sibo denn keinen Wert darauf, dass der Hof weiterhin in der Familie blieb?«
Kampmann schüttelte den Kopf. »Sibo legte vor allen Dingen Wert drauf, den Job nicht mehr zu machen. Ist alles nicht so rosig, wie es aussieht in der Landwirtschaft. Von wegen wildromantisch. Außerdem hatte er keine Familie.«

Marga blickte an Kampmann vorbei in den Obstgarten. Eine Gruppe brauner Hühner scharrte auf dem harten Boden.

*Der große Hahn stakst zwischen den aufgeregten Hühnern umher. An der Brust drückt der Wind ihm das Gefieder auseinander, Theda kann die weißen Daunen sehen. Bei Westwind seien die Hühner unruhig, das liege an dem Geruch von Tang und Salz, der ins Deichhinterland weht, den können sie nicht ausstehen. Hat Thedas Vater gesagt. Die Luft macht sie nervös, weil sie nicht fliegen und nicht schwimmen können, und wenn das Wasser käme, könnten sie nicht fort und würden ertrinken. Theda kann auch nicht fort. Nicht einmal zur Schule, denn der Weg zum Dorf ist unpassierbar. Der Boden ist Anfang März in den tieferen Schichten noch gefroren und der Grund darüber aufgeschwemmt und gesättigt. Das Wasser kann nicht ablaufen und hat den Weg nach Uttum in ein Meer aus Matsch und Klei verwandelt. Selbst das schwere Kaltblut, auf dem der Onkel im Notfall nach Uttum reitet, bekommt die Beine nicht aus dem Schlamm, und Theda hätte fast einen ihrer Holzklumpen verloren, als er ihr vom Fuß geglitten und im Modder stecken geblieben war.*

*»Schlaf, Puppa, schlaf!«, singt Theda. »Draußen gehen die Schaf. Die schwarzen und die weißen, die wollen Puppa beißen …«*

*Der Wind ist so stark, dass er es schafft, Lisbeths lange Zöpfe durch die Luft zu wirbeln. Lisbeth hüpft auf einem Bein durch die Hinke-Pinke-Kästchen. Sie kann sehr gut das Gleichgewicht halten, muss nie absetzen. Theda spielt lieber Mütterchen. »Die braunen und die gehlen, die wollen Puppa stehlen. Die grünen und die schwarzen, die wollen Puppa kratzen.« Ihre Puppa hat einen richtigen Körper. Ein Stock, mit Sackleinen umwickelt und ausgestopft. Zwei Knöpfe sind die Augen.*

*Theda wiegt Puppa, damit sie einschläft. Lisbeth trifft in die Zehn, ohne dass der Stein die gezogene Linie berührt. Aber dann tritt sie beim Hüpfen über.*
*»Ich bin ab«, sagt Lisbeth, und Theda legt Puppa beiseite. Nun ist sie dran. Doch sie trifft beim Werfen ihr Kästchen nicht. Lisbeth lacht und schmeißt die Zöpfe nach hinten. Die längsten Zöpfe der ganzen Schule.*
*»Versuch's noch mal.« Lisbeth darf immer bestimmen, weil sie die Ältere ist, aber sie kann auch nett sein, findet Theda. Eigentlich ist es schön auf der Streuobstwiese hinter dem Hof. Selbst wenn die Apfelbäume noch keine Blätter haben und nackt sind. Aber die Blütenknospen kann Theda schon erkennen. Der Rote Klarapfel schmeckt ihr am besten.*
*Theda wirft das Steinchen. »Getroffen! Hast gesehen, Lisbeth? Und nicht auf der Linie.« Theda freut sich.*
*Das Gesicht der Schwester ist starr, und ihre Augen werden dunkel. »Komm, wir gehen rein!«, sagt sie und packt Theda am Ellbogen.*
*»Aber wieso denn? Ich bin gerade so gut!«*
*»Wir helfen Mama in der Küche«, sagt Lisbeth.*
*»Die hat uns doch spielen geschickt.« Theda ist verwundert. Dann sieht sie den Onkel. Er lehnt am Stamm eines Baumes, die Hände vor der Brust verschränkt. Er ist jetzt der Bauer, weil Vater weg ist. Der Onkel hat einen kaputten Fuß und wurde deshalb nicht eingezogen, Theda blickt unwillkürlich auf den weit abgespreizten Hinkefuß.*
*»Habt ihr nichts zu tun?«, fragt er.*
*Theda wird bange, Lisbeth drängelt und schubst sie fast vorwärts. »Wir wollten gerade gehen und Mutter in der Küche helfen«, sagt Lisbeth, und die Jüngere stolpert mit.*
*Mutter ist dick und unbeweglich und jetzt oft müde. Und Theda hat sie weinen sehen.*

*Dass der Onkel näher gekommen ist, hat sie nicht gesehen. Doch plötzlich ist er da und greift nach einem von Lisbeths Zöpfen. Er reißt daran, und Lisbeths Kopf fliegt zurück. Theda ist erschrocken. Es tut bestimmt weh, aber Lisbeth sagt nichts, nur ihr Mund ist verzerrt.*

*»Ihr geht Eier holen«, sagt er und lacht, aber es klingt gar nicht lustig.*

*»Haben wir schon.« Lisbeth muss sich mit beiden Händen die Kopfhaut festhalten, weil der Onkel so doll an ihrem Zopf zieht. Ihr Körper ist nach hinten gebogen. Vor Schreck lässt Theda Puppa los. Der Onkel grinst. Dann kneift er Lisbeth in die Brust, und sie fällt zu Boden. Thedas Mund ist aufgegangen, aber es kommt kein Ton heraus. Lisbeth reibt sich die Stelle, wo der Onkel ihr weh getan hat. Ihr Gesicht ist weiß. Bis auf die Augen. Die sind fast schwarz, obwohl sie eigentlich hellbraun sind wie die von Vater.*

*»Dann gehst du«, sagt er.*

*Theda presst die Beine zusammen, beinahe hätte sie in die Hose gemacht. Sie hebt Puppa auf. Der Hahn hat seine Hühner unter einem Weißdornbusch in Sicherheit gebracht. Theda steckt Puppa in die Tasche ihrer Schürze und öffnet die Tür des Hühnerstalls. Es ist schummrig und verstaubt vom Stroh und vom Hühnermist. Theda weiß, dass die unteren Nester alle leer sind, denn sie hat heute Morgen schon die Eier eingesammelt. Sie schaut trotzdem noch mal. Der Onkel kommt rein.*

*»Guck auch oben.«*

*Sie ist zu klein, um die oberen Gelege abzusuchen. Sie muss die Leiter hinauf. Das mag Theda nicht, denn die Leiter wackelt. Eigentlich guckt Lisbeth immer oben, die kann viel besser klettern als Theda. Sie stellt den Fuß auf die Holzleiter und steigt vorsichtig Sprosse um Sprosse nach oben. Er steht direkt neben der Leiter. Thedas Beine zittern. Dann kann sie nicht mehr weitergehen. Eine Hand hält sie fest. Er ist unter ihrem Wollrock. Und die Hand wühlt sich weiter bis in ihre Unterhose. Theda klammert sich an die Holme der Leiter. Eine hellbraune Feder klebt in einem Spinnennetz in der Ecke und winkt ihr zu. Das Netz bläht sich auf wie ein Segel. Vom Wind, der durch die Ritzen dringt. Der Onkel grunzt wie ein Schwein. Theda kann nicht atmen. Der alte Hühnerdung stinkt sauer und beißt in ihrer Lunge. Es brennt überall.*

»Aber Sie sind gerne Landwirt.«
»Ich bin Landwirt aus Überzeugung – noch. Die Milchquote hat uns fast das Genick gebrochen. Entweder klappt es jetzt mit der Umstellung, oder ich kann den Finger heben.«
Marga überlegte. »Wenn Thedas Vater im Krieg gefallen ist, hätte Theda dann nicht Anspruch auf den Hof gehabt? Warum hat sie ihn nicht geerbt?«
Kampmann lachte auf. »Weil sie ein Mädchen war.«
Marga rollte die Augen.
»Andere Zeiten, andere Sitten«, sagte Kampmann. »Ihr Onkel, Sibos Vadder, muss wohl ein ziemlich Skrupelloser gewesen sein. Oder einfach nur pragmatisch.«
»Wieso?«
»Na ja, nachdem sein Bruder eingezogen wurde, hat er sich nicht nur den Hof, sondern auch dessen Familie einverleibt. Wenn man so will, war Sibo eher eine Mischung aus Cousin und Halbbruder zu Theda.«
»Ach«, Marga zog eine Braue hoch, »und damit war dann ein Junge da, der später den Hof übernehmen konnte.«
»Jo. Und die Schwestern gingen leer aus.«
»Schwestern?« Marga machte große Augen.
»Jo. Das waren zwei Mädels. Die Ältere soll noch blutjung nach Hamburg gegangen sein. Sibo hat sich immer köstlich

drüber amüsiert, dass die eine so fromm und die andere so frech war.« Kampmann schüttelte den Kopf. »Bisschen plumpes Gemüt, der Sibo. Das wurde durch seine Vorliebe für Doppelkorn nicht unbedingt besser. Hat ihm letztendlich auch das Genick gebrochen.«

»Das plumpe Gemüt?«

»Nee. Das Saufen. Kurz nachdem ich den Hof übernommen habe, hatte er einen tödlichen Unfall mit der Silowalze.« Kampmann zuckte mit den Schultern. »Dumm gelaufen. Wie es halt manchmal so kommt im Leben.«

»Haben Sie eine Ahnung, warum es für Theda Neehuis so gekommen ist?«

Kampmann rieb sich den Nacken und sah betreten aus. »Fiese Sache. Ich hätte den ollen Schuppen längst abreißen sollen.«

Marga zupfte sich an der Unterlippe. »Hat Theda vielleicht doch Besitzansprüche gestellt?«

»Neeisch. Das war früher halt so mit der Erbfolge. Der älteste Sohn bekam den Hof und Punkt.« Kampmann zeigte zum Stall. »Ich müsste weitermachen.«

»Eine Frage noch.« Peters St.-Pauli-Pulli schwamm durch Margas Gedankensee. »Thedas Schwester – lebt die immer noch in Hamburg?«

»Keine Ahnung.« Kampmann stiefelte in Richtung Stall.

»Besten Dank erst mal«, rief Marga ihm nach.

Er drehte sich um. »Was ist mit meinem Land und der Scheune?«

»Noch nicht freigegeben. Wir melden uns bei Ihnen.« Marga verließ den Hof. Der braune Jagdhund hatte sich an der Einfahrt abgelegt und schien froh, dass sie ging. Hinter Margas Stirn vibrierte es. Eine Schwester. Sie wählte Joki an.

»Ich hab den Obduktionsbericht«, sagte er, bevor sie zu Wort kommen konnte, »nu halt dich fest.«

Marga bekam einen trockenen Mund.
»Tod durch Ersticken. Das ist eindeutig.« Marga hörte Papier rascheln. »Allerdings hat der Pathologe auch Hinweise auf ein Sedativum gefunden ... Moment ... eine nicht unerhebliche Menge eines trizyklischen Antidepressivums mit sedierender Wirkung, das nicht zu den vom Hausarzt verordneten Medikamenten gehört.«
»Also wurde sie betäubt?«
»Gestützt auf Mittelwerte und Halbwertszeiten geht der Pathologe davon aus, dass Theda Neehuis zum Zeitpunkt ihres Verschwindens durch das Medikament ruhiggestellt war.« Wieder blätterte er. »Und es geht noch weiter ... das Medikament muss ihr bereits vor dem Mittagessen verabreicht worden sein.«
Marga hörte ihr eigenes Blut in den Ohren rauschen. »Nee, oder? Die Loreis?« Die scheinheilige Kuh. Und er. Die schlafende Unschuld.
»Ich würde schon gerne wissen, was die Lorei dazu zu sagen hat«, sagte Joki scharf.
»Ich fahr gleich rüber.«
»Und, Marga«, Joki machte eine Pause, »lass ihr keine Zeit zum Überlegen. Knall es ihr so vor den Latz.«
Marga drückte das Gespräch weg. Ihre Hände zitterten. Ein bisschen. Und irgendwas tanzte auf ihrer Magenschleimhaut, mit extrem spitzen Absätzen.

# KAPITEL 13

**Pewsum, Ostfriesland**

Marga fuhr zu schnell. In Jennelt wäre sie fast von der Fahrbahn abgekommen. Ein einzelnes Schild, das auf Boßelspieler aufmerksam machte, war glücklicherweise nur vom Wochenende übrig geblieben. Das hätte ihr gerade noch gefehlt. Menschen, die wie Blätter durch die Luft wirbelten, weil Marga wie ein Gartenrechen durch friesische Volkssportler brauste. Sie zwang sich, den Fuß vom Gas zu nehmen. Fünf Minuten später stand sie vor dem Hause Lorei und spürte ihre Halsschlagader pulsieren. Marga versuchte, sich zu sammeln. Frau Loreis Augen lagen tief in den Höhlen. Sie war nicht überrascht, Marga zu sehen. »Ist noch was? Ich dachte, wir hätten gestern alles ausführlich besprochen.«

»Eine Kleinigkeit wäre da noch.« Marga bemühte sich, sachlich zu klingen.

»Ist gerade ungünstig, ich muss mich ums Mittagessen kümmern.« Frau Lorei ging vorweg in die Küche und trocknete sich die Hände ab. Auf einer ausgebreiteten Zeitung lockten sich gelbschwarze Kartoffelschalen.

»Frau Lorei, zum Zeitpunkt des Verschwindens von Frau Neehuis waren Sie und Ihr Mann alleine mit den Bewohnerinnen?«

»Ja, das habe ich Ihnen aber gestern schon gesagt.« Frau Lorei hängte das Geschirrtuch über eine Stuhllehne und lehnte sich an die Küchenzeile.

»Hatten Sie vielleicht Gäste oder eine der Damen Besuch?«

»Nein.«
»Und nach dem Mittagessen haben Sie Frau Neehuis auf die Terrasse gebracht, und Ihr Mann hat sich aufs Sofa gelegt?«
Frau Lorei schien genervt. »Ich weiß nicht, was das soll.«
»Antworten Sie einfach«, forderte Marga sie auf.
»Ja, er hat sich nach dem Mittagessen kurz hingelegt.«
»Gemütlich. Mit einer Decke über die Beine, damit ihm nicht kalt wird?« Margas Stimme war freundlich. »Weil – am Sonntag war es ja ziemlich kalt draußen.«
Frau Loreis Augen flackerten. »Was wollen Sie damit sagen?«
»Die Obduktion hat ergeben, dass Frau Neehuis sediert war. Wahrscheinlich wollten der oder die Täter auf Nummer sicher gehen. Theda Neehuis sollte bei ihrem Abtransport keinen Widerstand leisten.«
Das Gesicht von Frau Lorei wurde starr.
»Das Problem ist nur«, fuhr Marga fort, »dass Frau Neehuis das Medikament noch vor dem Mittagessen verabreicht worden war. Was meinen Sie, Frau Lorei, wie kann das angehen? Der Täter liegt im Garten auf der Lauer, schleicht sich unbemerkt rein, flößt Frau Neehuis das Sedativum ein, geht dann unbemerkt wieder raus und wartet hinter der Eibe, bis das Sonntagsessen beendet ist? So viel Zeit muss sein? Und nach dem Pudding legt Ihr Mann sich aufs Ohr, und Sie schieben die alte Frau auf die Terrasse – darauf hat der Täter natürlich nur gewartet und sackt Frau Neehuis ein.« Marga verschränkte die Arme vor der Brust und lehnte sich zurück. »Hört sich ziemlich doof an, find ich.«
Wie nasse Kiesel glänzten die Augen von Frau Lorei. Sie sah durch Marga hindurch.
»Ich glaube, ich weiß, was passiert ist«, fuhr Marga vertraulich fort. »Frau Neehuis hat genervt – da haben Sie ihr vor dem Mittagessen einen kleinen Cocktail gemischt. Nach dem

Mittagessen hat sie aber immer noch genervt – wollte einfach nicht still sein. Sie hat gezetert. Sie angespuckt? Sie haben ihr nur kurz den Mund zugehalten. Ein Geschirrtuch auf das Gesicht gedrückt. Oder die Strickjacke, die Sie ihr gerade anziehen wollten. Nur ganz kurz.«

Ein dicker Wassertropfen löste sich aus Frau Loreis Auge. »So war es nicht.«

»Wie war es dann?«

»Nur ein bisschen Ruhe, mehr wollte ich nicht.« Die Stimme der Lorei klang tonlos. Erschrocken blickte sie auf. »Mit ihrem Tod oder ihrem Verschwinden habe ich nichts zu tun, das müssen Sie mir glauben. Ich mochte Frau Neehuis. Das Doxepin selbst ist harmlos. Keine Gewöhnung, nichts. Nur ein bisschen dösen sollte sie, mehr nicht.« Frau Lorei rieb sich die Augen.

»Warum haben Sie das nicht mit ihrem Hausarzt besprochen?«

»Das habe ich, aber der war dagegen. Arrogant geguckt hat er und gesagt, das käme juristisch einer Fixierung gleich.« Frau Lorei atmete aus. »Dabei hätte ich sie niemals angebunden. Nur ein bisschen Ruhe wollte ich.«

Marga griff nach ihrem Handy, orderte einen Streifenwagen und rief nach Absprache mit Joki den Amtsarzt an.

Frau Lorei stand verloren in ihrer Küche. »Und jetzt?«

Fast tat sie Marga leid. »Nach dem augenblicklichen Ermittlungsstand besteht gegen Sie ein dringender Tatverdacht. Ich muss Sie vorläufig festnehmen.«

»Was? Aber das geht nicht. Ich kann hier nicht weg. Die Frauen sind auf mich angewiesen.« Ihre Stimme wurde schrill.

Marga schüttelte den Kopf. »Tut mir leid. Unter den gegebenen Umständen kann ich es nicht verantworten, die Pflegebedürftigen in Ihrer Obhut zu lassen.«

Binnen Minuten verwandelte sich das Haus in einen Taubenschlag. Beamte in Uniform führten Frau Lorei ab. Der Amtsarzt war mit zwei Notfallmedizinern angerückt und bescheinigte den Bewohnerinnen die Transportfähigkeit. Die Frauen wurden ins Emder Klinikum eingewiesen, wo eine gründliche Untersuchung stattfinden sollte. Später würde man weitersehen. Mehr konnte Marga hier nicht tun. Frau Lorei wurde abgeführt, und auch Marga machte sich auf den Weg nach Aurich zu Joki.

# KAPITEL 14

**Hamburg-Neustadt, Wincklerstraße**

Vierter Stock im Altbau ohne Fahrstuhl war eine Zumutung. Auf den letzten Stufen wurden die Beine schwer wie Blei – ein schöner Vorgeschmack auf die Qualen im Alter. Kalle war komplett durchgeschwitzt, stank wie ein oller Iltis. Die Nächte im Polizeipräsidium bei grellem Energiesparlampenlicht waren wie blutsaugende Parasiten – Gift für das Immunsystem. Erst mal duschen und Klamotten wechseln! Kalle bückte sich und holte den Wohnungsschlüssel unter der Fußmatte hervor. Das Versteck war so fahrlässig, wie es bombensicher war. In zehn Jahren, in denen er mit Eliza und seiner Mutter nun schon im Schatten des Michels in der Hamburger Neustadt wohnte, hatten sie noch nie unerwünschten Besuch bekommen. Für Eliza war die Sache klar. Diebe seien doch nicht so blöd, bei Polizisten einzubrechen. Möge seiner kleinen Krabbe das Vertrauen in ihren Vater noch lange erhalten bleiben. Beim Gedanken an Eliza wummerte sein Herz Salven wie bei einer Schiffstaufe. Ohne die Krabbe wäre sein Leben so atemberaubend wie Treppensteigen. Kalle schloss auf und öffnete vorsichtig den rechten Flügel der alten Tür mit den grünen Glasintarsien. Die Scharniere quietschten leise. Er legte den Schlüssel zurück an seinen Platz und gab der Tür einen sanften Tritt. Sein Blick wanderte über die Garderobe. Emmas bunter Wollmantel hing schief auf dem Bügel neben Elizas schwarzer Plastikpelzjacke, die wie ein verfilztes Karnickelfell über den Haken geworfen war. Zwei Sportjacken, ein Regencape, eine Kapuzenweste und ein Rucksack rundeten das Chaos ab. Kalle stülpte seine Lederjacke über die Weste und stellte seine Umhängetasche ab, die so schwer war, als transportiere er Steine. Müsste dringend entrümpelt werden. In einer guten Stunde hatte er einen Termin bei Guntbert. Angeblich sei die freie Stelle im Dezernat für Todesermittlungen bei der Mordkommission mit einer Frau besetzt worden. Und Guntbert wolle Kalle heute Nachmittag vor vollendete Tatsachen stellen. Das Gerücht geisterte seit Tagen über die Flure im Landeskriminalamt.

»Das Leben ist die beste Schule, mein Kind.« Emmas Stimme drang durch die Ritzen der geschlossenen Küchentür.

»Oma, der Spruch hat so ’n langen Bart. Von wem hast du diesmal geklaut?«

Nur mit Mühe verkniff sich Kalle, laut zu lachen. Eliza war rotzfrech geworden, seit sie auf das Gymnasium ging.

»Maxim Gorki.«

Kalles Blase drückte. Er öffnete den Hosenschlitz, während er die fein säuberlich zu einer Pyramide aufgestapelten Klopapierrollen auf dem Spülkasten der Toilette zählte. Fehlten noch die gehäkelten Hüte. In diesem Haushalt gab es klare Regeln. Das rotumrandete Schild mit der Aufschrift: *Wer im Stehen pisst, fliegt raus!*, mahnte ihn, sich an seine gute Erziehung zu erinnern. Frauen übernahmen überall das Ruder. Kalle sah es als eine Art Notwehrmaßnahme an, sich nicht auch noch vorschreiben zu lassen, wie er zu pinkeln hatte. Er zog sich aus, schmiss die Klamotten in die Schmutzwäsche und stellte sich unter die Dusche, genoss das warme Wasser, Seife und Shampoo, und alles war wieder gut. Rasieren hatte bis abends Zeit. Mit dem Badetuch um die Hüften tapste er über den Flur in sein Zimmer. Die frische Unterhose verströmte einen leichten Lavendelduft, Unterhemden hatte

Kalle seit Kleinkindertagen nicht mehr getragen, das gebügelte Jeanshemd aus der Reinigung und Flauschsocken. Die Jeans tat es noch. Das bisschen Hygiene, und Kalle fühlte sich wie neugeboren. Eigentlich brauchte es nicht viel, um Karl-Heinz Bärwolff glücklich zu machen. Eigentlich.

»Ihr könnt mich alle mal!« Elizas Stimmung kippte.

Emma verstummte, das Beste, was sie tun konnte. Eliza und Kalle dagegen gerieten immer öfter aneinander. Er liebte seine Tochter einfach zu sehr, um sie mit der nötigen Gelassenheit auf Grenzen hinzuweisen. Diese zu überschreiten, schien für Eliza neuerdings genauso ein Bedürfnis zu sein, wie im Saustall zu hausen, der früher einmal ein freundliches Kinderzimmer gewesen war. Pubertät sei die Zeit, in der die Eltern komisch werden, pflegte seine Mutter zu sagen. Sie habe Kalles Pubertät überlebt und das gedenke sie, mit Elizas ganz genauso zu halten. Kalle zweifelte keine Sekunde daran. Seine Mutter liebte Trubel und Action, während Kalle es vorzog, seine Ruhe zu haben. Ein kühles Bier und Füße hoch – herrlich!

»Kind, dein Vater hat nun mal diesen stressigen Job. Er hat sich bei dir entschuldigt. Du kannst ihm ruhig glauben, dass es ihm unendlich leidtut, deinen Geburtstag schon wieder verpasst zu haben.«

Immer noch wie bestellt und nicht abgeholt, stand Kalle in seinem Zimmer und lauschte dem Gespräch in der Küche. Seine Entschuldigungen nutzten sich ab. Das war Fakt, dennoch konnte er es nicht ändern. Der Tod kam garantiert immer dann angetanzt, wenn Kalle seine Tasche gepackt hatte und gerade das Licht im Büro löschen wollte. Eliza heulte. Das waren keine Tränen des Kummers, das war blanke Wut. Sie schniefte und fluchte und nuschelte. Kalle verstand kein Wort, dafür hörte er seine Mutter umso deutlicher. »Schluss jetzt!«

Diesen schrillen Ton kannte er nur zu gut aus seiner eigenen

Kindheit. Immer noch verursachte er Herzklopfen. Ein Gegenstand wurde in die Spüle gescheppert. Mit einem Satz stand Kalle in der Küche. »Nu mal keine Panik auf der Andrea Doria!«
»Papa!« Eliza flog ihrem Vater in die Arme.
»Moin, Herr Sohn! Zur Fütterung der Bärwölffe wünsche ich einen guten Appetit.« Emma knallte einen dritten Teller auf den Tisch.
Eliza löste die Umarmung und sah zu Kalle auf. Sie reichte ihm nicht einmal bis zur Brust. Kalle hoffte, Eliza werde noch kräftig in die Höhe schießen. Auch sonst sah sie Jay immer ähnlicher. Kalle schüttelte den unangenehmen Gedanken an seine Ex ab, gab erst Eliza einen Kuss und dann seiner Mutter, die ihm bereits die Wange entgegenstreckte.
»Wir holen es nach, wir werden deinen Geburtstag richtig feiern, Eliza. Nur du und ich. Du darfst dir alles wünschen.«
»Alles?«
Kalle drückte Eliza an sich. »Alles!«
Eliza setzte sich und häufte einen Berg Bratkartoffeln auf ihren Teller. Sie aß kein Fleisch mehr seit dem legendären Urlaub auf dem Bauernhof in Ostfriesland, als sie Zeugin des frühmorgendlichen Abtransports der Schweine zum Schlachthof gewesen war. Sie bot Kalle an, seinen Teller ebenfalls zu füllen. Er winkte ab. »Nicht so viel, ich muss um vier bei Guntbert Harfe spielen.«
Eliza verteilte Unmengen von Ketchup über die Kartoffeln, quetschte den letzten Tropfen aus der Kunststoffflasche. »Ich wünsche mir, dass du dich mit Jay wieder verträgst und ihr wie zwei Erwachsene miteinander redet.«
Alles Ketchup, alles rot. Er hätte es wissen müssen. Jetzt saß er in der Tinte, aber richtig. Elizas Augen füllten sich mit Tränen. »Du hast es mir versprochen.«

»Ja, Kalle, das hast du.« Emma hob die Gabel, als wollte sie ihm drohen.
Kalle betrachtete seine Mutter aus den Augenwinkeln. Siebzig Jahre waren scheinbar spurlos an ihr vorübergegangen. Die Falten in ihrem Gesicht waren an einer Hand abzulesen. Sie hatte Glück mit den Genen. Emma war eine ausgesprochen attraktive Frau gewesen, und sie war es immer noch. Nie hatte sie ein Blatt vor den Mund genommen. Offenbar hielt das jung und knackig. Er liebte ihre unverblümte Art, auch wenn sie ihm damit zuweilen gehörig auf den Geist ging. Sie hatte grundsätzlich das letzte Wort und wusste alles besser. Dennoch, nach Eliza war sie der wichtigste Mensch in seinem Leben. Jay hatte sich ein Jahr nach Elizas Geburt von ihm getrennt und war Hals über Kopf abgehauen. Der Arzt diagnostizierte eine Wochenbettpsychose, von der sich Jay bis heute nicht erholt hatte. Es war eher schlimmer geworden. Emma war es, die ihn aufgefangen hatte und ihm wieder den Sinn seines Lebens klarmachte: Eliza! Wer weiß, wo er sonst gelandet wäre? Womöglich auf der anderen Seite von Recht und Gesetz? In diesem arschkalten Winter waren vermutlich sämtliche Zellen in Hamburgs legendärem Knast Santa Fu ausgebucht gewesen. Kalle grinste.
»Ich find das gar nicht lustig«, sagte Eliza.
Aus seinem Tagtraum gerissen, unterdrückte Kalle ein Gähnen. »Ich auch nicht, Krabbe. Ich auch nicht.«
Emmas Hals war bis hinauf zu den Wangen stark gerötet. Sie stand auf und öffnete das Fenster. »Ich kann diesen Sorgerechtskrawall nicht länger ertragen.«
Aus der Brusttasche seines Jeanshemdes holte Kalle sein Notizbuch und einen Stift hervor, kritzelte etwas hinein und unterstrich die letzten Ziffern. »Ich rufe Jay an.«
»Keine falschen Versprechungen, Papa!«

Der Stich saß, und er schmerzte.
»Es gibt viele Wege nach Rom, Kalle, nicht nur den mit Testosteron gepflasterten.«
Wie oft hatte er sich den blöden Spruch von Emma schon anhören müssen? »Womit wir wieder bei deinem Lieblingsthema wären, Mam.«
Emma war in dieser Beziehung fanatisch. Von Kalles Erzeuger sitzengelassen, wurde sie als ledige Mutter von den Spießern der Neubausiedlung gemieden, als leide sie an einer ansteckenden Krankheit. Wenn eine Frau von ihrem Mann verlassen wird, dann ist es ihre Schuld – und nicht seine. Bereits als Kind war Kalle klar gewesen, die Nachbarn zerrissen sich mit dem größten Vergnügen das Maul über die Gründe, die ihn schon als Fünfjährigen zum Schlüsselkind gemacht hatten.
Als er endlich in die Schule kam, verkaufte Emma das Haus, sie zogen um in die günstige Zwei-Zimmer-Mansarde der Schiffszimmerer-Genossenschaft über ihrer jetzigen Wohnung. Wenn seine Mutter über Männer herzog, pauschal und gnadenlos, fühlte Kalle sich jedes Mal verdammt mies. Schließlich warf sie damit auch ihn in den Eintopf, in dem die abgeschnittenen Schwänze garten. Emma sagte zwar, ihre Erziehung habe aus ihm einen ganz passablen Kerl gemacht, aber ob das als Kompliment gemeint war? Er traute ihr in diesem Punkt nicht über den Weg. Männer seien Schweine. Und irgendwie hatte sie ja recht. Auch das noch.
»Ich muss los …« Kalle stand auf und räumte Teller und Besteck in die Geschirrspülmaschine.
Emma fischte die Zeitung vom Stuhl. Sie tippte auf die Schlagzeile: *Hamburg brutal. Oma lag tot in Gartenlaube.* »Habt ihr schon was rausgefunden?«
Kalle warf den Kopf in den Nacken und lachte. Seine Mutter

war außerdem unverbesserlich neugierig wie alle Frauen.
»Mam, du weißt doch, meine Lippen sind geschlossen.«
»Ach, komm jetzt, Papa, ich habe dir beim Rodeln freundlicherweise freigegeben, da kannst du jetzt nicht einfach nichts sagen.«
Kalle, im Begriff zu gehen, setzte sich wieder an den Tisch. Gestern war der Unterricht an Elizas Schule ausgefallen, weil irgendwas anlag, das er schon wieder vergessen hatte. Dafür war ein wahres Wunder geschehen – die Bärwolffs hatten einen gemeinsamen Ausflug gemacht! Also gut, einen halben gemeinsamen Ausflug. Immerhin.
»Papa, du träumst.«
In Elizas Stimme schwang ein respektloser Unterton mit, den Kalle persönlich zu nehmen pflegte.
Er ließ es ihr durchgehen. Seine Krabbe hatte es gerade nicht leicht. Aber es war definitiv an der Zeit für ein ernstes Gespräch zwischen Vater und Tochter. Aufgeschoben war nicht aufgehoben. »Okay. Ausnahmsweise. Aber das bleibt unter uns.«
»Und?« Emma rückte den Stuhl zurecht, bereit, jedes seiner Worte aufzusaugen.
Kalle zwang sich, den Coolen zu mimen. Tatsächlich genoss er die ungeteilte Aufmerksamkeit in vollen Zügen. Es war selten genug, dass man ihm in diesem Haus zuhörte. »Die Tote ist bisher nicht identifiziert. Niemand scheint die Frau zu vermissen.«
Emma spielte an ihrer Holzperlenkette. »Ist sie umgebracht worden?« Die Kette riss, die Perlen rollten über den Tisch und von dort auf den Boden. Emma kümmerte es nicht. »Ist sie?«
»Es spricht einiges dafür, dass sie Opfer eines Gewaltverbrechens geworden ist.«

Das Messer, das Emma statt der Perlenkette befingerte, fiel auf die Küchenfliesen.
»Gruselig«, flüsterte Eliza, die die Holzperlen aufsammelte und Perle für Perle von einer Hand in die andere fallen ließ.
Emma verschränkte die Arme. »Zu solchen Widerwärtigkeiten sind nur Männer fähig. Die Statistik ist da eindeutig!« Ihr Kopf verschwand unter dem Tisch, als wollte sie in Deckung gehen. Sie hob das Messer auf, legte es neben den Teller, auf dem Bratkartoffeln und Spiegelei kalt wurden, und schien noch etwas sagen zu wollen, schwieg dann aber.
»Im Mund der Toten waren Spuren von Dreck und Hasenkot«, fuhr Kalle fort, »jemand hat ihr im wahrsten Sinne des Wortes das Maul gestopft.«
»Ich sagte es bereits – Mörder, mit m wie männlich. Typisch!«
Die Perlen in Elizas Händen klapperten gegeneinander.
»Hör auf damit, Eliza, es nervt.« Kalles Geduldsfaden war kurz vorm Zerreißen. Eliza schaute von Emma zu Kalle und wieder zu Emma. Ihre Mundwinkel zitterten. Gleich würde einer ihrer legendären Heulkrämpfe folgen. Es war nicht zum Aushalten. »Wenn du meinst, den Fall mal wieder gelöst zu haben, Mam, bevor die Leichenstarre eingesetzt hat, dann brauch ich meine Zeit ja wohl nicht weiter zu verschwenden.«
Kalle sprang auf. Der Stuhl kippte nach hinten um. Im Flur riss er die Lederjacke vom Garderobenhaken und war schon mit einem Schritt im Treppenhaus. »Scheiße!« Er drehte auf dem Absatz um und griff den Riemen seiner Tasche.
»Ich will nicht, dass ihr euch immer so anätzt!«, schrie Eliza aus der Küche.
Es tat ihm schon wieder leid. Er war verdammt gereizt, um nicht zu sagen zickig. Emma behauptete, er sei in den Wechseljahren. Bullshit! Seine Mutter war der einzige Mensch auf Erden, der ihn in null Komma nichts komplett aus der Fas-

sung bringen konnte. In dem Augenblick, als Kalle vor die Haustür trat, fuhr der Bus davon. Es war heute nicht sein Tag, und es würde wohl noch schlimmer kommen. Er hatte schon mal sein Büro mit einer blöden Kuh geteilt und später sein Bett. Beides war schiefgegangen. Never again!

*

An der Bushaltestelle hing ein Fahrplan, der unlesbar mit Graffiti beschmiert war, wie es sich für eine anständige Hamburger Haltestelle gehörte. Gott sei Dank gab es eine elektronische Anzeigetafel. Danach sollte der nächste Bus in vierzehn Minuten kommen. Kein Wunder, dass jeder Idiot seinen Allerwertesten in einer Kohlendioxidschleuder durch die Gegend kutschierte, statt sich dem öffentlichen Nahverkehr auszuliefern. Um keine Wurzeln zu schlagen, schlenderte Kalle zu Otto Voggesberger in den Kiosk und kaufte sich eine Packung Kaugummi für makellos weiße Zähne und das kleine Schundblatt, mit bürgerlichem Namen: *Hamburger Morgenpost* oder kurz *MOPO. Beamten-Pensionen kosten uns bald eine Billion Euro.* Klar, er gehörte zu den Deppen der Nation. Selbst schuld, niemand hatte Karl-Heinz Bärwolff gezwungen, Polizist zu werden. *Ärzte warnen, Vitamin-D-Mangel sei im Winter ein ernstzunehmendes Problem, verantwortlich für einen gestörten Kalziumhaushalt. Das könne bei Kindern zu Rachitis führen, und im Alter besteht die Gefahr einer Osteoporose.*
Als Kalle in den 112er Bus zum Stephansplatz stieg, knirschte es verdächtig in seinem Hüftgelenk.

*

### Hamburg-Winterhude, Polizeipräsidium

Das Polizeipräsidium am Bruno-Georges-Platz war eines dieser modernen Lack-und-Chrom-Gebäude, die Hamburg überwucherten wie Unkraut. Die preisgekrönten Architekten hatten auf der Einweihungsfeier von einem ökologisch wertvollen Bau aus Glas und Metall geschwärmt, in der Form eines Polizeisterns angeordnet, der sich harmonisch der grünen Umgebung anpasse und allen Beschäftigten einen traumhaften Blick in die Natur biete. Vor Kalles Bürofenster türmte sich ein Alptraum aus Taubenkot.

Das Polizeihochhaus aus den 1960er Jahren am Berliner Tor war der Innenbehörde nicht mehr fein genug gewesen, und so verlängerte sich Kalles Arbeitsweg mal eben um eine gute halbe Stunde. Shit happens!

»Hey, Kalle!« Tinta Krieger winkte und sprintete die Treppe zu ihm hinunter. Sie trug ein hellgraues Kostüm mit kurzem Rock. Klasse Beine.

»Schon Feierabend?«

Tinta blieb eine Stufe über Kalle stehen. Ihre blendend weißen Zähne leuchteten im Sonnenlicht. Tintas Vitamin-D-Haushalt schien in bester Ordnung zu sein.

»Die Wahrheit ist, ich bin es, die sich auf die Stelle an deiner Schokoladenseite beworben hat.« Sie klimperte mit den Lidern.

»Den Job hast du.«

»Davon träum ich nachts.« Tinta lachte. »Nee, Scherz. Ich hab meinen Mr. Universum von der Botox-Bande besucht.«

»Botox-Bande?«

»Ja, in Nicks Crew ist ein Mann schöner als der andere. Mit deinem Schwabbelbauch«, Tinta piekte mit dem Zeigefinger in Kalles Wampe, »hast du da nichts verloren.«

»Na, na, keine Beamtenbeleidigung im Dienst. Nick hat mir erzählt, dass ihr was miteinander habt. Find ich ja nicht so prickelnd.«

»Weil du eifersüchtig bist?«

Kalle stellte sich auf die gleiche Treppenstufe wie Tinta. »Geht mich ja nichts an, aber Nick ist verheiratet, schon vergessen?«

»Hast heute deinen Moralischen, oder wie?« Tinta strich Kalle über den Arm. Auf ihren Fingernägeln glitzerten regenbogenfarbene Sternchengalaxien.

»Ich drück dir die Daumen, dass die Neue 'ne Nette ist. Tschüssi!« Ohne eine Antwort abzuwarten, lief Tinta über den gepflasterten Platz wie eine Gazelle, die vor einer Kobra flüchtete.

Wie sie wohl im Bett war? Nick würde ihm freiwillig und en détail berichten, jede Wette! In der Jackentasche suchte Kalle nach seiner ID-Karte, steckte sie in den Schlitz neben der Eingangstür und wartete auf die Freigabe. Der Summer ertönte, und Kalle drückte die Tür mit der Schulter auf. Die Deckenbeleuchtung im Eingangsbereich war defekt. Die Leuchtstoffröhre flackerte, als würde sie es nicht mehr lange machen. *Außer Betrieb* stand auf dem Schild, das an der Fahrstuhltür hing. Murphys Gesetz hatte sich auf Kalle eingeschworen. Er nahm also die Treppe, immer zwei Stufen auf einmal. Mord oder Sport? Kalle Bärwolff würde sich immer wieder für Mord entscheiden.

# KAPITEL 15

**Hamburg-Winterhude, Polizeipräsidium**

Mann, weißt du, wie spät es ist!« Guntbert Meyer sprang hinter seinem Schreibtisch hervor wie ein bissiger Wachhund. Die Stirn in Falten gelegt, trafen sich die buschigen Augenbrauen über seiner Nasenwurzel.

Für einen erwachsenen Mann war er mit seinen gerade mal 1,58 Metern deutlich zu kurz geraten, jedenfalls wenn Kalle die nordeuropäische Norm zugrunde legte. Kleine Männer hatten den Ruf, sich mit Profilneurosen herumzuplagen. Bitter, wenn diese Zwerge Vorgesetzte waren. Bloß zwölf Minuten zu spät, so what? Zum Glück waren sie nicht allein im Büro, weswegen Guntbert offensichtlich auf weitere Schreiattacken verzichtete. Die Frau, die auf dem Besucherstuhl vor Guntberts Schreibtisch saß, hatte ihre gute Tat des Tages also bereits hinter sich. Sie erhob sich und kam mit ausgestrecktem Arm auf Kalle zu, bevor Guntbert Meyer sie vorstellen konnte.

»Angenehm, mein Name ist Jette Winter.«

Ihr Händedruck war kräftig. Kalle nahm die Botschaft zur Kenntnis. »Kalle Bärwolff.« Hinter seinem Rücken streckte er die Finger aus. Schade! Jette hatte so gar nichts an sich, das Kalle an Frauen schätzte, zumindest rein äußerlich betrachtet. Ihre inneren Werte mochten ja edel und gut sein. Na, eher nicht. Jette warf Kalle einen Blick der Sorte *Stirb!* zu, setzte sich wieder und schlug die Beine übereinander. Sie zog eine Zigarettenschachtel aus ihrer Tasche hervor. »Keine Sorge, ich

werde sie nicht anzünden«, sagte sie an Guntbert gerichtet und klemmte sich eine Kippe zwischen die Lippen.
Guntbert grunzte. Er ging um den Schreibtisch herum und ließ sich in den schweren Lederstuhl plumpsen. Die Luft entwich aus dem Sitzkissen wie leises Furzen. Kalle zog sich einen Stuhl heran und setzte sich ebenfalls. Jette wippte mit dem übergeschlagenen Bein. Soweit Kalle es beurteilen konnte, hatte sie zu viel Speck auf den Rippen. Der quietschgrüne Hosenanzug war gut ausgestopft. Feine rosa Streifen durchzogen den schimmernden Stoff. Vermutlich maßgeschneidert und teuer. Für so etwas hatte Kalle einen Blick. Das hatte er Jay zu verdanken, die, egal um welche Flasche es sich handelte, allein auf edle Etikette Wert legte. Unter dem Blazer trug Jette eine schweinchenrosafarbene Bluse, und auf den üppigen Hupen schlängelte sich eine bunte Perlenkette. Die Schuhe waren spitz, flach und glänzten auffällig, als wären sie für den Anlass sorgfältig geputzt worden. Sie war ungeschminkt, dafür waren die kinnlangen dunklen Haare mit kräftig blaugefärbten Strähnen durchzogen. In ihrer Unterlippe klaffte ein Loch, das Piercing fehlte. Vielleicht war da ja der Wurm drin? Guntbert Meyer hatte sie sicher nur aus einem einzigen Grund ausgesucht, nämlich um sich an Kalles Depression zu ergötzen. Außerdem war es politisch korrekt, dass die Rockzipfelquote erfüllt werden musste. Weiblich war im Ermittlerteam zurzeit nämlich nur Guntberts Meise. Kalle biss sich auf die Zunge und starrte aus dem Fenster. Der Himmel über Hamburg-Winterhude zog sich zu. Für den späten Nachmittag war Eisregen angesagt. So traurig. Sich im Selbstmitleid zu suhlen, war alles, was ihm geblieben war. Am liebsten hätte er sich auf den Boden geschmissen und laut gekreischt, so wie Eliza als Dreijährige an der Supermarktkasse, weil sie sich keinen Lolli aussuchen durfte.

# KAPITEL 16

**Hamburg-Winterhude, Polizeipräsidium**

Im kleinen Besprechungsraum waren alle Plätze bis auf einen belegt. Auf der Fensterbank stand ein bunter Frühlingsstrauß in einer Kristallvase und verströmte einen leichten, süßlichen Duft. Die Uhr über der Tür war um fünf nach zwölf stehengeblieben. Seit Wochen schon. Jemand hatte die Batterie geklaut, und keiner der Kollegen fühlte sich zuständig, eine neue zu besorgen. Kriminalrat Bodo Steinhoff hatte sich hinter dem Blöd-Blatt verschanzt.

»*Versicherung verschenkte Bond-Girls zum Geburtstag*«, las Kalle laut vor.

Bodo faltete die Zeitung zusammen. Seine Gesichtsfarbe war käsig. »Geile Titten, aber nichts für meine mickrige Besoldungsgruppe.«

»Schluss jetzt!«, bellte Guntbert.

Bodo, der wegen psychischer Probleme, so munkelte es über die Flure, ein halbes Jahr krankgeschrieben und erst seit Anfang der Woche wieder im Dienst war, zog den Kopf ein. Die Prävention gegen Burn-out, das Motto hatte sich die Polizeipräsidentin auf die Fahnen geschrieben, kam für ihn wohl zu spät. Er sah richtig scheiße aus. Aufgrund der Alterspyramide fehlte es an Nachwuchs, und so blieb nichts anderes übrig, als die ollen Säcke im Landeskriminalamt quasi in Frischhaltefolie einzuwickeln. Toller Plan. Kalle hatte schon viele Polizeiführungen kommen und gehen sehen, ändern tat sich nichts. Gesas Workshops waren dennoch eine willkommene Abwechslung und Balsam für die zarten Seelchen von Kriminalbeamten. Gesa war keine, die mit der Fraktion »Weiber gehören an den Herd« sympathisierte, so wie er. Aber hieß es nicht, Gegensätze ziehen sich an? Seine Affären polierten Kalles Selbstbewusstsein auf. Wohl wahr. Sein Herz berührte keine. Gesa tat es. Als Kind hatte es Kalle zutiefst verflucht, keine stinknormale spießige Familie zu haben wie alle anderen Kinder. Und heute sehnte er sich danach, noch mal Vater zu werden. Doch das war Kalle Bärwolffs bestgehütetes Geheimnis. Guntbert blätterte in einer Akte, sah auf die Uhr, runzelte die Stirn. Wo Jette Winter sich herumtrieb, erwähnte Guntbert mit keinem Wort. Er nickte Kalle zu. »Leg los. Aber bitte chronologisch und nicht chaotisch. Da steigt sonst wieder kein Schwein durch.«

Eines Tages würde Guntberts Leiche gefunden werden. Kopfschuss oder so. Und keiner der Kollegen würde auch nur einen Finger krümmen, um den Fall aufzuklären!

Getröstet von diesem charmanten Gedanken, warf Kalle einen Blick auf seine Notizen und legte das Fax, das er kurz vorher erhalten hatte, zur Seite. Er stand auf, schob die Vase mit den Blumen an das Ende der Fensterbank. Auf dem begrünten Flachdach jagte eine laut schimpfende Elster die Tauben davon. »Also, was haben wir bis jetzt ... Die Tote ist zwischen 75 und 80 Jahre alt. Sie ist 1,65 Meter groß, 45 Kilogramm schwer, hat also extremes Untergewicht und 1,5 Promille im Blut.«

»Bei der halben Person ist das sturzbetrunken«, warf Guntbert ein.

»Der Todeszeitpunkt war etwa siebzehn Stunden vor Auffinden der Leiche, also etwa um 21 Uhr am Sonntag, den 20. Februar. Todesursache: vermutlich Erfrieren. Unklar ist, warum sie die Laube nicht einfach verlassen hat. Die Tür war nicht abgeschlossen, nach allem, was wir bis jetzt wissen. Möglich, dass sie orientierungslos gewesen ist. Der Alkoholspiegel würde dafürsprechen.« Kalle hielt inne. Vor seinem inneren Auge sah er wieder Eliza neben der Hand im Schnee liegen. Das Bild ließ sich nicht einfach löschen, obwohl es sich um falschen Alarm gehandelt hatte. Wenn Eliza etwas zustieße, Kalle würde durchdrehen.

»Und wie weiter?«

Kläffende Chefs sollte man an der Autobahn aussetzen. »Sorry«, Kalle vergrub die Hände in den Hosentaschen und verlagerte sein Gewicht auf das andere Bein. »Die vollständigen Untersuchungsergebnisse kriegen wir frühestens morgen Vormittag. Die Rechtsmedizin geht am Stock. Wusstet ihr das?«

Bodo schüttelte den Kopf. Na klar, Guntbert setzte seine wichtige Miene auf und nickte. »Ja, von den erfahrenen Haudegen ist momentan keiner im Dienst. Die liegen alle flach mit Durchfall oder sind in San Francisco wegen des globalen Fluglotsenstreiks auf dem Internationalen Kongress für forensische Pathologie gestrandet. Im Grunde können wir die Obduktion auch gleich selbst machen.«

Kalle zählte innerlich bis drei und fuhr fort. »Die Tote war nur mit Unterhemd und Unterhose bekleidet. In der Laube auf dem Boden verstreut waren ein schwarzer Daunenmantel mit Fuchspelzkragen, eine braune Stoffhose und ein brauner Kaschmirpullover, braune Stiefel mit Teddy-Futter sowie Nierenwärmer aus Angorawolle. Die Qualität der Klamotten deutet darauf hin, dass sie keine Hartz-IV-Erna gewesen ist.«

»Sexualdelikt? Pervers. Wer vergeht sich denn an 'ner Achtzigjährigen?« Guntbert glotzte aus seinen wässrigen Plüschaugen. Er hatte offensichtlich Mühe, die Tat aus professionellem Blickwinkel zu betrachten.

»Ein Obdachloser wurde bei der Leiche aufgegriffen, gestern

gegen vierzehn Uhr. Er sitzt in U-Haft am Holstenglacis. Der Arzt hat ihn untersucht. Offenbar ist der Mann taubstumm. Ein Gebärdendolmetscher ist angefordert.«
»Arme Sau.« Bodo sprach aus, was Kalle dachte.
»Außerdem wurden sichergestellt: eine schwarze Lederhandtasche mit einer Geldbörse und einer Abo-Karte der Hamburger Hochbahn, sonst leer. Eine Tupperbox mit Keksen, auch leer, nur Krümel. Auffällig ist, dass sich in und um den Mund der Toten Reste von Erde und Hasenkot befanden. Da wir nicht davon ausgehen, dass sie den Dreck selber zu sich genommen hat, scheint es sich um eine Art Botschaft ihres Mörders zu handeln.« Kalle machte eine Pause.
Guntbert, dessen Kinn auf die Brust gesunken war, schreckte hoch.
»Bodo hat die Vermisstenanzeigen abgeglichen«, fuhr Kalle fort, ohne eine Bemerkung über das Nickerchen seines Chefs fallenzulassen. »Es gibt keine Übereinstimmungen.«
»Papperlapapp! Wozu der Aufwand? Wieso habt ihr die Tote nicht anhand der Abo-Karte längst identifiziert?«
Blödmann. Trotzdem, Guntbert durfte man nicht unterschätzen. Er hatte schon immer einen leichten Schlaf gehabt. Kalle nahm das Fax zur Hand. »Nach Auskunft der Kundendienstzentrale des Hamburger Verkehrsverbunds ist die Karte auf Käthe Brandt ausgestellt. Sie wohnt in der Seniorenresidenz Down Town, St. Pauli. Frau Brandt erfreut sich bester Gesundheit und feiert morgen ihren 85. Geburtstag. Ich habe vor unserer Runde mit Sophia Prinz von der Geschäftsleitung telefoniert. Vermisst wird dort niemand. Nur sicherheitshalber erwähnt …«
Guntbert Meyer lief rot an. »Spar dir die Spitzen. Das Wichtigste kommt immer zuerst«, tobte er, »Prioritäten setzen, das lernst du in diesem Leben nicht mehr.«

Damit hatte er noch nicht mal unrecht. Kalle zählte die Kaffeeflecken auf dem Teppich. Wie sangen *Die Ärzte* so schön? *Lasse reden … Bleib höflich und sag nichts – das ärgert sie am meisten.* Wenn das so einfach wäre. Bodo sah von seinem Schreibblock auf. Sein rechtes Augenlid zuckte außer Kontrolle. Er schien Stress zu haben. Kalle sah zur Decke. Nein, dort schwebte keine liebe Omaseele herum, da hingen nur Spinnweben. Am liebsten würde Kalle Guntbert am Kragen packen und am Sicherheitshaken für die Fensterputzer aufhängen. Mit dem Stöckchenspringer an der Spitze war die Moral im Dezernat für Todesermittlungen ruck, zuck wieder im Keller, Teamtraining hin oder her. Der Fisch stank nun mal am Kopf zuerst.

»Ich wurde aufgehalten, tut mir sehr leid.« Mit frischem Luftzug fegte Jette durch die Tür.

Guntbert öffnete den Mund und schloss ihn wieder. Bodo hustete in ein Taschentuch. Kalle, Weiberheld im Dauerdienst, holte den Blumenstrauß aus der Vase und schüttelte Jette die Hand. »Noch mal willkommen an Bord. Eine Frau hat uns gerade noch gefehlt.« Von einem Ohr zum anderen grinsend, überreichte er die Blumen.

»Tatsächlich? Ich bin es gewohnt, allein unter Männern zurechtzukommen. Damit meine ich nicht die Missionarsstellung beim Sex.«

Guntbert, der soeben einen Schluck Wasser zu sich genommen hatte, prustete ihn quer über den Tisch. Als würde sie ein unsichtbares Tutu mit den Fingerspitzen lüften, deutete Jette einen Knicks an. »Hallo allerseits. Mein Name ist Jette Winter. Ich wurde bereits gewarnt vor den Herrschaften. Aber ich überzeuge mich gerne selbst. Und … danke für die Blumen.« Sie wedelte mit dem Strauß.

Nettes Lächeln. Kalle beschloss, sich an den kleinen Dingen

zu erfreuen. Guntbert Meyer räusperte sich und erhob sich aus seiner Liegestuhllage. Jette überragte ihn um gut zwei Köpfe. Autsch!

»Wir freuen uns, dass Sie unser Team tatkräftig unterstützen werden, Jette!« Er reichte Jette die Hand, gefolgt von Bodo. Und zum Schluss reichte auch Kalle Jette noch mal die Hand. Sie drückte nicht so fest zu wie vorhin. Offenbar war sie der Meinung, die Fronten seien geklärt. Guntbert klopfte auf den Tisch. »Männer, wir sehen uns morgen in alter Frische!«

# KAPITEL 17

**Hamburg-Neustadt, Portugiesenviertel**

Wenn es seine Zeit erlaubte, machte Kalle auf dem Weg von seiner Wohnung zur U-Bahn Landungsbrücken einen Zwischenstopp im *Veloso* und frühstückte. Da Emma und Eliza auf ihr gutes Recht pochten und bis zum letzten Moment in den Federn lungerten, hatte Kalle es aufgegeben, den Auspeitscher zu spielen. Das artete sowieso in Nervenzusammenbrüche seitens Eliza aus: *Ich bin noch müde! Lass mich in Ruhe! Wieso ist mein Sportzeug nicht gewaschen? Du hast meine Essenskarte nicht aufgeladen! Ich hasse Mathe!* Dann folgte der obligatorische Kreischanfall. In der Pubertät schien es gewisse Parallelen zum Kleinkindtrotzalter zu geben. Kalle ahnte, dass dies nur der Anfang war. Er war nicht zum Helden geboren. Sein Job war anstrengend. Er brauchte einen klaren Kopf, und die halbe Stunde in der Früh – allein mit sich selbst – war ihm heilig. War das unverschämt? Nö. Im Café roch es nach frischen Brötchen und gebackenem Schinken. Kalle lächelte Beatrice zu. »Wie immer.« Die Sonne stand bereits wie eine Blutorange über den Dächern. Er setzte sich an den Tresen am Fenster und schloss die Augen. Wirklich Zeit für Frühling. Dunkelheit und Kälte würde er noch seinen ganzen Tod lang ertragen müssen. Der Winter war dieses Jahr eine Klette. Winter. Na toll, der würde niemals mehr vergehen. An Jette Winter gab es erst mal keinen Weg vorbei. Wenn er heute ins Präsidium kam, würde sie an ihrem Schreibtisch vis-à-vis sitzen. Seit Jahren hatte er das Büro für sich allein gehabt. Jetzt musste er es auf engstem Raum teilen – mit einer Frau, deren äußere Erscheinung ihm Sackjucken verursachte. Wer weiß, im Knast würde Kalle irgendwann über sich in der *MOPO* lesen: *Erst handelte es sich nur um Abneigung, dann wurde mehr daraus – Mord.*

»Bitte schön. Lass dich schmecken.«

Kalle würde Beatrice sofort gegen Jette eintauschen. Lecker.

»Obrigado.« Er riss das Päckchen Zucker auf, versenkte den Inhalt im doppelten Espresso und rührte um, trank einen Schluck. Te amo, Koffein! Gestern Abend war er erst kurz vor Mitternacht nach Hause gekommen. Wegen des Eisregens war der Feierabendverkehr komplett zusammengebrochen. Die Hochbahn hatte den Betrieb kurzerhand eingestellt. Vom Stephansplatz bis zum Michel hatte Kalle satte neunzig Minuten gebraucht. Der Holstenwall war eine spiegelglatte Glitsche gewesen. Und er wieder in Bommelslippern. Die Dinger waren reif für die Tonne. Wenigstens keine Gräten gebrochen. Eliza hatte schon geschlafen. Er war in ihr Zimmer geschlichen und hatte sich auf den Rand des Bettes gehockt. Vielleicht lag es am fahlen Mondlicht? Unter Elizas Augen waren dunkle Schatten gewesen, süßes Lächeln. Schmerzlich war ihm bewusst geworden, wie wenig sie miteinander redeten, und wenn, dann artete es meist in Gezicke aus. Keinen Schimmer, was für ein schöner Traum es sein könnte, den Eliza wohl geträumt hatte.

*

## Hamburg-Eppendorf, Universitätskrankenhaus

Im Metrobus 5 Richtung Niendorf drängten sich die Fahrgäste aneinander wie auf dem Schlagermove, nur nüchtern, die meisten jedenfalls. Offenbar war das Sardinendosenfeeling bei weitem nicht schlimm genug, denn sich hinters Steuer zu setzen, war für Kalle der Horror pur. Angst vorm Fliegen war unter den Kollegen salonfähig, aber Angst vorm Autofahren war nur was für Sissis. Kalle redete nicht gerne darüber, so wie Analphabeten auch nicht an die große Glocke hingen, nicht schreiben und lesen zu können. An der Station Veilchenweg in Eppendorf stieg er aus. Von Veilchen fehlte jede Spur, dafür wiegten die Schneeglöckchen ihre Köpfe im Wind, als empörten sie sich über die Kackwürste, die ihr Beet verwüsteten. Jemand hatte Partysticker mit Deutschlandfähnchen in die Hundescheißhaufen gepiekt. Die Böen im Rücken ging Kalle mit zügigen Schritten auf den Rundbau zu, der nur aus Fenstern zu bestehen schien. Am Empfang zeigte er seinen Dienstausweis vor und winkte ab, als die rothaarige Asiatin ansetzte, ihm die Welt erklären zu wollen. Seit seiner Affäre mit Thao Behrmann vom Dezernat für Rauschgiftdelikte konnte er keine Vietnamesinnen mehr ausstehen. Vor knapp einem Jahr hatte es erst mit dienstlichen Mails angefangen, die immer privater und anzüglicher wurden. Thao hatte ihm unverblümt Avancen gemacht. Schließlich trafen sie sich ein paar Mal und landeten in einem Stundenhotel am Steindamm sogar im Bett. Das war nicht so schlecht, bis Thao auf einmal verlangte, er solle sie fesseln. Als Kalle sich weigerte, zog sie sich wortlos an und ging. Das wäre völlig in Ordnung gewesen. Die Wege trennten sich eben wieder. Aber nicht für Thao. Sie hatte ihr Gesicht verloren. Schnurstracks marschierte sie zur Weiberbeauftragten der Innenbehörde und behauptete, Kalle habe sie unsittlich berührt. Das musste Kalle Guntbert hoch anrechnen, er legte für ihn die Hand ins Feuer. Trotzdem blieb ein letzter Zweifel an ihm kleben. Vietnamesinnen konnten ihn seither kreuzweise; immer nett lächeln, aber hinten herum wetzten sie die Messer. Na ja, vielleicht tat er der Empfangsmieze unrecht, und sie war Chinesin.

*

Im Sektionssaal 1 der forensischen Pathologie roch es sauber und rein nach Meister Proper. Das einzige Klischee, das keins war.

»Guten Tag, Dr. Anna Lekowski.« Anna Lekowski streckte Kalle die Hand entgegen, von der sie soeben den Latexhandschuh abgestreift hatte. »Den Doktortitel nenne ich nur vorsorglich, damit Sie nicht auf dumme Gedanken kommen.« Das berühmte Honigkuchenpferd könnte nicht schöner wiehern. Ihre Zähne standen ein bisschen zu weit nach vorne. Zwischen den oberen Schneidezähnen war eine kleine Lücke, durch die Luft zischelte. Anna war zierlich. Ein Sommersprossenmeer zierte Wangen und Nase. Irgendwie niedlich. Sie sah nicht wie eine Pathologin aus, eher wie ihre eigene studentische Hilfskraft. Offenbar freute sie sich des Lebens inmitten des Reichs der Toten, das sie sich als Arbeitsplatz ausgesucht hatte. Dr. Lekowski grinste. »Von meinen hundert Probetagen sind erst vierzehn rum. Noch kein Mal gekotzt.« Wollte Anna Lekowski damit andeuten, sie sei blutige – wie passend – Anfängerin?

»Ich war bis vor kurzem in einem histologischen Labor tätig. Ist schon ein gewaltiger Unterschied, ob man es mit schnuckeligen Tumorzellen zu tun hat oder mit ganzen Leichen am Stück.«

Für Kalle machte das nicht wirklich einen Unterschied. Pathologen waren alle crazy.
»Sie müssen sich die Tote nicht anschauen, wenn Sie nicht möchten. Ich habe eine komplette Fotodokumentation angefertigt.«
Glaubte sie, er sei aus Zucker? »Selbstverständlich muss ich mir ein persönliches Bild machen.« Kalle konnte sich des Gefühls nicht erwehren, dass Anna Lekowski ihm die Nummer: *Auf Stahl wachsen keine Haare, Baby!* nicht abnahm. Sie führte ihn zum Seziertisch und hob das Tuch hoch. Unvermittelt sprang Kalle der leuchtende lilafarbene Ton der Haare an, der ihm in der schummrigen Gartenlaube nicht aufgefallen war.
»Festiger.«
Ah ja. Seine Gedanken waren ihm also auf die Stirn geschrieben. Na wunderbar. Noch unwohler in seiner Haut als eben, betrachtete er das Gesicht, eingebettet in die Haare – als sollten die beim Versenden gegen das Zerbrechen der Ware schützen. Die Visage der Alten war ihm unsympathisch. Fette Daisy-Duck-Lippen hatte sie. Ekelhaft.
»Aufgespritzt?«
»Ja, Kollagen.«
»Sonst irgendwelche Besonderheiten?« Jay hatte auch dicke Lippen. Die waren von Natur aus so. Sie war kreuzunglücklich darüber gewesen. Er hatte sie getröstet – vielleicht könne man Fett aus Lippen absaugen wie Bauchspeck – und sich dabei in Jay verliebt. Mann, war er bescheuert gewesen.
»… und sehen Sie hier, die Narbe vom Nabel bis zum Schambein. Aus meiner Sicht ist das Körperverletzung. Heutzutage macht man einen Schnitt quer am Schamhaaransatz. Da ist später so gut wie nichts mehr zu sehen.«
Was war los? Kalle starrte auf den Bauch. Knubbeliger Re-

genwurm. Puh, war ihm schlecht. Er hätte mal lieber auf Anna Lekowski hören sollen.

»Kaffee?« Anna Lekowski strahlte, als ob sie von einer zu großen Batterie unter Strom gesetzt worden sei.

Kalle schüttelte den Kopf. »Gerne einen Schluck Wasser.«

Er folgte der Pathologin, deren Körper von dem schlabberigen Kittel komplett entstellt wurde. Sie trug zwei verschiedene Socken, einer war rot und der andere blauweiß geringelt. Die linke Sohle ihrer Latsche löste sich am Absatz auf. Kleine Korkpartikel rieselten auf die sonst peinlich sauberen Fliesen. Nachdem sich Anna aus der Teeküche am Ende des Flures einen Becher Kaffee geholt und Kalle ein Glas Wasser gereicht hatte, bat sie Kalle in ihr Büro. Verblüfft blieb er auf der Schwelle stehen. Fehlte nur noch, dass sein Mund offen stand. In Anna Lekowskis Büro sah es so klinisch rein aus wie in ihrem Sektionssaal.

»Wir kommunizieren nur noch digital«, sagte sie, »setzen Sie sich doch bitte.«

»Keine Akten mehr?« Kalle war froh, das Plastikkissen unterm Hintern zu spüren.

»Keine Akten mehr. Alles eingescannt und digitalisiert. Ich weiß, das papierlose Büro steht den Behörden noch bevor. Bei euch im Amt für innere Verwaltung soll das doch auch schon umgesetzt sein.«

»Wer sagt das?«

Anna Lekowski lachte. »Okay, alles klar.« Sie schien sich köstlich über ihn zu amüsieren, verschüttete Kaffee auf ihren Kittel und wischte daran herum, was den Fleck nur vergrößerte. »Sicher haben Sie schon gehört, dass die Starriege komplett ausgefallen ist. Unser Direktor sitzt mitsamt seines Kronjuwelenstabs in San Francisco fest. Erst streikten die Fluglotsen, und dann bebte die Erde vor Zorn. Ich denke, sie hat Grund dazu, finden Sie nicht?«

»Doch, find ich auch. Wann erwarten Sie die Lordschaften zurück?«

»Das weiß allein der liebe Gott. Tut mir leid. Im Zeitalter von Minipersonalbudgets sind Erdbeben und Streiks nicht vorgesehen, und die digitalisierte Arbeitswelt hilft da auch keinen Deut weiter. Spezielle Fachkenntnisse und vor allem jahrelange Berufserfahrung bleiben nämlich in den Köpfen der grauen Eminenzen. Und das lassen die sich nicht mal eben nehmen und auf CD brennen. Man nennt das auch Herrschaftswissen, Sie verstehen?«

Kalle, der sich wieder gefangen hatte, nickte. »Warum soll es Ihnen bessergehen als mir?«

»Weil ich eine Lady bin und Sie zum Geschlecht der edlen Ritter gehören?« Anna Lekowski grinste, die Mundwinkel bis zu den Ohrläppchen hochgezogen. »Wie dem auch sei, ich kann nicht hexen.« Sie schielte auf ihre Nase und verzog den Mund. Es gelang ihr trotzdem nicht, wie eine Irre auszusehen. Spontan sehnte Kalle sich nach einem Virusinfekt. Nur zu gerne würde er sich von der Lütschen Fieber messen lassen.

»Ist Ihnen nicht gut?« Sie hatte den ultimativen Röntgenblick.

Er musste sich etwas einfallen lassen, damit ihm nicht dauernd die Gesichtszüge entglitten. »Jetzt aber mal bitte schön Klartext, wann kann ich mit Ihrem Bericht rechnen?«

»Der Bericht ist fertig, wenn er fertig ist.« Anna nahm einen Schluck Kaffee und lehnte sich im Stuhl zurück.

»Noch in diesem Leben?«

»Darauf können Sie Gift nehmen«, sagte Anna Lekowski und prostete Kalle mit dem Kaffeepott zu.

# KAPITEL 18

**Hamburg, Dammtor-Bahnhof**

Am Dammtor-Bahnhof stieg Kalle aus dem Bus und machte einen Abstecher in die gläserne Vollkornbäckerei von Thomas Effenberger. Der war Kult. Vor fünfundzwanzig Jahren hatte er schon auf Bio gesetzt, als das noch keiner schreiben konnte. Kalle imponierten Pioniergeister. Im Geschäft duftete es nach frischem, noch ofenwarmen Brot. Ihm lief das Wasser im Mund zusammen. Ein Leben ohne Kohlenhydrate war so deprimierend wie ein Leben ohne Liebe. Gesa. Und prompt musste Kalle auch an seine Mutter denken, die der Ansicht war, Kalle neige dazu, seine Gefühle auf Groschenroman-Niveau auszuleben. Emma sollte sich einen *Liebe-nein-danke*-Button auf die Brust pappen. Das Dinkel-Sesam unter den Arm geklemmt, verließ er den Laden bester Laune wie ein Kind, das seinen Schatz vor dem bösen Krümelmonster behütete. Seine Stimmungen fuhren mit ihm Achterbahn, manchmal war das cool, meistens angsteinflößend. Vielleicht war er ja manisch-depressiv? So wie es Bodo nachgesagt wurde. Kalle beschloss, sich schlauzumachen. In der neuen Apothekenrundschau gab es dazu einen Artikel. Rentner-Bravo, hatte Eliza gelästert. Freche Göre. Kalles Gute-Laune-Barometer stieg weiter an. Außerdem sollte er dringend recherchieren, ob Männer unter Wechseljahresbeschwerden litten, dem letzten unerforschten Geheimnis der Menschheit. Das behauptete jedenfalls Emma. Die Wissenschaft sei immer noch patriarchalisch geprägt, und Männer beschäftigten sich am liebsten mit dem weiblichen Körper, dichteten Frauen alle möglichen Krankheiten und Psychosen an, um sie dann heldenhaft davon heilen zu können. Alles klar, Mam. Weiber! Dann traf Kalle wieder der Schlag oder besser gesagt, der Gedanke an Jette Winter fuhr ihm mit Karacho in die Magengrube. Lächerlich, aber er spürte einen deutlichen Widerwillen, ins Büro zurückzukehren. Bums, der Höhenflug war beendet.

*

**Hamburg-Winterhude, Polizeipräsidium**

Im Präsidium war Hektik ausgebrochen. Hatte er was verpasst? Er zog das Handy aus der Brusttasche. Verdammt, mal wieder vergessen einzuschalten. »Gibt's was Neues?«

Tinta streifte sich im Laufen die Jacke über und schien mit ihren Gedanken sonst wo zu sein. Sie rannte an Kalle vorbei, ohne ihm zu antworten. Wer nicht will, der hat schon! Die Tür zu Kalles Büro war nur angelehnt. Er horchte. Stille. Mit einem Ruck öffnete er sie und blieb wie angewurzelt stehen. Jette, mit Fluppe zwischen den Lippen und Füßen auf dem Tisch, gab es nur in seiner Fantasie. Ihr Platz war leer, und es sah auch nicht so aus, als sei sie jemals hier gewesen. Kalle war vollkommen perplex. Einen Moment überlegte er sogar, ob gestern Nachmittag beim Stöckchenspringer überhaupt stattgefunden hatte.

»Wo treibst du dich rum?« Guntbert quetschte sich zwischen Kalles Plauze und dem Türrahmen vorbei ins Büro. »Du gehst während der Dienstzeit einkaufen, oder wie?« Unter Guntberts Augen breiteten sich trockene rote Flecke aus.

Psoriasis, deutliches Zeichen, dass Guntbert unter Stress stand.
»Gibt's was Neues?«
»Was Neues, was Neues«, äffte Guntbert Kalle nach. »Die Personalabteilung hat mich angemahnt, das Mitarbeiter-Vorgesetzten-Gespräch mit dir zu führen, und zwar am besten gestern.«
Kalle legte das Brot auf den Schreibtisch. »Da hab ich echt Bock drauf.«
»Und ich erst.« Guntbert drehte sich um und knallte die Bürotür zu.
Kalle setzte sich, nahm das Brot und schnupperte daran. Warum war er nicht Biobäcker geworden? Die Antwort war: Er hatte was Besseres sein wollen, Hochschulabsolvent, Akademiker. Das rächte sich jetzt. Selbst schuld. Sein Telefon klingelte, und so ging die Gelegenheit dahin, sich noch ein letztes Mal ausgiebig im Selbstmitleid zu wälzen, bevor Jette Winter in Kalles Büro ihre Zelte aufschlagen würde.

# KAPITEL 19

**Fachkommissariat Aurich, Ostfriesland**

Es fühlte sich an wie der Einzug der Gladiatoren, als Marga mit den uniformierten Kollegen und Annette Lorei im Schlepptau das Präsidium betrat. Marga war aufgekratzt und mindestens um fünf Zentimeter gewachsen. Sie hatte es geschafft, die Lorei einzusacken. Zu Wachs war sie geworden, als Marga ihr in der Pflegeeinrichtung auf die Pelle gerückt war. Welch ein Triumph und von wegen Küken. Was Joki wohl sagen würde? Sie brannte darauf, die Lorei zu verhören. Da war bestimmt ein Geständnis drin. Unrhythmisches Fußgetrappel und laute Rufe rissen sie aus ihren Gedanken. Ein Aufschrei, Glas klirrte und ging zu Bruch. Marga drehte sich erschrocken um. Die Lorei hing mit dem Kopf voran in dem zerborstenen Glasausschnitt der Teeküchentür. Blut lief ihr übers aschfahle Gesicht und ließ sie aussehen wie ein todgeweihtes Schneewittchen. Und noch unschöner war die dicke Glasscherbe, die ihr wie ein Eiszapfen seitlich im Halse steckte. Heilige Scheiße. Marga sprang auf die Lorei zu, der Beamte, der sie geführt hatte, war scheinbar eingefroren oder traute seinen Augen nicht. Aus einem Zimmer stürmte Joki und schrie sofort nach einem Krankenwagen.

»Finger weg von der Scherbe!«, rief er, als die Lider der Lorei flatterten und sie kollabierte. Marga konnte ihr gerade noch den Hals stabilisieren, bevor sie in sich zusammensackte.

*

»Die Lorei hat die Tablettengabe gestanden. Mit dem Mord an Theda Neehuis will sie allerdings nichts zu tun haben. Und Theda hat übrigens eine Schwester in Hamburg.« Marga schneuzte sich geräuschvoll in ein Papiertaschentuch.

»Och nee.« Joki machte runde Augen, und Marga hätte fast wieder angefangen zu heulen. Scheiße. Thedas Schwester war ihr im Trubel um Annette Lorei ganz entfallen. Und die Lorei war nach ihrem spektakulären Sturz von einem Rettungswagen ins Krankenhaus gebracht worden und wurde notoperiert. Gerade noch voller Euphorie, stand Marga jetzt vor dem Scherbenhaufen ihrer Festnahme. »Ich hätte einfach besser auf sie aufpassen müssen. Stell dir mal vor, die hätte sich die Halsschlagader zerfetzt.« Margas Hände waren immer noch zittrig, obwohl sie und Joki mittlerweile informiert waren, dass Annette Lorei sich außer Lebensgefahr befand. Der Kollege, der sie geführt hatte, gab zu Protokoll, dass er noch versucht hatte, sie aufzuhalten, aber sie sei aus eigenem Antrieb und mit Anlauf in die Scheibe gesprungen. Und hatte dabei wohlweislich die einzige erwischt, die nicht aus bruchfestem Sicherheitsglas war. Ein Relikt aus früheren Jahren, und trotzdem fühlte Marga sich schuldig. Sie hatte Annette Lorei festgenommen und war sich dann ihrer Sache zu sicher gewesen. Hochmut kam bekanntlich vor dem Fall.

Joki tätschelte ihr unbeholfen die Schulter. »Nu wein doch nicht. Merk di dat fürs nächste Mal, auch zu deinem eigenen Schutz. Immer bei der Sache bleiben. Du kannst nie wissen, was in den Köppen anderer Leute vorgeht.« Er suchte nach einer hellglänzenden Narbe in seiner Handfläche und hielt sie Marga hin. »Die hab ich mir als junger Fend geholt. War schon alles geregelt, nur eine blöde Ruhestörung. Und als ich mich verabschieden will, da zieht einer von den Heinis ein Messer und sticht zu.«

Marga kannte die Story, trotzdem war sie ihm dankbar. Joki hatte recht und viel mehr Erfahrung. Da ließ sich nun mal keine Scheibe von abschneiden, aber seinen Rat würde sie sich in jedem Fall zu Herzen nehmen.
Die Tür ging auf. Harm steckte den Kopf ins Zimmer. Er blickte von Joki auf Marga und zurück. »Was ist los?«
»Nix. Ich bin ihr nur auf den Fuß getreten. Aus Versehen.« Joki deutete ihm an, nicht weiter nachzufragen.
Harm legte die Stirn in Falten. »Die Ergebnisse von ViCLAS sind da. Es gibt eine weitere Tote. Etwa gleiches Alter und ebenfalls der gefüllte Mundraum. Gefunden gestern in Hamburg.«
Marga hob den Kopf und sah Harm bizarr verschwommen durch ihre verheulten Augen. »Thedas Schwester.«

# KAPITEL 20

**Hamburg-St. Pauli, Seniorenresidenz**

Sophia Prinz, die sich Kalle als Geschäftsführerin der Down-Town-Seniorenresidenz vorgestellt hatte, war eine kleine, drahtige Person, die nur so vor Energie zu sprühen schien, obwohl selbst nicht mehr die Jüngste. Noch dazu war ihr linker Arm in Gips. »Tennisarm. Ich soll mich schonen, wissen Sie. Aber hier bin ich ja bereits im Sanatorium.« Ihr Kichern klang, als würden kleine Knallerbsen in ihrer Kehle zerplatzen. Sie beugte sich nach vorn und drückte auf einen Schalter in der Wand. »Beam me up, Scotty.«

Wieder dieses Kichern. Für ihr Alter war sie so albern wie ein pubertierender Teenager. Regelrecht überdreht wirkte sie.

»Ich würde gerne mit Frau Brandt sprechen. Ist das möglich?«

»Aber selbstverständlich ist es das.«

»Sind Ihnen irgendwelche Unregelmäßigkeiten im Hause bekannt? Jemand vermisst zum Beispiel?«

»Nein. Das hab ich Ihnen doch alles am Telefon beantwortet.« Sophia Prinz schien sich auf ihren gebatikten Seidenschal getreten zu fühlen, der über der Lehne ihres ausladenden Chefsessels hing und bis auf den Boden reichte. »Könnte sein«, fuhr Sophia Prinz fort, »dass Frau Brandt gerade ihr Mittagsschläfchen macht … Heute Nachmittag feiern wir ihren 85. Geburtstag. Sie freut sich, als wäre es ihr erster. So ist der Mensch, zum Schluss wird er wieder zum Kind.«

Es klopfte. Ein hübscher, milchgesichtiger Pfleger schob

einen Tablettwagen herein, auf dem Kaffeegeschirr und ein Teller mit Keksen standen.

»Joris, der Herr würde gern mit unserem Brandy Babe sprechen.«

Brandy Babe? Sophia Prinz schien eine eigenwillige Definition von korrekten Umgangsformen zu haben. Joris nickte. Sein Blick scannte Kalle von oben nach unten und blieb dann auf Kalles Bauch hängen – süffisantes Lächeln. Kalle spürte, dass er einen dicken Hals bekam. Was erlaubte sich dieser Bubi. Jede Wette, in seiner schlabbrigen Hose versteckte er ein Butterflymesser. Joris drehte das Armband an seinem Handgelenk. Ach nee, die Uhr hieß Rolex. Sophia Prinz war Kalles Blick offenbar nicht entgangen.

»Reiche Eltern.«

Joris ließ die Uhr in der Hosentasche verschwinden, während sich Sophia Prinz einen Keks nahm.

»Dann führe den Herrn bitte zu Frau Brandt, ja? Ich muss nicht dabei sein, oder, Herr, äh … Bärwolff?«

Kalle erhob sich und schüttelte den Kopf. Sophia kicherte eine Oktave hysterischer, als Kalle sich ebenfalls einen Keks nahm und in den Mund schob. Joris fiel die Kinnlade runter. Offenbar missfielen ihm Kalles schlechte Manieren. Bengel, der.

*

Der *Gesellschaftssalon* – so stand es in goldenen Lettern über der Doppelflügeltür – war fast leer. Hier und da saßen ältere Damen in zierlichen violetten und gelben Ledersesseln beisammen und plauderten. Leise klirrten die goldenen Löffel in den Porzellantassen. Die verglaste Schiebetür zum überdachten Innenhof war weit geöffnet. Der Garten mit den kugelrund geschnittenen Buchsbäumen und den dichten Nadelhölzern war auch jetzt im Februar eine grüne Oase. Kübel mit bunten Blumen, deren Namen Kalle nicht kannte, reihten sich wie zufällig angeordnete Farbtupfer um eine Liegewiese. Das Wasser eines Springbrunnens plätscherte über die makellosen Körper von drei nackten Granitjungfrauen. In einem Altersheim eine fast obszöne Darstellung. Aus einer großzügig bemessenen Voliere war lautes Vogelgezwitscher zu hören. Den Krawall verursachte ein Geschwader Nymphensittiche, deren Bäckchen leuchteten, als hätten sie zu viel Rouge aufgelegt. Trotz der Kälte war da draußen offensichtlich immer Sommer. Im hinteren Bereich stand ein Gewächshaus. Einige der seitlichen Fensterklappen waren geöffnet. Kalle kniff die Augen zusammen. Jetzt sah er an der Stelle ein Ufo stehen. Die Alten in den Weltraum entsorgen, das würde die Rentenkasse nachhaltig entlasten, und Kalle müsste nicht mit 70 noch Verbrechern hinterherhecheln mit seinem Solar-Rollator. Joris unterbrach Kalles gedankliche Sightseeingtour. »Da, das ist Frau Brandt. Kann ich jetzt gehen?« Der Hosenscheißer schien wie Eliza in der Pubertät zu stecken. Manche wurden nie erwachsen. Seine schnoddrige Art brachte Kalles Puls erneut in Fahrt. Kalle verkniff sich eine Antwort und nickte stumm. Frau Brandt stand auf der Seite der bodentiefen Fenster vor einem gigantischen Flachbildschirm und schwang ihren Arm durch die Lüfte. In der Hand hielt sie eine Fernbedienung. Auf dem Bildschirm fielen alle Keulen auf einmal um, und in leuchtender Schrift blinkte *STRIKE.*

»Entschuldigung, Frau Brandt, ich …«

Käthe Brandt drehte sich zu Kalle um. Ihr Gesicht war gerötet, unter den Achseln ihres Shirts mit der Aufschrift *Retterchen* hatten sich dunkle Flecken gebildet. »Haben Sie das gesehen? Geil, oder?«

»Ähm, ist das Bowling?«

»Ja. Früher bin ich immer rüber zum Astra Bowlingcenter. Aber Sie sehen ja selbst, alles plattgemacht. Jetzt stehen da zwei Türme, schief wie in Pisa, dabei sind die ganz neu gebaut. Protzige Architektur, oder nicht? Potenzpillen für den kleinen Mann. Darauf stand ja schon der Führer.« Käthe Brandt verzog den Mund. »Wollen Sie auch mal?« Ihre Miene heiterte sich auf. Sie reichte Kalle die Fernbedienung. Kalle schüttelte den Kopf.

»Na gut, dann nicht. Muss jetzt sowieso erst mal duschen«, sie rümpfte die Nase, »sonst laufen meine Geburtstagsgäste noch schreiend davon.«

»Alles Liebe und Gute für Ihr neues Lebensjahr, Frau Brandt. Mein Name ist Bärwolff. Ich bin Kriminaloberrat beim Landeskriminalamt Hamburg.« Kalle streckte ihr die Hand entgegen, und Frau Brandt ließ ihre in seine gleiten. Nur Haut und Knochen, aber ein fröhliches Gemüt. Sie strahlte. Ihre Altersflecken sahen aus wie die Sommersprossenwiese von Anna Lekowski.

»Bitte schön.« Kalle gab ihr die HVV-Abo-Karte.

»Ist das meine Karte?« Käthe Brandt drehte die Karte um und betrachtete die Unterschrift. »Das ist meine Karte!«

Kalle gähnte. Seit heute Morgen beim Portugiesen hatte er außer dem Keks kaum etwas gegessen oder getrunken. Er war total unterzuckert und fühlte sich leicht schwindelig. Grundlos fing er an zu lachen.

»Sind Sie wirklich ein echter Kommissar?«

Kalle presste die Lippen zusammen und zählte in Gedanken bis zwei. Dann hatte er sich wieder im Griff. »Bitte entschuldigen Sie.« Er zeigte Frau Brandt seinen Ausweis, doch die winkte ab.

»Schon gut. Ich fühle, Sie sind ein guter Mensch, Herr Kommissar.«

»Haben Sie eine Idee, wo Sie die Karte verloren haben könnten, Frau Brandt?«
»Ich habe die Karte nicht verloren, ich habe sie verliehen.«
Sofort war Kalle hellwach. »An wen?«
»An Lisbeth Hayenga, meine Nachbarin.«
»Kein Zweifel?«
»Na, hören Sie mal, junger Mann …«
Kalle drehte auf dem Absatz um und schoss den Flur hinunter. Ohne anzuklopfen, stand er im Büro von Sophia Prinz. Die hing am Telefon, schnatterte und kicherte ohne Punkt und Komma. »Moment«, sie legte den Hörer beiseite und sah Kalle groß an. »Gibt es ein Problem?«
»Allerdings! Wieso haben Sie mich angelogen?«

*

**Hamburg-Winterhude, Polizeipräsidium**

Am Ende des Flurs hingen die Dezernatchefs Nick Nolte, Bereich Sexualdelikte, und Thao Behrmann, Rauschgift, vor dem Kaffeeautomaten herum. Ehe Kalle in sein Büro verschwinden konnte, hatte Nick ihn bereits gesehen. »Hey, Kalle, hast du ein paar Minuten, es ist wegen der Workshops von der Clasen?«
Nein, er hatte keine Minute zu verschwenden. Dem Personalrat Kalle Bärwolff blieb jedoch nichts anderes übrig, als sich in die Höhle der Partylöwen zu begeben. »Wo brennt's denn?«
»Um es diplomatisch auszudrücken«, sagte Thao Behrmann, »das Feuer ist gelegt. Ich gedenke trotzdem nicht, mir den Arsch anzünden zu lassen.«

Kalle, noch beeindruckt von Anna Lekowskis Fähigkeiten, seine Gedanken mühelos erraten zu können, gab sich ahnungslos. »Soll heißen?«
»Jetzt tu mal nicht so blöd«, fauchte Thao, »wenn ihr euren Vorgesetzten eins reinwürgen könnt, dann macht ihr das, und zwar mit dem größten Vergnügen. Ich lasse mir nicht vorschreiben, was ich unter Personalführung zu verstehen habe oder wie, wann, mit wem und über was ich kommuniziere. Das ist allein meine Sache!«
Kalle sah Nick an, doch der schwieg. Da saß der Hase also im Pfeffer. Langsam fing es an, Kalle Spaß zu machen. Gesas Teamtraining zeigte erste Wirkung. »Die Ergebnisse sollen konstruktiv aufgearbeitet werden. Es geht nicht darum, euch die Schuld in die Schuhe zu schieben.«
»Ach ja?« Thao schraubte sich weiter hoch. »Das sieht die Polizeipräsidentin aber ganz anders.«
Nick betrachtete seine Schuhspitzen. Offenbar hatte es ihm, der sonst zu jedem Mist seinen Senf abgab, die Sprache verschlagen.
»Ich verlange vom Personalrat, dass er auf die Bremse tritt.«
»Ich fahre kein Auto, Thao, weißt du doch.«
Thao warf sich ihre langen schwarzen Haare über die Schultern und schmiss den Pappbecher zielsicher in den Abfalleimer. Kaffee spritzte auf Kalles helle Hose.
»Schick mir die Rechnung.« Sie drehte auf dem Absatz um und stöckelte den Flur hinunter, bog um die Ecke, und weg war sie. Nick zuckte mit den Schultern. »Du weißt, wie ich über Thao denke, Kalle. Aber diesmal hat sie recht.«
Auch Nick hatte es plötzlich eilig. Oha, da oben in der Cheflounge braute sich was zusammen. Kalle schlug gegen die Seitenwand des Kaffeeautomaten. »Hallelujah!«
Eine Münze klingelte im Rückgeldfach.

# KAPITEL 21

**Hamburg-Winterhude, Polizeipräsidium**

Soeben hatte die Kriminaltechnik ihren vorläufigen Zwischenbericht per E-Mail zugesendet. Lisbeth Hayengas Appartement in der Seniorenwohnanlage war am Nachmittag von den Kollegen auseinandergenommen worden. Kalle starrte auf den Monitor. Sein Kopf schmerzte. Die Buchstaben verschwammen vor seinen Augen. Wie viele Stunden seiner Arbeitszeit hockte er eigentlich vor diesem beknackten Bildschirm herum? Er setzte den Cursor auf das Drucksymbol und klickte die Maustaste. Fehlermeldung. Die Kontrolllampe für die Tinte am Display des Druckers blinkte. Kalle drohte dem Drucker mit der Faust. Die Kontrolllampe blinkte. »Fuck!«

In der Schublade fand Kalle ein einsames Aspirin. Er stand auf, goss sich ein Glas Wasser ein und spülte die Tablette hinunter. In Jettes Blumenstrauß ließen die Gerbera die Köpfe hängen. Kalle kippte den Rest des Wassers in die Vase. Er setzte sich wieder an den Tisch und wählte die Nummer von Elizas Klassenlehrer. Die Mailbox meldete sich. »Guten Tag, Sie sind mit Dr. Rüdiger Kluge verbunden. Leider bin ich zurzeit nicht erreichbar. In dringenden Fällen hinterlassen Sie bitte Ihren Namen und Ihre Rufnummer. Ich setze Ihr Anliegen auf die Warteliste und melde mich, sobald Sie an der Reihe sind.«

»Bärwolff, der Vater von Eliza. Sie baten um meinen Rückruf.« Kalle lauschte. In der Leitung knackte es, mehr war nicht zu hören. Kalle legte auf. Die gute Nachricht war, seine Kopfschmerzen ließen nach. Er öffnete den Anhang der Mail und überflog den Bericht. Der las sich wie ein Märchen aus Tausendundeiner Nacht. Lisbeth Hayenga bewohnte in der Seniorenresidenz zwei geräumige Zimmer, zu denen ein großes Badezimmer mit einem Whirlpool gehörte. Stofftapeten, Perserteppiche, Kristallleuchter. Statt einer Küche gab es eine Minibar wie in Hotels. Zwei Flaschen Edelkirschlikör. Die Alten speisten auswärts. Oder gar nicht? Ab 80 weniger zu essen, stärke das Gedächtnis oder so ähnlich. Irgendeine Studie von irgendwelchen Forschern hatte das herausgefunden. Von Kalle war dann sowieso nichts mehr übrig, außer verkalkte Gebeine im feuchtkalten Grab, huah. Schluss damit und weiter im Text. Vor gut einem Jahr hatte sich die Hayenga eine einbruchhemmende Wohnungstür der höchsten Widerstandsklasse einbauen lassen. Türblatt, Zarge, Schloss und Beschlag waren aus einem Guss gefertigt. Darüber gab es ein Qualitätszertifikat einer Hamburger Firma für Sicherheitstechnik. Hinter den Kacheln im Badezimmer war ein Fach verborgen, in dem eine Schmuckkassette sichergestellt worden war. Das Schloss der Kassette war aufgebrochen, die Kassette leer bis auf einen Ring, der offenbar aus einem Kaugummiautomaten stammte. Ein Scherz des Einbrechers? Im Wohnzimmer befand sich ein Stahltresor, Fassungsvermögen zehn Liter, mit elektronischem Codeschloss. Der Tresor war sichergestellt worden. In den Händen der Kriminaltechniker würde das Schloss zu Wachs werden, wenn nicht heute, dann morgen. Geduld. Bis auf die mit Asche gefüllte Urne, die auf der Fensterbank im Wohnzimmer zwischen den vertrockneten Orchideen gestanden hatte, war Lisbeth Hayengas Appartement eine ordentliche und saubere Wohnung – wie es für eine reiche, alte Dame, die teure Fuchspelzkragenmäntel trug, zu erwarten war. Verwertbare Fingerabdrücke gab es keine. Wieso hatten manche Leute so unverschämt viel Kohle? Kalle rief nochmals bei Dr. Kluge an, der sofort an den Apparat ging – und Kalle, mit seinen Gedanken schon wieder bei der Leiche, nun auf dem falschen Fuß erwischte. »Äh, ja, was wollte ich noch … Bärwolff.«

»Herr Bärwolff, na endlich! Da Sie ja leider beim Elternsprechtag nicht erschienen sind, frage ich mich also immer noch, wieso Sie Elizas unentschuldigtes Fehlzeitkonto so gelassen hinnehmen? Im Halbjahreszeugnis Ihrer Tochter sind fünfundzwanzig Stunden vermerkt. Ich finde, das ist eine dreiste Leistung.«

»Bitte was?« Wie auf Knopfdruck waren die Kopfschmerzen zurück.

»Wir sollten uns dringend zusammensetzen und über das zukünftige Prozedere abstimmen.«

Kalle, der eben noch auf Krawall gebürstet gewesen war, spulte im Geiste die letzten Wochen im Schnelldurchlauf ab. Wo hatte sich die Krabbe rumgetrieben?

»Herr Bärwolff?«

»Das muss ich erst mal verdauen. Es … es macht wohl keinen Sinn, das schönzureden?«

»Sicher nicht. Ich schlage Ihnen übermorgen, neun Uhr dreißig vor. Bringen Sie bitte Zeit mit, dann können wir in Ruhe miteinander sprechen.«

Kalle klemmte den Hörer zwischen Kinn und Brustbein ein und rief den Kalender in seinem Mailprogramm auf. »Ist gebucht. Schönen Abend noch und … danke.« Als Kalle den Termin im Programm bestätigte, kam die Meldung: *Termin überschneidet sich mit Arbeitsmedizinischer Dienst Dr. Weber.* Die Anpassung der neuen Brille für den Bildschirm musste Kalle schon wieder aufschieben. Vielleicht sollte er lieber gleich einen Blindenstock beantragen. Outlook meldete den Eingang einer E-Mail von Tinta Krieger. Kalle überflog die Daten:

Lisbeth Hayenga, frühere Namen: Flemming, geborene Hayenga. Geburtsdatum: 07. 07. 1928 in Uttum. Geschieden.

Kalle klickte auf Antworten:

*Liebe Tinta, bitte Meldeauskunft für den Ex, Flemming, einholen. Danke. Kalle.*

»Hey, du.«

»Komm rein.«

Bodo Steinhoff schloss die Tür und setzte sich an Jettes Schreibtisch. Bis auf den verwelkenden Blumenstrauß fehlte immer noch jeder Beweis, dass sie jemals dieses Büro betreten hatte.

»Wo treibt sich Jette denn eigentlich rum?«

Bodo schüttelte den Kopf. »Jetzt sag bloß, du weißt es nicht?«

»Und? Lass dir doch nicht immer alles aus der Nase ziehen.«

Bodo fuhr mit dem Zeigefinger auf der Tastatur von Jettes Computer herum, schnippte die Staubflusen auf den Boden. »Gnädige Frau hat einen Telearbeitsplatz beantragt, aus persönlichen Gründen …«

»… und Guntbert hat zugestimmt.«

»Du hast es erfasst.«

Im Grunde ideal, so musste Kalle sich nicht mit Jettes Marotten arrangieren. Dass sie davon unzählige besaß, war so klar wie Aalsuppe. Abgesehen davon stand Jette Winter aus schleierhaften Gründen unter dem besonderen Schutz von Guntbert, dessen Geheimnistuerei Kalle gründlich auf die Nerven ging. Aber nüchtern betrachtet, war die Nachricht einfach nur göttlich.

»Hey, worüber freust du dich so?«

»Das bildest du dir ein.« Kalle versuchte, ein ernstes Gesicht

zu machen. Es ging gründlich schief. Das unterdrückte Grunzen schwoll zu einem Lachanfall an, in den Bodo zunächst zögerlich, dann volle Pulle einstimmte.
»Hallo, noch ganz bei Trost, die Herren Kriminalräte? Oder habt ihr was geraucht?«
Tinta Krieger klatschte die Zeitung auf Kalles Schreibtisch. »Hier, das Blöd-Blatt meldet: *Unheimlicher Gartenlaubenmord. Schwester der Toten auch ermordet.* Wisst ihr was davon?«
Wunderbar, die Aussicht auf einen zeitigen Feierabend war versaut. Völlig klar, dass ausgerechnet jetzt das Telefon klingelte. Kalle deutete Bodo an, den Anruf entgegenzunehmen.
»Steinhoff, Landeskriminalamt Hamburg, Mordkommission, Apparat Bärwolff.«
Bodo runzelte die Stirn und schwieg. Kalles Blick schweifte zum Fenster. In der Scheibe spiegelte sich die energiesparlampenbeleuchtete Büroeinrichtung samt Pappnasenbesetzung wider wie eine Bühnenkulisse. Das Dröhnen in Kalles Schädel wurde lauter. Gleich würde die Bombe einschlagen. Das sagte ihm sein Ermittlerinstinkt, und der täuschte sich nur alle Jubeljahre. Bodo schaltete auf Mithören.
»... ungeklärtes Gewaltverbrechen mit Todesfolge. Wir haben Kontakt aufgenommen zum Bundeskriminalamt und eine Recherche in der ViCLAS-Datenbank gestartet. Das Ergebnis lässt keinen anderen Schluss zu, ich denke, wir sollten uns umgehend kurzschließen.«

# KAPITEL 22

**Hamburg-Neustadt, Wincklerstraße**

Emma stand am Fenster und winkte. Sie wartete mit dem Mittagessen auf ihn, so wie sie es getan hatte, als er noch ein Kind gewesen war. Er, ein gestandener Kerl von 40 Jahren, übergewichtig und kurzatmig, der Mörder jagte und darin ziemlich erfolgreich war, er klebte immer noch an Mamas Rockzipfel. Kalle lachte und es tat gut. Im zweiten Stock legte er eine Verschnaufpause ein. Fix und alle war er. Nur vier Stunden Schlaf, das war Gift für seinen jugendlichen Teint. Gestern im Laufe des Nachmittags hatten sich die Ereignisse überschlagen, und die Nerven waren dünn. Außer die von Guntbert Meyer. Der schien gar keine mehr zu haben. Guntbert war ausgeflippt, nachdem der Bericht von Dr. Lekowski aus der Gerichtsmedizin vorgelegen hatte. Demnach war Lisbeth Hayenga nicht, wie angenommen, bereits siebzehn Stunden tot gewesen, sondern höchstens fünf. Eine Diskrepanz von zwölf Stunden für eine stinknormale Feststellung der Todeszeit sei absolut indiskutabel. Wie stehe er jetzt da? Das Journalistenpack werde ihn lynchen. Bei den exorbitanten Alkoholwerten im Blut müsse jedem Profi sofort klar sein, dass die allgemeine Berechnungsformel zur Bestimmung des Todeszeitpunkts nicht mehr anwendbar sei. Rektaltemperatur war eben nicht gleich Rektaltemperatur. Das wisse heutzutage jeder Penner himself. Aber nein, seine Ermittler waren noch blöder als Deutschlands Hauptschulabbrecher. Bodo zog es vor, den Kopf einzuziehen. Typisch. Kalle konnte den

Vorwurf nicht stehenlassen, zumal er ihm galt, schließlich war es sein Fall. Und der von Jette, wenn sie sich denn blicken ließe. Kalle hatte nichts erwidert, nur die Fäuste in die Hüften gestemmt und die Brust nach vorne gestreckt. Eine Drohgebärde aus der Steinzeit sei das, hatte er in einer Zeitschrift beim Zahnarzt gelesen. Bingo, funktionierte auch in der Echtzeit noch. Guntbert hatte nach dem Locher gegrapscht und ihn nach Kalle geschleudert. Der Locher verfehlte Kalles Kopf um Haaresbreite und schlug hinter ihm gegen die Wand, hinterließ im Rigips einen dreieckigen Krater. Guntbert randalierte grundsätzlich nur in fremden Büros. Rechtzeitig zum Feierabend hatte dann die Kollegin aus Aurich angerufen. Dass die ostfriesischen Provinzbullen vor seinen eigenen Leuten auf den Trichter gekommen waren, es mit zwei in Zusammenhang stehenden Morden zu tun zu haben, hatte Guntbert Meyer schließlich komplett aus den Puschen geworfen. Nachdem Kalle mit Bodo im Schlepptau zu Guntbert ins Büro marschiert war, um ihn über den Anruf aus Aurich zu informieren, war er plötzlich auf seinem Stuhl zusammengesunken. Bei alten Säcken ging es ja manchmal ganz schnell zu Ende. Kalle hatte schon befürchtet, Guntbert habe ein Herzinfarkt niedergestreckt. Doch die Nummer vom sterbenden Schwan dauerte nur wenige Sekunden, und Guntbert war wieder der Alte – motzte ohne Punkt und Komma seinen Frust von der Brust. ViCLAS schön brav mit den Falldaten Hayenga gefüttert, von der greisen Toten in Uttum keine Eintragung, und dann postwendend von den Aurichern eins auf die Schnauze gekriegt: ätsch, Erster! Für Guntbert war das eine persönliche Blamage. Kalle musste zugeben, knallharte Ermittlerarbeit sah anders aus. Denn natürlich hatte Guntbert recht. Anna Lekowski hatte sich mit dem Todeszeitpunkt vertan. Unverzeihlich dämlich, dennoch nicht zu ändern. Die

Verpflichtung, das Bundeskriminalamt zeitnah zu informieren, war eine Verfügung von ganz oben, wo Guntberts Minderwertigkeitskomplexe keine Sau interessierten. Die Blöd-Blatt-Geschichte trug Guntbert dagegen mit Fassung. Seine Truppe war sauber. Thema erledigt. So schwer es Kalle fiel, Guntbert Meyer hatte tatsächlich gute Seiten. Es war zwei Uhr morgens gewesen, als Guntbert endlich nach Hause abrauschte und Bodo und Kalle ebenfalls die Kurve kratzen konnten. Okay, vergeben und vergessen und nach vorne schauen. Kalle trabte, ohne sich eine weitere Pause zu gönnen, die letzten Treppen in den vierten Stock hinauf und fiel Emma buchstäblich in die Arme. Sie küsste ihn auf die Stirn und strahlte ihn an, als habe sie ihren Sohn jahrelang nicht mehr gesehen. »Komm, ich hab dir was gekocht.« Emma eilte in die Küche und machte sich am Herd zu schaffen.
»Muss Eliza nach der Schule noch für eine Arbeit üben oder so?«
»Ja, sie lernt für Englisch mit Laura zusammen und schläft da auch. Wieso fragst du?«
»Mitten in der Woche?« Kalle suchte einen Platz für seine Jacke auf den Garderobenhaken. Sinnlos. Er ließ die Jacke auf die zahllosen Schuhpaare segeln, die auf dem Fußboden herumlagen wie Fallobst. Die Dielen in der Küche knarrten, Emma erschien in der Küchentür. »Seit wann interessiert dich das?«
Seit gestern. Aber das verschwieg Kalle. Sie würde sich nur unnötig aufregen. Über Monate hinweg hatten sie nichts von der Schulschwänzerei bemerkt, da würde es auf einen Tag länger nicht ankommen. Okay, Eliza schlief also bei Laura. Das würde sich überprüfen lassen.
»Willst du ein Bier?«
»Mam, ich bin im Dienst. Aspirin wäre angebrachter.«

Emma verschwand. Kalle hörte sie kramen. Als er in die Küche kam, reichte sie ihm ein Glas trübes Wasser, in dem sich die Tablette auflöste. »Du arbeitest zu viel.«
Kalle kippte das Zeug hinunter und schüttelte sich. Er schenkte sich Wasser nach und spülte den ekeligen Geschmack weg. »Was hieltest du davon, wenn ich einen Telearbeitsplatz beantragen würde?«
Emma schaltete den Herd aus und füllte Kalles Teller mit Rührei und Speck.
»Du willst dir zu Hause ein Büro einrichten? Ja, geht das denn?«
»Der Neuen hat Guntbert das genehmigt. Mir kommt …«
Der Lärm einer Schlagbohrmaschine übertönte Kalles Worte.
»Die müssen doch irgendwann mal fertig sein.« Emma griff den hölzernen Kochlöffel und schlug mit voller Wucht gegen die Heizung. Die Bohrmaschine verstummte. »Asozial!«
»Mir kommt das nicht ungelegen, Mam. Allerdings frage ich mich, wieso Jette eine Sonderbehandlung genießt? Bodo hat auch mal so einen Antrag gestellt, den Guntbert schon abgebügelt hatte, da war die Druckertinte noch nicht trocken.«
»Das weiß ich noch. Bodo hat sich darauf krankschreiben lassen. So was können sich nur Beamte leisten, ehrlich.«
Das Rührei schmeckte genau so, wie Kalle es liebte, leicht gesalzen und nicht zu fest angebraten. »Hoffentlich Bio-Eier?«
»Du, ich hau dich!« Emma erhob den Kochlöffel erneut.
Nie hatte sie ihn geschlagen, obwohl er es das eine oder andere Mal durchaus verdient gehabt hätte. Bei seinen Freunden, die aus der feinen Gesellschaft, deren Mütter Hausfrauen gewesen waren, hatte das ganz anders ausgesehen. Da gehörten Ohrfeigen zur Erziehung dazu wie Schokolade und Geld für gute Zensuren. Das wiederum gab es bei Emma nicht. »Wo war ich stehengeblieben?«

»Telearbeitsplatz.«
»Jette arbeitet zu Hause oder besser gesagt, im Hotel, und ich hab mein Büro weiterhin nur für mich allein.« Kalle massierte seine Schläfen. Die Kopfschmerzen waren fast weg.
»Und die schlechte Nachricht?« Emmas Wangen wurden rosig. Sie brannte darauf, Einzelheiten zu erfahren, das konnte jeder Blinde fühlen. Da Kalle nicht besonders gut darauf zu sprechen war, wenn sie ihm wegen der aktuellen Neuigkeiten in den Ohren lag, versuchte es Emma mit gutem Essen. Liebe ging durch den Magen und machte Kalles Zunge locker. Er hatte seine Mutter zwar durchschaut, aber ihr Rezept ging dennoch auf. »Die schlechte ist, dass ich es mit noch einer Frau zu tun kriege, einer gewissen Marga Terbeek, Ermittlerin aus Ostfriesland. Die Schwester unserer Hamburger Leiche wurde in einem Kaff bei Emden ebenfalls ermordet und das etwa zeitgleich.«
»Ach, du Scheiße!«
»Die größte Scheiße kommt erst noch.« Kalle schwieg.
Emma beugte sich zu ihm hinüber und packte sein Handgelenk, als wolle sie sichergehen, dass er sich nicht aus dem Staub machte und sie ahnungslos zurückließ.
»Es gibt eine undichte Stelle. Entweder bei uns im LKA oder bei den Kollegen in Ostfriesland. Fakt ist: Das Blöd-Blatt wusste von der zweiten Leiche in Ostfriesland, bevor Marga Terbeek sich bei mir gemeldet hat.«
»Pass gut auf dich auf, Kalle. Als Vorgesetzter könntest du eine deutlich ruhigere Kugel schieben.«
Immer wieder versuchte Emma, ihn anzustacheln, sich für einen höheren Posten zu bewerben. Warum nervte ihn das so? Sie sollte stolz auf ihn sein, ohne Chefgedöns und B-Besoldung, basta! Emma räumte die Teller ab und stellte sie in die Spülmaschine. »Kaffee?«

Kalle schüttelte den Kopf, überlegte es sich aber anders.
»Okay, halbe Tasse.«
Während Emma Kaffee kochte, durchsuchte Kalle seine Tasche, holte eine runde Plastikdose hervor, öffnete sie und stellte sie auf den Tisch.
»Wieso war die Tote denn nun nackt? Habt ihr da was rausgefunden?«
»Die Frau war sturzbesoffen. Die Blutgefäße weiten sich dann, die Durchblutung nimmt zu und man fühlt sich wie von innen aufgeheizt. Deswegen saufen sie ja auf den Skihütten wie bescheuert. Durch den Alkohol geistig benebelt, hat Lisbeth Hayenga sich wahrscheinlich trotz der Kälte die Klamotten ausgezogen. Paradox.«
»Bis sie nackig war? Das ist ja verrückt.«
»Ja, so kann man das auch sagen. Auf Fachchinesisch heißt das Kälteidiotie. Die Neue in der forensischen Pathologie musste sich selbst erst mal schlaumachen, sie sagte mir, die wissenschaftlichen Erkenntnisse dazu haben ihren Ursprung in den KZs der Nazis.«
»Schrecklich.« Emma setzte sich und drückte Kalles Hand.
Nach einer Weile des Schweigens wechselte Kalle das Thema.
»Was hältst du davon?« Kalle schob die Dose vor Emmas Nase. Emma nahm einen Keks und schnupperte daran. »Woher hast du die?«
»Die gab es zum Tee bei der Leiterin der Seniorenresidenz, in der das Opfer eine – hm, wie soll ich sagen – eine Edelhütte auf hundert Quadratmetern bewohnte. Die Kriminaltechnik ist dabei, die Kekse im Labor zu analysieren. Ich dachte mir, du kannst das vielleicht schneller.«
Emma nickte. »Das sind Haschkekse.«

# KAPITEL 23

**Hamburg-Winterhude, Polizeipräsidium**

Kalle, der einen Sprint im Schneematsch hingelegt hatte und fast auf dem Allerwertesten gelandet wäre, fuchtelte mit den Armen. Der Bus setzte den Blinker und fuhr davon. »Penner!« Wie ein fettes Walross fühlte er sich. Ob die beiden Sex-and-the-City-Samanthas wegen ihm die Köpfe zusammensteckten und tuschelten? Er musste endlich Ernst machen mit der Diät. Aber er bekam ums Verrecken die Kurve nicht. Kalle lehnte sich, immer noch schwer atmend, an die Wand des Bushaltestellenhauses und faltete die *MOPO* auseinander. Der Wind versuchte, ihm die Zeitung zu entreißen. Also zog er sich hinter die Plexiglasscheibe zurück und legte zusammen, was zusammengehörte.

*Oslo – Eine norwegische Rentnerin,* 65 *Jahre, hat beim Vögelfüttern angeblich unwissentlich haufenweise Cannabis gesät und damit eine üppige Plantage rund um ihr Altersheim angelegt. Ihr Sohn, ein Kommissar bei der Osloer Kriminalbehörde, habe die Pflanzen erkannt und seine Kollegen eingeschaltet, berichtete Polizeisprecherin Inga Lund der Zeitung* Drangedalsposten. *Der Rentnerin droht jetzt ein Strafverfahren. Auf die Frage, wieso er seine Mutter angezeigt habe, antwortete der Kommissar lapidar, er sei nun mal Recht und Gesetz verpflichtet.*

Kalle schüttelte den Kopf. So ein Spinner. Möge wenigstens die Kollegin Terbeek aus Emden bei Verstand sein.

*

Im kleinen Sitzungssaal des LKA saß Jette Winter, heute in einen oberspießigen schwarzen Konfirmanden-Hosenanzug und eine blutrote Plastikbluse gequetscht, auf Kalles Platz und plauderte mit Bodo Steinhoff. »Sorry, Herr Bärwolff, gibt es hier etwa eine feste Sitzordnung?«

Wie Anna Lekowski konnte sich anscheinend auch Jette mühelos in Kalles Gedanken einklinken. »Ist schon gut.« Kalle legte seine Mappe auf den Tisch, lehnte sich an das Fensterbrett und verschränkte die Arme. Sich in andere Menschen einfühlen zu können, war eine Fähigkeit, die Gesa eher Frauen zuschrieb und die sie zu den sogenannten *soft skills* zählte – wichtige soziale Kompetenzen. Studien hatten angeblich gezeigt, Empathievermögen sei der Schlüssel zum Erfolg. Wenn das zutraf, und wenn Jette Winter und Marga Terbeek auf derselben Welle funkten, würde Kalle in diesem Dreigestirn so überflüssig sein wie Fußpilz.

»Meine Herrschaften«, Guntbert Meyer rauschte herein, die Tür donnerte hinter ihm ins Schloss, »Frau Terbeek kommt morgen um elf Uhr am Hauptbahnhof an. Jette hat sich bereit erklärt, die Emdener Kollegin abzuholen. In der Pension auf der Langen Reihe, in der Jette im Moment wohnt, hat Tinta ein zweites Zimmer reservieren können.«

Kalle entspannte sich. Der Kelch war an ihm vorübergegangen. »Das ist ein ganz entzückendes Plätzchen Erde«, flötete Jette. »Ich muss mir das Badezimmer mit anderen Gästen auf dem Flur teilen.« Sie kicherte glockenhell.

Guntbert räusperte sich. Bodo Steinhoff bestaunte das Hustenbontjepapier in seinen Händen, und Kalle fragte sich, was eigentlich mit seinem persönlichen Einfühlungsvermögen los war. Rein äußerlich war Jette unverändert, aber die Cindy-aus-Marzahn-Einlage hätte Kalle ihr niemals zugetraut. Er wollte seinen Job machen und nicht mit Weibern konfrontiert

werden, die so unberechenbar waren wie Kalles tägliche Kalorienzufuhr.
»Ähm, ja, schön«, sagte Guntbert, offensichtlich genauso irritiert wie seine Mannschaft. »Gibt's was Neues?« Er wandte sich an Kalle.
Kalle nahm die grüne Mappe vom Tisch und schlug sie auf. »In Lisbeth Hayengas Tresor befand sich eine Liste mit Fotos von Schmuckstücken, deren Gesamtwert ein Juwelier, Moment ...«, Kalle zog einen Zettel hervor, »auf etwa zehntausend Euro geschätzt hat. Die Schmuckkassette, die in ihrer Wohnung sichergestellt worden ist, ist ja bekanntlich aufgebrochen worden und leer gewesen. Wir sollten das im Hinterkopf behalten, vielleicht führt es uns auf die Spur. Also sehen wir dieses Detail als ein Puzzleteil an, das seinen Partner sucht. Übrigens, eine Rolex, wie sie der Milchbubi Joris Duncker trägt, ist auch auf den Fotos ...«
»Das Wichtigste zuerst.« Guntbert schüttelte den Kopf.
Ja, ja. »Außerdem befindet sich noch ein kleiner Tresor im großen. Die Kriminaltechniker beißen sich an dem Schloss bisher die Zähne aus.«
Wieder schüttelte Guntbert den Kopf. Wie hieß diese Krankheit noch? Muhammad Ali hat die ja auch. Kalle grübelte. Konzentration jetzt. »Die Asche in der Urne ist analysiert.«
»Hä, Urne?«
Hä. Hi. Ho. Huhu. Sack! »Die Urne stand auf der Fensterbank im Wohnzimmer. Sie enthielt Asche, in der sich noch unverbrannte Knochenstücksplitter befanden. Anhand der DNA-Aufschlüsselung handelt es sich um die Überreste von Vogelknochen.«
»Aha, zu heiß gegrillte Hühnerbeine, oder wie? Bitte nicht noch mehr davon. Was ist mit dem Obdachlosen?«
Guntbert trommelte mit den Fingern auf den Tisch. Bodo

Steinhoffs Hände zitterten, als er seine Mappe aufschlug. »Lisbeth Hayenga ist seit Sonntag, 20. Februar nachmittags, nicht mehr gesehen worden. Laut Bericht des Gebärdendolmetschers hat sich da Silva an dem Wochenende in der Übernachtungsstätte für obdachlose Männer, Pik As, Neustädter Straße, aufgehalten. Zeugen bestätigen die Aussage. Er habe an einem Nonstop-Doppelkopfturnier teilgenommen, um in das Guinessbuch der Weltrekorde zu kommen. Mehrmals mussten die Kollegen vom Polizeikommissariat Caffamacherreihe anrücken, so quasi als Schiedsrichter, weil es Schlägereien gegeben hatte. Am Montag um acht Uhr hat da Silva das Pik As verlassen. Der Haftrichter hat ihn laufenlassen. Da Silva ist gerade 16 geworden. Sein Vater hat ihn abgeholt.« Bodo sah Kalle an.
Kalle bekam rote Ohren. Automatisch fuhr seine Hand in die Brusttasche. Der letzte Riegel. Kalle fummelte am Glanzpapier. Er spürte, wie Guntberts Blick ihn durchbohrte. Das Nougat schmolz auf Kalles Zunge. Für einen Moment schloss er die Augen. Die Glücksmolekülchen hatten sein Wellnesszentrum erreicht. La la la. »War das alles, Bodo?«
»Nur das noch: Stefano da Silva sagte aus, die Türklinke der Laube sei von außen mit einem Zaunpfahl blockiert gewesen. Auf der Suche nach einem Dach über dem Kopf sei er in die Laube eingedrungen. Er wollte nach dem Marathonwochenende in Ruhe ausschlafen.«
»Wieso schläft der nicht zu Hause?«, brüllte Guntbert und sprach aus, was Kalle durch den Kopf ging.
Bodo blätterte vor. »Da … dazu steht nichts im Bericht.« Und Bodo blätterte zurück.
Kalle stöhnte innerlich. Bodo kam von einem anderen Stern. Machte er einen auf Psycho, oder war er einer? Es fehlte nicht viel, und Kalle hätte Bodo gepackt und kräftig durchgeschüttelt.

»Und was ist mit den Keksen?« Guntbert presste die Worte durch die Zahnleisten.
»Kekse. Ja, was ist …« Bodo blätterte.
Kalle kam ihm zu Hilfe. »Die Kekse aus dem Büro von Sophia Prinz enthalten den Wirkstoff Tetrahydrocannabinol, ebenso die Krümel, die wir in der Keksdose bei der Toten gefunden haben.«
»Haschisch im Altenpflegeheim?« Guntbert setzte sich aufrecht und schunkelte seinen Oberkörper. »Brauchen die das für ihre Totentanzpartys?«
»Nicht witzig!«, meldete sich Jette zu Wort.
Respekt, die traute sich was. Da war sie wieder, die Jette, die Kalle bei der ersten Begegnung in Guntberts Büro kennengelernt hatte. Eine, die scharf schoss, wenn es sein musste, offenbar auch auf Vorgesetzte. Guntbert schüttelte den Kopf. Ach ja, jetzt fiel es Kalle wieder ein: Morbus Parkinson.

# KAPITEL 24

### Hauptbahnhof Emden und Hamburg

Die Fahrkarte am Automaten der Deutschen Bundesbahn zu lösen, war anspruchsvoll. Erst nach drei Anläufen hatte Marga ihr Niedersachsen-Single-Ticket. Das war günstig, und ein schnittiger Intercity fuhr ab Emden sowieso nicht. Abfahrt war um 7.18 Uhr, und in Bremen musste sie umsteigen. Am Bäckerei-Shop standen Pendler mit verschlafenen Gesichtern und warteten auf Kaffee. Marga stellte sich in die Reihe aus blauen Arbeitshosen und dunklen Bundfalten und erstand ein Baguette mit Tomaten und Käse, das durch drei Lagen Klarsichtfolie halbwegs vernünftig oder geliftet aussah. Harm und Joki hatten übereinstimmend und ohne mit der Wimper zu zucken entschieden, Marga zur Unterstützung der SOKO Hayenga nach Hamburg zu schicken. Der Vertrauensbeweis war eine echt große Nummer, vor allem nach dem Patzer mit der Lorei. Marga wollte ihr Kommissariat bestmöglich vertreten, damit die ostfriesischen Landeier in Hamburg nicht zur Lachnummer wurden. Der leitende Beamte in Hamburg war ein gewisser Kalle Bärwolff, der sich gestern am Telefon äußerst wortkarg gegeben hatte. Na, wenn schon. Mundfaules Volk war Marga gewohnt. Außerdem war sie selbst bei dem Gespräch noch völlig unsortiert gewesen. Sie war froh, als endlich alles mit den Kollegen abgesprochen und geklärt war. Der vermaledeite Tag gehörte ad acta gelegt, mit dem eintätowierten Vermerk, sich zukünftig nicht vom eigenen vermeintlichen Ruhm ablenken zu lassen. Zu Hause war Peter mit Ludger angetrabt und hatte Marga eine heiße Milch mit Honig gemacht, nachdem sie ihm berichtet hatte, was im Präsidium los gewesen war – und dabei sofort wieder rote Flecken am Hals bekam. Der Honig war selbst hergestellt, denn Peter war Mitglied im Imkerverein und gab im Ökowerk Einführungskurse für Bienenhaltung. Das Gute an seinem Job im Ökowerk war, dass er den Hund ohne weiteres mit zur Arbeit nehmen konnte. Und der Honig war auch super.

»Wenn ich sonst noch was für dich tun kann?«, hatte Peter gefragt, als er ihr die Milch reichte.

»Vielleicht den Hund nehmen?« Marga hatte sich in Gedanken schon mit dem dicken Ludger in Hamburg auf der Täterhatz gesehen.

»Für den ist immer ein Platz bei mir frei.«

Schnell versenkte Marga ihre Nase im Milchpott. Sie wollte gar nicht wissen, ob und wie Peter sie ansah. Ihr war sowieso schon blümerant.

Im Zug war es kalt. Es zog von irgendwo her. Marga verstaute erst ihren Koffer und dann sich selbst. Das bunte Polster ihres Sitzes war wenig vertrauenerweckend, aber weich. Und sie hatte Hunger. Das war ein gutes Zeichen, normalerweise vergaß sie bei Aufregung, zu essen. Sie wickelte das gekaufte Baguette aus, das mit jeder Runde Frischhaltefolie etwas von seiner Würde verlor, und verdrückte es trotz der jeden Geschmack überlagernden Remoulade bis auf den letzten Krümel. Jetzt hatte sie etwas Grund im Bauch, darauf ließ sich bauen. Leider passte der Zugbegleiterin Margas Ticket nicht.

»Das gilt erst ab 9 Uhr.« Die große Frau bemühte sich gar nicht erst, freundlich zu sein.

»Und jetzt?«

»Entweder nachlösen oder zwei Stunden Aufenthalt in Augustfehn.«
Alles, nur das nicht. Marga löste nach. Eigentlich eher komplett neu, mit Quittung für Harm. Herzlichen Dank.
Die Beamten in Hamburg gaben sich kollegial. Eine Jette Winter würde Marga vom Bahnhof abholen. Kurz hatte Marga überlegt, ihre Schwester Beate anzurufen, um ihr zu sagen, dass sie nach Hamburg käme, aber dafür war später immer noch Zeit. Erst mal abwarten, wie sich der Fall und die Zusammenarbeit mit den Kollegen in Hamburg entwickeln würden. Außerdem würde Beate fragen, wie es den Eltern ginge, dabei wohnte auch Marga nicht mehr gleich um die Ecke, sondern auf dem Festland. Komischerweise sah Beate das anders.
Der Zug fuhr pünktlich in den Hamburger Hauptbahnhof ein. Ehe Marga sich versah, trieb sie in einem Meer von Menschen auf die Rolltreppe zu. Marga hielt sich rechts, Richtung Information.
»Frau Terbeek?«
Marga drehte sich um. Vor ihr stand eine Frau ungefähr im gleichen Alter, dunkle Haare mit blauen Strähnchen und eigentlich genauso groß wie Marga, nur war alles an ihr viel runder. Sie trug einen schwarzen Hosenanzug, in dem sie zwar aussah wie eine Servicekraft, trotzdem kam Marga sich ein bisschen schäbig vor in ihrer Jeans. »Frau Winter?«
»Jette, Kripo Hamburg.« Sie drückte Marga die Hand, kurz und kräftig und nicht unangenehm.
»Ich bin Marga. Wie hast du mich in dem Trubel erkannt?«
»Ich hab ein Foto von dir gesucht und gefunden.« Jette grinste. »Und bevor dich einer der alten Säcke vom Revier abholt, hab ich mir den Fahrerjob unter den Nagel gerissen.« Jette lotste sie zum Ausgang Kirchenallee.

»Und wie sind die Kollegen so?« Marga zog ihren Koffer hinter sich her.
»Ganz gemischter Haufen, würde ich sagen. Außerdem bin ich selber auch noch ›die Neue‹.« Jette lächelte. »Eine Verbrüderung unter Schwestern sozusagen.«
Sie erreichten den Parkplatz direkt vor dem Hauptbahnhof. Jettes Wagen ließ zur Begrüßung freudig seine Blinker strahlen, als sie auf den Schlüssel drückte. Marga stieg ein. Jetzt ging es los. Die Pension auf der Langen Reihe war nur einen Sprung vom Bahnhof entfernt. Marga bekam große Augen und wusste gar nicht, wo sie zuerst hingucken sollte.
»Für mich eine der schönsten Straßen Hamburgs. Knaller, oder? In der Nummer 71 wurde Hans Albers geboren.« Jette setzte den Blinker und parkte auf der Haltebucht des 6er Busses. »Parkplatz kannst du hier vergessen«, kommentierte sie Margas fragenden Blick, »wir sind im Dienst.« Jette wuchtete Margas Koffer aus dem Wagen, als sei nichts drin. Die Pension war ebenfalls der Knaller. Marga kam sich vor wie in Tante Binis guter Stube. Und alles war blau-weiß kariert. Bis auf das Treppenhaus, das war quittegelb. Wahrscheinlich vom Nikotin vergangener Zeiten. Und von den dazugehörigen Rauchern war sicherlich auch nichts mehr übrig. Asche zu Asche.
»Süß, oder?« Jette lächelte, als Marga ihr Zimmer aufschloss. Marga schwieg. Süß wäre nicht unbedingt ihre erste Wahl gewesen, aber ganz egal, sie war schließlich zum Arbeiten hier.
»Dusche und Toilette sind gleich da vorne auf dem Flur.« Jette schien sich zu freuen.
»Das Bett muss ich mir aber mit niemandem teilen, oder?« Marga war misstrauisch.
Jette prustete los. »Quatsch. Das Zimmer hast du für dich al-

lein. Aber …«, sie fischte einen Schlüssel aus der Tasche ihres Hosenanzuges, der denselben großen Seestern-Anhänger wie Margas trug, »meines ist gleich nebenan.«
Na dann. Marga musste grinsen. Sie hatte schon blödere Nachbarn gehabt.

*

Wieder auf der Straße drehte Jette am Armband ihrer silbernen Uhr. »Ich würde vorschlagen, wir gehen auf einen Happen ins *Caravela.* Mein Lieblingsportugiese.«
Marga war es recht. Jette startete den Wagen, wendete auf der Straße, was ein hysterisches Hupkonzert auslöste, und brauste wieder Richtung Hauptbahnhof.
»Lottogewinn!« Jette bremste scharf, so dass Marga mit der Brust im Gurt hing. Sie parkte rückwärts in die Lücke ein, aus der eben ein Smart gefahren war. Der Dienstwagen kam Stoßstange an Stoßstange zum Stehen.
Jette lachte schrill.
Ihre gute Laune steckte an. Marga, die während der Bahnfahrt hin- und hergerissen gewesen war zwischen Neugier und ängstlicher Erwartung, lachte befreit auf. Im *Caravela* war der Tresen am Fenster frei. Es hatte zu regnen begonnen, und die Tropfen liefen auf unsichtbaren, aber vorherbestimmten Wegen die Scheibe hinunter.
»Gibt es noch was über die Kollegen?« Marga bis herzhaft in ihr Puddingtörtchen und ließ den Blätterteig krachen.
»Guntbert ist korrekt – denke ich.« Jette rührte nachdenklich in ihrer Tasse. »Die anderen«, sie wiegte den Kopf hin und her, »kann ich noch nicht einschätzen.«
»Und Kalle Bärwolff?«, fragte Marga.
»Vom Typ her eher ein Alternativer. Alleinerziehender Vater,

soviel ich weiß, aber irgendwie kein großer Frauenfreund. Oder besser gesagt, kein Freund von großen Frauen.«
Jette wischte sich den Milchschaum von der Oberlippe. »Er tut immer ein bisschen zu cool. Vielleicht Komplexe. Oder macht auf rauhe Schale, weicher Kern. Und er kommt mir immer ein bisschen deprimiert vor. Wie dieses komische Weißbrot.«
Marga grübelte. Bernd das Brot. Das konnte ja heiter werden.
»Wir müssen.« Jette zahlte und ließ sich die Quittung geben.
Wieder wendete Jette auf der Langen Reihe, und wieder gab es ein Hupkonzert. »Damit wir nicht auf dem letzten Loch pfeifen, wenn wir im Präsidium ankommen, drück ich jetzt mal ein bisschen auf die Tube.«
Der Regen wurde stärker. Marga war es egal. Sie war einiges gewohnt. Geschäfte, Cafés und buntes Treiben auf den Gehwegen flogen an Marga vorbei. Jette, die noch bei dunkelgelb Gas gab, rechts und links überholte und dicht auffuhr, saß entspannt zurückgelehnt im Fahrersitz und steuerte den Wagen nur mit einer Hand. Trotz der rasanten Fahrweise fühlte sich Marga gut aufgehoben.
»Links ist das Einkaufszentrum Hamburger Straße, oder neuerdings heißt es Hamburger Meile. In den Hochhäusern ist die Schulbehörde untergebracht. Ich war mal Sprecherin der Schülerkammer und eine leidenschaftliche Demonstrantin für bessere Bildung. Da vorne auf der Wiese haben wir die Kundgebungen abgehalten.«
»Bist du Hamburgerin?«
»Mit Herz und Seele. War viel zu lange weg. Auslandserfahrung sei heutzutage ein Muss, pah, was für'n Scheiß. Nicht mal ein richtiges Dach überm Kopf hab ich auf die Schnelle gefunden. Hamburg ist so was von sauteuer geworden, das ist unglaublich!«

# KAPITEL 25

**Hamburg-St. Pauli, Seniorenresidenz**

Wegen der Besoffenen, die sich gegenseitig aggressiv beschimpften, waren die Fahrgäste nach und nach geflüchtet. Der U-Bahn-Waggon war leer bis auf den Typ, der mit dem Rücken zu Kalle saß. Der pinkelte sich vor Angst in die Hosen, das konnte Kalle riechen. Wenn es nach ihm ginge, würde das Alkoholverbot in Bus und Bahn gnadenlos durchgesetzt, aber es ging nicht nach Kalle, und deswegen gab es mehr Mist auf der Welt, als die Polizei erlaubte.
»Nächste Station: St. Pauli. Dieser Zug endet hier. Next Station: St. Pauli. This train terminates here.«
Der Typ erhob sich und drehte sich zu Kalle um. Kalle überlegte, woher er ihn kannte. Es gab Tage, da grübelte er verbissen vor sich hin, weil ihn sein Namensgedächtnis im Stich gelassen hatte. Heute war wieder so ein Tag. Die Rolltreppe zu nehmen, hatte Kalle sich verboten. Tapfer zählte er die Stufen. Sechzig. Er hatte sich etwas vorgenommen. Nur hinter den Wolken war schönes Wetter, für den Nachmittag war Schneeregen angesagt. Der Winter pfiff auf dem letzten Loch, dafür zog eine steife Brise um die Häuser. Wie immer zu spät dran, rannte Kalle bei Rot über die Straße. Der Autofahrer hupte.
»Arschloch! Dir sollte man den Führerschein entziehen.« Kalle drohte mit der Faust. Warum zum Teufel hatte Kalle Thao von seinem Verdacht erzählt? Womöglich voreilig. Kalle war sich seiner Sache nicht mehr so sicher wie vor ein paar Stunden noch. Wahrscheinlich wollte er sich als Vorbild in Sachen

Kommunikation im LKA ein Denkmal setzen. Um Gesa zu beeindrucken. Kalle, der Musterschüler, der alles richtig machte. Als Emma das Brett vor seinem Kopf gelöst hatte, war sein komisches Gefühl zur fixen Idee geworden. Im Gewächshaus der Seniorenresidenz wurden keine Alpenveilchen oder Geranien gezüchtet, sondern Cannabispflanzen. Norwegen war überall. Auf dem Vorplatz zur Residenz fuhr Kalle zum eiskalten Wind auch noch der Schock in die Glieder. Durch die bodentiefen Fenster des Foyers sah er schon von weitem, dass er keinen Volltreffer verbuchen konnte. Bodo Steinhoff winkte Kalle zu sich. »Die Kriminaltechnik lässt dich grüßen. Sie beglückwünschen dich zu deiner genialen Spürnase. Die Drei Fragezeichen hätten es nicht besser machen können.«

»Was soll der Scheiß, Bodo!«

»Wir haben Zeit und Manpower vergeudet, Kalle. In diesem Gewächshaus befindet sich eine Zucht der Gattung *Ricinus communis.*«

»Bodo, auf Deutsch!« Kalle biss die Zähne aufeinander, sonst lief er Gefahr, sich im Vokabular zu vergreifen.

»Auf Deutsch sind das sogenannte Wunderbäume. Sie sind Cannabispflanzen zwar optisch zum Verwechseln ähnlich, aber sonst haben sie mit denen so viel gemeinsam wie der Fisch mit dem Fahrrad. Sehr beliebt als Zierpflanzen in Haus und Garten. Aus den Samen kannst du dir Rizinusöl kalt pressen. Rizinusöl …«

»Hör auf, mich zu verarschen. So ein Mist.«

»Ganz genau. Idealer Standort für diese Pflanzen ist das Mistbeet.« Bodo grinste. »Hatte eben Nachhilfeunterricht von Sophia Prinz. Die findet die ganze Aktion hier nicht so prickelnd und faselte was vom Termin beim Anwalt.« Bodo fuchtelte mit dem ausgestreckten Zeigefinger in der Luft herum. »Prickelnd hat sie gesagt, nicht ich.«

Wie schön, dass es Kriminalrat Bodo Steinhoff besserging. Auf Kalles Kosten. Fuck! »Thao hier?« Kalle ließ seinen Blick umherschweifen.
»Ich hab sie angerufen. Die ist auf halbem Weg wieder zurück ins Präsidium. Oder hast du Thao schon mal irgendwo im Dunstkreis von Pleiten, Pech und Pannen angetroffen?«
Für einen Moment schloss Kalle die Augen und atmete tief ein und aus. Sein Schutzengel war ein dämlicher Idiot. Der war fristlos entlassen. »Okay, dann sieh zu, dass die Kollegen den geordneten Rückzug antreten und nicht noch mehr Geschirr zerschlagen, wenn ich bitten darf.« Kalle drehte sich um und ging zurück in die Eingangshalle. Frau Brandt schwang auf der gegenüberliegenden Fensterseite die Fernbedienung durch die Luft. Beneidenswert. Zwei alte Damen, beide auf Rollatoren gestützt, gesellten sich zu ihm.
»Ich verstehe nicht, wieso die da draußen alles zerrupfen dürfen?«, wandte sich die Kleinere an Kalle.
Bevor er antworten konnte, mischte sich die Hagere ein. »Lisbeth hat gesagt, das seien Wunderbäume.«
»Meinen Sie Lisbeth Hayenga?«
»Ja, die mein ich. Und wer sind Sie, wenn ich fragen darf?«
»Entschuldigen Sie, mein Name ist Bärwolff, von der Kripo Hamburg. Was hatte Frau Hayenga denn mit dem Gewächshaus zu tun?«
»Nichts, wieso?«
»Na, weil Sie doch eben erwähnten, Frau Hayenga habe von Wunderbäumen gesprochen.«
»Dass das Wunderbäume seien, hat uns der Joris erzählt, nicht wahr, Elli. Die Lisbeth war dabei gewesen, weißt du noch? Die hat immer so getan, als wüsste sie über alles bestens Bescheid, dabei hat die nur ein gutes Gedächtnis gehabt.«
Elli runzelte die Stirn, dann nickte sie. »Stimmt, Frida, das hat

uns der Joris erzählt. So 'n richtig grünen Daumen hat der. Die Wunderbäume seien der letzte Schrei im Garten, hat der Joris gesagt. An alle möglichen Baumärkte von MAX BAHR bis OBI hat er die verkauft. Und IKEA.«
Joris. Hans Dampf an allen Kassen. Baumärkte, geiles Märchen, wahrscheinlich auch noch wahr. Das musste Kalle anerkennen, auch wenn es ihm schwerfiel.
»Lisbeth hatte keine Ahnung von Pflanzen.« Frida machte eine wegwerfende Handbewegung. »Bei der hätte doch nicht mal ein Kaktus überlebt. Das muss man erst mal schaffen, dass einem ein Kaktus eingeht.«
»Gibt es sonst noch etwas, das Ihnen an Lisbeth Hayenga aufgefallen ist?«
Elli und Frida sahen sich an. Die Frage schien ihnen Unbehagen zu bereiten.
»Ach, wissen Sie, über Tote soll man ja nicht schlecht reden.« Elli zögerte, dann fuhr sie fort: »Lisbeth waren nur Äußerlichkeiten wichtig. Die meinte ja, sie könne noch mit den jungen Hüpfern konkurrieren. Ihre Röcke wurden jedes Jahr kürzer, und sie selbst wurde immer dürrer. Mit Gewalt in Größe 36 reinpassen wie die magersüchtigen Models von Karl Lagerfeld. Lisbeth konnte es nicht ertragen, 80 zu sein, das ist meine Meinung. Mir waren solche extrovertierten Menschen schon immer unangenehm. Ich habe in die Wiege gelegt bekommen: Bescheidenheit ist eine Zier, und über Geld spricht man nicht. Das ist gute alte hanseatische Tradition, oder, Frida?«
Fridas Finger spielten an ihrer goldenen Halskette. »Wir haben alles im Krieg verloren.« Ihre Augen füllten sich mit Tränen. Sie zog ein Stofftaschentuch aus dem Ärmel der blauen Kostümjacke und tupfte in ihrem Gesicht herum.
Alles? Aus Kalles Sicht konnte alles nicht alles sein. Es kam eben immer auf die Perspektive an.

»Ich kann nicht behaupten, Lisbeths Tod hätte mich besonders mitgenommen. Wenn Sie mich fragen …« Elli holte Luft. »… ich glaube, Lisbeth Hayenga war ein falscher Fuffziger. Eine Neureiche ohne Stil und Manieren war sie. Von solchen Leuten halten wir uns in unseren Kreisen fern.« Elli nickte und Frida nickte.

Alles klar. Geld stank nicht, und es verdarb nur den Charakter, wenn man sowieso keinen besaß. Fuck! Kalle hatte die Nase gestrichen voll. Von alten toten Weibern sowieso.

*

Die Seniorenresidenz im Rücken ging Kalle an den tanzenden Glastürmen vorbei zur U-Bahn-Station St. Pauli. Frau Brandt hatte absolut recht: architektonische Phallussymbole. Kalle überlegte es sich anders, ließ die Türme links liegen und bog rechts auf die Helgoländer Allee ein. Er musste den Gurkensalat, der ihm aufgetischt worden war, erst mal sortieren. Auf der gegenüberliegenden Straßenseite war die Hundewiese, und über allem wachte der olle Bismarck. Die Rodelpisten waren verwaist. Der Schnee war bis auf ein paar unansehnlich graue Flächen geschmolzen. Kalle sah Elizas weinerliches Gesicht vor sich. Den blöden Scherz mit der Schaufensterpuppe würde sie ihm noch an seinem Sterbebett vorhalten. Er spuckte in die kahlen Büsche. Sein Selbstmitleid musste sich bis zum Feierabend gedulden. Also: Mit den Bewohnern der Seniorenresidenz pflegte Lisbeth Hayenga nur wenig Kontakt. Frau Brandt hatte ausgesagt, sie habe sich gewundert, warum Lisbeth Hayenga nie Besuch bekäme. Aus unanständiger Neugier habe Käthe Brandt nicht lockerlassen können und Lisbeth gefragt, ob sie Kinder habe. Die habe behauptet, sie habe nur eine Tochter und die sei tot. Das deckte sich mit der Aussage von Sophia Prinz, die angegeben hatte, Lisbeth Hayenga sei alleinstehend und habe keine Angehörigen.

*»Mit mir in Frieden zusammenleben wollen. Das glaubst du doch selber nicht!« Petra setzt sich auf einen der großen Steine, die das Elbufer befestigen, und schlüpft aus Turnschuhen und Socken. Sie stopft die Socken in die Schuhe, stellt sie ordentlich neben ihre nackten Füße. »Wo warst du, als ich dich am meisten brauchte … Mutter?«*
*»Schrei mich nicht an.« Lisbeth sieht sich um.*
*»Keine Sorge, niemand hört uns. Gib es doch einfach zu. Ich soll zurück nach Hause kommen, damit das Gerede aufhört. Darum geht es dir. Nur darum!«*
*Ein Containerschiff zieht vorbei. Petra steht auf und krempelt die Hosenbeine hoch.*
*»Du schreist, seit du auf der Welt bist, Petra. Hast du überhaupt eine Vorstellung davon, wie du an meinen Nerven zerrst?« Lisbeth schleudert dem Schiff einen Kieselstein hinterher.*
*»Es geht immer nur um dich!« Vorsichtig einen Fuß vor den anderen setzend, balanciert Petra über die Steine hinunter zum Wasser, watet in die trübe Brühe, darauf bedacht, dass die Hosenbeine nicht nass werden. Die Bugwellen des großen Schiffes nähern sich dem Ufer. Petra dreht sich um, will zurück an Land. Die Wellen schlagen gegen die Steine, die Gischt spritzt bis zu Lisbeth, die nach oben zum Elbstrand flüchtet. Petras gellender Schrei zerfetzt der Wind. Sie rudert mit den Armen. Nur mit Mühe kann sie sich über Wasser halten. Die Strömung reißt Petra mit sich. Bereits mehrere Meter ist sie von der Stelle abgetrieben, an der sie eben noch im Wasser gestanden hat. Lisbeth starrt auf Petras Blondschopf, der sich schnell weiter entfernt, untertaucht, auftaucht, untertaucht …*

*Wie angewurzelt steht Lisbeth im Sand, hält die Hand vor den offenen Mund, aus dem kein Laut kommt. Zwei Männer ziehen sich Hemd und Hose aus und springen in das aufgewühlte Wasser. Ein Hund jault den Himmel an. Eine Frau rennt über den Strand auf die anliegenden Häuser zu. Lisbeths Blick wandert zu den Turnschuhen. Sie sind durchnässt, stehen immer noch da, wie Petra sie hingestellt hat. In jedem Schuh ein roter Kniestrumpf.*

Schöne Scheiße. Kalle fing an zu schwitzen. Er drückte Tinta Kriegers Nummer. Wieso hatte er die Aussage von Sophia Prinz nicht längst checken lassen? Keine Angehörigen. Er war heftigst im Brass gewesen, weil die Prinz ihn dreist hatte auflaufen lassen. Sie habe Lisbeth Hayenga nicht vermisst, weil sie angeblich öfter tagelang nicht nach Hause gekommen sei, schließlich sei sie eine freie Bürgerin und niemandem Rechenschaft schuldig. Oh, Panne. Und jetzt setzte Käthe Brandt eine tote Tochter aufs verwaiste Familiensofa. Hilfe, Tinta! Keine Chance, sie meldete sich nicht. Nur ihr Anrufbeantworter sabbelte dummes Zeug. Jette Winter und dem ostfriesischen Ter-Gebäck eine Steilvorlage zu liefern, damit sie sich das Maul zerreißen konnten, kam überhaupt nicht in Frage. Wieder versuchte Kalle es bei Tinta. Wartete. »Fasst mir an die Füße!« Wutentbrannt schleuderte er das Diensthandy auf die Steine, dessen Einzelteile in alle Himmelsrichtungen davonflogen. In der Hocke mit der Wampe im Weg, sammelte Kalle den Schrott ein. Da war wohl nichts mehr zu retten. Er war so ein verdammter Idiot. Die fette Kaiserschnittnarbe hatte Kalle in dem Moment verdrängt, als Anna Lekowski die tote Lisbeth wieder zugedeckt hatte. Sein Polizistenhirn weigerte sich zunehmend, widerliches Zeug abzuspeichern. Mannomann, Kalle Bärwolff, so ein Blackout darf dir nicht passieren. Ohne Worte. Kalle schrieb *Tochter* in sein Notizbuch und malte ein Fragezeichen über die ganze Seite. Dann blätterte er zurück. Angeblich war Lisbeth Inhaberin einer Agentur für Partnervermittlung in der Altstadt gewesen. Wo genau, war bei den Ollen nicht in Erfahrung zu bringen. Joris habe sich hin und wieder etwas dazuverdient und für Lisbeth Botendienste erledigt, so war der Tenor der Antworten gewesen. Um welche Art von Botendiensten es sich gehandelt hatte, blieb ebenfalls im Nebulösen. Gerüchteküche oder nichts als die Wahrheit? Kalle hatte keinen blassen Schimmer. Lisbeth besaß einen gepflegten Mercedes Benz, Baujahr 90, offenbar ein Garagenwagen, und eine Vespa GTS 300 Super. Was sie nicht besaß, war ein Führerschein, Bodo hatte das bereits überprüft. Sie hatte größten Wert auf Markenkleidung namhafter Designer gelegt, sah immer aus wie aus der *Vogue* gepellt. Nach dem Urteil der Damen Elli und Frida aber war Lisbeth wohl ihrem Alter nach zu sexy gestylt, wenn Kalle das richtig kapiert hatte. Ihre Schuhe ließ sie bei einem Schuhmachermeister in der Poolstraße nach Maß anfertigen. Sie buchte Podologin und Friseurin über den Service der Seniorenresidenz, und es wurde behauptet, dass Lisbeth Hayenga alle paar Monate zu einer Heilpraktikerin ging, die ihr die Lippen aufspritzte. Das zumindest war kein bloßes Geplapper. Eigentlich war nichts wirklich Besonderes an Lisbeth Hayenga und der Fassade, hinter der sie sich verschanzt hatte. Viele Menschen meinten, sie müssten großes Kino spielen, statt ihr Leben zu leben. Allerdings, die wenigsten von ihnen hatten das im Alter von 80 Jahren immer noch nötig. Kalles eigene Antiliebesgeschichten waren höchstens fürs Nachtprogramm geeignet. Dann saßen die Trauerklöße, die nicht schlafen konnten, vor der Glotze und zogen sich Schicksale rein, die noch beschissener waren als ihre eigenen. Und

wer tröstete Kalle? Unter der Kersten-Miles-Brücke hatten sich die Obdachlosen auf Matratzenlagern häuslich eingerichtet. Der Bezirk Hamburg-Mitte hatte die Podeste unter der Brücke abreißen lassen, ein künstliches Bachbett angelegt und darin schwere Wackersteine verteilt. Der Zaun, den Sheriff Schreiber, der Bezirksbürgermeister, aufgestellt hatte, war wieder entfernt worden. Den Touristen, die an der Helgoländer Allee in Bussen angekarrt wurden wie anderenorts die Schweinetransporter, sollte der Anblick von Verwahrlosung erspart werden. Der Plan war offensichtlich gescheitert. *Hamburg ist eine weltoffene Stadt und kein Schrebergarten* war auf das Mauerwerk gesprüht worden. Dafür gab es jetzt ein blitzblankes Hightech-Chemieklo vom Bezirk spendiert. Für Obdachlose, Frauen und Kinder umsonst, Männer mussten einen Euro blechen. War das gerecht? Ungefähr fünfundzwanzig wilde Gestalten und mindestens so viele Hunde hatten es sich in ihrem Open-Air-Wohnzimmer gemütlich gemacht. Da war er wieder, der Typ aus der U-Bahn. Er saß im Schneidersitz auf den Pflastersteinen, neben ihm lehnte ein Mädchen, das unter Schminke und Piercings kaum älter als Eliza sein mochte. Jetzt erinnerte sich Kalle, wer das war, Stefano da Silva – das war Stefano da Silva, der bei der toten Lisbeth Hayenga aufgegriffen worden war. Den Bart hatte er sich abrasiert, die Haare waren kurz geschoren.
»Hey«, rief Kalle und blieb stehen, »ist das dein Hund?« Er zeigte auf einen Mischling, der nicht weit von Stefanos Platz auf einer Wolldecke lag und an einem Knochen nagte.
Stefano schien durch Kalle hindurchzusehen. Ohne Zweifel, der Junge war nicht älter als 16. Seine Hände waren feingliedrig und gepflegt, kein Dreck unter den Fingernägeln, keine Schwielen. Solche Hände waren nicht vom Leben auf der Straße gezeichnet.

»Die Bullen haben Stefanos Hund auf dem Gewissen. Peng!«, sagte das Mädchen.
»Das tut mir sehr leid.« Keine Floskel, Kalle meinte es genau so, wie er es gesagt hatte. Stefano und sein Hund – eine neue Folge aus der Serie *Der Polizist, dein Feind und Frustschieber.* Über zwölf Stunden war Stefano in Untersuchungshaft gewesen. Das konnte richtig fett Ärger geben.

# KAPITEL 26

**Hamburg-Winterhude, Polizeipräsidium**

Ein Wunder war geschehen. Nach einem guten halben Jahr ging die Uhr im Besprechungsraum endlich wieder und auch noch richtig.

»Hab 'ne Batterie spendiert«, sagte Jette, die bereits auf Kalles Platz saß.

»Wäre nicht nötig gewesen. In der Materialausgabe gibt es Batterien umsonst.«

»Ach, tatsächlich?« Jette schlug die Beine übereinander, wippte mit dem Fuß.

Kalle ballte die Faust in der Hosentasche. Nicht aufregen, cool bleiben. Frauen kommen von der Venus, dafür können sie nichts. Gesa war offenbar auch eine Immigrantin, die sich mit guten irdischen Umgangsformen nicht auskannte. Gleich heute Morgen beim Espresso hatte er eine Nachricht auf ihrer Mailbox hinterlassen. Seitdem war Stunde um Stunde vergangen. Er wartete auf ihren Rückruf, schreckte hoch, wenn das Handy klingelte, und war zu Tode enttäuscht, weil sie es nicht war. Er war ein Versager. Echte Kerle warteten nicht, sie ließen warten. Um Punkt zwei knallte die Tür des Besprechungsraums. Guntbert spulte seinen offiziellen Sermon ab. »Marga Terbeek wird ab sofort die SOKO Hayenga unterstützen. Ich freue mich außerordentlich auf die Zusammenarbeit mit Ihnen, Frau Terbeek. Schöne Frauen sind wie Blumen, sie bringen Farbe in den grauen Alltag.«

Kalle stöhnte. Marga Terbeek schenkte den Kollegen ein kur-

zes Lächeln und setzte sich neben Guntbert, der für sie den Stuhl zurechtgerückt hatte.
»Vielen Dank für die freundliche Aufnahme.«
»Okay, jetzt zum unangenehmen Teil der Veranstaltung.« Guntbert blähte sich zum Kotzbrocken auf. »Nichts, nichts, nichts, das nicht mit mir abgesprochen ist, wird an die anderen Dezernate ausgeplaudert. Hab ich mich klar ausgedrückt?« Guntbert stierte von einem zum anderen. »Thao Behrmann hat vorhin in der Kantine eine Personalityshow abgezogen. Auf meine Kosten Szenenapplaus kassiert für ihr dämliches Gefeixe über wertvolle ätherische Rizinusöle.« Guntbert stand auf und lief an der Stirnseite des Besprechungsraums auf und ab. »Ich will das nicht noch einmal erleben müssen.« Guntbert stützte beide Arme auf dem Tisch ab und beugte seinen Körper nach vorne. »Nicht, wenn es in meiner Macht steht, es zu verhindern. Verstanden!« Nur der Schaum vor Guntberts Fresse, der fehlte noch.
»Ähm …«, Bodo Steinhoff meldete sich zu Wort, »ich verstehe nicht …«
»Mir scheint, du bist dem Job nicht mehr gewachsen, Bodo, geistig zu träge.« Guntbert Meyer schoss auf die Tür zu, riss sie auf und schlug sie hinter sich zu.
Die Uhr polterte auf den Boden.
»Bin gleich zurück.« Kreidebleich stand Bodo auf und verließ den Besprechungsraum.
»Willkommen im Quatsch-Comedy-Club, Frau Terbeek«, sagte Kalle, faltete die Hände und senkte den Kopf. »Ich könnte mir in den Arsch treten. Das müsst ihr mir glauben.« Kalle sah wieder auf, direkt in die grinsende Visage von Jette.
»Und wie ich dir glaube, Kalle.« Jettes rote Bäckchen schoben sich bis an die Ohren.
Kalle sah Marga an, doch die ließ ihn sitzen.

Marga begann: »Ich würde gerne den Fall erläutern.«
Danke. Er hatte es geahnt. Was war denn das für ein Hering? Marga schlug den Ordner mit der Beschriftung SOKO Hayenga auf und reichte ordentlich geheftete Blätter herum. Hätte sie ihm nicht gerade Eiswürfel an die Hose gepinkelt, hätte Kalle ihre Vorbereitungen rührend gefunden. Aber so?
»Unsere Tote in Ostfriesland: Theda Neehuis, geborene Hayenga, am Sonntagnachmittag des 20. dieses Monats aus ihrer Pflegeeinrichtung in Pewsum verschwunden, am Montag, den 21., gegen 13 Uhr in Uttum aufgefunden, die näheren Umstände auf der Kopie.« Marga blickte auf und schaute fragend. Kalle würde den Teufel tun. Leider fuhr sie unbeeindruckt fort. »Fundort gleich Tatort. Zumindest ist der Fundort der Ort, an dem der oder die Täter Theda Neehuis den Mund mit Erde angefüllt haben. Der Inhalt der Mundhöhle stimmt von der Zusammensetzung her mit dem Boden im näheren Umkreis der Scheune überein. Die Analysenergebnisse stehen auf dem zweiten Blatt. Tod durch Ersticken. Im Lungengewebe wurden ebenfalls Partikel gefunden, die mit der Bodenprobe übereinstimmen. Also können wir davon ausgehen, dass Theda Neehuis zum Zeitpunkt, an dem der oder die Täter ihr den Mund gefüllt haben, noch am Leben gewesen ist. Weiteres zur Obduktion ebenfalls Blatt zwei.« Sie blätterte um.
Eigentlich sah sie vom Typ her gar nicht mal so schlecht aus. Blond und schlank. Kalle musterte sie. Bisschen ausgemergelt. Vielleicht war sie eine dieser manischen Läuferinnen, die zehn Kilometer schon zum Frühstück verdrückten? Unwillkürlich zog Kalle den Bauch ein.
»Die Tote war zum Zeitpunkt ihres Ablebens stark sediert mit einem trizyklischen Antidepressivum des Amitriptylin-Typs. Für die Verabreichung der hohen Dosis ist allerdings

die Leitung der Pflegeeinrichtung, Annette Lorei, verantwortlich. Frau Lorei gilt als dringend tatverdächtig, ist aber zurzeit nicht vernehmungsfähig. Es gab einen Unfall bei der Festnahme.«

Warum bekam sie so viel Farbe auf die Wangen? Mal sehen, ob sich der Rotton vielleicht noch vertiefen ließ. Rache war süß, und Süßes war immer gut. Kalle unterbrach sie. »Und welche Verbindungen oder Beziehungen hat Frau Lorei nach Hamburg und zur zweiten Toten, Frau Terbäck?« Hieß sie nicht so? Ihren Vornamen hatte Kalle sich gemerkt, aber hatte ihr Nachname bei Guntberts Vorstellung auch schon nach Keksen geklungen? Egal. Er sah, wie sie zweimal kurz blinzelte.

»Wir werden sehen, Herr Bar-Wolff.«

Kalle gab sich geschlagen und bedeckte seine Augen mit der Hand. Auweia!

»Meine Kollegen vor Ort bleiben dran. Wie Sie wissen, hat ViCLAS uns dann das zweite Opfer ausgespuckt. Der Kontakt zu Ihrer Dienststelle kam gestern Abend zustande.«

Sie faltete ihre Zettel und legte sie zurück in den Ordner. »Ach ja. Was vielleicht noch interessant für uns ist, allerdings noch nicht überprüft, ich weiß es nur aus zweiter Hand, Theda und Lisbeth sollen so gut wie keinen Kontakt zueinander gehabt haben und das bereits seit Lisbeths Wegzug aus Ostfriesland in den frühen Fünfzigern. Meine Kollegen überprüfen das ebenfalls. Das war es meinerseits.« Marga lehnte sich zurück.

»Dann brauchen wir jetzt nur noch in den Duz-Modus schalten und an die Arbeit gehen«, sagte Jette.

Kalle runzelte die Stirn. Wenn Jette lachte, sah sie aus wie ein Weihnachtsapfel.

»Was liegt sonst an?« Kalle setzte sich auf Guntberts Stuhl. »Der sei wie für mich gemacht, sagt meine Mutter.«

»Ja, Mütter, weites Feld. Meine nörgelt auch ständig, dass aus mir nichts Anständiges geworden ist.« Jettes Apfelbäckchen hatten an Farbe verloren. Sie stand auf und ging zum Fenster, öffnete es und setzte sich wieder.

Die frische Luft tat gut. Kalle entspannte sich. Wären Marga und Jette nicht, Kalle hätte längst seine Füße auf den Tisch gelegt.

»Wenn ihr nichts Neues für mich habt …«, Marga schob den Stuhl zurück, »… würde ich mich jetzt gerne entschuldigen und meine Koffer auspacken.«

»Kein Problem.« Kalle stand auf. »Ich denke, wir brauchen alle eine Verschnaufpause.« Er gab Marga die Hand. »Morgen, neun Uhr, Frau Terbeek?«

»In Ordnung. Ich bin Marga.« Sie nickte Jette zu und verließ den Raum.

Kalle hob die Uhr auf. Äußerlich hatte sie den Sturz ohne Kratzer überlebt. Er klemmte sie sich unter den Arm.

»Dann wollen wir mal, Baby.«

Jettes Kopf flog herum. »Bitte?«

Kalle zeigte auf die Uhr. »Ich mein die hier.«

»Kalle!« Tinta winkte ihn in ihr Büro. »Nummer eins: Der Ex von Lisbeth Hayenga heißt Fritz Flemming. Baujahr 1926, zwei Jahre älter als Lisbeth. Laut Melderegister unbekannt verzogen. Nummer zwei: Die gemeinsame Tochter Petra Flemming ist am 12.06.1975 verstorben, genau an ihrem 17. Geburtstag. Weitere Kinder sind nicht aktenkundig.«

»Tinta, solche Pannen dürfen nicht passieren. Du kennst doch den Obduktionsbericht. Wieso hast du nicht schon längst überprüft, ob die Hayenga Kinder hat?«

Tintas Miene versteinerte. »Vielleicht, weil ich dafür keinen Auftrag von dir hatte.« Sie wandte sich ab und sah aus dem Fenster. Eine Mauer des Schweigens umgab sie. Nicht zum Aushalten.

»Hey, kein Grund, eingeschnappt zu sein.«
Der Drehstuhl schwang zurück. Tinta schob das Kinn vor. »Du hast mir gesagt, ich soll mich um die Daten von Lisbeth Hayenga und ihrem Ex kümmern. Du hast mir keinen Auftrag erteilt, das auch für ihre eventuellen Kinder zu tun.«
»Aber ...«
»Nichts aber! Du sagtest mir außerdem, dass du dir eigenmächtige Ermittlungen meinerseits verbittest. Weißt du noch, Kalle, Big Boss vom Dienst?«
»Meine Güte, bist du nachtragend. Das ist doch ewig her.«
Tinta nahm eine Akte vom Stapel. »Ich hab zu tun.«

# KAPITEL 27

**Hamburg-St. Georg, Lange Reihe**

Mit einem Seufzer schloss Marga die Tür und ließ sich rückwärts in das bauschige Federbett ihrer blau-weiß-karierten Schlafstätte fallen. Wie im Himmel, nur überall Staubmilben.

An der holzvertäfelten Decke bildeten die Astlöcher ein unregelmäßiges Muster, Marga verschränkte die Arme hinter dem Kopf. Der erste Kontakt zu den Kollegen war eigentlich ganz okay verlaufen. Gut, der Bärwolff hatte ihr scheinbar krummgenommen, dass sie ihn nicht gleich bemitleidet hatte, aber sie wollte sich wirklich auf den Fall konzentrieren und nicht im Dezernatsgeplänkel Partei ergreifen. Guntbert Meyer hatte sich zuvorkommend verhalten, und Jette war sympathisch. Bis auf ihr Faible für Gemeinschaftstoiletten. Und ihr Fahrstil war sehr sportlich, aber damit konnte Marga leben. Kalle sah sich gern als ganzen Kerl. So deprimiert, wie Jette ihn geschildert hatte, fand Marga ihn gar nicht. Einen Schulhofhumor schien er zu haben. Und er hielt sie jetzt für einen Besen. Pech. Hauptsache, sie wurde nicht zum Ostfriesenwitz. Sie musste sich so schnell wie möglich die Hamburger Akte von Lisbeth Hayenga reinziehen. Marga hatte keinen Bock, dass der Bärwolff sie auflaufen ließ, weil sie irgendwas übersehen oder nicht mitbekommen hatte. Zum Glück hatte Jette sich angeboten, ihr die Unterlagen zu besorgen. Bei der Besprechung gerade war kein Schwein auf den Mordfall Hayenga eingegangen. Und wie Guntbert Meyer sich echauffiert hatte. Sie war also nicht die Einzige, die Fehler machte. Marga rollte vom Bett und schnappte sich den blassen Hefter, der auf ihrem Koffer lag. Sie zögerte, legte ihn wieder beiseite und packte zuerst ihre Klamotten aus. Sie wollte morgen nicht aussehen wie ein zerknautschter Lumpi. Dann machte sie sich an die Falldaten von Lisbeth. Die hatte nach ihrer Scheidung von Fritz Flemming ihren Mädchennamen wieder angenommen. Über Fritz Flemmings Aufenthaltsort war bis jetzt noch nichts bekannt. Lisbeth musste ordentlich Knete besessen haben. Marga staunte. Handgefertigte Schuhe. Und nicht orthopädisch. Auch die Seniorenresidenz schien nobel. Die einbruchsichere Spezialtür, der versteckte Tresor. Vor wem hatte sich Lisbeth schützen wollen? Und warum? Dann kam in dem Hefter der Vermerk über die vermeintliche Cannabis-Plantage – im Seniorenheim? Das musste der Hintergrund zu Guntberts filmreifem Auftritt mit Uhr im Besprechungsraum gewesen sein. Da hatte Kalle tatsächlich eine Bauchlandung hingelegt, die weh tat. Marga wünschte, sie wäre doch etwas freundlicher zu ihm gewesen und hätte zu ihrem Einstand kollegiale Empathie spendiert, anstatt einer Kurzdemonstration der Kehrtechnik des neuen Besens. Die arme Sau, wie peinlich. Aber shit happens. Tatsächlich und überall. Die Kekse mit dem Tetrahydrocannabinol hätten auch wie die Faust aufs Auge gepasst. Thao Bergmann war vom Rauschgiftdezernat und genau die Trulla, die sich einen Ast gelacht hatte über Kalles Fauxpas. Marga blätterte weiter. Die Presse hatte Insiderwissen gedruckt, ohne Zweifel. Vielleicht ging Guntbert auch deshalb am Stock. Gut, dass die Polizeiinspektion Aurich über jeden Verdacht erhaben war. Moment – hatte Harm nicht einen Vetter beim Heimatblatt? Marga schüttelte den Kopf. So 'n Quatsch. Und das war es auch schon mit schillernden Pressekontakten. Aber wieso wurde nicht nach den Kindern von Lisbeth Hayenga gefahndet? Marga runzelte die Stirn. Sie war Mutter. Im Obduktionsbericht hatte etwas von einer Kaiserschnittnarbe gestanden. Marga war sich sicher. Zu blöd, den Bericht wollte Kalle noch mal durchlesen, deswegen hatte er Marga vertröstet. Es klopfte. Steif erhob sie sich vom Bett und humpelte mit eingeschlafenem Fuß zur Tür. Jette. Sie sah den Hefter auf dem Bett. »Bist du durch?«

Marga nickte. »Komische Kiste, alles in allem.«

Jette strich sich den kurzen Pony zur Seite. »Ehrlich gesagt, ich hab schon wieder Hunger. Lust auf Pizza und einen Feierabendwein?«

Eigentlich wollte Marga noch telefonieren, aber das konnte sie auch auf später verschieben.

»Gern.« Marga fummelte ein Gummiband aus ihrer Hosentasche und band ihr Haar zusammen. Dann stiefelten sie los, den Hefter unter den Arm geklemmt. Marga kam sich vor wie ein Teil des dynamischen Duos. Bei Jokis Humpelgang musste sie ihr eigenes Tempo immer drosseln. Die Luft war feucht, feiner Nieselregen schwebte durch die Luft. Jette beschleunigte, als hätte sie Siebenmeilenstiefel gefunden, und die rote Reklameleuchte einer Apotheke warf einen teuflischen Schatten auf ihr Gesicht. Sie erreichten das italienische Restaurant mit schmuckem Baldachin, Jette öffnete die Schwingtür und ließ Marga den Vortritt. Der Laden war gut besucht, aber sie fanden noch Platz in einer Nische. Ein Südländer mit Brisk Frisiercreme im Haar zündete ihnen mit viel Schwung in der Bewegung die Kerze auf der Mitteldecke an. Nachdem Marga die Speisekarte mit den Augen rauf- und runtergefahren war, entschied sie sich für Penne mit Rinderfilet; Jette nahm Fisch mit frischem Gemüse.

»Na denn, auf gute Zusammenarbeit!« Jette hob ihr bauchiges Glas und ließ den Rotwein in der Kerze funkeln.

Marga stieß an, der Wein war schwer und gut. Sie redeten über dies und das. Jette war nett, aber nicht aufdringlich, fand Marga. Zwischen ihnen auf dem Tisch lag der Hefter. Marga blätterte darin. »Lisbeth Hayenga scheint ganz schön vermögend gewesen zu sein.«
»Angeblich hat sie ihr Geld mit einer Partnervermittlungsagentur verdient. Eine Kollegin ist da dran. Aber bis jetzt hat sie noch nichts ausfindig gemacht.« Jette spießte mit Nachdruck ein Brokkoliröschen auf. »Mich würde der Verbleib ihres Ex-Mannes interessieren. Wie vom Erdboden verschluckt, der Gute.«
»Vielleicht ist er das sogar.«
Jette sah Marga fragend an, die zuckte mit den Schultern.
»Na ja, bei dem Alter. Vielleicht liegt der tatsächlich schon irgendwo und guckt sich das Gras von unten an.«
»Glaub ich nicht. Da müssen wir abwarten, was Tinta findet.«
Jette wischte mit einem Brotbrocken über ihren leeren Teller. »Wieso habt ihr nicht ermittelt, wo die Kinder von Lisbeth Hayenga stecken? Die müssen doch benachrichtigt werden.«
»Frag mich nicht. Da hat Kalle die Hand drauf.«
»Na, da wird er aber was erklären müssen.« Marga steckte den Hefter in ihre Tasche. »Wo sind die Berührungspunkte bei Lisbeth und Theda? Zwei Schwestern, uralt, haben sich angeblich seit Jahren nicht mehr gesehen. Irgendwo muss da doch ein Schnittpunkt sein.« Sie nahm einen letzten Schluck Wein und wischte sich den Mund ab. Das Essen hatte super geschmeckt. Marga fühlte sich gut. »Und woher kommt Lisbeths Kohle?«
Jette verschränkte die Hände auf dem Bauch. »Warum krampfhaft suchen? Lass uns das Offensichtliche zuerst durchleuchten.«

»Okay, dann würde ich mir gerne morgen gleich als Erstes die Wohnanlage ansehen. Und … die Plantage.«
Jette grinste. »Nachtisch?«

*

Zum Telefonieren war es zu spät geworden. Allerdings hatten sich weder Peter noch Joki gemeldet, und keine Nachricht war schließlich eine gute Nachricht. Oder so ähnlich. Marga war leicht benebelt vom Wein. Sie putzte ausgiebig Zähne und cremte sich gerade das Gesicht ein, als es an der Zimmertür klopfte. Wieder Jette. Im grauen Nachthemd mit einem grinsenden Goofy vor der Brust. »Das Klo ist besetzt.« Ihre Mundwinkel zogen Richtung Fußboden. »Ich warte seit einer Viertelstunde.« Sie trat von einem Bein auf das andere. »Und es stinkt bis auf den Flur. So ein Scheißladen!«

# KAPITEL 28

**Hamburg-Neustadt, Wincklerstraße**

Kalle klemmte sich die Post zwischen die Zähne, holte den Haustürschlüssel unter der Fußmatte hervor, schloss auf und schob den Schlüssel zurück an seinen Platz. Was für eine Papierverschwendung, tonnenweise Werbewurfsendungen.

»Mam?«

Keine Antwort. Er gab der Tür einen Tritt. Auf einen gemütlichen Abend in Gesellschaft von Emma und seiner Lieblingstochter hatte er sich gefreut, auf leckeres Essen und ein kühles Bierchen. Stattdessen begrüßte ihn eine vergessene Mülltüte, in der es nach Verwesung muffelte, und natürlich die legendäre Bärwolffsche Unordnung. Kalle kickte Elizas linken Stiefel in die Ecke zum rechten. Obwohl Emmas Wollmantel fehlte, ebenso wie Elizas Karnickelfell, waren alle Garderobenhaken belegt. Er stülpte die Lederjacke über die Daunenweste, schleuderte die Schuhe von den Füßen und schlüpfte in die Lammfellhausschuhe, die Emma ihm vom Wochenmarkt mitgebracht hatte. Auf dem Küchentisch stand eine Vase mit gelben Tulpen. Die ersten Frühlingsboten, wie nett. Kalle setzte sich und kontrollierte die Nachrichten auf seinem Handy. Zum hundertsten Mal. Scheiße! Keine Nachricht von Gesa. Sollte er ihr eine SMS schicken? Einen Korb zu kassieren, war nicht annähernd so verletzend, wie ignoriert zu werden. Kalle sah noch einmal die Post durch. Beim letzten Umschlag stutzte er. Jays eckige Druckbuchstaben hatten es sofort geschafft, sein Herz in den Holterdiepolter-Modus zu schalten. Er riss den Umschlag auf. Fünf dicht beschriebene Seiten von Hand, die mit den Worten anfingen: *Sehr geehrter Herr Bärwolff, du hast wohl den Arsch offen!* Kalle stöhnte und stopfte den Brief zurück in den Umschlag. Erst jetzt sah er den roten Zettel, der mitten auf dem Küchentisch lag. *Bin im Kino. Eliza schläft bei Laura. Kartoffel-Lauch-Suppe steht auf dem Herd. Wird spät werden. Lieb dich, Mam.* Wut füllte seinen Magen. Von Hunger keine Spur. Eliza schläft nicht bei Laura. Auf gar keinen Fall! Kalle tippte auf das Telefonverzeichnis seines Handys. Miniaturtasten-overkill. Das Hauptmenü-Feld erschien wieder. Er versuchte es erneut.

»Ja?« Lauras Piepsstimme meldete sich.

»Hallo, Laura, ich bin's, Kalle, der Vater von Eliza. Gibst du sie mir bitte mal?«

»Eliza ist nicht bei mir.«

»Wie bitte?«

»Eliza ist nicht bei mir.«

Die Wut war sofort verflogen und machte viel Platz für Kalles Ängste.

»Weißt du denn, wo sie ist?«

»Sie wollte nach Hause.«

»Wann war das?«

Die Haustür wurde aufgeschlossen. Eliza stand im Flur und warf Tasche und Jacke auf den Boden.

»Alles ist gut, Laura, danke.«

Ohne zu grüßen, verschwand Eliza in ihrem Zimmer und schloss die Tür ab. Eben noch erleichtert, Eliza zu Hause zu wissen, spürte Kalle, wie es wieder in ihm hochkochte. Er schlug mit der Faust gegen Elizas Zimmertür. »Mach sofort auf.« Kalle lauschte. Hinter der Tür war es still. »Aufmachen,

Eliza, sofort!« Kalle legte das Ohr an die Tür. Alles, was er hörte, war sein Herz, das am Limit klopfte. »Eliza«, Kalle versuchte es auf die sanfte Tour, »bitte mach auf. Ich hab mir Sorgen gemacht.«

Der Schlüssel wurde im Schloss herumgedreht. Die Tür blieb geschlossen. Vorsichtig öffnete er sie einen Spalt und steckte den Kopf hindurch. »Eliza?«

Eliza saß mit angezogenen Beinen auf ihrem Bett, die Arme um die Knie geschlungen, und starrte die Wand an. Der Fußboden glich einer Mülldeponie. Grausam. In der Küche klingelte das Handy. »Shit.«

Eliza hob den Kopf. Ihr Blick schien Kalle festhalten zu wollen. Sie hatte geweint. Doch Kalle, magisch angezogen vom Gebimmel, stand bereits wieder in der Küche und las auf dem Display: *Gesa is calling.*

»Bärwolff.«

»Guten Abend, Herr Bärwolff. Gesa Clasen. Sie baten um meinen Rückruf.«

»Vielen Dank, dass Sie sich melden, Frau Clasen.« Kalle lauschte den Flötenklängen in seiner Stimme. Jetzt bloß nicht rumstottern. »Unsere oberste Heeresleitung hat den Personalrat informiert, es seien im Moment keine Kapazitäten frei, um das Personaltraining fortsetzen zu können.«

»Oh, davon weiß ich noch gar nichts …«

»Es hieß ausdrücklich, zu einem späteren Zeitpunkt spräche nichts dagegen, fortzufahren. Die Polizeipräsidentin wird sich noch bei Ihnen melden. Ich wollte nur schon mal Bescheid geben …«

»Das weiß ich zu schätzen, Herr Bärwolff. Ganz lieben Dank.« Verdammt, wieso konnte er sich nicht drahtlos hinüber in Gesas Arme schwingen, wie einst Tarzan an den Lianen zu seiner Jane?

»Ich habe in der Zeitung von den toten Frauen gelesen. Sind Sie mit dem Fall befasst?«
Äh … tote Frauen … was gingen Kalle tote Frauen an? »Ich leite die Ermittlungen.«
»Oh, da bin ich ja an den Richtigen geraten. Gibt es schon eine heiße Spur?«
Kalle lachte. Gesa würde sich blendend mit Eliza und Emma verstehen. »Stellen Sie sich das mal nicht so spannend vor. Man braucht schon einen langen Atem, um Erfolg zu haben.«
»Erfolg ist nicht alles, Herr Bärwolff. Für das Gute kämpfen und seinem Leben einen Sinn geben, darum sollte es doch gehen.«
Jetzt oder nie!
»Frau Clasen …« Fast wäre das Handy aus seiner Hand gerutscht, so schweißgetränkt war sie.
»Keine Silbe zu niemandem, darauf können Sie sich verlassen, Herr Bärwolff.«
»Ich würde Sie gerne zum Essen einladen.«
»Das fände ich auch nett.«
Manche Augenblicke möchte man für immer festhalten. Kalle drückte auf die rote Taste seines Handys. Hatte Gesa noch etwas gesagt? Er wusste es nicht. *Das fände ich auch nett.*
»Ja!« Siegessicher ballte Kalle die Faust.
Er ging zurück in Elizas Zimmer und schob die Klamotten und Schulsachen, Turnbeutel und DVD-Hüllen mit dem Fuß zur Seite, so dass ein freier Pfad durch das Chaos bis zu Elizas Bett führte. Eliza hatte sich, mit dem Gesicht zur Wand, auf die Seite gedreht. Regelmäßige Atemzüge, sie schlief. Kalle legte die Decke über sie und streichelte Elizas Wange. Wie aus dem siebten Himmel ungebremst auf der Erde aufgeprallt, so fühlte er sich. Wo waren die Jahre geblieben, als sich seine kleine Krabbe an ihn geschmiegt hatte und er bei ihr geblie-

ben war, bis sie im Land der Schäfchenwolken angekommen war? Nach Elizas Geburt, als alle meinten, er müsse der glücklichste Mensch auf Erden sein, zerbrach seine Ehe. Acht Monate hatte sie gehalten. Manchmal hatte Kalle ein schlechtes Gewissen. Aber seine Kraft war auch bloß endlich. Er schaltete die Nachttischlampe ein und die Deckenleuchte aus. Die Tür ließ er einen Spalt offen.

So ging es nicht weiter. Kalle hatte Eliza ausdrücklich verboten, während der Woche bei ihrer Freundin zu übernachten. Schließlich musste die Schwänzerei Konsequenzen haben. Und was machte Eliza? Sie fragte ihre Oma. Emma erlaubte fast alles und das auch noch über Kalles Kopf hinweg. Sein Wort zählte offenbar nichts. So nicht, Mutter! Kalle nahm den Umschlag vom Tisch und überflog den Brief von Jay. *Kinder gehören zu ihren Müttern. Waisenkinder sterben früher. Knut ist auch schon tot.* Er konnte nicht folgen. Wäre nicht Eliza, er hätte den Kontakt zu Jay längst abgebrochen. Jay, seine große Liebe, die einzige. Anfangs dachte er, glücklich zu sein wäre etwas Selbstverständliches, schließlich liebten sie sich. Er war naiv gewesen und Emma wahrlich kein gutes Vorbild. Jay und er lebten in den Parallelwelten ihrer Dienstpläne. So absurd es klingen mochte, in der Zeit verstanden sie sich noch blind. Erst als sie gemeinsam bei der Mordkommission arbeiteten, begannen die Probleme. Sie waren Tag und Nacht zusammen und hatten sich immer weniger zu sagen. Das war der Anfang vom Ende, und mittendrin wurde Jay mit Eliza schwanger und sie heirateten. Nach der Geburt erkrankte Jay. Von da an war nichts mehr wie vorher. Zu guter Letzt hatte sie sogar mit ihrer Dienstwaffe auf ihn geschossen. Kalle fuhr sich über die Narbe am Oberarm. Kerstin Brockmann, die Polizeipsychologin, lag ihm seitdem in den Ohren, sich professionelle Hilfe zu holen. Doch Seelenklempner waren Kalle suspekt. Die hatten selbst einen an der Klatsche. Er machte sich die Suppe warm, holte sich ein Bier und konzentrierte sich auf den Obduktionsbericht, in dem Anna Lekowski das Innerste von Lisbeth Hayenga durchleuchtet hatte, kurzweilig und interessant geschrieben. Es war Mitternacht, als Kalle den Bericht wieder in seiner Tasche verstaute. Bevor er ins Bett ging, schaute er noch einmal nach Eliza. Es war nicht alles umsonst gewesen. Jay hatte ihm dieses wunderbare, schöne und liebe Kind geschenkt.

# KAPITEL 29

**Hamburg-St. Georg, Lange Reihe**

Der dicke Teppich im Foyer schluckte jedes Geräusch, und das dunkle, polierte Holz glänzte mit den Messingbeschlägen der Rezeption um die Wette. Marga fühlte sich frisch und ausgeruht. Und geschlafen hatte sie tief und traumlos, in einem schneeweißen Bett. Auch Jette war sichtlich guter Dinge. Etagenklo und Pensionsmief waren Geschichte. Marga hatte sie überzeugen können, das Ambiente zu wechseln, und kurzerhand hatten sie noch am gestrigen Abend die Kleinkaro-Wüste verlassen. Koffer auf, Klamotten rein und nichts wie weg. Das Geld für die Zimmer hatten sie dem bunt bemalten Seemann aus Gips, der auf dem Tresen der Anmeldung sein Akkordeon auf ewig auseinanderzog, unter die Füße geklemmt. Hoffentlich versoff es der alte Haudegen nicht. *Johoho und 'ne Buddel voll Rum.* Ihr neues Domizil war ein sonnig gelbes Bürgerhaus aus dem 18. Jahrhundert. Schön, schick und mit eigenem Bad. Natürlich auch teurer, aber egal ... Nach dem Frühstück war Jette vollends überzeugt. Bei ihr ging Liebe durch den Magen, das hatte Marga in den letzten vierundzwanzig Stunden schon festgestellt. Wenn Jette mal nach Ostfriesland käme, musste sie unbedingt mit auf ein Abendessen nach Oldersum zu Joki und seiner Frau. Marga mochte »Gernesser«. Sie selbst war zwar von Natur aus hager, aber das war eher Zufall. Oder Glück. Oder Pech. Kam auf den Blickwinkel an. Jedenfalls konnte sie Frauen nicht leiden, die sich von Apfelschnitzen und Paprikastreifen

ernährten oder stundenlang an bröseligem Knäckebrot lutschten.
Sogar die Sonne schien ein bisschen, als sie an der Alster entlangfuhren und über die Kennedybrücke donnerten. Die Fahrt verging nicht wie im Flug, sondern war einer. Jette gab wieder alles am Gaspedal. In Margas Magen ließ der große Pott Milchkaffee die Frühstücksbrötchen Wasserballett tanzen, und das gekochte Ei trieb kopfüber umher und bemühte sich, den Takt zu halten.

*

### Hamburg-St. Pauli, Seniorenresidenz

Sophia Prinz war kaum größer als eine Zwölfjährige und sicher auch nicht viel schwerer. Sie begrüßte Marga und Jette mit Handschlag und erstaunlich freundlich. Fast unbeschwert. Ihr Büro war hell, die Fensterscheiben reichten bis zum Fußboden.
»Nun mal Tacheles, Frau Prinz.« Jette schlug die Beine übereinander. »Was ist das für eine Nummer mit den Haschkeksen? Es geht um einen Verstoß gegen das Betäubungsmittelgesetz. Wissen Sie eigentlich, was dadurch auf Sie zukommen kann?«
Sophia Prinz machte große Augen. »Wieso auf mich?« Sie legte eine Hand auf ihr Dekolleté. »Ich habe rein gar nichts mit diesen Keksen zu tun. Seh ich etwa aus, als sei ich hier für die Verköstigung zuständig? Dafür haben wir eine Köchin.« Sie lachte.
»Ach, und die hat regelmäßig Tetrahydrocannabinol-Streusel auf die Plätzchen gekippt?«

»Davon ist mir nichts bekannt.« Sophias Kopf ging würdig in Schräglage, und sie lächelte milde.
»Und Hase heißen Sie nicht, und wie Stevie Wonder sehen Sie auch nicht aus.« Marga ging Sophias Getue auf die Nerven. Erst alle Welt mit Space-Cookies füttern und dann so tun, als könne sie nicht bis drei zählen.
Das Prinzessinnenlächeln war gekippt. »Nun werden Sie mal nicht frech. Wer gibt Ihnen das Recht, mit mir in diesem Tonfall zu sprechen?«
»Frau Prinz, ich denke, Sie verstehen den Ernst der Lage nicht. Wir befinden uns in einer Mordermittlung. Frau Hayenga ist gewaltsam ums Leben gekommen, und Sie spielen die Unschuld vom Lande wegen der dämlichen Kekse. Von wem haben Sie das Zeug gekauft?«
Sophia Prinz bekam einen spitzen Mund. »Sollte das Ganze gegen das Gesetz verstoßen, dann tut es mir leid – ist aber nicht meine Schuld. Joris Duncker hat uns die Kekse gebacken. Er hat auch unsere Wunderbäume gezüchtet, aber das habe ich ja bereits Ihren Kollegen erzählt, die unsere Zierpflanzen beschlagnahmen wollten.« Sie schüttelte den Kopf. »Und Rauschgifthandel? Mein Gott, wissen Sie eigentlich, wie alt ich bin?« Sie klimperte mit den blau gepuderten Liddeckeln. »Wissen Sie eigentlich, was es bedeutet, alt zu sein? Von wegen Falten und graue Haare.« Sie winkte ab. »Kinkerlitzchen. Ich meine Altersbeschwerden: Schwerhörigkeit, Prostata, Blasenschwäche.« Sophia Prinz zählte mit den Fingern weiter auf. »Oder Schmerzen, Rheuma. Die chronischen Beschwerden und die eingeschränkte Mobilität. Ausbleibende Sozialkontakte, dann die Einsamkeit, danach die Depression. Aber macht doch nichts – die Pharmaindustrie kümmert sich gut um alte Menschen. Ein paar Schmerzmittel, ein paar Stimmungsaufheller …« Sie redete sich in Rage. »Medikamente gegen die

Nebenwirkungen und Medikamente gegen die Nebenwirkung der Nebenwirkung. In der Tierhaltung wird es verboten, aber bei den Alten kräht kein Hahn danach. Die werden mit den Pillen gemästet.« Hummerfarbene Röte krabbelte Frau Prinz den Hals hinauf, während sie ihren Monolog hielt und Marga und Jette andächtig lauschten. »Aber nur weil man einer älteren Generation angehört, hat man doch nicht das Recht auf alternative Behandlungsmethoden verwirkt. Ich bitte Sie, die Chinesen haben schon vor fünftausend Jahren erkannt, dass Cannabis eine heilende Wirkung hat. Und das Schlimmste ist die Heuchelei.« Sie schüttelte ihren erhobenen Zeigefinger. »Alkohol und Zigaretten gibt es en masse an jedem Kiosk zu kaufen ...« Sie verstummte. Die Röte hatte ihr Gesicht erreicht und breitete sich aus wie ein Flächenbrand. Nur das Ticken der Standuhr zerschnitt die Stille. In gleich große Teile.

Sophia Prinz fing sich bewundernswert schnell und war um Schadensbegrenzung bemüht. »Wie dem auch sei. Joris ist also in Rauschgiftgeschäfte verwickelt. Er ist seit dem überfallartigen Auftreten Ihrer Kollegen übrigens nicht mehr zur Arbeit erschienen. So kann man sich in Menschen täuschen, und das passiert gar nicht so selten. Frau Hayenga ist ja auch auf so einen Taugenichts hereingefallen.« Ein Häppchen für Marga. Sophia Prinz blickte verschwörerisch. »Die Spurensicherung hat sicherlich die einbruchsichere Türe zu ihrer Wohnung bemerkt.« Ein Häppchen für Jette. Bevor Prinzessin Sophia sich selbst noch mal in die Pfanne haute, bot sie lieber etwas Tratsch feil, bei dem sie keine Rolle spielte.

»Wir sind ganz Ohr.« Jette beugte sich vor.

»Vor ungefähr einem Jahr, kurz nach Weihnachten, ist der ungehobelte Klotz in ihre Suite eingedrungen.«

In Margas Nacken begann es zu prickeln. »Und wer war der Klotz?«

»Ihr Ehemann. Besser gesagt, ihr geschiedener Mann. Er hat sie bedroht und ist sogar handgreiflich geworden. Sie lief danach tagelang mit einer dunklen Brille herum.«
»Fritz Flemming?«
»Den Namen weiß ich nicht. Sie hat ihn angezeigt, die Anzeige aber später zurückgenommen. Er hätte seine Strafe erhalten, sagte sie mir damals unter vier Augen. Und die Wohnungen hat sie getauscht. Auf Anraten der Polizei ist sie vom Erdgeschoss in den vierten Stock gezogen und hat sich diese Spezialtür einbauen lassen.« Frau Prinz schüttelte ergriffen den Kopf. »Arme Lissy. Genützt hat es ihr nichts. Sie war so eine mondäne Frau. Immer gepflegt, sehr elegant – eine Bereicherung für unser Haus.«
»Und Frau Hayengas Tochter? Wann war die das letzte Mal hier?« Marga schoss ins Blaue.
Der Prinzessinnenkopf ging wieder in Schräglage, und Sophias geschminkte Augen erinnerten Marga an Lisbeth Hayengas Veilchen.
»Von einer Tochter weiß ich nichts.« Sophia faltete die Hände in ihrem Schoß. Ein letztes freundliches Lächeln, und die Audienz war beendet.

# KAPITEL 30

**Hamburg-Winterhude, Polizeipräsidium**

In der großen Kantine waren kaum Plätze belegt. Der Geräuschpegel war angenehm niedrig. Marga wählte zweimal Tee und zwei gedeckte Apfelkuchen und jonglierte das Tablett durch die Sitzreihen, ohne dass der Tee überschwappte. Jette saß unter einer gigantischen Kugellampe aus weißem Milchglas, die aussah wie ein voller Mond, und drückte auf ihrem Handy herum.

»Kleine Stärkung«, sagte Marga und schob ihr den Kuchen rüber.

Jettes Handy vibrierte, und sie bekam eine Längsfurche auf der Stirn. »Tut mir leid. Spezialauftrag. Ich muss noch mal kurz weg.« Sie klapperte auf ihren halbhohen Absätzen in Richtung Ausgang und wäre fast mit Kalle zusammengeprallt. Marga ließ ihren Teebeutel dümpeln und quetschte ihm dann das Wasser aus dem Leib.

»Ist hier noch frei?«

Kalle Bärwolff. Mit Kaffeepott und Pokerblick. Marga war sofort in Habt-Acht-Stellung. Wollte er sie verarschen? Die Kantine war so gut wie leer. Sie räusperte sich. »Ja, klar.« Nachdem er sich gesetzt hatte, rührte er friedlich seinen Kaffee um. Entwarnung. Marga schämte sich ein bisschen. Er war nur höflich gewesen.

»Möchtest du vielleicht ein Stück Kuchen?« Kleines Friedensangebot.

Kalle setzte einen leidigen Blick auf. »Danke, lieber nicht.«

Ein Knäckebrot-Lutscher. Marga hätte es eigentlich wissen müssen. Kalle legte seinen Löffel beiseite und beäugte den Kuchen. »Ist das Apfelkuchen? Mit Rosinen?«

Marga pulte mit der Gabel in der Füllung. »Apfel, ja, Rosinen, nein. Zumindest hab ich bis jetzt keine entdecken können.«

»Dann nehm ich ihn.« Der leidige Blick verschwand. Ging doch. Marga entspannte sich. »Wir waren gerade noch mal bei der Prinz von der Seniorenresidenz. Wusstest du, dass die Hayenga im letzten Jahr ihren Ex-Mann angezeigt hat?«

Kalle hörte auf zu kauen. »Ach. Zu mir sagte die Prinz, Lisbeth Hayenga habe keine Angehörigen. Die lügt mich an, ohne rot zu werden.«

»Na ja, kommt auf die Definition an, oder? Ist ein Ex ein Angehöriger?« Sieh an, er wich ihrem Blick aus. War er nicht selbst ein Ex? »Flemming ist in ihre Wohnung eingedrungen, hat sie bedroht und ist wohl auch handgreiflich geworden, jedenfalls meinte das die Prinz. Danach hat Lisbeth die Wohnung gewechselt und die fette Tür einbauen lassen. Wieso wissen wir von der Anzeige nichts?«

Kalle hob die Hände. »Bodo tut, was er kann. Er hat den Kerl gestern erst mal zur Fahndung ausgeschrieben.«

»Okay.«

Kalles Löffel kratzte die letzten Reste zusammen. »Und welchen Eindruck hast du von Sophia Prinz?«

Marga überlegte. »Komische Mischung. Auf den ersten Blick kleine, feine Dame. Freundlich. Ein bisschen zu freundlich. Aufgesetzt freundlich. Wenn sie erst mal redet, dann sprudelt es wie bei einer angebohrten Pipeline.« Marga blickte auf den Grund ihrer Teetasse. »Was sie dann so von sich gibt, ist der Knaller. Jede Wette, die weiß genau, was für Kekse das waren. Erstaunliche Ansichten über Medikamente für ihr Alter. Die

Bewohner der Seniorenresidenz knuspern ihre Plätzchen bestimmt nicht aus Versehen. Frau Prinz kam ganz schön alternativ rüber.«

»Batikrock und Patschuli. Joan Baez und Bob Dylan. *Sag mir, wo die Blumen sind.*« Kalle feixte.

Marga zögerte. »War aber gar nicht so doof, was sie da von sich gegeben hat: ihre Skepsis gegenüber verschreibungspflichtigen Medikamenten – und Cannabis als Heilpflanze anstatt als illegale Droge und so.«

Kalle lehnte sich zurück. »Ich will ja nicht den Spießer mimen, aber strafbar bleibt es trotzdem. Vor allem im größeren Stil. Und bei dem Joris Duncker kannst du mir nicht erzählen, dass er die Kekse aus Gründen der gesundheitlichen Fürsorge vertrieben hat. Dem ging es um die Kohle. Und da hört es auch ganz schnell auf mit der Nächstenliebe und irgendwelchen ganzheitlichen Aspekten.«

Marga schwieg, dachte an Frau Lorei. Und an ihre eigene Mutter. Ob sie richtig süchtig gewesen war? Wer hatte ihr eigentlich den ganzen Kram verschrieben, den sie geschluckt hatte? Und warum? Marga spürte Kalles Blick. Hatte er was gesagt?

»Fakt ist, dass die Kekse uns nur am Rande interessieren. Ich will nur wissen, ob und wie das mit der Hayenga und ihrer Schwester zusammenhängt. Und dann nehmt ihr euch als Nächstes diesen Joris vor. Ich hab da was läuten hören von wegen Jobs für Lisbeth Hayenga.«

# KAPITEL 31

**Hamburg-Hafencity, Marco-Polo-Tower**

Als Jette zurückkam, war sie in sich gekehrt. Sie nickte beiläufig, und Kalle hatte es plötzlich ziemlich eilig und verschwand.

»Was liegt an?« Jette nahm sich keine Zeit zum Sitzen.

»Kalle hat angedeutet, dass Joris für Lisbeth Hayenga gearbeitet hat.«

Jette verzog den Mund. »Wahrscheinlich ist er vielen im Down Town zur Hand gegangen. Ist doch sein Job als Pfleger.«

Marga stand auf und schob den Stuhl unter den Tisch. »Jedenfalls sollen wir als Nächstes Joris durchleuchten.«

»Na, da wären wir auch von selbst drauf gekommen, oder?« Jette wedelte mit einem Zettel. »War gerade bei Tinta. Die Fahndung nach Joris Duncker läuft bereits, aber es sieht aus, als sei er untergetaucht. Bei der Arbeit war er tatsächlich nicht mehr, seit die Bagage in die Wunderbaum-Plantage eingefallen ist – und zu Hause auch nicht. Er wohnt anscheinend noch bei seinen Eltern, jedenfalls ist er da gemeldet.« Jettes Augen suchten den Zettel ab, und sie pfiff durch die Zähne, als sie die Adresse fand. »Strandkai in der Hafencity. Da schau an, nobel, nobel. Die wohnen im Marco-Polo-Tower.«

*

Marga wusste nicht so recht, was sie von dem prominenten Kasten direkt an der Elbe halten sollte. Viel Beton, viel Glas und irgendwie verrutscht. Ehrlich gesagt, fand sie ihn wenig beeindruckend, aber sie fuhr auch jeden Morgen in Suurhusen am schiefsten Turm der Welt vorbei. Neben solch einem Superlativ konnte die Hamburger Spiralnudel nur verblassen.
Frau Duncker öffnete ihnen erst nach dem dritten Klingeln, obwohl Marga und Jette sich unten über die Gegensprechanlage angemeldet hatten. Lag wahrscheinlich an der Größe der Wohnung. Der elfenbeinfarbene Hosenanzug bildete ein fließendes Seidengewässer, die goldenen Haare trug sie hochgesteckt. Das Interieur der Wohnung schien ganz auf Frau Duncker abgestimmt. Oder Frau Duncker auf die Wohnung. Alles in Creme und Gold. Das erklärte auch ihre ausladenden Bewegungen. Vielleicht befürchtete sie, ohne ihre schwingenden Arme mit der Einrichtung zu verschmelzen und unsichtbar zu werden. Der Ausblick aus dem achten Stock war phänomenal. Wie Gott im Himmel.
»Nur zu! Gehen Sie auf den Balkon und genießen Sie die Aussicht, tun Sie sich keinen Zwang an. Alle unsere Gäste gehen zuerst auf den Balkon. Einen Kaffee?« Frau Duncker rauschte davon.
Ein Hauch exklusiven Parfüms blieb in der Luft stehen. Und eine kleine Alkoholfahne. Jette guckte Marga an und hielt sich die Nase zu. Statt mit Kaffee kam Frau Duncker mit einer brennenden Zigarette zurück. »Stört es Sie, wenn ich rauche?« Sie erwartete keine Antwort und glitt auf ein ledernes Sofa, das in Form und Farbe einem dicken Klecks Mayonnaise glich. Marga versank neben Frau Duncker in den Polstern und richtete sich mühsam wieder auf. »Frau Duncker, wir sind wegen Ihres Sohnes Joris hier. Wissen Sie, wo er ist?«
»Joris habe ich schon seit Tagen nicht mehr zu Gesicht bekom-

men. Unser Verhältnis ist nicht das beste. Ich habe keine Ahnung, was in dem Jungen vorgeht und wo er sich herumtreibt.« Sie presste Daumen und Zeigefinger an die Nasenwurzel.
»Er ist auch nicht zur Arbeit erschienen.«
Frau Duncker lachte auf. »Wundert Sie das? Mein Herr Sohn leert die Bettpfannen. Welch eine Aufgabe. Ich weiß nicht, wie oft wir ihm ins Gewissen geredet haben, sein Abitur zu machen und zu studieren. Jura, Architektur. Er hätte alle Möglichkeiten gehabt, aber nein.«
»Ich finde es eigentlich lobenswert, wenn ein junger Mensch sich heute noch ganz bewusst für einen Pflegeberuf entscheidet.« Marga suchte nach den passenden Worten.
Frau Duncker war schneller. »Sie haben ja keine Ahnung!« Sie schlenkerte mit dem Arm herum, dass die Asche der Zigarette herunterfiel und in den Tiefen des Ledersofas auf Nimmerwiedersehen verschwand. Verstohlen blickte Marga an die Decke. Rauchmelder. Zum Glück.
»Mein Sohn ist alles, aber nicht lobenswert. Die Ausbildung zum Altenpfleger ist reine Provokation. Mein Mann hat ihm den Geldhahn abgedreht, nachdem Joris nicht mehr zur Schule ging. Und Geld bedeutet ihm viel, wie allen jungen Leuten. Wir dachten, er würde dadurch zur Vernunft kommen. Es gab Streit.« Sie drückte ihre Zigarette aus. »Wie immer.«
»Frau Duncker, Joris ist zur Fahndung ausgeschrieben. Es besteht der Verdacht des unerlaubten Vertriebes von Betäubungsmitteln«, sagte Marga.
»Das ist mein Sohn, so wie ich ihn kenne.« Ihr Lachen war triumphierend und bitter, ihre Augen glasig.
Marga fragte sich, wie viel sie schon intus hatte. »Es wäre auf jeden Fall von Vorteil für ihn, wenn er sich freiwillig melden würde, anstatt von den Kollegen aufgegriffen zu werden. Haben Sie eine Idee, wo sich Joris aufhalten könnte?«

»Vielleicht weiß Ihr Mann etwas?«, ergänzte Jette.
»Mein Mann! Der verbringt seine Zeit lieber auf Großbaustellen in aller Herren Länder. Da hat er alles unter Kontrolle. Jedes Rädchen greift. Nur die Baustelle zu Hause, die meidet er, wo er nur kann.« Mechanisch überprüfte sie den Sitz ihrer Frisur. Plötzlich sah sie alt aus. Und verrutscht. Wie der Turm. »Die Jungs hätten einen Vater gebraucht. Mir allein sind sie einfach … entglitten.«
»Die Jungs?«
»Joris und mein jüngerer Sohn Jesper. Die nächste große Enttäuschung. Der wollte nicht einmal mehr bei mir wohnen. Können Sie sich das vorstellen?« Sie schien verblüfft. Jettes Augenbrauen hoben sich. Marga hakte nach. »Wo wohnt Jesper?«
»In einer betreuten Wohngemeinschaft. Er ist erst fünfzehn. Zusammen mit anderen Jugendlichen. In Kohlhöfen in der Neustadt, nah am Großneumarkt.«
Marga stand auf. »Könnte Joris bei Jesper untergeschlüpft sein?«
Frau Duncker schüttelte den goldenen Kopf. »Was weiß ich.«

# KAPITEL 32

**Hamburg-Winterhude, Polizeipräsidium**

Kalles Magen knurrte, trotz des Apfelkuchens, den Marga ihm aufgedrängt hatte. Kohlenhydrate pur, dabei wollte er gerade die weglassen. Nach den neusten wissenschaftlichen Erkenntnissen waren Brot und Konsorten nicht mehr die Basis der Ernährungspyramide, sondern Gemüse und Obst. Wissenschaftler hatten einen Knall. Wie sollte er davon satt werden?

Kalle öffnete die unterste Schublade seines Schreibtisches und ließ die *Low-Carb-Diät* darin verschwinden. Der Autor des Ratgebers versprach gesundes Abnehmen, ohne zu hungern und ohne die gute Laune zu verlieren. Fuck! Der Bildschirm leuchtete blau mit aufdringlichem Polizeistern in der Mitte, als Kalle auf die Maus tippte. Die digitale Uhr auf dem Desktop zeigte 14:10. Unter den Bergen von Papier fischte Kalle nach der grünen Mappe, nahm den Handkoffer mit und verließ das Büro. Als er in den Besprechungsraum trat, schwafelte Guntbert davon, dass das LKA kein Sanatorium sei. »Wer meinte, sein Schuppenbefall hinge mit dem Stress im Job zusammen, dem steht es frei, zum Arzt zu gehen und sich 'ne Haarkur verschreiben zu lassen.« Guntbert fixierte Bodo Steinhoff, der rot anlief. »Schön, dass du auch noch kommst, Kalle«, fuhr Guntbert im selben Atemzug fort, »wir fühlen uns geehrt.«

Kalle verkniff sich eine Antwort. Er musste nicht jeden Schwachsinn von Guntbert kommentieren.

»… die Polizeipräsidentin hat entschieden, das Personaltraining werde ausgesetzt.«
»Och, warum das denn?« Jette maulte wie ein kleines Kind.
»Das habe ich eben lang und breit erklärt, Jette. Tut mir leid.«
Na klar. Guntbert konnte lügen, ohne mit der Wimper zu zucken. Wenn Guntbert mit mehr Fell auf die Welt gekommen wäre, dann säße da vorne jetzt ein kläffender Terrier, der keine Gelegenheit ausließe, einen anzuscheißen. Kalle stellte sich Guntbert mit angeklebter roter Seidenschleife auf der Stirn vor. Das kam gut.
»Was gibt es zu lachen, Kalle? Lass uns nicht dumm sterben.« Guntbert trommelte mit den Fingern auf den Tisch.
Kalle schlug die Mappe auf und blätterte in den Unterlagen.
»Wir haben rekonstruiert, wo Lisbeth Hayenga sich vor ihrem Verschwinden aufgehalten hat. In ihrer Manteltasche befand sich ein Kassenbon vom Kiosk der ESSO-Tanke auf der Reeperbahn, datiert auf den 20. Februar, 11:07 Uhr. Dort hatte sie drei Flaschen Rotwein für knapp dreißig Euro eingekauft. Danach ist sie beim Schanzenbäcker im angrenzenden Neubaugebiet an der Bernhard-Nocht-Straße …«
»Ach, auf dem ehemaligen Gelände der Astra-Brauerei. Kenne ich. Hafencitycharme für Arme. Unsere Polizeipräsidentin hat sich da eine Wohnung gekauft.« Guntbert setzte seine Ätsch-ich-weiß-man-was-du-nicht-weißt-Visage auf.
»Mehr Kohle als wir zusammen verdient sie allemal.«
Guntbert fiel die Kinnlade herunter. Treffer und Punkt an Kalle. Irgendwie hatte er das Gefühl, sich vor der erlauchten Prüfungskommission, die aus Marga und Jette bestand, als Premiumermittler beweisen zu müssen.
»Lisbeth Hayenga hat Quarkkuchen gegessen und Kaffee getrunken. Anschließend soll sie den mitgebrachten Rotwein aus der Kaffeetasse gesoffen haben. Die leere Flasche habe sie

mit dem benutzten Geschirr zurückgegeben. Die Verkäuferin sagte aus, Lisbeth Hayenga sei so gut wie jeden Sonntag vorbeigekommen. Erst habe sie Kaffee und Kuchen konsumiert und danach Rotwein wie Wasser gebechert.«

»Dann war sie Alkoholikerin?« Jette verzog die Mundwinkel von rechts oben bis nach links unten. »Steht dazu was im Obduktionsbericht?«

Kalle nickte. »Ja, ihre Leber war Zeugin.«

»Aha.«

Sollte Jette vorgehabt haben, ihn in Verlegenheit zu bringen, dann musste sie früher aufstehen. Sie konnte schließlich nicht wissen, dass ihm nichts besser half, sich von seinen privaten Niederlagen abzulenken, als bis tief in die Nacht Obduktionsberichte durchzukauen.

Marga meldete sich zu Wort. »Inwiefern bringen uns diese Rechercheergebnisse weiter?«

Jetzt die auch noch. Dann doch lieber konfrontiert sein mit Bodo, der von seinen offenbar bohrenden Gedanken komplett stillgelegt wurde. Oder mit Guntbert, dessen latent aggressive Aura Kalle von jetzt auf gleich dazu brachte, sich auf dasselbe niedrige Kommunikationsniveau zu begeben wie sein Chef. Alles besser, als blöde Fragen um die Ohren gehauen zu bekommen, die Kalle nicht beantworten konnte, obwohl er es können sollte – wenn er glänzen wollte. Und das wollte er. »Diese Informationen bringen uns weiter, weil die Verkäuferin aussagte, Lisbeth Hayenga habe mit zwei Rotweinflaschen in einer Einkaufstasche aus Stoff – Aufschrift *I love St. Pauli* – mittags gegen halb eins die Bäckerei verlassen. Wir können also vermuten, dass sie auf dem Rückweg zur Seniorenresidenz am frühen Sonntagnachmittag des 20. Februar irgendwo zwischen Schanzenbäcker und Hopfenstraße abgefangen und verschleppt worden ist.«

»Unlogisch«, nörgelte Jette, »sie hatte locker die Auswahl, sich in alle vier Himmelsrichtungen zu verdünnisieren.«
Kalle lauschte seinem Atem, ein und aus. »Ich sagte vermuten. Wer zuhören kann, ist im Vorteil.«
»Schluss jetzt!« Guntbert schlug mit der flachen Hand auf den Tisch. »Ich verbitte mir dieses beleidigte Hornochsengezeter im Beisein der Damen.«
Kalle atmete ein. Und aus. Er blätterte. Niemand sagte ein Wort. Als Jay noch beim Dezernat für Todesermittlungen gearbeitet hatte, hatte es ähnliche Szenen gegeben. Gesa hatte behauptet, das Betriebsklima sei im gemischten Kollegium deutlich angenehmer als in reinen Männer- oder Frauenteams. Soweit die Theorie.
»Hast du noch was, Kalle?« Guntbert schnurrte wie ein geölter Rasierapparat.
»Ja, von wegen unlogisch.« Kalle warf Jette das netteste Lächeln zu, das er für sie zustande brachte, nämlich keins.
»In der Seniorenresidenz ist Lisbeth Hayenga am Sonntagmittag nicht mehr gesehen worden. Den Schlüssel gab sie immer am Empfangstresen im Foyer ab, bevor sie das Haus verließ, und da hing er noch, als die Spurensicherung eintraf.«
Jettes Finger schnellte in die Höhe. »Oder wieder.«
Kalle beschloss, ihr renitentes Verhalten ab sofort zu ignorieren. »Die leere Einkaufstasche haben die Kollegen auf dem Spielplatz gefunden, der gegenüber von den Tanzenden Türmen liegt. Sophia Prinz bestätigte, so eine Tasche habe Lisbeth Hayenga öfter bei sich getragen. Die Verkäuferin in der Bäckerei sagte aus, Lisbeth wollte nach Hause, weil ihr nicht gut gewesen sei.«
»Nette Umschreibung«, sagte Jette, »sturzbesoffen muss sie gewesen sein.«
Das Thema Alkohol schien bei Jette allergische Reaktionen

hervorzurufen. Vielleicht hatte sie selbst ein Alkoholproblem? Damit wäre sie nicht die Einzige im Landeskriminalamt. Kalles Blick streifte Bodo. Der war auch so ein Kandidat.

»Deswegen meine Schlussfolgerung«, fuhr Kalle fort, »Lisbeth Hayenga ist aller Wahrscheinlichkeit nach in der Nähe der Seniorenresidenz, möglicherweise auf dem Spielplatz, abgefangen worden. Augenzeugen – abgesehen von der Verkäuferin beim Bäcker – haben wir allerdings bisher nicht ausfindig machen können.«

»Okay, wie gehst du weiter vor, Kalle?« Guntbert stand auf, seine kleine haarige Hand patschte auf die Türklinke.

»Nach Lisbeth Hayengas Ehemann Fritz Flemming läuft die Fahndung. Joris Duncker ist untergetaucht, aber auch an ihm sind wir dran.«

Bodo Steinhoff sah von seinem Ringbuch auf. »Untergetaucht. Das ist ja quasi ein Schuldeingeständnis.«

»Nicht unbedingt«, sagte Kalle, während sein Blick auf die Bomben fiel, die Bodo in sein Ringbuch gekritzelt hatte, »vielleicht versteckt Joris sich vor den Geistern, die er rief. Alles eine Nummer zu heiß geworden? Wir werden es herausfinden. Joris Duncker und Lisbeth Hayenga standen in einer Beziehung zueinander, wie auch immer die aussah. Das ist die Quintessenz der Zeugenaussagen von den Senioren, die mehr oder weniger Kontakt zu Lisbeth Hayenga hatten. Ich verspreche mir davon, über Joris mit Glück auch die Verbindung zu Theda Neehuis herstellen zu können.« Kalle sah zu Marga hinüber.

Marga überlegte einen Moment, bevor sie antwortete. »Glück zu haben, halte ich bei meinen Ermittlungen zwar ebenfalls für wünschenswert, aber keinesfalls verlasse ich mich darauf. Wie ich bereits erwähnte, hatten Lisbeth und Theda aller Wahrscheinlichkeit nach keinen Kontakt. Da sie aber zur selben Zeit und auf dieselbe Art und Weise umgekommen sind, muss es sich um eine Beziehungstat handeln, akribisch geplant und symbollastig ausgeführt. Es kann nur jemand in Frage kommen, der beide Frauen gekannt hat. Ich schlage vor, noch mal von vorne anzufangen und ganz genau im familiären Umfeld der Schwestern zu gucken.« Marga sah Kalle an.

Oha! Sie hatte seinen kapitalen Fehler erkannt. Kompliment. Es wäre ein Leichtes für sie gewesen, ihn vor Guntbert bloßzustellen und eine spöttische Bemerkung über Kaiserschnittsnarben zu machen. Umgekehrt hätte Kalle sicher kein Blatt vor den Mund genommen. Er konnte ein Schwein sein. Jay würde das sofort unterschreiben.

Jette nickte. »So sehe ich das auch. Und sehr wahrscheinlich ist das Motiv für die Tat in der Vergangenheit zu suchen. Dafür spricht, dass zumindest die demente Theda keiner Fliege mehr etwas zuleide tun konnte.«

War es Ärger oder war es verletzte Eitelkeit, was da in Kalles Kopf Bocksprünge machte und gegen die Schläfen polterte? »Das mag alles richtig sein, aber greifbar ist es nicht. Die Ermittlungen im Umfeld von Theda Neehuis sind ins Leere gelaufen, bis auf Annette Lorei. Die haben wir ja erst mal im Sack. Ich halte nichts davon – zumindest nicht zu diesem Zeitpunkt –, in Ostfriesland noch mal alles umzugraben. Es bleibt dabei. Wir konzentrieren uns jetzt darauf, erstens Fritz Flemming und zweitens Joris Duncker ausfindig zu machen. Angeblich sollen Thaos Leute Joris Duncker als Drogenkurier bereits im Visier gehabt haben. Kann sein, kann aber auch nicht sein. Ich gebe da nicht viel drauf. Mal gucken, wer ihn zuerst am Schlafittchen packen wird.«

»Was gleicht wohl auf Erden dem Jägervergnügen?« Guntbert öffnete die Tür. »Das wollte schon Johann Friedrich

Kind in Erfahrung bringen. Ich will nichts davon hören müssen, dass ihr euch die Beute von Thao habt wegschnappen lassen.« Die Tür donnerte ins Schloss.
Kalle atmete aus und wieder ein. Schlagartig war die Luft im Besprechungszimmer so rein und frisch wie im Frühtau zu Berge, fallera! »Übrigens, die Kriminaltechnik hat das Schloss des kleinen Tresors jetzt auch geknackt. War wohl echt zum Zähneausbeißen.« Kalle stellte den Koffer auf den Tisch und ließ die Verschlüsse aufschnappen. Er entnahm eine durchsichtige Plastiktüte. »Hier, ein Tuschebild. Es zeigt eine bunte Blumenwiese mit einer Sonnenblume, die in den Himmel ragt. Gerahmt hinter Glas. Signiert. *Für meine Mami.* Der i-Punkt ist gestempelt, ein Marienkäfer.«
»Zeig mal.« Jette streckte die Hand aus. »Find ich süß. Lisbeths unbezahlbarer Schatz vom Töchterlein.« Sie reichte das Bild in der Tüte an Marga weiter.
Jette mal wieder auf Kitschkurs. Kalles Blick ruhte auf Marga, die mit den Fingerspitzen über die Tüte strich. Sie grinste nur.
»Okay, weiter wurden sichergestellt: eine Geldbörse, dreiunddreißig Deutsche Mark. Ein unvollständiges Rabattmarkenbuch des Lebensmittelmarktes VIVO, Luruper Hauptstraße. Das war's.«
»VIVO, da hab ich früher immer lose Lakritzschnecken in so weißen Papiertütchen mit blauen Sternchen drauf gekauft.«
Kalle konnte sich lebhaft vorstellen, wie Jette sich den Bauch mit Schnoopkrom vollgeschlagen hatte.

# KAPITEL 33

**Hamburg-Neustadt, Kohlhöfen**

Markus Hottenberg, aber alle nennen mich Hotte.« Grinsend streckte der Glatzkopf mit tiefhängender Jeans und großen Zähnen Marga die Hand hin. »Sie möchten Jesper sprechen?«
»Wir ermitteln in einem Fall um Joris Duncker und hätten einige Fragen an seinen Bruder«, antwortete Jette. »Jesper wohnt hier dauerhaft?«
»Ja, zusammen mit acht anderen Jungs und uns Betreuern. Es ist gerade Pause, ein Teil der Jungen wird hier im Haus unterrichtet.« Hotte steckte die Hände in die Taschen und führte Marga und Jette in den Hinterhof. Ein windschiefer Basketballkorb und eine Tischtennisplatte zeugten vom Bewegungsdrang der Hausbewohner. Hotte rief nach Jesper. Aus einer Gruppe Teenager löste sich ein schmaler Blonder und kam mit argwöhnischem Blick und lässigem Gang auf die Frauen zu. Seine Kumpels johlten ihm hinterher. »Weiberbesuch ist verboten!«
Jesper zeigte den Mittelfinger, und Hotte legte ihm die Hand auf die Schulter. »Das ist Jesper. Wenn sonst noch was ist, ich bin im Büro.«
Jesper blickte zu Boden. Seine Wimpern waren lang und seidig, sein kindliches Gesicht stand im krassen Gegensatz zu seinen nikotinverfärbten Fingern.
»Wir sind auf der Suche nach deinem Bruder, Jesper.«
Falls die Worte Jespers Gehörschnecke erreicht hatten, ließ er es sich nicht anmerken.

»Wann hast du deinen Bruder das letzte Mal gesehen?«, fragte Jette weiter. Jesper schwieg.
»Bei eurer Mutter ist er seit mehreren Tagen nicht mehr gewesen. Habt ihr euch vielleicht getroffen? Hat er dich angerufen?« Marga versuchte ihr Glück. Fehlanzeige.
»Wir können dich auch auf dem Revier befragen, wenn dir das lieber ist«, schlug Jette vor.
»Das ist mir scheißegal.« Er war also nicht stumm. Seine Miene blieb allerdings völlig ausdruckslos.
»Dein Bruder steckt in Schwierigkeiten. Ist dir das auch egal?«
»Mein Bruder ist ein dummer Wichser. Sonst noch was?« Jespers Kieferknochen zeichneten sich unter der Gesichtshaut ab.
»Allerdings! Ich will wissen, wann du deinen Bruder das letzte Mal gesehen hast.« Jette wurde ungeduldig.
»Keine Ahnung.« Keinerlei Bewegung, keine Mimik. Jesper hatte sich im Griff. Nur seine Backenzähne mahlten.
»Warum bist du sauer auf deinen Bruder?«, fragte Marga.
Die Zähne verharrten.
»Joris hat gedealt«, sagte Jette, »was weißt du davon?«
Ein Schulterzucken.
»Bist du etwa einer seiner Abnehmer? Vielleicht vertickst du das Zeug ja auch? Die richtige Klientel läuft hier ja rum.« Jette zeigte auf die anderen Jungen.
Jespers Gesicht wurde bleich wie Schurwolle. »Ich mach keine Geschäfte mit meinem Bruder. Und ich scheiß auch auf sein Geld.« Er warf Jette einen Blick zu, in dem es brodelte wie in einem Reagenzglas mit hochexplosiver Mixtur, dann drehte er sich um und ging.
Bevor Jette ihn zurückhalten konnte, griff Marga nach ihrem Arm. »Lass! Das bringt doch so nichts.«

*

Hotte war in seinem Arbeitszimmer. Eine riesige Zimmerlinde ließ den Raum hellgrün schimmern. »Na, was bei rumgekommen?« Er lächelte, verschränkte die Arme vor der Brust.
Jette schnaufte. »Besonders kooperativ war er nicht.«
»Kann ich verstehen, wenn das so auf Sie wirkt, aber eigentlich ist der Jesper ein ganz Korrekter«, sagte Hotte.
»Ach. Und warum ist er dann hier?« Jette war immer noch sauer.
»Jesper ist freiwillig hier. Er hat es zu Hause nicht mehr ausgehalten. Ist nicht alles Gold, was glänzt, würde in diesem Fall wohl am besten passen.« Hotte strich sich über den kahlen Kopf. »Es sind nicht immer nur die sozial Schwachen, die ihren Kindern wenig vermitteln«, fuhr er fort, »das kommt durchaus auch bei den Bessergestellten vor. Leider hat das Jugendamt die Kinder aus sogenanntem guten Haus nicht unbedingt auf dem Zettel. Da müssen die Kids schon besonders laut nach Hilfe schreien, und das machen die wenigsten. Wir haben schon so viele Bengels rund um den Hauptbahnhof und St. Georg aufgesammelt – die kommen aus allen Schichten.«
Marga grübelte. »Wissen Sie, ob Jesper in letzter Zeit Kontakt zu seinem Bruder hatte?«
Hotte winkte ab. »Kann sein, kann nicht sein. Der ist hier immer mal wieder aufgetaucht. Fakt ist, dass Jesper auf seinen Bruder nicht gut zu sprechen ist. Auch die anderen Jungen sind es nicht.«
»Wir gehen davon aus, dass Joris Duncker in nicht unerheblichen Mengen mit Betäubungsmitteln gedealt hat«, sagte Jette.
Hotte nickte nachdenklich. »Könnte ich mir vorstellen. Zumindest hatte er, nach Jespers Erzählungen, immer Geld in der Tasche.« Hotte rieb sich das Kinn. »Da ist aber noch was. Zwar alles nur Gerüchte, aber ich glaub schon, dass was dran ist.«

Marga und Jette waren ganz Ohr.
»Ich denke, Joris macht auch mit Jungs eine schnelle Mark.«
Jette hob fragend die Brauen.
»Na ja, er ist im Prinzip so was wie ein Zuhälter. Ich nehme an, deshalb ist ihm Jesper auch nicht mehr grün.«
»Er vermittelt Jungen an Freier? In Zeiten des Internets?« Jette klang skeptisch.
»Die Szene ist dort längst nicht mehr so aktiv. Viel zu gefährlich. Im Augenblick ist das *Salut* in der Rostocker Straße angesagt. Höhe Hansaplatz. Der Schuppen ist der Knaller.« Hotte schüttelte den Kopf. »Im Erdgeschoss ein Waschsalon, Tag und Nacht geöffnet. So mit Münzeinwurf für Waschmaschinen und Wäschetrockner. Und im Souterrain eine Nachtbar, in der sich weichgespülte Daddys junges Gemüse besorgen.«
»Und Joris macht die Puffmutter?« Marga war perplex.
»Wie das Geschäft funktioniert und wer da noch mit drinhängt, weiß ich nicht. Aber ich glaub den Jungen.« Hottes Gesicht war ernst.
Und Jettes auch. »Wir kümmern uns drum.« Zwischen ihren Augen hatte sich eine steile Falte gebildet.
»Aber bitte«, Hotte lächelte, zeigte seine Zähne wie eine weiße Fahne, »nicht gleich jeder Schwuchtel was auf die Glocke hauen, nur weil Sie und Ihre Kollegin sich im Homo-Milieu geekelt haben. Es gibt auch nette Schwule.« Er warf sich in die Brust und klimperte mit den Lidern.
Ach nee, Hotte. Marga grinste. Willkommen im Club der Vorurteile. »Stellen Sie sich vor – es gibt Polizisten, die nicht auf Randgruppen eindreschen.«

*

»Das sind vielleicht Neuigkeiten.« Hinter Margas Stirn ratterte es. »Aber wie hängt das Ganze mit unseren beiden Omis zusammen? Wo ist die Schnittstelle?«
Jette wirkte abwesend. Und verschlossen. Vor der Auslage eines Edelausstatters blieb sie stehen. Ihr Blick versank in der polierten Scheibe. »Ich frage mich langsam, ob das überhaupt zusammenhängt«, murmelte Jette. Dann drückte sie sich fast die Nase an dem Schaufenster platt. »Hallöchen! Guck mal da, der Hosenanzug ist doch total geil!« Sie fixierte ein Modell aus taubenblauem Zwirn.
Marga runzelte die Stirn. Das Ding war grenzwertig. Vor allem das gelbe Seidenhemd darunter sah beschissen aus. »Geht so.« Marga war nicht bei der Sache. Joris und Lisbeth, da hatten sie angesetzt. Aber wie und wo kam Theda Neehuis ins Spiel? Das ergab für Marga alles keinen Sinn.
Jettes schmachtende Stimme tropfte wie Honig in Margas Überlegungen. »Soll ich mal anprobieren?« Jette hatte schon Herzchen-Pupillen.
Marga seufzte, wollte nicht die Spielverderberin sein, aber sie musste Jette schützen. »Nein.«
Jette hatte sie wohl überhört, die Eingangstür des Geschäfts bewegte sich leise hin und her. Hallo? War Marga eigentlich die Einzige, die sich hier einen Kopf machte? Wo war die verdammte Verbindung? Wütend trat sie gegen den nächstbesten Laternenpfahl, der standhaft blieb und dumpf vibrierte. Kein Geistesblitz. Nur Margas Zehen taten weh, fühlten sich an, als würden sie im Schuh wachsen. Beschämt guckte sie sich um. Hoffentlich hatte Hotte nicht am Fenster gestanden und ihren Wutausbruch gesehen. Irgendwie waren hier alle nicht ganz dicht, und das schien abzufärben. Sie musste sich unbedingt mit Joki beraten. Außerdem war Annette Lorei mittlerweile bestimmt vernehmungsfähig.

## Hamburg-Winterhude, Polizeipräsidium

Nachdem Kalle das Fenster im Büro zum Lüften weit geöffnet hatte, setzte er sich an seinen Schreibtisch und schaltete den Computer ein. Während die Festplatte vor sich hin röchelte, holte er den roten Apfel aus seiner Tasche, drehte ihn in der Hand und betrachtete die glänzende Schale. Im Geiste grinste ihn Jette Winters Gesicht an. Kalle biss hinein. Eine große helle Wunde klaffte jetzt oben neben dem Stiel. Jettes Visage war verschwunden. Na also. Zaghaftes Klopfen. Tinta Krieger trat ein.

»Willst du einen Waffenschein für deine Absätze beantragen?«

Tinta steckte Kalle die Zunge raus. »Guck mal, was ich hier habe.« Sie wankte auf Kalle zu und hielt ihm einen Ausdruck aus der Fahndungsdatenbank der norddeutschen Bundesländer unter die Nase.

»Verdammt, geht's noch kleingedruckter?« Kalle fingerte nach seiner Lesebrille.

Tinta buchstabierte. »M-a-n-n wird nicht jünger.« Sie schloss das Fenster und setzte sich an den blitzblanken Schreibtisch. Früher hatte da Jay gesessen. *Früher* hatte Kalle aus seinem Gedächtnis gestrichen. Doch das blöde *Früher* ließ sich keine Vorschriften machen. Von Kalle schon gar nicht.

»Überfall auf den Kiosk der Autobahnraststätte Hasbruch«, las er laut vor. »Na und?«

Tinta beugte sich vor und nahm Kalle das Papier aus der Hand. »Auf den Bildern der Überwachungskamera vom 20. Februar, 15.10 Uhr – Zeitpunkt des Überfalls – ist ein dunkelroter VW-Bulli mit Totenkopfaufkleber zu sehen, der auf dem Parkplatz vorne an der Ausfahrt stand. Hamburger Kennzeichen HH-A …«

»Zeig mal her.« Kalle holte sich das Papier zurück und überflog den Text. »Das könnte glatt der Bulli sein, dem die Jungs die Steine hinterhergeworfen haben. Hasbruch, liegt das auf dem Weg von Hamburg nach Uttum?«

»Ja. Das ist die Raststätte bei Ganderkesee an der A 28.«

»Hm, die Zeit könnte auch hinkommen …«

»Sag ich doch«, Tinta lehnte sich zurück, verschränkte die Arme unter der Brust und grinste.

Die Zähne – eine Augenweide. Aber auch der Rest, nicht von schlechten Eltern gebastelt. Alles Fett an der sonst gertenschlanken Tinta schien sich in ihren unfassbar perfekten Brüsten zu konzentrieren. Kalle riss seinen Blick los und stierte wieder auf das Autokennzeichen. »Okay, durchforste die Kfz-Zulassungsdatenbank nach dem Kennzeichen. Dann haben wir den Halter und endlich eine erste heiße Spur.«

Tinta schien aufstehen zu wollen, blieb aber doch sitzen. »Du, Kalle, wie geht es eigentlich Eliza in der Schule, alles gut?«

»Na ja, hab einen Termin mit Dr. Kluge. Mal sehen. Und wie macht sich Doro?«

»Alles Einser. Klassenbeste.« Tinta strahlte. »Nur die Chatterei bei Facebook … Das finde ich nicht so prickelnd. Ist Eliza auch süchtig danach?«

»Keine Ahnung.«

»Das glaub ich jetzt nicht.«

»Wieso willst du das überhaupt wissen?« Kalles flaues Bauchgefühl meldete sich. Sobald es um Eliza ging, läutete sein innerer Schutzmann Alarm.

»Ich mache mir ein bisschen Sorgen. Facebook hat Suchtpotenzial. Statt sich wie wir früher in echt mit Freunden zu treffen, sind unsere Kinder virtuell mit der ganzen Welt vernetzt und erzählen alles über sich, wenn sie nett gefragt werden. Die müssten mal aufgeklärt werden, über die Gefahren und so weiter. Uns Eltern glauben sie ja kein Wort …«

»Internetsüchtig. Wenn ich das schon höre, krieg ich so einen dicken Hals.« Kalle fasste sich ans Doppelkinn.
»Vielleicht hast du ja ’ne Idee oder Dr. Kluge, frag ihn doch bitte.« Tinta stützte sich auf die Armlehnen und stemmte sich hoch. »Wie geht es eigentlich Jay?«
»Noch so ein tolles Thema.«
»Okay, bin ja schon weg.«
»Tinta?«
»Ist noch was?«
»Entschuldige. Wenn ich dir wieder blöd kommen sollte von wegen eigenmächtige Ermittlungen und so, sag’s mir einfach gleich, okay?«
»Schon gut.« Die Tür klappte zu. Kalle biss in den Apfel. Der war zuckersüß und so knackig wie Tintas Arsch. In Kalles Brusttasche vibrierte das Handy. Er zog es hervor. *Gesa is calling.* Kalt lief es ihm den Rücken hinunter und heiß die Lenden wieder hoch. Schweiß sprudelte durch die Poren seiner Hände, glitsch. Hilfe. »Bärwolff!«
»Hallo, Herr Bärwolff, hier spricht Gesa Clasen. Steht die Einladung zum Essen noch?«
Wenn Kalles Stimme jetzt versagte, dann hätte er nur noch Verachtung für sich übrig. »Klar … klar steht die noch.«
»Wunderbar. Ginge es bei Ihnen morgen Abend, sagen wir so um acht Uhr?«
Nur noch ein Wort, dann war alles gut. »Perfekt.«
»Kennen Sie das *Cox* auf der Langen Reihe in St. Georg?«
»Mhm.«
»Morgen, zwanzig Uhr im *Cox.* Tisch bestelle ich. Freu mich.«
Sie hatte *Freu mich* gesagt. Ja!

# KAPITEL 34

**Emden-Hauptbahnhof, Ostfriesland**

Auf dem Rücksitz von Jettes Wagen stand die glänzende Einkaufstasche des Edelausstatters wie ein Mahnmal. Marga schnappte ihr Gepäck und verabschiedete sich kurz und knapp von Jette, die an ihren Fingernägeln kaute und sie kaum registrierte. Marga wusste nicht, was sie denken sollte. Lage wie Laune, verzwickt war gar kein Ausdruck. Der Zug fuhr pünktlich, und Marga grübelte. Ein drückender Kopfschmerz legte sich wie eine Schraubzwinge um ihren Schädel und zog sich bei jedem Gedankengang eine Umdrehung fester. Theda Neehuis und Lisbeth Hayenga. Joris Duncker. Sophia Prinz. Haschkekse und Zuhälterei. Kummer-Kalle und Jette. Das gelbe Satinhemd. Marga wrang es über einem Eimer mit stinkender Brühe aus und wischte den Boden des Etagenklos in der blaukarierten Pension. Kalle stand im Türrahmen, mit Dackelblick und Sorgenmiene. »Wo du hinschaust – überall Dreck!« Marga rutschte weiter über den versifften Boden. Das gelbe Hemd war völlig zerfetzt. Ihre Knie taten höllisch weh. Dann wachte sie auf. Der kleine Mülleimer unter dem Zugfenster hatte eine tiefe Rille in ihre Kniescheibe gedrückt. Fast hätte sie das Umsteigen in Bremen verpennt. Um 13.36 Uhr quietschten die Bremsen des Zuges, und sie waren im Emder Hauptbahnhof angekommen. Max Goldt hatte mal geschrieben: *Der Bahnhof von Emden braucht sich nicht hinter den Bahnhöfen von Stuttgart oder Leipzig zu verstecken. Nett wäre es, wenn er es trotzdem täte.*

Es war ein potthässlicher Bau, trotzdem war Marga froh, wieder zu Hause zu sein, als sie über den betonierten Bahnhofsvorplatz lief. In der Kiss-and-ride-Zone lehnte Joki an seinem blauen Passat und aß. Er winkte Marga zu. Eine rosa Krabbe floh von seinem Brötchen und entkam Jokis geöffnetem Mund nur um Haaresbreite. Nackt, totgekocht, aber frei.
»Na, mien Wicht, da biste ja wer?« Er schubste sie zur Begrüßung mit dem Ellbogen an, weil ihm noch Reste seines Snacks zwischen den Fingern klebten. Marga stieg ein, während Joki sich mit seinem Taschentuch die Hände säuberte. »Pass up! Setz dich nicht drauf.« Auf dem Sitz lag noch ein Fischbrötchen. »Von der Bude am Hafentor, ganz frisch. Hau rein. Wir müssen zur Beerdigung. Um vierzehn Uhr ist die Trauerfeier für die Neehuis.« Er trat aufs Gas.

*

### Pewsum, Ostfriesland

Die Glocken in Pewsum läuteten eindringlich und monoton und mindestens seit fünfzehn Minuten. Die Kirche war bis auf den letzten Platz besetzt. Das volle Haus würde den Pastor freuen. Und vielleicht auch Theda Neehuis, aber die sagte nichts mehr. Marga und Joki drängten sich in den Gang vor der Sakristei und sahen aus wie zwei Sprenkel Konfetti in einem schweigenden schwarzen Meer. Ab und an ein Räuspern oder ein Scharren der polierten Schuhe, ansonsten war es still. Und sehr befangen. Der Mord waberte durch das Kirchenschiff und legte sich wie faulige Plaque auf die alten Steine.
»Da vorn sind die Rohdens«, wisperte Marga.
Joki grunzte, versuchte zu flüstern, was ihm jedoch misslang.

»Übrigens ist Frau Lorei heute Morgen aus dem Krankenhaus entlassen worden. Und zwar nach Hause. Es besteht keine Fluchtgefahr, und es gibt keine weiteren Beweise, dass sie Theda Neehuis außer den untergejubelten Tabletten irgendwas angetan hat. Ihr Anwalt hat ganz schön Druck gemacht, mit allem Pipapo. Vernommen werden darf sie nu auch erst nach vollständiger Genesung.«
»Was? Und das sagst du mir erst jetzt?« Marga wurde laut. Eine Frau neben Marga bekam einen spitzen Mund. Die Orgel setzte ein, der Pastor schritt würdig durch den Mittelgang. Die Organistin ließ die Pfeifen sprechen; Joki war um Antwort bemüht, kam aber nicht gegen das monumentale Orgelspiel an.
»Ich muss doch bitten.« Die Frau mit dem spitzen Mund machte ein Gesicht, als hätte Joki nach dem Klingelbeutel gegrapscht. Marga drängelte sich durch die Reihen und stapfte in Richtung Ausgang, Joki im Humpelgang hinter ihr her.
»Mensch, Margarethe. Da kann ich doch nix für, dass der Staatsanwalt die Lorei entlassen hat. Da kommt sowieso noch was hinterher wegen der ollen Scheibe von der Teeküchentür.« Sein Gesicht war schmerzverzerrt, der hastige Krebsgang in der Kirche war gar nichts für sein Knie gewesen. Die Orgel verstummte, der Pastor ergriff das Wort, und Marga war froh, die bedrückende Atmosphäre hinter sich zu lassen. Dafür meldete sich ihre Galle.
»Eine Überraschung war das nu aber wirklich nicht. Der dringende Tatverdacht war doch gar nicht haltbar. Außerdem mussten wir nach dem Unfall besonders vorsichtig mit der Sache umgehen. Harm hat auch für die anstehende Vernehmung der Lorei höchste Sensibilität gefordert.« Joki lehnte sich gegen den Stamm einer Linde.
Marga brodelte. So ein Mist. Dabei hatte sie Annette Lorei innerlich ganz oben auf dem Zettel. Joki scheinbar nicht.

»Die Lorei mach der Neehuis was in den Tee getan haben, aber umgebracht?« Er rieb sich das Genick. »Und das Opfer aus Hamburg passt da auch gar nicht ins Schema.«
Marga drehte sich zu ihm um. »Nee. Das Opfer in Hamburg spielt in einer ganz eigenen Liga. Das konsumiert Haschisch im Seniorenheim und hat eine nachträglich eingebaute Sicherheitstür zu ihrer Wohnung. Und ihr Pfleger, der ihr zur Hand ging und höchstwahrscheinlich auch ihr Dealer war, vermittelt außerdem noch kleine Jungs an große Kerle.« Marga bekam rote Flecken am Hals. »Und das alles in einem Schuppen, in dem du wahlweise Weichspüler oder 'nen falschen Franzosen bekommst. Da passt unsere Theda auch nicht ins Ambiente. Mann, Joki, ich bin mir sicher, dass der Täter hier zu finden ist, in ihrem direkten Umfeld. Das war eine Beziehungstat.« Sie kaute auf ihrer Unterlippe.
Joki schien nachdenklich und schwieg. Die Orgel hatte ihren letzten Einsatz. Sechs Träger mit Zylinder, einer älter als der andere, hatten Thedas Sarg geschultert und schritten durch das Kirchenportal. Dahinter der Pastor und dann die Rohdens. Unter der Trauergemeinde befand sich auch Herr Lorei. Annette Loreis eigenmächtiges Hantieren mit dem Beruhigungsmittel hatte der Freundschaft zu den Rohdens scheinbar keinen Abbruch getan. Marga krauste die Stirn. Unheimlicher Gedanke, irgendwann einer Pflegekraft auf Gedeih und Verderb ausgeliefert zu sein. Wahrscheinlich fanden die Rohdens das Vorgehen der Lorei auch noch in Ordnung. Immer mehr Menschen strömten aus der Kirche.
»Nu kiek di dat an. Watt 'n Volk. Das sind bestimmt an die hundert Leute.« Joki pfiff durch die Zähne. Eines der Gesichter in der Menge kam Marga bekannt vor. Es war der alte Opi aus Uttum. Er hatte zwar sein Fahrrad nicht dabei und trug einen schwarzen Anzug, aber Marga war sich sicher. Seine

Anzugjacke stand an den Schultern ab, war ihm zu groß geworden. Oder er war mittlerweile zu klein für das dunkle Ding. Marga und Joki hielten sich abseits. Die Trauergemeinde versammelte sich am Grab, der Pastor sprach ein letztes Gebet und verteilte Gottes Segen. Dann zerstreute sich das schwarze Meer. Marga behielt den Fahrrad-Opi im Visier. Fast wäre er ihr entwischt. »Entschuldigung?« Sie tippte ihm auf die Schulter, und er sah sie verwundert an. »Wir haben uns schon mal gesehen. In Uttum, als wir die Leiche von Frau Neehuis gefunden haben. Marga Terbeek ist mein Name.« Marga lächelte.

Joki hatte aufgeschlossen und nickte dem alten Mann zu.

»Oh! Sie sind der junge Mann von der Kriminalpolizei, ne?« Sein knochiger Finger zeigte auf Joki.

»Jo, bin ik«, antwortete Joki.

»Sie kannten Frau Neehuis persönlich?«, fragte Marga.

»Ja«, er stockte, suchte nach den hochdeutschen Worten, »aus Kindertagen. Sie ist in Uttum groß geworden, auf dem Hof im Hammrich.« Sein Kopf nickte bei jedem Wort.

»Und ihre Schwester, die Lisbeth, die kannten Sie auch?«

»Die war 'n büschen älter als Theda und 'n büschen frecher.« Er lachte kehlig. »Theda war ganz lieb und immer bange, Lisbeth nich so. Die war ganz anders. Die hat auch immer versucht, auf Theda aufzupassen.« Er versank in seinen Gedanken.

»In der schlechten Zeit, meinen Sie?« Marga bohrte weiter.

»Ja. War Krieg damals. Guck, und der Vater von den beiden Wichten war eingezogen.« Für ihn schien das alles zu erklären.

»Und dann hat der Onkel den Hof übernommen, oder?« Marga kramte in ihrem Gedächtnis nach dem Gespräch mit Kampmann.

»Ja.« Er überlegte, dann sah er Joki an. »Und das war 'n Schwein. Zum Kriegsende hin hat ihn einer der Zwangsarbeiter mit den Ohren an die Scheunentür genagelt.« Der Alte lachte. »Das hätt ich gern gesehen.«

»Warum ist das passiert?«, fragte Marga.

»Weil er so ein fieser Kerl war. Und den Polen, der das gemacht hat, den haben alle aus dem Dorf gedeckt. Niemand hat den verraten.«

Marga runzelte die Stirn. Genug aus dem Nähkästchen. »Können Sie sich vorstellen, wer Frau Neehuis nach Uttum in die Scheune gebracht hat?«

Er schüttelte den Kopf und sah durch Marga durch. »Nee, beim besten Willen nich.«

»Hatte sie Feinde, vielleicht jemand von früher?«

Der Opi schaute Marga verblüfft an. Dann fing er an zu lachen. »Von früher? Neeisch! Wer soll dat wesen? Die sin doch all doed! So ist das, wenn du älter wirst. Irgendwann sind alle wech.« Er hob die Hand. »Ik mut los. Teetafel, 'n Tasse Tee und 'n Stück Bienenstich und dann weer na Huus.«

»Annemal!« Joki tippte sich an den nicht vorhandenen Hut.

»Krass, was war das denn für eine Geschichte?« Marga rieb sich das Ohrläppchen.

»Tja«, sagte Joki, »so is dat mit den alten Leuten. Immer einen Schnack parat, aber was anfangen kannst du mit den Befragungen nicht.«

»Und was jetzt?« Sie sah Joki an.

»Kleine Spritztour noch. Wir müssen nach Ganderkesee. Harm möchte, dass wir uns auf der Raststätte umsehen, auf der der Bulli mit dem Hamburger Kennzeichen aufgezeichnet worden ist.«

»Zu der Raststätte? Hasbruch, oder?« Marga seufzte. Das waren glatt noch mal anderthalb Stunden Autofahrt, einfache

Strecke. Zum Glück fuhr Joki angenehmer als Jette und nicht ganz so sportlich. Marga schaltete das Radio an.
»Kannst ruhig einen anderen Sender einstellen. Das ist Elfies Sender, die hört gern was fürs Herz.« Joki gab sich versöhnlich.

*

## Autobahnraststätte Hasbruch

Der Ausflug zur Raststätte war nervtötend. Von den Angestellten hatte niemand den Bulli, geschweige denn den Fahrer des Bullis bemerkt. Das an dem Abend diensthabende Personal war voll und ganz mit dem Einbruch im Kiosk beschäftigt gewesen, der allerdings in keinem Zusammenhang mit dem Hamburger Wagen stand.
»Was meinen Sie, wie viele Fahrzeuge hier am Tag halten? Da kriegt man einzelne Autos nicht mit.« Der Manager zuckte mit den Schultern.
Marga und Joki suchten und fanden die Stelle, an der der Bulli gestanden hatte, als die Überwachungskamera ihn mit aufs Bild bekam. Grauer Asphalt. Hier war nichts zu holen.
Marga war genervt. Und musste aufs Klo. »Moment noch eben, Joki.« Sie verschwand durch den gekachelten Flur in den hellen Tiefen der Fliesenwelt. Beim Rausgehen warf sie der Putzfrau, die sich mit Tisch und Stuhl häuslich niedergelassen hatte, die geforderten fünfzig Cent auf den Teller. Das Panorama gab es gratis. Joki saß schon im Auto, Marga konnte ihn gut erkennen. Der totale Überblick erschloss sich ihr aus dem Toilettenflur. Marga steckte das Portemonnaie wieder ein. »Hatten Sie vielleicht auch an dem Nachmittag Dienst, als der Kiosk überfallen wurde?«

Die Klofrau drehte Däumchen: »Ich bin jeden Nachmittag hier.«
»Können Sie sich auch an einen dunkelroten Bulli erinnern? Der Fahrer muss den Wagen kurz nach drei Uhr da vorne geparkt haben.«
»Nee.«
Marga seufzte, einen Versuch war's wert gewesen. »Na dann, schönen Tag noch.«
»Das war 'ne Fahrerin.«
»Bitte?«
»Den Bulli hat eine Frau gefahren. Groß und dünn war sie. Aber bezahlt fürs Strullern hat sie nicht.«
Zurück in Emden, war es mittlerweile nach sieben. Aber sie hatte die Personenbeschreibung der Fahrerin im Gepäck. Die Fahrt nach Hasbruch hatte sich doch gelohnt. Marga bat Joki, sie an der Auricher Straße, Ecke Bolardusstraße aussteigen zu lassen. Die Trauerweiden des Stadtwalls ragten bis ins Wasser des Fehntjer Tiefs. Ein einsamer Jogger mit Stirnlampe drehte seine Runden. Hinter den Fenstern von Peters Wohnung brannte Licht, gut, dass er zu Hause war.

*Theda schiebt das Eisen fest unter den Rand der Manschette, damit nicht die kleinste Falte zurückbleibt. Der heiße Dampf tritt in Stößen aus und zieht erst warm, dann kalt an ihrem Gesicht vorbei. Rechtzeitig zu Ferienbeginn tobt der erste Herbststurm über Ostfriesland. Das Totholz fällt unberechenbar aus den Baumkronen, und der Wind drückt den Regen gegen die Fenster. Petra sitzt auf der Eckbank und malt. Ganz vertieft ist sie. Wie schön sie den Stift hält, seit sie zur Schule geht. Behutsam stellt Petra ihren Becher mit Kakao zurück, nachdem sie getrunken hat. Ein brauner Schnurrbart hält sich fest an den feinen Härchen ihrer Kinderlippe, und manchmal*

*blitzt ihre Zunge hervor, wenn sie sich besonders anstrengt. Theda lächelt. Es ist gut, wenn Petra sich zu beschäftigen weiß. Sind die Hände in Bewegung, kommt der Kopf nicht auf dumme Gedanken. Theda streicht ein letztes Mal über das Hemd und korrigiert den Kragen, dann hängt sie es auf den Bügel und nimmt sich das nächste. Es ist immer gut, wenn die Hände in Bewegung sind. Und trotzdem. Plötzlich surrt die Luft wie ein elektrischer Weidezaun. Theda fühlt es kommen. Petras Stimme ist leise. »Am liebsten würde ich hierbleiben.«*
*Die Knopfleiste ist dran. Vor und zurück bügelt Theda zwischen den Knöpfen. Sie muss aufpassen, darf ihnen nicht zu nahe kommen. Unaufhaltsam, aber daran vorbei. Ihre Hände fliegen jetzt über das Hemd.*
*Petra hat den Stift zur Seite gelegt und blickt sie an.*
*Dampf, Theda benötigt mehr Dampf und hüllt sich ein in eine Wolke aus Wasser und Schweigen. Reden ist Silber, und Theda ist die Goldmarie. Und Petra nimmt den grünen Stift und malt weiter.*

Marga freute sich auf ihren dicken Ludger. Ihre Hände fingen an zu schwitzen. Warum war sie so aufgeregt? Ludgers Begrüßung glich einer Sturmflut. Er kam als blonde, haarige Welle mit nasser Zunge und Naturgewalt. Peters Begrüßung war leise und warm. Wie Sonnenstrahlen im Frühling. Mitte März vielleicht. Oder eher April, denn in Margas Magen wurde es gleichzeitig heiß und kalt. Warum war ihr eigentlich noch nie aufgefallen, was für unglaublich schöne Unterarme Peter hatte?

# KAPITEL 35

**Hamburg-Neustadt, Wincklerstraße**

Das Hemd spannte sich über Brust und Plauze. Kalle warf es in den Müll. Im Spiegel sah er nur Fett, schwabbelig, unerfreulich. Schließlich entschied er sich für das dunkelgraue T-Shirt in XXL, das Emma ihm beim Herrenausstatter Policke in der Böckmannstraße in St. Georg gekauft hatte. Der Laden sei Kult. Preis und Leistung stimmten da noch. Woher Emma das nun wieder wusste? Sie hatte einen guten Griff gemacht. Geschmack hatte sie. Die schwarzen Längsstreifen an den Seiten streckten seinen Körper optisch, und Kalle schwor sich, morgen werde definitiv Schluss sein mit der Fresserei. Punktgenau mit dem Viertelschlag der Michelturmuhr fiel die Haustür hinter Kalle ins Schloss. Im S-Bahn-Waggon war die Luft zum Schneiden. Schweißflecken unter den Achseln waren das Allerletzte, das Kalle jetzt brauchen konnte. Um mehr Zeit zu haben, seinen Blutdruck zu senken, hatte er eine Bahn früher genommen. Andererseits wollte er keinesfalls vor Gesa im *Cox* sein. Was, wenn sie nicht kam? Wie blöd säße er dann da. Quatsch, natürlich würde sie kommen. Der Bahnsteig leerte sich. Kalle folgte den Fahrgästen und fuhr die Rolltreppe hinauf, ging an den Schließfächern vorbei, blieb vor dem Blumenkiosk stehen. Sollte er Gesa Rosen mitbringen? Es waren nicht die Preise, die ihn abschreckten, sondern er traute sich nicht. Bloß keinen Fehler machen. Keine Rosen waren vielleicht ein Fehler? Vielleicht war das Ganze ein einziger blödsinniger Fehler? Oh weia!

»St. Pauli! St. Pauli!« Der Alte, dessen Haarpracht aussah wie eine Perücke aus Kaisers Zeiten, prostete Kalle mit einer Flasche Korn zu.
Kalle spreizte die Finger zum Victory-Zeichen. Der Lärm eines Martinshorns kreischte ihnen um die Ohren, und als Kalle sich einer Schar Tauben näherte, flatterten sie davon, lauerten ein paar Meter weiter darauf, dass er endlich die Biege machte. Fast wäre er durch das Erbrochene getrottelt, das sie sich als Imbiss ausgesucht hatten. Großstadt war eine Klapsmühle, nur zu ertragen, wenn man verliebt war. War er verliebt? Kam darauf an, ob Gesa es auch war. Oder so. Es nützte ja nichts, sich verrückt zu machen. Der Bus war vollgestopft mit Menschen. Kalle machte sich zu Fuß auf den Weg in die Lange Reihe. Beim Nebeneingang des Schauspielhauses beugte sich ein Mädchen vor das Beifahrerfenster eines Mercedes-Oldtimers mit Pinneberger Kennzeichen. Kaum älter als Eliza war sie. Warum ließen Eltern es zu, dass sich ihre Töchter in dieser miesen Gegend herumtrieben? Als die Kleine Kalles Blick bemerkte, zog sie eilig in Richtung Steindamm davon. Der Mann hielt seinen Arm vor das Gesicht, obwohl er durch die Windschutzscheibe, auf der sich die Lichter spiegelten, nicht zu erkennen war. Kalles ehemaliger Nachbar, der Blonsky, Artdirector, Kohle wie Heu, war nach Pinneberg umgezogen, soweit Kalle sich erinnerte. Der hatte auch so einen Oldtimer. Wäre ja der Hammer, wenn es der Blonsky wäre. War der nicht schwul? Kalle drehte sich um, doch der Wagen war wie vom Erdboden verschluckt.

*

## Hamburg-St. Georg, Lange Reihe

Selffulfilling Prophecy – von Gesa keine Spur. Das Licht im *Cox* erinnerte an die untergehende Abendsonne, die Gäste ein bunt zusammengewürfelter Haufen – von elegant bis abgerissen war alles dabei. Kalle, der befürchtet hatte, ohne Anzug und Schlips in diesem feinen Schuppen unangenehm aufzufallen, war erleichtert. Die brünette Bedienung, um deren Unterarm sich eine abstrakte Tätowierung in Grün und Blau rankte, wies Kalle einen Zweiertisch am Rand der Empore zu. Von hier hatte er freie Sicht auf den Eingang. Er bestellte ein Glas trockenen Weißwein. Die Kellnerin lieferte prompt. *Alkohol ist dein Sanitäter in der Not.* Prost, Grönemeyer.

Kalle schloss die Augen und sah kleine Ethanolmoleküle, die sich auf rote Blutkörperchen schwangen und durch seine Adern zur Schaltzentrale hinter seiner Stirn schipperten und dabei unanständige Lieder grölten. *Voulez-vous coucher avec moi* und so weiter. Zwanzig nach acht. Jay hatte ihn auch immer warten lassen. Allerdings erst, nachdem er ihr einen Brilli geschenkt hatte. Last call, Gesa. Kalle bestellte ein zweites Glas Wein und ließ sich die Karte bringen. Vorspeisen. Die Liste war recht übersichtlich gehalten. Gebratener Scampi-Melonen-Spieß auf Gemüse-Couscous, dazu Joghurt-Koriander-Sauce, 11,50 Euro. Gesalzen. Alles auf der Rechnung, nichts auf dem Teller. Hauptgerichte …

»Entschuldigen Sie, Herr Bärwolff?«

Kalle fuhr zusammen, so vertieft war er in die Lektüre des gebratenen Meeräschenfilets gewesen. »Ja?«

»Ich habe hier eine Nachricht für Sie.« Die Brünette lächelte Kalle an.

Er nahm das gefaltete Papier entgegen. Seine Hand zitterte.

Die Brünette sah durch ihn hindurch. Verdammt, sie hatte es bemerkt, bestimmt hatte sie es bemerkt.

»Möchten Sie bestellen?«

Kalle schüttelte den Kopf, ohne aufzusehen. Er atmete tief durch, wartete, bis er wieder allein war, und faltete das Papier auseinander. Eine ausgedruckte E-Mail von clasen@teamwork-trainers.de an info@restaurant-cox.de:

*Wie mit Ihnen eben telefonisch besprochen, bitte an Herrn Bärwolff weiterleiten (20 Uhr, Tischreservierung auf den Namen Clasen).*

*Sehr geehrter Herr Bärwolff, leider ist mir kurzfristig etwas dazwischengekommen, das ich nicht aufschieben kann. Da ich Sie mobil nicht erreichen konnte …*

Kalle legte die Hand auf sein Herz, dorthin, wo sonst die Brusttasche seines Jeanshemdes war. Nichts, nur hektisches Klopfen.

*… hoffe ich sehr, dass Sie meine Nachricht auf diesem Weg bekommen. Es tut mir wirklich leid. Ich rufe Sie an. Lieber Gruß. Ihre Gesa Clasen.*

*

### Hamburg-St. Georg, Rostocker Straße

Es hatte zu regnen angefangen, und wie! Nach wenigen Schritten war Kalle durchnässt. Mit voller Wucht donnerte er seine Faust gegen das Türgitter der Buchhandlung Thiede. *Alte Zeiten. Neue Welten. Schöne Seiten.* Er hätte auf seine innere Stimme hören sollen. Hätte, hätte. Jawohl. Kalle hätte alle Hebel in Bewegung gesetzt, nur um den Abend mit Gesa zu verbringen. Wo ein Wille war, da gab es kein Dazwischenkommen! Am Kräuterhaus bog er in die Danziger Straße ein. Zwei hochgewachsene Jungs, passend zum Unwetter im Ganzkörpergummilook, verschwanden unter Kalles *Himmel, Arsch und Zwirn.* Kalle hatte seine Prügelstrafe eben schon bekommen. Mensch, Gesa ... Ansonsten war nicht mal ein Hund auf der Straße, nur Kalle. Einziger Lichtblick war der Mariendom. Powered by Gott, hell erleuchtet ragten die Zwillingstürme in die tiefhängenden Wolken. Auf den Zebrastreifen an der Rostocker Straße hatte jemand ein riesiges Zebra gemalt. Hoffentlich konnte es schwimmen. Es entlockte Kalle ein Lächeln. In einer Telefonzelle stellte er sich unter und kippte das Wasser aus seinen trendy Sneakers. An den Fersen hatten sich Blasen gebildet. Alles nur wegen Gesa. Die ollen Bommelslipper waren wenigstens ausgelatscht. Nasse Füße machten aus einem beschissenen Abend einen richtig beschissenen. Nicht weit von hier musste das *Salut* sein. Wie hatte Jette es formuliert? Joris und Jesper seien die postmodernen Max und Moritz. Offensichtlich nur hohl im Kopp. Vorstellbar, dass Joris ein Zuhälter war? Eher als ein Mörder? Vielleicht beides. Jesper schien jedenfalls kein Problem damit zu haben, seinen Bruder bei der Polizei anzuschwärzen. *Wichser!* Kalle würde so ein Vokabular in seiner Familie niemals dulden. Wie glaubwürdig war ein Jugendlicher, dessen Vater überall in der Welt zu Hause war, außer zu Hause, und dessen Mutter reichlich Zeit zum Saufen hatte? Mit der desolaten Datenlage würde Kalle beim Staatsanwalt baden gehen. Das war hier schon mal der Vorgeschmack. Die Aussagen von diesem Hottenmeier, oder wie der hieß, waren auch bloß Gerüchte aus zweiter Hand. Urban fantasy statt Fakten und Beweise. Den Kragen seiner Lederjacke hochgeschlagen, verließ Kalle den Schutz der Telefonzelle und ging auf den Hansaplatz zu. Die Regensiele waren übergelaufen, und das Wasser

stand stellenweise knöcheltief auf dem Bürgersteig. Auf Höhe des Jugendzentrums Schorsch musste Kalle deswegen die Straßenseite wechseln und stand direkt vor dem *Salut.* Waschsalon. Im Eingang turtelten zwei Männer, die allein wegen des Größenunterschiedes von gut einem Kopf aussahen wie Comicfiguren. Der eine babyface-blass, hautenge Jeans, eng anliegendes, ärmelloses Shirt, der andere irgendwie schlüpfrig und glibberig. Polierte Glatze, polierte Lederschuhe. Lackäffchen stellte sich auf Zehenspitzen und steckte seine Zunge bis in den Rachen seines toyboys. Kalle lief ein Schauer über den Rücken. Wegen der eiskalten Füße, Kalle war kein Spießer. Oder doch?
Meine Güte … Kalle zögerte, dann folgte er den beiden in den Waschsalon. Niemand zu sehen. Während er die Preistafel studierte, öffnete sich hinter drei Reihen Waschmaschinen die Spiegeltür mit der Aufschrift PRIVAT. »Alls klar?«
Mit der Visage würde Kalle sich nicht ohne Not anlegen. »Alls klar.«
Tür zu. Botschaft angekommen. Mr. Watchdog hatte sein Revier abgepisst. Kalle warf seine Schuhe, die Socken und das T-Shirt in die Trommel, versenkte zwei Euro im Münzschlitz und drückte auf Start. Mit der Lederjacke um seine Schultern setzte er sich auf die Bank vor den Trockner und verschränkte die Arme. Sein Blick wanderte zur Decke und traf auf das kugelrunde Glupschauge einer Videokamera. Kalle schwoll der Kamm. Auf einer der Waschmaschinen in der Reihe vor ihm lag ein schmuddeliges Handtuch. Er griff danach und warf es über das Gestell, mit dem das Glupschauge an der Wand befestigt war. PRIVAT öffnete sich prompt. »Ey, Alder, entweder du hältst dich an die Hausordnung, oder du fliegst raus.«
Gern geschehen. Das war unprofessionell, ja, aber die Wahr-

heit war, Kalle suchte Streit. Der Frust, versetzt worden zu sein, forderte ein Ventil. »Ich kann hier nirgends ein Schild entdecken, das mich auf eine Überwachungskamera hinweist, wie es Vorschrift ist.« Kalle stand auf und zog die Lederjacke an. »Außerdem hasse ich es zutiefst, wenn man seinen Kunden doof kommt.«
Mr. Watchdog schien es die Sprache verschlagen zu haben. Auf seiner Stirn drängelten sich die Schweißperlen. Was für ein Waschlappen. Der Typ fixierte einen Punkt, der hinter Kalles Rücken lag. Im Spiegel sah Kalle, wie ein Händepaar Time-out anzeigte. Er schnellte herum. Joris Duncker drehte ab, und Kalle hechtete hinterher. Trotz seiner Pfunde – wenn es um die Wurst ging, konnte er rennen wie Obelix bei der Wildschweinjagd. Joris hatte Kalles läuferische Qualitäten offensichtlich fahrlässig unterschätzt. Hektisch drehte Joris sich immer wieder um und verlor jedes Mal ein bisschen mehr an Boden, schlug Haken auf dem menschenleeren Areal des Hansaplatzes, riss einen Abfallbehälter um, brachte sich selbst ins Straucheln, fing sich ab, stolperte nach vorne gebeugt weiter, wechselte abrupt die Richtung und verschwand hinter der Milchglasscheibe des Pissoirs. Keine Chance, Kalle war an ihm dran und holte Joris mit einem gezielten Tritt in die Weichteile von den Füßen. Der schrie in höchsten Fisteltönen: »Wichser!«, und legte sich gepflegt auf die uringetränkten Fliesen – mit der Nase am Nabel der Welt. Lecker! Kalle drückte ihm das Knie ins Kreuz, drehte die Arme auf den Rücken. Handschellen wären jetzt praktisch.
»Kann ich helfen?« Eine tropfnasse Transe auf High Heels erschien am Eingang.
»Polizei. Hast ’n Handy dabei?« Kalle rang nach Luft. Unter seinem Gewicht zappelte Joris wie ein Fisch an Land.

Die High-Heels-Tante zückte das Handy und säuselte: »Ja, hallöchen. Ihr Kollege …«
»Kalle Bärwolff, LKA.«
»Kalle Bärwolff, LKA, braucht ein riesiges Pflaster und einen Streifenwagen zum Hansaplatz.«
Erst jetzt bemerkte Kalle den brennenden Schmerz und die Glasscherbe in seinem großen Zeh. Blut quoll auf den Boden und vermischte sich mit der gelben Soße auf den Fliesen.

# KAPITEL 36

**Emden-Hauptbahnhof, Ostfriesland**

Diesmal stand Marga mit Ludger im Kiss-and-ride-Bereich. Und mit Peter. Ludger wedelte freudig mit dem Schwanz, Peter beließ es bei einem Lächeln.

»Also dann.« Marga klopfte dem Hund die Flanke, immer darauf bedacht, den Blickkontakt mit Peter zu vermeiden. Sie fühlte sich, als wäre sie zwölf Jahre alt und hätte Brackets auf den Schneidezähnen. Irgendwann gab es keinen Grund mehr, nach unten zu gucken, und Marga wollte auch nichts auf den Boden werfen, also sah sie Peter an.

»Melde dich«, sagte er.

Glücklicherweise blieb sein Gesicht, wo es war. Natürlich tat es das. Oder war es Pech? War sie enttäuscht? Er hob die Hand und strich ihr über den Nasenrücken. In Margas Brustkorb spielte ihr Herz Billard. Mit Rippenbande. Alter Schwede, was war denn hier los? Sie nahm ihre Tasche. »Und tschüss.«

Im Zug bereute sie schon, dass sie nicht wenigstens versucht hatte, freundlich zu gucken. Wahrscheinlich hatte sie total unhöflich gewirkt, und Peter nahm schließlich den Hund und hatte sie zum Bahnhof gebracht. Mist. Sie wollte ihn gar nicht vor den Kopf stoßen. Es war einfach passiert. Der Abend ihrer Ankunft in Emden war aber auch zu verwirrend gewesen. Wie aus einem Groschenheft. Marga und Peter waren spontan essen gegangen, nachdem sie aus Ganderkesee zurück gewesen war. Der dicke Ludger hatte unterm Tisch gelegen und im Schlaf gebrummt. Sie unterhielten sich angeregt, und Marga bröselte den Fall vor Peter auf. Eigentlich war ihr das gar nicht erlaubt, aber die spektakulären Sachen waren in Hamburg geschehen und versanken somit unerkannt im Gewirr der Großstadt. Margas Bedenken lockerten sich mit jedem Bissen, den sie aß, und der Wein gab ihnen den letzten Tritt und verscheuchte sie endgültig aus dem Frontallappen. Prost Mahlzeit. Aber sie hatte sich den Frust wegquatschen müssen, und Joki kam dafür nicht in Frage, von dem fühlte sich Marga verraten. Beim nächtlichen Verdauungsspaziergang über den Wall war es dann geschehen. Marga und Peter gingen Hand in Hand, und es hatte sich eigentlich ganz gut angefühlt. Nur war aus der Nummer schlecht wieder rauszukommen. Hilfe. Und der anschließende Abschiedskuss hatte die ganze Sache nicht besser gemacht. Dabei hatte Marga weder Zeit noch Ader für romantischen Kram. Mit Ludger und ihrem Fall war sie emotional weiß Gott ausgelastet. Akribisch hatte sie in den letzten Stunden alle Punkte mit den Kollegen durchgekaut und den neusten Ermittlungsstand der SOKO Hayenga dargelegt. Danach noch der schriftliche Bericht über die Raststättenbegehung und die Personenbeschreibung der Bullifahrerin. Wenigstens die konnte Marga in Hamburg vorzeigen.

Und sie hatte Joki geschnitten. Er durfte ruhig merken, dass sie sauer auf ihn war. Der Blödmann. Einfach hinterm Berg gehalten hatte er damit, dass die Lorei nicht mehr mitspielte. Um es ihr dann taufrisch in der Kirche zu flüstern. Was hatte er damit bezwecken wollen? Absolution? Anstatt Kalle Bärwolff nun mit heißen Spuren aus Emden kirre zu machen, hatte sie ihm wohl oder übel mailen müssen, dass die einzige Verdächtige aus Mangel an Beweisen vom Staatsanwalt auf freie Pantolette gesetzt worden war. Und Marga folglich ohne Auftrag in Ostfriesland. Na toll. Dafür hatte Kalle Bärwolff in einer spontanen Nacht-und-Nebel-Aktion Joris Duncker festgesetzt. Ob er absichtlich damit gewartet hatte, bis Marga wieder in Ostfriesland war? Wenn ja: Arschloch!

*

## Hamburg, Hauptbahnhof

Unerwarteterweise wurde Marga am Hamburger Hauptbahnhof von Jette empfangen. Sie trug ihren neuen taubenblauen Fummel, mit einem weißen T-Shirt darunter. Sah gar nicht übel aus, nur ein bisschen prall. Jettes Gesichtsausdruck war nicht ganz so prall, sondern eher verkniffen. »Lass uns erst reden«, sagte sie, nahm Marga am Arm und legte einen atemberaubenden Laufschritt vor.

Jette stand unter Strom, Marga spürte es förmlich knistern und funken. Sie gingen zu *Mutterland* an der Kirchenallee auf einen Kaffee. Das Ambiente schien Jette nicht zu entspannen. Während Marga in ihrem cremigen Lavendel-Kakao rührte, wippte Jette unterm Tisch unentwegt mit den Füßen.

»Was ist los?«, fragte Marga, die keine Lust mehr hatte, noch länger zu warten.

Jette streute noch ein drittes Papierröhrchen mit Zucker in ihren tiefschwarzen Kaffee. »Kalle Bärwolff hat sich im *Salut* umgesehen. Ist wohl alles so, wie Hotte erzählt hat. Zumindest was den Waschsalon und die Nachtbar angeht. Und Joris Duncker ist ihm da praktisch in die weit geöffneten Arme gelaufen. Das bringt uns ein gutes Stück voran.« Jettes Gesicht

sah allerdings nicht nach Freude über gutes Vorankommen aus, sondern nach saurer Milch.
»Und was ist dir über die Leber gelaufen?«, fragte Marga.
Jette guckte misstrauisch. »Mir? Nichts. Außer dass der böse Wolf das Rotkäppchen um Hilfe bittet.«
Marga verstand nichts.
»Kalle Bärwolff. Er möchte, dass wir Joris Duncker vernehmen.« Jette sah auf ihre Uhr. »Und zwar jetzt gleich.« Sie öffnete den Mund wie ein Fisch, der nach Luft schnappte, aber es kam nichts mehr aus ihr heraus. Stattdessen tauchte sie ab in ihre Tasse.
Jette verheimlichte ihr was, das konnte Marga riechen. »Was ist los?«
»Was soll los sein?« Jette fuhr sich durch das Haar.
Marga schluckte. Sie war nicht bescheuert. Irgendwas lag zwischen ihr und Jette wie ein greifbares Übel, und damit meinte Marga nicht den doofen Hosenanzug. Jette hatte einen Wassergraben gezogen, und Marga wusste nicht, warum.
»Und die Ermittlungen in Ostfriesland?« Jette blickte eine Spur zu interessiert.
»Hab ich euch gestern schon gemailt. Wir haben eine Personenbeschreibung des Bullifahrers. Es war eine Frau. Eine Reinigungskraft der Raststätte konnte sich an sie erinnern.«
Jette pfiff durch die Zähne. Marga winkte ab. »Dafür ist Annette Lorei aus dem Schneider. Für den Staatsanwalt besteht lediglich ein Anfangsverdacht wegen der Medikamentengabe.«
»Dumm gelaufen.« Jettes Mund lächelte aufmunternd. Ihre Augen nicht.
Allerdings, Jette. In Margas Magen warf der Lavendel seifige Blasen. Und du spielst nicht mit offenen Karten. Vielleicht

sogar falsch. Jette hatte den Kaffee ausgetrunken und nahm ihren Schal. Marga war bedient. Was zum Kuckuck ging hier vor?

Am Verkaufstresen blieb Marga stehen und fischte sich eine Tüte Schokotaler aus der Auslage. *Friede, Freude, Eierkuchen* stand auf dem goldenen Papier. Immer her damit.

# KAPITEL 37

**Hamburg-St. Georg, Westphalensweg**

Kalle hatte das Ganztagsgymnasium Klosterschule, das direkt hinter der Hauptfeuerwehrwache am Berliner Tor lag, für Eliza ausgesucht, weil die Schule einen guten Ruf hatte. Es wäre besser gewesen, er hätte sich am Tag der offenen Tür einen persönlichen Eindruck über den Zustand der Schülerklos verschafft. Waren die beschissen, war es die Schule auch. So weit würde er nicht gehen. Das wäre ungerecht. Aber der Lack war ab.

Es schien gerade Frühstückspause zu sein. Am Eingang drängten sich die älteren Jahrgänge. Die meisten Pickelbäckchen waren sicher noch keine achtzehn, hatten aber 'ne Fluppe zwischen den Kiemen. Das Jugendschutzgesetz kümmerte hier niemanden. Falls Eliza auf die Idee kommen sollte, mit den Tränen hier abzuhängen, dann wäre für Kalle der Zeitpunkt gekommen, den Hüter des Gesetzes heraushängen zu lassen. Jetzt regte er sich nur prophylaktisch auf. Die Luft anhaltend drängelte er sich durch den Qualm und atmete erst wieder ein, als er im Gebäude war.

»Moin, Herr Bärwolff!«

Kalle fuhr herum. Herr Dr. Kluge in Schlips und Kragen, das Haar sorgsam gekämmt und gegelt, reichte ihm die Hand.

Kalle schlug ein. »Angenehm, Bärwolff.«

»Gehen Sie ruhig schon in mein Büro. Zweite Tür rechts. Ich bin gleich für Sie da.«

Na hoffentlich. Kalle hatte nicht ewig Zeit. Hätte er den Termin mit Dr. Kluge verschieben sollen? Unmöglich! Und genauso unmöglich war, dass Joris Duncker von Marga durch die Mangel genudelt werden würde. Ohne Kalle. Fuck. Er konnte sich nun mal nicht zerreißen. Wie sagte Guntbert immer so schön: Prioritäten setzen. Hatte Kalle pflichtgemäß erledigt. Wenn auch nicht in Guntberts Sinn. Ätsch. Das Edelstahlungeheuer auf der Fensterbank blubberte Kalle dazwischen und verströmte den angenehmen Duft frisch gebrühten Kaffees. Kalle setzte sich an den Besuchertisch, auf dem zwei Becher mit Blümchenrand, ein Kännchen Milch und eine Dose Zucker bereitstanden.

»Herr Bärwolff, ich freue mich.« Dr. Kluge schloss die Tür, war mit zwei großen Schritten am Tisch und füllte die Becher. Ohne Umschweife kam er zur Sache. »Wie ich Ihnen bereits sagte, hat Eliza ein beachtliches Fehlzeitkonto zusammengeschwänzt, und mit zwei schlechten Vieren in Mathe und Englisch ist auch nicht zu spaßen. Da Sie das Halbjahreszeugnis unterschrieben haben, wundert es mich, wieso Sie so überrascht waren neulich am Telefon …« Dr. Kluge schob den Steg seiner Brille auf der Nase nach oben und musterte seinen Besucher.

Kalle fühlte sich wie ein Wackelkandidat aus sozial unterbemittelten Verhältnissen. Aufsteigende Hitze suchte ihn heim, oh, là, là. »Das Zeugnis hat meine Mutter unterschrieben. Wir haben eine strikte Aufgabenteilung, was Eliza betrifft und …«

»Sie haben das Aufenthaltsbestimmungsrecht für Ihre Tochter, Herr Bärwolff. Ihnen obliegt es, sich hin und wieder zu überzeugen, ob mit Elizas schulischen Leistungen alles so ist, wie es sein sollte.«

Dieses Gespräch nahm einen Verlauf, der Kalle ganz und gar nicht behagte. Er stellte den Becher auf den Tisch. Etwas zu heftig. Kaffee schwappte über den Rand und bildete eine kleine Pfütze.

»Herr Bärwolff, entschuldigen Sie meine deutlichen Worte. Es liegt mir fern, Ihre Erziehung zu kritisieren. Nehmen Sie mir bitte nicht übel, wenn ich Ihnen zu nahe getreten sein sollte.«

Mehr wollte Kalle nicht hören. »Ich stimme Ihnen ja zu.« Betreten blickte er zu Boden. Eliza füllte sein Herz mit Liebe und Stolz. Sie tat seinem angekratzten Ego gut. Sie machte ihm trotz allen Ärgers viel mehr Freude. Was gab er ihr eigentlich zurück?

»Gut, dann haben wir das geklärt. Im Moment scheint alles glattzulaufen. Wir haben eine neue Kollegin in Englisch. Frau Grote kommt nach meinem Eindruck bei den Kindern gut an und das, obwohl sie hohe Anforderungen stellt. Von Eliza ist sie sehr angetan. Lernen läuft bei den meisten Schülern über die Beziehungsebene, und da glüht der Draht zwischen den beiden. Nehmen wir es als gutes Zeichen, Herr Bärwolff. Ich werde in Elizas Studienplaner wöchentlich ein kurzes Resümee eintragen, das Sie mir bitte gegenzeichnen. Das gilt natürlich auch umgekehrt, wenn Sie mögen. Eine vorbeugende Maßnahme, die sich schon in vielen anderen Fällen bewährt hat. Eine gute Kommunikation zwischen Schülern, Lehrkräften und Eltern ist die halbe Miete für den schulischen Erfolg. Aber jetzt genießen wir erst mal die Märzferien.« Dr. Kluge lächelte, und seine Augen lächelten mit. Eben noch war Kalle schwer genervt, jetzt fühlte er sich erleichtert und dankbar. Eliza hatte offenbar einen Klassenlehrer, der seine Schüler mochte und sich um sie bemühte.

»Wir bleiben in Kontakt.« Kalle erhob sich.

»Wenn es Ihre Zeit erlaubt, Herr Bärwolff, würde ich gerne noch etwas anderes mit Ihnen besprechen ...«

Kalle setzte sich wieder.
»Facebook, das sagt Ihnen sicher etwas?«
Verdammt, er hatte es vollkommen vergessen. Schalt mal Licht an, Kalle! »Ähm, ja. Natürlich. Wieso?«
»Eine Schulkameradin von Eliza hat bei Facebook eine Freundschaftsanfrage von einem gewissen *My Lord* bestätigt. *My Lord* gab an, ebenfalls Schüler und 15 Jahre alt zu sein, in einer Band Schlagzeug zu spielen, und so weiter, und so fort. Was, wie sich später herausstellte, frei erfunden war. Es kam zu einem Treffen im Stadtpark. Zum Glück war eine Freundin der Schülerin dabei. Wer weiß, was sonst hätte passieren können.«
Kalles Hände waren schweißnass. Er wischte sie an seiner Jeans ab. »Hat das auch etwas mit Eliza zu tun?«
»Nein, Eliza ist nicht betroffen, jedenfalls nicht direkt. Die Schülerin, von der ich spreche, ist, wie schon erwähnt, eine Klassenkameradin Ihrer Tochter. Insofern hätte natürlich auch Eliza beteiligt sein können.«
»Sorgen sind das, die kein Mensch braucht.« Kalle schüttete einen Schwung Zucker in den kalten Kaffee, rührte um und kippte die süße Plörre in sich hinein.
»Dieser *My Lord* entpuppte sich als erwachsener Mann um die 60. Der Mann wurde zudringlich und versuchte die Schülerin zu überreden, in sein Auto zu steigen. Der Schülerin kam die Freundin zu Hilfe, die sich bis dahin für alle Fälle im Hintergrund gehalten hatte. Das muss man den Mädchen lassen. Ganz so naiv waren sie nicht. Trotzdem, keine schöne Erfahrung …«
Der Kaffee hatte einen bitteren Nachgeschmack. Zum Kotzen.
»Die Freundin unserer Schülerin behauptete, bei dem Mann handele es sich um den Cop4U-Beamten, der für die Schüle-

rinnen und Schüler an ihrer Schule Ansprechpartner bei der Polizei sei. Sie geht auf die Stadtteilschule Großneumarkt. Ich habe mit ihren Eltern Kontakt aufgenommen, doch die verweigerten jegliches Gespräch dazu. Sie haben mir mehr oder weniger deutlich zu verstehen gegeben, dass sie nicht wünschten, den Vorfall an die große Glocke zu hängen. Was überhaupt nicht mein Ansinnen …«

»Und, wie kann ich Ihnen behilflich sein?« Polizist. Einer von Kalles Kollegen. Unmöglich. Lüge. Intrige. Frei erfundene Scheiße.

»Es ist mir sehr unangenehm, Herr Bärwolff. Ich kenne den Polizisten aus einer Arbeitsgruppe, in der Lehrerinnen und Lehrer sowie die sogenannten Cop4U-Beamten aus dem Bezirk Hamburg-Mitte zusammenkommen. Wir tauschen uns über Gewaltprävention an unseren Schulen aus. Nun steht dieser Verdacht im Raum und …«

»… und ich soll ihn aus der Welt schaffen.«

»Herr Bärwolff, es hätte genauso gut Eliza treffen können.«

»Was wollen Sie von mir?«

»Es ist nur eine Bitte. Wenn es Ihnen möglich ist, könnten Sie vielleicht in Erfahrung bringen, ob der betreffende Kollege von der Schutzpolizei tatsächlich etwas mit der Sache zu tun hat?«

»Das ist ein ungeheuerlicher Vorwurf.« Kalle sprang auf, musste sich bewegen, bevor er platzte. Sicher hätte er den Abgang weniger theatralisch gestalten können, doch er fühlte sich vors Schienbein getreten. Keine Sekunde länger hätte er ruhig bleiben können. Wer weiß, ob er sich nicht im Ton vergriffen hätte. Er hätte!

*

Vom Berliner Tor bis zum Öjendorfer Friedhof musste Kalle mit gut einer halben Stunde Fahrtzeit rechnen. Die Beerdigung von Lisbeth Hayenga hatte die Behörde für Familie und Soziales für elf Uhr angesetzt. Das war locker zu schaffen. Vor der Feuerwehrwache hupte Tinta Krieger. Kalle riss die Beifahrertür auf und ließ sich in den Sitz fallen, knallte die Tür zu. Der Plastikvampir, der an einem durchsichtigen Faden am Innenspiegel hing, erlitt ein Schleudertrauma. Kalle gab ihm noch eins obendrauf.
»Nu lass mal die Stephenie in Ruhe.« Tinta setzte den Blinker und rollte vom Parkplatz auf den Zebrastreifen zu. »Was 'n los? Fliegt Eliza von der Schule?«
»Quatsch.«
Eine Omi trippelte über die Straße, gefolgt von einem übergewichtigen Rauhhaardackel. Tintas Finger trommelten auf das Lenkrad. Der Schwanz des Dackels war gerade eben aus der Schusslinie, als Tinta Gas gab. Magensäure schwappte in Kalles Speiseröhre. Er starrte geradeaus auf das Ampellicht am Horizont. »Gibt es was Neues von Joris Duncker?«
Tinta schüttelte den Kopf. »Nee, Marga lässt sich Zeit. Als ich los bin, war die Vernehmung noch nicht beendet. Sag mal, dieser Joris ist ja echt ein Sympathieträger. Allein sein betont lässiger Gang. Und diese Rotzerei. Ich könnt mich aufregen.« Tinta gab Gas, und Kalles Hand umklammerte den Haltegriff fester.
Wenig später raste der Wagen bei Dunkelgelb über die Kreuzung am Hühnerposten. Als ein Lieferwagen aus der Parkbucht ausscherte, stieg Tinta im letzten Moment in die Eisen.
»Fahr doch mal passiv!«, entfuhr es Kalle.
Der irre Frau-am-Steuer-Blick veranlasste ihn, umgehend die Klappe zu halten. Immerhin schien Tinta das Gaspedal nicht mehr bis zum Anschlag durchzudrücken. Vielleicht sollte er sich doch überwinden und ein paar Fahrstunden zur Auffri-

schung nehmen. Emma hatte ihm schon vor Monaten eine Fahrschule aus dem Wochenblatt herausgesucht, die auf Panikpappnasen wie Kalle spezialisiert war. Fahrlehrer und Psychologen arbeiteten dort Hand in Hand. Brauchte Kalle einen Psychologen? Das durfte ja wohl nicht wahr sein.

»... ich weiß auch nicht, soll ich mich nun trennen, oder soll ich mir das noch eine Weile antun? Ich glaub, ich hab meinen Edward noch nicht getroffen.«

Edward? Wer war das denn schon wieder? Kalles Handy klingelte. »Was gibt's, Bodo?«

»Zeit zum Zuhören?«

Kalle nickte.

»Kalle?«

»Bin ganz Ohr.«

»Also, Fritz Flemming ist einer, für den du nur tiefste Verachtung empfinden wirst.«

»Lass mich raten, er trägt eine Ray-Ban-Sonnenbrille.«

Bodo lachte. »Gut möglich. Fritz Flemming ist die Fahrerlaubnis vom Amtsgericht Altona entzogen worden. Ich hab mit der Richterin telefoniert. Sie erinnerte sich sofort und meinte, Fritz Flemming sei eine verkehrsgefährdende und unbelehrbare Rampensau. Andere Rentner sammelten Briefmarken, Fritz habe sich auf Punkte aus Flensburg spezialisiert. Weihnachten ist er auf der Elbchaussee geblitzt worden. Rote Ampel. Das Foto war leider unterbelichtet.«

»Wie der ganze Typ.« Kalle schwoll der Kamm an.

»... ihm war deswegen nicht nachzuweisen, dass er selbst am Steuer gesessen hatte. Das Gericht sah sich außerstande, ihn wegen Fahrens ohne Fahrerlaubnis zu verurteilen. Trotz erheblicher Zweifel an seiner Unschuld und trotz berechtigter Annahme, dass er sich, wie gehabt, einen Dreck kümmern werde um Recht und Gesetz.«

»Mein Name ist Cotton, Jerry Cotton, und ich ermittle in einem Heftchenroman. Kawumm!« Kalle grölte volles Rohr in Bodos Ohr.

Der Wagen machte einen Schlenker nach rechts. Tinta riss das Steuer herum. »Tickst du noch richtig, hier wie angestochen rumzuschreien!«

Kalle öffnete das Beifahrerfenster. Luft! »Okay, was noch, Bodo?«

»Steuerhinterziehung in den Achtzigern, da war er Geschäftsführer einer Nachtbar namens *La Luna* am Hammer Deich.«

»Den Schuppen kenn ich von früher, als ich bei den Sexualdelikten war. Das war keine Nachtbar, das war ein Bordell.«

»In der Akte steht Nachtbar.« Bodos Stimme klang verschnupft.

Kalle kannte niemanden, der schneller beleidigt war als Bodo. Nicht mal Eliza schaffte das.

»Im zentralen Melderegister ist bei Fritz Flemming *unbekannt verzogen* vermerkt. Frühere Adressen von ihm sind übrigens unter anderen Lehmweg und Schwanenwik an der Alster. Möchte nicht wissen, was man da für die Miete berappen muss.«

»Na, jetzt mal keine Sozialneiddebatte vom Zaun brechen.«

Kalle lauschte, aber Bodo schwieg. Verschnupft.

Tinta brummelte unverständliches Zeug vor sich hin. Kalle musterte sie aus dem Augenwinkel. Seit sie mit Nick Nolte eine Affäre hatte, waren Tintas Stimmungsschwankungen nicht mehr nur mit dem weiblichen Zyklus zu erklären. An der Ampel drängelte sich ein Radfahrer vor den Wagen. Fast wären sie ihm hinten reingeknallt.

»Ich fahr mit der U-Bahn weiter.« Ohne Tintas Antwort abzuwarten, stieg Kalle aus und lief auf die andere Straßenseite.

Der Radfahrer zeigte ihm den Stinkefinger. Na, der traute sich was.

»Kalle, bist du noch dran?«

»Ja, musste mich in Sicherheit bringen. Alles gut. Was wolltest du sagen?« Kalle sah dem Dienstschlitten nach, der über den Mittelstreifen der Fahrbahn schrammte und mit überhöhter Geschwindigkeit in die Innenstadt düste.

»Fritz Flemming ist im September letzten Jahres im Krankenhaus St. Georg verarztet worden. Er erschien mit notdürftig versorgter, stark blutender Stichwunde an der Hand. Das war am späten Vormittag. Dazu passt zeitlich ein Notruf bei der Polizei. Ein Augenzeuge hatte einen Überfall gemeldet. Am helllichten Tag seien vermummte Gestalten auf einen Rentner losgegangen. Vermutlich mit einem Messer. Der Zeuge war kurz zum Telefonieren in der Küche gewesen, und als er zurück auf den Balkon kam, sei keiner mehr zu sehen gewesen. So steht es im Einsatzbericht der Kollegen vom Polizeikommissariat PK 11 vom Steindamm. Die Personenbeschreibung der Täter war nur mager. Dabei ist nichts rumgekommen. Das Opfer beschrieb der Zeuge als groß und kräftig, aber betagt, Mitte 70. Vom Alter könnte das Fritz Flemming gewesen sein. Ist aber reine Spekulation meinerseits. Die Kollegen waren innerhalb von fünf Minuten vor Ort, da hatte sich die Party bereits in Luft aufgelöst. Der Über...«

»Wo ist das passiert?« Kalle nahm Witterung auf.

»Lass mich doch einfach ausreden.«

Am Telefon zeigte Bodo erstaunliches Rückgrat. Da musste er auch niemandem in die Augen schauen.

»Der Überfall ereignete sich in der Nähe des *Salut* auf einem wenig frequentierten Fußgängerweg – an der Rückseite der Wohnhäuser Rostocker Straße entlang des Geländes der Heinrich-Wolgast-Grundschule.«

»Auf wen ist das *Salut* angemeldet?«

»Hab ich noch nicht recherchieren können. Dataport fummelt seit heute Morgen an der Hardware rum, neue Router oder so. Outlook, Intranet, Netzdrucker, alles nicht verfügbar.«

»Na und, wo ist dein Problem? Dann versuch es direkt beim Bezirk. Mitdenken.« Alles musste man selber machen. Kalle öffnete die Tasche. Seine Hand schaufelte durch die Schutthalden wie ein Baggergreifer.

»Ich hab kein Problem. Die zuständige Sachbearbeiterin für das Gewerberegister hat zehn Tage Bildungsurlaub. Ihre Vertreterin ist zu Hause beim kranken Kind und die Vertreterin der Vertreterin in der verlängerten Mittagspause verschollen. Der Sachgebietsleiter hat keine Zugriffsrechte auf die Datenbank. Ich könne gerne vorbeikommen und mir die Akte reinziehen. Und warum er nicht selbst schnell nachsehen könne? Das sei nicht seine Aufgabe. Da käme er ja zu gar nichts mehr.«

Kalle versenkte das Handy in seiner Brusttasche. Er befreite die Nougatcrisp-Schokolade von der Hochglanzverpackung und biss in die weiche Masse wie in eine Scheibe Brot. Er legte das Handy wieder ans Ohr.

»Kalle?«

»Hm.«

»Ich bin froh, kein Verwaltungsmensch zu sein.«

Ein Motorrad brauste an Kalle vorbei. »Was?«

»Ich bin froh, kein Verwaltungsmensch zu sein.«

»Hm.«

»Also, bis dann.«

»Gibt es was Neues von Joris Duncker?«

Bodo hatte bereits aufgelegt. Kalle starrte auf das Display des Handys und drückte auf Rückruf. Nach drei Mal Klingeln meldete sich der Anrufbeantworter: »Sie sind verbunden mit

Bodo Steinhoff, Kriminalrat im Dezernat für Todesermittlungen. Zurzeit bin ich nicht im Büro zu erreichen. In dringenden Fällen wenden Sie sich bitte an Kriminaloberrat Bärwolff. Wählen Sie …«

*

**Hamburg-Öjendorf, Friedhof**

Himmlische Ruhe. Von verschnupften Kriminalräten nichts zu sehen und zu hören. Neulich im tiefsten Tiefschnee-Januar war Kalle seit ewigen Zeiten mal wieder auf einem Friedhof gewesen. Mit Eliza auf dem Ohlsdorfer, dem größten Parkfriedhof Europas. Eliza hatte sich weder den Michel noch Hagenbecks Tierpark und auch nicht das Eisenbahn-Miniatur-Wunderland für ihr Referat über Hamburgs Sehenswürdigkeiten ausgesucht, sondern ausgerechnet einen Friedhof. Die Krabbe interessierte sich für Inschriften von Grabsteinen. Die übten eine geheimnisvolle Macht aus, behauptete sie. Der blanke Horror, wenn sie eine von diesen Gruftis werden würde, die schwarze Messen und Gedöns zelebrierten. Hier auf dem kleinen Friedhof war es recht übersichtlich. Alle Verstorbenen ohne Angehörige wurden in Öjendorf bestattet. Kalle war spät dran, beschleunigte seine Schritte, während sein Blick über die Namen und Daten auf den Grabsteinen glitt. *Ann-Sophie Becker, * 13. 04. 1914, † 13. 04. 1982.* Wie bei Petra Flemming, Geburtstag und Todestag waren identisch. Irgendwie hatte das was. Den Hauch des Todes schon im Nacken spüren und noch schnell die Hand nach dem kalt gestellten Sekt ausstrecken, damit man im Himmel mit den Engeln anstoßen konnte. Jemand hatte eine Kerze angezündet, in einem roten Glasgefäß. Die Flamme brannte, ohne zu flackern. Plötzlich fühlte Kalle Mitleid für die alte Frau mit den aufgespritzten Lippen. Sein Kind beerdigen zu müssen, hatte niemand verdient, das widersprach dem Naturgesetz. Zuerst mussten die Alten vorm Jüngsten Gericht antanzen und niemals umgekehrt. Die letzten Meter bis zur Wiese legte Kalle im Dauerlauf zurück und bekam mörderische Seitenstiche. Sonnenstrahlen glitzerten im feuchten Grün. Als ihn die Karnickel erblickten, erstarrten sie. Wenigstens die zeigten Respekt. Und stoben davon. Im kahlen Geäst der alten Eichen saßen ein paar zerzauste Krähen und krächzten sich die neuesten Nachrichten zu. Kalle hätte sie gerne gefragt, wo denn die Trauergäste geblieben seien und der Totengräber. Kurz erschien Guntbert Meyer als Gartenzwerg mit Schubkarre vor Kalles innerem Auge. Er sah sich um. Die Luft war rein. Es war noch nicht Viertel nach elf, keine zehn Minuten zu spät, und Lisbeth Hayengas Reste waren bereits unter der Erde. Ein frischer Hügel, Format Maulwurf, war die letzte Spur, die sie hinterlassen hatte. Weit und breit kein Schwein. Und eine Grabplatte, die daran erinnerte, dass die Hayenga über achtzig Jahre auf Erden verbracht hatte, gab es auch nicht. Wenn niemand an einen dachte, dann war das so, als hätte man nie gelebt. Nicht gut fürs Ego. Als Kalle den Friedhof wieder verließ, fiel ihm der Findling aus der Eiszeit auf, der von dunkelgrünen Blättern der Rhododendren umrahmt war. *Was ihr seid, das waren wir, was wir sind, das werdet ihr.* Kalle wurde seltsam feierlich zumute. Irgendwann würde das Leben weitergehen. Ohne ihn. Sich rechtzeitig um einen Grabstein zu kümmern, wäre also gar nicht so doof. Er könnte ihn im Keller zwischenlagern, in Vakuum verpackt. Die Kollegen würden sich noch Generationen später das Maul zerreißen. Bester Laune verließ Kalle den Friedhof. »Bis später, ihr Lieben.«

# KAPITEL 38

**Hamburg-Winterhude, Polizeipräsidium**

Guntbert war auf hundertachtzig. Er wetzte auf seinen kurzen, krummen Beinen wie ein Terrier durch das Präsidium und spießte Marga und Jette mit dem nackten Zeigefinger auf. »Sie und Sie, mitkommen!« Zielstrebig steuerte Guntbert den kleinen Besprechungsraum an. »Tür zu!« Die Sohlen seiner Schuhe hinterließen beim Umdrehen dunkle Streifen auf dem Linoleum. Marga sah Jette an, die hob die Schultern.

»Joris Duncker sitzt mit dicken Eiern in Vernehmungsraum eins. Und jammert was von Polizeigewalt. Kollege Bärwolff glänzt also erst durch Brutalität und dann durch Abwesenheit. Und nutzt seine Dienstzeit zum Regeln privater Angelegenheiten. Mir steht's bis hier.« Guntbert fuhr sich waagerecht über die Oberkante der Unterlippe. »Wenn die Presse davon Wind bekommt, dann ist der Teufel los.« Das Weiße seiner Augen war blutunterlaufen. Er stand kurz vor einem Kollaps.

Junge, Junge, hier war was los. Marga hatte Harm noch nie so aufgeplustert gesehen. Und trotzdem hielten sich alle Kollegen peinlich genau an seine Anweisungen.

»Ich will, dass alle weiteren Vernehmungen in diesem Fall Frauensache sind. Ist das klar?« Guntbert blickte auf Jette.

»Brutalität? Ich dachte, Kalle hätte sich bei der Festnahme geschnitten.« Jette zog die Brauen zusammen.

»Dem fehlt nichts. Außer dem nötigen Feingefühl! Kalle Bär-

wolff hat Sendepause!« Guntberts Finger tanzten im Takt seiner Worte vor Jettes Gesicht. In seinen Mundwinkeln hatten sich aus Speichel schaumige Flechten gebildet. Marga hielt die Luft an, als sie sich lösten und ihr entgegenflogen.
»Also, worauf warten Sie noch?«

*

Joris schob seine Lippe vor wie eine Radladerschaufel und sagte kein Wort.
»Braucht er keinen Rechtsbeistand?« Marga flüsterte.
»Wir wollen ja nur mal testen, ob wir einen Draht zu ihm bekommen.« Jette tat harmlos, Marga war das Ganze nicht geheuer.
»Herr Duncker. Besitz und Handel von Betäubungsmitteln in nicht unerheblichen Mengen …« Jette pfiff durch die Zähne und machte eine Sorgenmiene.
»Hab ich nichts mit zu tun.«
»Herr Duncker, und Ihre Wunderbäume? Die alten Damen aus der Seniorenresidenz sind da weitaus gesprächiger als Sie. Sie haben den Frauen scheinbar alles an Heilmittelchen angeboten, um eine schnelle Mark nebenher zu verdienen.«
»Die alten Omis labern doch alle nur Blech.«
Jette lehnte sich zurück. »Und Lisbeth Hayenga? Hat die auch nur Blech geredet?«
»Keine Ahnung, wovon Sie sprechen.« Er versteckte sich hinter einem dümmlichen Gesichtsausdruck.
»Welche Art von Beziehung verband Sie mit Lisbeth Hayenga?«
»Sie war alt, und ich bin Altenpfleger. Wollen Sie mir jetzt auch noch vorwerfen, dass ich meinen Job gemacht habe, oder was?« Er kippte seinen Stuhl auf die Hinterbeine.

»Ihr Job war es also auch, die komplette Belegschaft mit Dope zu versorgen.«
Er kippelte weiter und starrte Löcher in die Luft.
Marga überlegte. Von Draht war keine Spur. Sie gab Jette ein Zeichen, und gemeinsam verließen sie den Besprechungsraum.
»Was ist denn das? Sitzt da wie ein Cowboy auf seinem Pony und lässt uns auflaufen. Abgebrühter Typ!«
Marga schwieg. Hatte die Prinz ihn derart unter Kontrolle?
Wie aus dem Nichts erschien plötzlich Kalle auf der Showbühne. Er sah erstaunlich gut gelaunt aus. Dann hatten sich Guntberts und seine Wege sicher in der letzten halben Stunde nicht gekreuzt.
»Und? Was Neues?«
Jette ließ die Augen rollen und ging zum Kaffeeautomaten.
»Nada. Der blockt total ab.« Marga fixierte Joris auf dem Monitor. Der Bildschirm übertrug ihnen das Innenleben des Besprechungsraumes live.
»Soll ich's mal versuchen?« Kalle rieb sich die Hände.
Marga verzog das Gesicht. War es jetzt an ihr, ihm Guntberts Feldbefehle zu überbringen? Glücklicherweise kam Jette und drückte Kalle einen Kaffee in die Hand. »Lieber nicht. Guntbert macht auf garstig und hat den Duncker als Frauensache eingestuft.«
»Ist der jetzt total plemplem?«
»Hast du Duncker in den Schritt getreten?«
Kalle schüttelte augenzwinkernd den Kopf.
Jette grinste. »Schade. Von mir aus kannst du mit reinkommen, aber halt dich bitte zurück. Marga?«
Guntberts Anweisungen waren unmissverständlich gewesen, aber auch saublöd. Marga zögerte nicht. »Na klar.«
Joris saß unverändert auf seinem Stuhl und blinzelte nur einmal kurz, als er Kalle sah. Dann war er wieder der Cowboy in

der weiten Prärie. Die Prinz musste ihn ganz schön unter der Fuchtel haben. Oder jemand anders? Irgendwo musste Marga den Meißel ansetzen.

»Wen wollen Sie schützen? Es geht hier in erster Linie darum, Ihren eigenen Hintern zu retten. Fakt ist, dass Sie die Damen der Seniorenresidenz mit Haschisch versorgt haben. Mein Kollege selbst war Zeuge.«

Joris grinste nur. Keine Chance, Marga.

»Wenn Sie weiterhin schweigen, bedeutet das einen neuen Ausbildungsplatz für Sie. Den bekommen Sie frei Haus im Jugendstrafvollzug.«

Kalle meldete sich aus dem Off. »Frau Prinz hat eine äußerst fähige Anwältin engagiert, die auch schon die Akten eingesehen hat.«

Jette schüttelte bedauernd den Kopf. »Ich denke nicht, dass wir Ihnen da noch weiterhelfen können. Es wird das Beste sein, wenn Sie sich ebenfalls mit einem Anwalt beraten. Ansonsten verputzen die beiden Sie noch vor dem Frühstück. Als klassisches Bauernopfer.«

Marga beugte sich vor. »Frau Prinz und ihre Anwältin lassen Sie über die Klinge springen, schon klar, oder? Sie hat Andeutungen gemacht … von Geld war die Rede und Geschäften für die Hayenga. Die Prinz wird aus der Sache rausgehen wie ein frisch gepuderter Säugling, und Sie wandern noch von hier aus in den Jugendarrest.«

Nur ein Zwinkern. Seine Schale knackte.

»Und jetzt will ich wissen, was Sie mit dem Tod von Lisbeth Hayenga zu tun haben. Waren Sie scharf auf ihre Uhr?«

*Knack und Back.* Er war fertig.

»Nein! Mit dem Mord an Frau Hayenga hab ich nichts zu tun. Die Rolex hat sie mir geschenkt, ehrlich!« Joris bekam Hängeaugen wie ein Hush Puppy, und sogar seine Lippen begannen zu zittern. Ob das Gesicht bei den Omis zog? In der Zimmerecke stöhnte Kalle auf.

Kurze Zeit später war alles heraus. Er plauderte, als hätte wer den Stöpsel gezogen. Er sei Lisbeth Hayenga zur Hand gegangen, hätte Botengänge und Besorgungen für sie unternommen. Dass er dabei das eine oder andere Mal als Drogenkurier gedient haben musste, sei ihm erst im Nachhinein bewusst geworden. Allerdings war Lisbeth Hayenga ihm gegenüber immer sehr großzügig gewesen. Besonders einmal, als ein Gorilla von Kerl sie bedroht hatte, in ihrem Appartement. Ihr Ex-Mann, hatte die Prinz ihm später erzählt.

»Zum Glück hatte ich mein Messer dabei.«

Marga sah, wie Kalle die Hand vor die Augen schob.

»Eine geklatscht hatte er ihr. Voll in die Fresse. Ich hab ihn verjagt.« Joris bekam mit jedem Satz, den er von sich gab, wieder mehr Oberwasser. »Kurze Zeit später hat sie mir die Rolex geschenkt. Als Dankeschön. Und wenn ihr wissen wollt, wer die Hayenga gekillt hat, dann fragt mal lieber bei dem Affen nach, ey!«

Kalle stoppte ihn mit einem mündlichen Aufwärtshaken. »So, so, Messerjockel. Und was ist mit den Jungs, die du ins *Salut* vermittelst?«

»Hättest du wohl gerne, du Lutscher! Oder magst du lieber kleine Mädchen?«

Jette konnte Kalle gerade noch rechtzeitig zurück ins Eck drängen, bevor er Joris noch einen Tritt verpasst hätte.

Marga suchte in der Akte Hayenga herum und legte die Fotos von Lisbeths Schmuck auf den Tisch. Joris erkannte die Rolex, bei den anderen Schmuckstücken zuckte er nur mit den Schultern.

»Und wo ist die Uhr?«

»Hab ich aufm Kiez verscherbelt. Die wollte ich unbedingt

loswerden, als sie tot war. Dachte, das sähe vielleicht scheiße für mich aus, wenn ich mit ihrer Uhr rumrenn.«

Marga machte dicke Backen. Allerdings, Joris.

»Außerdem hatte ich keinen Bock auf den Affen.«

»Wieso?«

»Ey, das war 'ne Herrenuhr. Und nu ratet, wem die mal gehört hat, Superbullen!«

Fritz Flemming. Marga hatte genug. Von ihr aus konnte Haare-auf-den-Zähnen-Thao Joris Duncker gerne wegen der Betäubungsmittelgeschichte in den Schwitzkasten nehmen, ihr neues Ziel war Flemmings Fritze.

# KAPITEL 39

**Hamburg, Hauptbahnhof**

Kalle hasste Schreibtischarbeit. Die Ergebnisse der Klinkenputzerei zusammenzutragen, erforderte höchste Konzentration. Befrage hundert Zeugen zum selben Sachverhalt, und du erhältst hundert Antworten. Darin ein Muster zu erkennen, hatte was von Kaffeesatzlesen. Der ganze Vormittag war damit draufgegangen, die Aussagen noch mal zu sichten, zu sortieren, als sachdienlich einzustufen oder zu verwerfen. Manches war krass. Der Mann, der angeblich von Anwohnern beim Betreten des Kleingartenvereins gesehen worden war, also Stefano da Silva, wurde zum Beispiel als blond, rothaarig, klein, untersetzt, groß, dünn, mit Bart, ohne Bart, mit Koffer oder mit Laptoptasche beschrieben und mal für jung und mal für alt gehalten. Sein Hund war Mops, Dackel, Bernhardiner, Pitbull, Dänische Dogge. Tatsächlich handelte es sich um Herrchens Darling, einen Deutschen Schäferhund. Kalle fühlte sich erschöpft, zu wenig Schlaf. Gestern Abend war es wieder spät geworden. Sie hatten die Vernehmung von Joris Duncker durchgekaut, vor- und zurückspekuliert, kreuz und quer im Dunkeln gestochert. Im Grunde waren sie nicht viel schlauer als vorher. Behauptungen eines Halbstarken, der seinen Arsch retten wollte, so sah es Kalle. Marga tendierte dazu, Joris die Heldennummer zu glauben samt Rolex-Präsent. Und Jette war mal wieder nicht bei der Sache, schloss sich aber solidarisch Margas Einschätzung an. Na klar, Jette. Kalle hatte sich einen Tritt in den Allerwertesten gegeben und sich bei Jette bedankt. Ohne sie, wer weiß, wozu er sich hätte hinreißen lassen? Es hätte nicht viel gefehlt, und er wäre auf Joris losgegangen. Dass Kalle sich provozieren ließ, passierte zwar selten, aber doch immer wieder.

»Papa, ich rede mit dir!«

Kalle wuchtete die Reisetasche auf die andere Schulter. »Hast du Steine da drin, oder was?«

Keine Antwort war auch eine Antwort. War vielleicht doch ganz gut, dass Eliza nach Berlin fuhr, um Jay zu besuchen. Vielleicht wusste sie dann besser zu schätzen, wie gut sie es bei ihrem Vater hatte. Kalle beeilte sich, die Rolltreppe vor dem Fahrgästeschwall zu erreichen, der mit schwerem Gepäck aus der S-Bahn quoll. Seit das neue Jahr begonnen hatte, rannte die Zeit davon, als sei sie auf der Flucht in die Zukunft, und Kalle hechelte immer bloß hinterher. Schon Märzferien. Das Lehrkörpergeschwader ließ sich aus Hamburg einfliegen, um in den Alpenstaaten achtzehntausend Skipisten zu planieren. Alles Freiwillige. SOS! Kalle gehörte zur Partei der Spaßbremsen, sozialneidisch, obergenervt, stur. Auf dem Bahnsteig der S-Bahn 1 Richtung Airport ging nichts vor und nichts zurück. Eliza hatte angefangen zu heulen, weil sie fürchtete, den Zug zu verpassen. Winke, winke nur mit Kalle als Hofstaat war für Prinzessin Kotz von Motz offenbar nicht glamourös genug. »Immer musst du dich mit Oma streiten. Ich hasse dich!«

Eliza konnte echt die Pest sein. Das hatte sie von ihrer Mutter.

*

Auf dem Bahnsteig 13 a trabte Kalle neben dem anfahrenden Intercityexpress her und warf seiner Krabbe eine letzte Kusshand zu, Elizas verbale Entgleisung immer noch im Ohr.

Dennoch ließ er sie nur schweren Herzens los. Jeden Tag ein bisschen mehr. Um 15.35 Uhr, also in nur anderthalb Stunden, würde sie in Berlin Spandau ankommen und wehe, Jay würde nicht pünktlich sein. Dann … na, was dann, Kalle? Es gab Dinge, die konnte er nicht wiedergutmachen. Dazu gehörte der zermürbende Stress mit Jay. Sie war krank, sie musste Tabletten nehmen, sie war unberechenbar – und dennoch sah das Jugendamt kein Problem darin, dass Eliza ihre Mutter besuchte. Ihr Psychiater habe bescheinigt, Jay Bärwolff sei medikamentös gut eingestellt, und Elizas Besuch würde Jays Zustand weiter stabilisieren. Kalle musste sich damit abfinden, Punkt. Eliza wollte unbedingt allein fahren. Sie sei schließlich kein Baby mehr. Ach ja. Kalle hatte also seine Krabbe in die Obhut eines Zugbegleiters der Deutschen Bahn übergeben. Seit Tagen hatte Emma genörgelt. Warum er Eliza erlaube, nach Berlin zu reisen. Mit einem Buch hatte sie vor Kalles Nase herumgefuchtelt. *Ungeklärte Mordfälle – wenn aus Opfern Aktenleichen werden.* Und ihm einen Vortrag gehalten über einen Internisten aus München, der sich vor zwanzig Jahren an seiner Stieftochter vergangen habe. Bei der Obduktion seien damals marginale Fehler gemacht worden. Die Leiche des toten Mädchens sei ausgegraben worden. Ihre Geschlechtsteile seien herausgeschnitten gewesen. Und so weiter. Der Internist sei bis heute nicht rechtskräftig verurteilt, weil unser Staat die Täter schütze und die Opfer verrate. Emma hatte sich in Rage geredet, und Kalle war schummrig vor Augen geworden. Dann folgte Streit, ein Wort gab das andere, und zum ersten Mal in seinem Leben bekam er von Emma eine gescheuert. Die Nerven lagen blank. Seine, weil er sich des Gefühls nicht erwehren konnte, dass er als Chefermittler der SOKO Hayenga überfordert war und Täter wegen seiner Inkompetenz freien Auslauf genießen konnten. Aber auch Emmas Nerven schienen nicht in Hochform zu sein. Ihr Hass auf Männer brach von Zeit zu Zeit aus ihr heraus wie ein bissiger Pitbull, den sie von der Leine gelassen hatte. Kalle hätte ihr nicht von *My Lord*, dem Typ aus Facebook, erzählen dürfen und schon überhaupt nicht von dem ollen Blonsky in seinem Oldtimerschlitten. Den Blonsky kannte Emma, den hatte sie noch nie gemocht, der passte perfekt in ihr Feindbild. Seit diesem Abend, der entspannt bei Bier und schwäbischen Käsespätzle in der Bärwolffschen Küche begonnen und mit einem Generalverdacht auf Kalles Geschlechtsgenossen geendet hatte, hing der Haussegen am Galgen. Für Emma waren alle Männer, die auch nur eine Schuppe auf den Schultern ihrer dunklen Sakkos zur Schau trugen, potenziell pädophil. Emma und die Schuppen des Blonsky. Das Thema entwickelte sich zum Thriller. Und der Zugbegleiter des Intercitys? Normalerweise wäre Kalle nie im Leben aufgefallen, dass der Schuppen hatte. Was, wenn Emma recht haben sollte? Dann würde er ihn erschießen. Kalle sah auf die Uhr. Am liebsten würde er sich aufs Ohr hauen. Er zog das Handy aus der Brusttasche. Auf der Mailbox war keine Nachricht. Das Handy klingelte prompt. »Was gibt es, Tinta?«

»Schöne Grüße von Marga. Soll dir von ihr bestellen, dass Markus Hottenberg angerufen hat. Bei ihm wartet eine Zeugin, die behauptet, sie habe die Hayenga am Sonntag – dem Tag ihres Verschwindens – in Begleitung eines Jungen gesehen. Der soll zur Jugendgruppe von Markus Hottenberg gehören.«

»Name?«

»Weiß ich nicht.«

Na wunderbar. Tinta schien beschlossen zu haben, nur für Dienst nach Vorschrift bezahlt zu werden.

»Hast du mir die Adresse von Gesa Clasen rausgesucht?«

Kalle vernahm ein eigentümliches *Tztztz* in der Leitung. Möglich, dass die Verbindung nur suboptimal war …

»Ihr seid fast Nachbarn. Schätze mal, da liegt höchstens ein schlapper Kilometer ganz heißer Föhn zwischen dir und ihr. Erichstraße, St. Pauli. Geht von der Davidstraße ab.«

*

**Hamburg-Neustadt, Kohlhöfen**

Als Kalle in der Jugendgruppe eintraf, saß ein Pärchen auf dem Sofa und knutschte. Erst als Kalle sich laut räusperte und sich vorstellte, flatterten die Turteltäubchen auseinander. Sie sei rein zufällig hier, betonte die Göre mit glamourgrünem Augenaufschlag. Bei Radio Hamburg habe sie gehört, Zeugen zum Mordfall Hayenga werden gebeten, sich bei der Polizei zu melden. Sie ziehe ihre Aussage aber zurück. Aus Eifersucht habe sie Quatsch erzählt. Sie drückte ihrem verdutzten Freund einen Zungenkuss in den Hals.

»Wo ist die versteckte Kamera?« Kalle kochte.

»Hä? Was will er?« Ihr Blick suchte den von Hotte, während ihr Freund dämlich grinste. Okay, das Mädel hatte Potenzial. Mit den Riesenglocken würde sie immer Auftrieb haben und niemals ertrinken können. Schon wieder saugten sich die Münder ineinander fest. Der nicht enden wollende Versöhnungskuss war außerordentlich innig, bis Kalle der Geduldsfaden riss. »Entschuldigen Sie die Störung, aber ich habe nicht ewig Zeit.« Und dann folgte ein Paragraphenreiten durch das Strafgesetzbuch – von Falschaussage bis Behinderung von laufenden Ermittlungen. Kalle schob Frust. Keine heiße Spur, nur heiße Luft … und ein knallroter Kopf. »Ich habe nichts gesehen, ich schwöre! Nur gehört, wie eine Frau um Hilfe gerufen hat.« Das Mädel sah zu Hotte hinüber, der mit der Schulter am Türrahmen lehnte, sich eine Zigarette drehte und aufmunternd nickte.

»Wann war das genau?« Kalle holte sein Notizbuch hervor und zückte den Stift.

Ihre Lider flatterten. »Ich glaube, es war an dem Sonntag, als die Omi verschwand.«

»Du glaubst es, aber sicher bist du nicht?«

»Ja. Ich mein, nein.«

»Und wo soll das gewesen sein?« Kalle trat einen Schritt auf sie zu.

Der Junge legte den Arm fester um die Schultern seiner Braut. Irgendwie hatte es etwas Rührendes.

»Ich war auf dem Weg zur U-Bahn St. Pauli, oben auf dem Fußweg, der auf der Böschung an der Helgoländer Allee entlangführt, zum Spielplatz bei den Tanzenden Türmen. Bin gleich losgerannt, als ich sie schreien hörte, ehrlich.« Sie senkte den Kopf, den das Blut wieder hochrot leuchten ließ, und flüsterte weiter hinter ihrem Haarvorhang.

»Bitte laut und deutlich!« Es war zum Aus-der Haut-Fahren.

»Beim Klettergerüst lag nur eine Einkaufstasche am Rand der Sandkiste.« Sie verstummte.

»Ja, und weiter?« So nah dran waren sie in diesem Fall noch nie gewesen. So nah dran. Komm schon.

»Sonst war niemand zu sehen, und ich dachte, jemand hat sich wohl einen Scherz erlaubt. Ich hab nachgesehen, was in der Einkaufstasche drin ist ...«

»Und hast die Weinflaschen mitgenommen.«

Sie schaute durch Kalle hindurch. »Ja«, flüsterte sie und fing an, hysterisch zu heulen.

Markus Hottenberg bat Kalle daraufhin ins Büro, in dessen

Ecke eine Zimmerlinde wucherte, die von einer in der Wand verankerten Handschelle daran gehindert wurde, umzustürzen und Kalle zu begraben. Hottenberg stehe vor seinen Jungs und nicht hinter ihnen. Er schirme sie und auch ihren Freundeskreis ab vor dem Bösen, und dazu gehörten auch Polizeibeamte, die mit vorgefasster Meinung angelatscht kämen, statt die Unschuldsvermutung zu respektieren. Sein Schützling Sören Buhrmester sei am besagten Sonntag zur fraglichen Zeit im UKE in der zahnmedizinischen Notaufnahme gewesen. Nur der Vollständigkeit halber erwähnt, damit jegliche Zweifel an Sörens Unschuld aus dem Weg geräumt seien. Und was seine Freundin betreffe, sie habe sich an die Wahrheit erinnert, davon könne Kalle zu hundertfünfzig Prozent ausgehen. Hottenberg öffnete seine Schreibtischschublade und wühlte in dem Papierstoß, bis er die Visitenkarten zu fassen bekam. »Da lobe ich mir doch die Damen, die uns neulich aufgesucht haben: Margarethe Terbeek und Jette Winter. Sympathieträgerinnen. Mit solchen ist die Polizei ja nun nicht gerade üppig gesegnet.«

Super. Das kam an wie der Kackhaufen auf einem Scheißtag. Kalle war bedient. Dass das Mädel – immerhin eine Fastaugenzeugin – seine Schlussfolgerungen zum Ort des Verschwindens von Lisbeth Hayenga quasi bestätigt hatte, ging zwar runter wie Öl, änderte aber nichts an der Unverschämtheit, die Markus Hottenberg ihm vor den Latz geknallt hatte.

*

## Hamburg-St. Pauli, Erichstraße

Auf der Davidstraße hatten sich die Bordsteinschwalben bereits aufgereiht und warteten auf Kundschaft zur Happy Hour. »Hey, Süßer, willste poppen?«

Kalle sah zu, dass er die Kurve bekam, und bog ab in die Erichstraße – für das sonst so quirlige St. Pauli eine kleine, ruhige Nebenstraße. Vorbei an Kiosk, Getränkemarkt und Kneipe, wurde er von einer seltsamen inneren Unruhe angetrieben. Bloß nicht erwischen lassen. Gesas Haus hatte einen kleinen Vorgarten. Am Jägerzaun hing ein rundes, rot umrahmtes Verbotsschild mit einem Hund, der einen Haufen machte. Die Sprossenfensterrahmen waren grün, ebenso wie die Haustür. Die Wände waren weiß verputzt. Aus dem Schornstein stieg weißer Rauch auf. War ein neuer Papst gewählt? Die Küche war hell erleuchtet. Zu schön, wenn er erwartet würde. Kalles Magen nörgelte. Er sah sich um, zog die Kapuze seines Sweatshirts über den Kopf und schlug den Kragen seiner Lederjacke hoch. Keine Menschenseele. Nur mal ganz kurz gucken. Er stellte sich auf die untere Strebe des Zauns und lugte durchs Fenster. Auch die Küchentür war grün gestrichen. Daneben hing ein Gemälde, für das die Sonnenblumen von van Gogh als Vorlage gedient hatten. Nicht schlecht, Frau Specht. Ein großformatiger Fotokalender … oh shit! Die Küchentür öffnete sich, und Kalle sprang zurück auf den Weg, eilte über die Straße und verschwand im *Hot Chili Pepper.* Wie ein Dieb auf Ausspähtour kam er sich vor. Der Fensterplatz war frei. In der Küche waren jetzt die Gardinen zugezogen. War er etwa ertappt worden? So ein blöder Mist. Selbst schuld. Eine Dumm-wie-Stroh-Aktion. Die Kellnerin vom Typ Studentin der Sozialpädagogik hatte gelbliche Zähne. Oder lag es am Funzellicht? Und einen Vorbau, auf dem sie locker die Getränke abstellen könnte. Was er in der Kneipe eigentlich vorhatte, wusste er selbst nicht so genau. Erst mal was essen. »Eine große Portion Bratkartoffeln und ein Weizen, bitte.« Emmas kalte Küche konnte ihn nicht nach Hause locken. Wenigstens war die Krabbe gut bei Jay angekommen. Der Zugbegleiter hatte sich nicht an Eliza vergangen. Komm, reiß dich zusammen! Das war bitter nötig, denn Gesa erschien in Kalles Augenwinkel, überquerte die Straße, war in wenigen Schritten vor ihrer Haustür angekommen und drückte auf den Klingelknopf. Wie hypnotisiert stierte Kalle aus dem Fenster. Eine wohlproportionierte Schöne im weißen Frottee-Bademantel und Handtuchturban öffnete – wow! Die beiden küssten sich innig, so wie vorhin Hottes Gruselteenies. Kalle schloss die Augen. Das durfte bitte nicht wahr sein! Als Jay damals auf Kalle geschossen hatte, hatte er am eigenen Leib gespürt, wie es sich anfühlte, wenn über einem die vertraute kleine Welt zusammenbrach und man ungebremst auf die Schnauze fiel. Diesmal saß Kalle auf einem weichen Plüschsofa, und geschossen hatte auch niemand auf ihn. Warum tat es dann trotzdem genauso beschissen weh?

# KAPITEL 40

**Hamburg-Neustadt, Wincklerstraße**

Kalle, der im Schaukelstuhl neben Elizas Bett eingenickt war, wurde von stechenden Rückenschmerzen geweckt. Er richtete sich auf und massierte sein Kreuz. Die Krabbe lag zusammengerollt unter der Decke, nur die Schlappohren ihres Plüschhundes schauten hervor. Draußen dämmerte es. Kurz vor sieben. Abgesehen vom Liebeskummer hatte sich Kalle wieder geerdet. Es war irgendwas vor Mitternacht gewesen, als Sturmklingeln ihn vor der Glotze hatte hochschrecken lassen. Der Schlüssel drehte sich im Schloss, und Eliza fiel Kalle, der nicht sicher gewesen war, ob er nicht doch schlecht träumte, um den Hals.

»Papa!«

»Um Gottes willen, Eliza, ist dir was passiert?«

Eliza hatte sich an Kalle geschmiegt. Nur Kalles Plauze drängelte sich dazwischen. Die Krabbe sah müde aus, aber sie hatte weder geweint, noch war sie sonst irgendwie beschädigt. Kalle betrachtete seine Tochter eingehend, bis Eliza ihm in den Bauch zwickte. »Wo ist denn Oma? Gibt es noch was zu essen? Warum guckst du wie ein Auto?«

»Moment. Erst mal bin ich dran, Fragen zu stellen.« Während er Eliza eine Scheibe Brot mit Käse belegte und eine Tomate aufschnitt, beobachtete er seine Tochter. Langsam beruhigte sich sein Herzschlag. Eliza ging es gut, das war das Allerwichtigste. »Also?«

Sie stopfte sich das Brot hinein, als habe sie seit ihrer Abreise

nach Berlin nichts mehr zu essen bekommen. Geduldig wartete Kalle, bis Eliza den letzten Krümel verputzt hatte. Und wieder drehte sich ein Schlüssel im Schloss. Emma, die neuerdings kam und ging, ohne ein Wort darüber zu verlieren, wann sie zurück sein würde oder ob überhaupt, war mit zwei Schritten in der Küche. »Um Gottes willen, Eliza, ist dir was passiert?«
Die Antwort auf genau diese Frage verzögerte sich weiter. Eliza lag auch Emma in den Armen, oder war es umgekehrt? Kalle übte sich weiter in Geduld. Und dann brach der Damm von selbst. »Mama war so komisch. Sie sagte, sie freue sich, mich zu sehen, aber in Wirklichkeit hat sie sich kein bisschen gefreut. Kaum geredet hat sie, und wenn, dann sagte sie, sie habe Angst und ich solle ruhig sein. Wir dürften nicht miteinander sprechen, weil es Menschen gebe, die uns vernichten wollten. Als wir bei Mama zu Hause waren, ist sie umgefallen. Ich habe ihr aufgeholfen, und sie ist wieder umgefallen. Sie war wie betrunken. Ich bin rüber zu Bettina, aber die war nicht da.« Eliza stand auf und setzte sich auf Kalles Schoß, legte den Arm um seinen Hals und streckte den anderen Arm nach Emma aus, die die Hand ihrer Enkelin ergriff. »Dann habe ich den Notarzt angerufen. Die waren ganz furchtbar nett und haben Mama sogar zum Lachen gebracht, und ich hab die Tabletten aus dem Badezimmer geholt und sie dem Arzt gegeben. Der hat gesagt, dass er sich so eine Tochter wie mich von Herzen wünsche und dass ich meiner Mutter sehr geholfen habe.«
Kalle und Emma wechselten einen Blick.
»Und dann haben sie Mama in die Charité gebracht. Nur sicherheitshalber.«
»Ja, sind die denn bescheuert, die konnten dich doch nicht einfach alleine lassen!« Emma kreischte, und Kalles Flimmerhärchen legten sich flach.

»Der nette Arzt hat mich gefragt, ob sich jemand um mich kümmere, und ich habe ihm gesagt, dass das mein Vater und meine Oma tun – und das stimmt doch auch.« Eliza fing an zu weinen.
»Du hast alles richtig gemacht. Wir sind stolz auf dich, Krabbe.« Kalle hatte ihr über das Haar gestreichelt.
Wie auf Knopfdruck versiegten Elizas Tränen, und ihr fielen die Augen zu. Er hatte sie ins Bett getragen. Als er in die Küche zurückgekommen war, hatte Emma mit gesenktem Kopf am Fenster gestanden. Ihre Schultern zitterten. Es gab so viel Scheiße auf der Welt. Im Hause Bärwolff war dafür kein Platz. »Ich lieb dich, Mam.«
Obwohl alles noch mal gutgegangen war, auf eine Nacht wie die vergangene konnte Kalle gerne verzichten. Er streckte die Arme aus und gähnte ausgiebig. Kaffee!

*

**Hamburg-Neustadt, St. Pauli**

Kalle liebte die himmlische Ruhe am Sonntagmorgen in der schönsten Stadt der Welt. Eliza und Emma schliefen noch. Zeit genug für einen Ausflug zum Bäcker. Er zog die Wollhandschuhe an, die Eliza für ihn gestrickt hatte, und den gefütterten Parka. Sein Kopf verschwand unter der Kapuze wie der einer Schildkröte unterm Panzer. Mit Elizas Kickboard rollerte Kalle los. Die Dinger waren verdammt schnell. Damit konnte man sich gepflegt auf die Fresse legen. Die kalte Luft tat gut, hauchte ihm frischen Atem ein. Kalle rollerte einem Karnickel hinterher. Keine Chance, es war schneller. Tschüss, du oller Meister Lampe, grüß die Verwandten. Kalle rollerte und trällerte. »I can't get no satisfaction, hmhm, can't get no, hey, hey, hey, that's what I say.« Am Michel pfiff der Nordwind um das ehrwürdige Gemäuer. Er bremste vor dem Eingangsportal und sah zum Erzengel Michael hoch. Auf dessen Flügel war vor Jahren eine Selbstmörderin gelandet. Der Flügel war lange verbogen gewesen, bis er endlich repariert wurde. Nein, springen war keine Alternative. »Oh no, no, no.« Kurzentschlossen änderte Kalle seinen Plan und fuhr nicht weiter geradeaus über die Willy-Brandt-Straße hinweg zum Bäcker, sondern wendete den Roller nach links in Richtung Heiligengeistfeld. Heißer Föhn liege zwischen ihm und Gesa, hatte Tinta gefrotzelt. Hatte er sich Gesas Interesse bloß eingebildet? Als die Turmuhr des Michels zur halben Stunde zweimal schlug, hatte Kalle sowohl das Bundesamt für Seeschifffahrt und Hydrographie als auch das Bernhard-Nocht-Institut hinter sich gelassen. In dem dicken Gemäuer war ein biologisches Laboratorium der höchsten Sicherheitsstufe untergebracht, und kein Schwein interessierte das. Auf der Straße trieben sich außer Kalle nur ein paar verhuschte Tauben herum, und so hatte er freie Fahrt voraus für freie Kickboardfahrer. Jetzt ging es bergab. So geil! Gesa joggte jeden Morgen. Das hatte sie in einer Kaffeepause beim Workshop erzählt. Jetzt oder nie. Er musste Gewissheit haben. Solange er es nicht laut aussprach, solange war es nicht wahr. Noch war gar nichts wahr. Noch war es ein Versehen im wörtlichen Sinne. Er hatte sich versehen, nicht richtig hingeguckt, 'nen Blackout gehabt. Die Schöne war eine optische Täuschung gewesen. »Hey, hey, hey, that's what I say.« Als Kalle in die Erichstraße einbog, näherten sich zwei Schatten im Gegenlicht der aufgehenden Sonne. Er drückte sich samt Roller in den nächsten Hauseingang und hielt den Atem an. Gott sei Dank, der Himmel bewölkte sich. Wo keine Sonne schien, gab es auch keinen Schatten. Kaum zwei Meter entfernt, passierten ihn Gesa und die andere. Kein Versehen, kein Vertun. Im zackigen Tempo, beide in Laufklamotten, entfernten sie sich. Dass Kalle eine Stalker-Karriere vor sich haben würde, darauf wäre nicht mal Emma gekommen. Und die hatte ihm schon einiges auf den Kopf zugesagt, worauf er alles andere als stolz war. Noch einen Moment verharrte er in seiner Deckung, dann schaute er wieder um die Mauerecke. Die Sportskanonen ließen ein Auto vorbei und trabten über die Davidstraße zur Elbe hinunter. Kalle rollerte hinterher, immer darauf bedacht, ausreichend Abstand zu wahren. »But I try and I try. I can't get no satisfaction.« Vorbei am Hotel *Hafen Hamburg*, über die Kersten-Miles-Brücke hinweg. Dann musste Kalle eine Pause machen, zu dicht war er den beiden auf den Fersen. Ohne Roller hätte er die Verfolgung vergessen können. Wollte er ihnen bis ans Ende der Welt hinterherjagen? Bei der Jugendherberge auf dem Stintfang verschwanden sie zwischen den Sträuchern. Okay, noch eine letzte Chance gab er sich. Vielleicht wollten sie auf der Terrasse Kaffee trinken, und Kalle könnte sich dazusetzen. »Moin, I can't get no satisfaction!« Trotz Roller war er groggy. Selbst wenn er wollte, er konnte nicht mehr. Bei Blohm + Voss lag die Queen Mary II im Trockendock. Weiter links glitzerten die Fenster der Elbphilharmonie wie einzelne Steine eines fetten Diamanten im Sonnenlicht. Geschenk der Hamburger an ihre herzallerliebste Hansestadt. Kalles Juwel hatte sich im Bodennebel aufgelöst. Erleichtert? Enttäuscht? Auf jeden Fall aus der Puste. Sein Herz war bis zum Anschlag damit ausgelastet, sein Leben zu erhalten. Für große Gefühle war keine Kapazität mehr frei. Er schulterte den Roller und machte sich an den Abstieg zum U-Bahnsteig Landungsbrücken. Und da saßen sie. »Oh, no, no, no!« Arm in Arm auf der Mauer über dem Südhang des einzigen Weinbaugebietes, das Hamburg zu bieten hatte. Gesa hatte den Kopf auf die Schulter der anderen gelegt, die Gesa zart auf das Haar küsste. Das war kein Versehen, weder von Gesa – die saß da in voller Absicht – noch von Kalle. Auch ohne neue Brille war alles klar und deutlich. Im Osten lichtete sich die Wolkendecke, und die Sonne gab sich die Ehre, wie es sich für einen anständigen Sonntag gehörte. Die meisten Suizide waren laut Statistik nicht im trüben November zu beklagen, sondern im Sommer. Fröhliche Menschen und Bilderbuchwetter raubten Depressiven den letzten Lebenswillen. Kalle sprang so schnell er konnte die Treppe hinunter, und weg war er, bloß weg. Er hatte einen Auftrag zu erfüllen. Brötchen holen für die zwei, die seine Liebe verdienten. Und Kuchen. Megavielfettkäsekuchen.

# KAPITEL 41

**Hamburg-Winterhude, Polizeipräsidium**

*»… der Steuermann hatte Matrosen am Mast und den Zahlmeister haben die Gonokokken vernascht. Aber sonst waren wir bei bester Gesundheit. Aloha heja he. Aloha …«*

Tinta schob Kalle die Kopfhörer von den Ohren und lauschte. »Achim Reichel hat's drauf. Frag ihn doch, ob er mit dir zusammen beim Eurovision Song Contest singen will. Dann bleibt dir der letzte Platz erspart.«

Kalle schaltete den MP3-Player aus und versenkte ihn in seiner Schreibtischschublade. »Was liegt an?«

»Wusstest du, dass Guntbert bei den Bürgerschaftswahlen für die FDP angetreten ist? Er stand auf Listenplatz 1 in unserem Wahlkreis. Ich hab vielleicht blöd geguckt.«

»Und, hast du ihn gewählt?«

»Bist du bekloppt? Natürlich nicht!«

»Ich hab alles durchgestrichen aus Protest.«

»Tolle Aktion, Kalle. Das hättest du dir auch sparen können.«

»Hab ich aber nicht.«

Tinta tippte sich an die Stirn und setzte sich Kalle gegenüber. Sie zog mehrere Blätter aus der grünen Mappe, hielt sie zwischen Daumen und Mittelfinger hoch, als seien sie mit Bazillen verseucht.

»Was ist das?«

»Das ist das Protokoll über den Termin zur Abnahme der eidesstattlichen Versicherung. Gläubiger: Lisbeth Hayenga.

Schuldner: Fritz Flemming, wohnhaft am Schwanenwik. Feinste Adresse an der Alster.«
»Melderegister hat Bodo schon gecheckt. Da wohnt Flemming nicht mehr. Wenn das so weitergeht, saufen wir mit den Ermittlungen ab.«
Tinta nickte. »Wäre blöd für dich, ich weiß. Also, was haben wir noch. Beizutreibende Gesamtforderung: 25 000 Euro, Vollstreckungsbescheid Aktenzeichen 0815.«
Kalle stieß einen langgezogenen Pfiff aus. Tintas rotlackierter Fingernagel sauste über die Zeilen. »Hierauf versicherte der erschienene Schuldner an Eides statt, dass er die von ihm verlangten Angaben nach bestem Wissen und Gewissen richtig und vollständig gemacht hat. Anlage: Vermögensverzeichnis.« Tinta blätterte um. »Rate mal, welchen Beruf Fritz Flemming angegeben hat.«
Kalle zuckte mit den Schultern.
»Hausfrau«, prustete es aus Tinta heraus.
»Der ist sich echt für nichts zu doof.« Kalle konnte sich ein Grinsen nicht verkneifen.
»Bargeld 2,50 Euro«, las Tinta weiter. »Noch ein paar wahllose Beispiele meinerseits, aus der Liste ausgewählt. Wertpapiere: nein. Wohnungseinrichtung und Haushaltswäsche: keine eigenen Möbel.« Tinta blätterte zur nächsten Seite. »Kleidungsstücke: nur im Rahmen bescheidener Lebensführung. Fahrzeuge, auch Fahrräder: nein. Wertvolle Haustiere: ja, Krokodile.«
»Bitte?« Kalle beugte sich über den Schreibtisch, aber Tinta hielt Abstand.
»Daraus hätte er ein paar Handtäschchen anfertigen lassen und bei eBay versteigern können. Dann wäre er wieder flüssig gewesen.« Sie streckte Kalle die Zunge heraus. »Na ja, die Liste geht noch weiter bis Ziffer 28. Fritz Flemming ist nach eigenen Angaben ein mittelloser, trauriger Loser.« Tinta

schob Kalle den Papierstoß über den Tisch und zog einen weiteren aus der Mappe. »Jetzt wird es bürokratisch. Bis 2000 war Fritz Flemming Inhaber der Nachtbar *La Luna* am Hammer Deich. Dann ist er mit dem Laden umgezogen nach St. Georg in die Rostocker Straße. Aufgrund rechtskräftiger Verurteilung – Steuerhinterziehung – hat das Verbraucherschutzamt Hamburg-Mitte Fritz Flemming nach Paragraph 35 Gewerbeordnung untersagt, ein Gewerbe zu betreiben. Wegen Unzuverlässigkeit. Lisbeth Hayenga ist seitdem als Inhaberin eines Selbstbedienungswaschsalons unter der Adresse eingetragen.«

»Prost, Freie und Krämerladenstadt Hamburg. Immer und immer wieder dasselbe Lied. Da weiß der eine Bezirk nicht, was der andere treibt. Eine Bezirksreform jagte die nächste, aber die kleinen Beamtenfürsten machen, was sie wollen, nämlich nichts.« Kalle streckte den Arm aus, und Tinta übergab ihm die Mappe. »Top Job, Tinta. Du hast einen Wunsch frei bei mir.«

Tinta stand auf und ging zur Tür. »Ich wünsche mir ein Ein-Karat-Brilli-Piercing für meine Schamlippen.«

Als Hochzeitsgeschenk? Kalle grinste. Gesa war sowieso zu alt für ihn. Outlook meldete den Eingang einer Nachricht von Bodo Steinhoff. Der hatte ja wohl einen Sockenschuss, Kalle mit minikleiner Schriftgröße zu nerven: *Hallo, Kalle,*

*1. Die Überprüfung von Lisbeth Hayengas Konto bei der Hamburger Sparkasse ergab monatliche Gutschriften in Höhe von jeweils 200 Euro von der Deutschen Rentenversicherung. Letzte Zahlung am 01. März. Kontostand: 311 Euro. Weitere Konten bei anderen Geldinstituten konnten wir bisher nicht ermitteln.*

Wie viele Tote bezogen Rente? Da sollte sich der Bund der Steuerzahler mal drum kümmern.

*II. Wie mit dir abgesprochen hat die Rechtsanwältin von Sophia Prinz, Dr. Kröger-Suttner, heute Morgen Akteneinsicht genommen. Sie ließ verlauten, ihre Mandantin behalte sich rechtliche Schritte wegen übler Nachrede vor. In der Seniorenresidenz munkelt man, dass ihre Tage als Geschäftsführerin im Down Town gezählt seien. Guntbert ist auf Zinne. Bodo.*

Kalle verschob die Mail in den Ordner »SOKO Hayenga« und beendete das E-Mail-Programm. Möchten Sie autoarchivieren? »Nerv mich nicht!« Klick. Lisbeth Hayenga hortete das Geld womöglich irgendwo in bar, so wie Emmas Mutter es getan hatte. Nach Omis Tod hatte Emma stapelweise Schuhkartons im Keller gefunden, voll bis zum Rand mit bröseligen Hundertmarkscheinen, über die sich die Mäuse hergemacht hatten. Einen zweiten Schlüssel für das Hayenga-Appartement hatte die Prinz ... An ihrer Zuckergussoberfläche weiter zu kratzen, musste sauber vorbereitet sein. Der Kröger-Suttner war nicht mit Schnellschüssen aus der Hüfte beizukommen. Die ätzte wie hochprozentige Säure. Der Posteingang meldete eine Mail von Nick Nolte: *Siehe beigefügten Link zur Blöd-Blatt-Online-Eilmeldung. Sollte dich interessieren. Hochachtungsvoll, Senator in spe, Nick.*

Was sollte das denn heißen? Kalle klickte auf den Link. Zwei nackte Brüste verstopften den Bildschirm. Ohne anzuklopfen, schoss Guntbert Meyer ins Büro. »Die Kröger-Suttner sieht aus wie ein Kerl. Die sollte sich mal den Bart abrasieren!« Er donnerte die Tür zu und ging auf Kalle los wie ein Stier, der den Torero mit den Hörnern aufspießen wollte, stutzte, glotzte auf den Monitor. »Wieder privat am Surfen während der Dienstzeit, was?«

Kalle stellte auf Durchzug. »Die Info kam eben von Nick rein.« Er scrollte zum Artikel: *Tote Oma wusch Pädophilen*

*die Dreckwäsche. Obwohl das Dezernat für Sexualdelikte unter der Leitung von Nick Nolte alle Fakten über die illegalen Ekelgeschäfte mit dem billigen Sex in monatelanger Akribie aufgedeckt hat, ist das Bezirksamt Mitte nicht willens oder nicht in der Lage, das Salut, DEN Treffpunkt für Pädophile, zu schließen. Mitten in St. Georg neben Kindergarten und Schule müssen rechtschaffene Bürgerinnen und Bürger unglaublichen Dreck dulden. Hamburg, die Stadt der Kakerlaken und Ratten, braucht seit Altkanzler Helmut Schmidt endlich wieder einen fähigen Kammerjäger. Nick Nolte empfiehlt sich für den Posten des Innensenators im neuen Senat. Es wurde online abgestimmt.* 99 *Prozent unserer Leserinnen und Leser sind dafür, dass der Leiter des Dezer…*
Bleich geworden, fasste sich Guntbert ans Herz, weitete den Kragen seines Hemdes mit zitternden Fingern, rang nach Luft und schlurfte wortlos aus Kalles Bürotür, die sperrangelweit offen blieb. Kalle rollte auf dem Bürostuhl über den himmelgrauen Linoleumboden und trat der Tür in die Eierschalenfarbe. Nach Guntberts Showeinlage gönnte Kalle sich die schwer verdiente Mittagspause. Er war nicht der Terminator vom Dienst, sondern bloß ein Polizist aus Fett und Schweiß. Zurück am Schreibtisch öffnete er die Schublade, nahm seine Brotdose heraus, biss in die schrumpelige Karotte und schaltete den MP3-Player wieder ein. *»Hab die ganze Welt gesehn von Singapur bis Aberdeen. Wenn du mich fragst, wo es am schönsten war, sag ich Sansibar. Aloha heja he. Aloha heja he. Aloha heja he.«*

# KAPITEL 42

**Hamburg-Winterhude, Polizeipräsidium**

»Jette?«

Jette, im kurvenbetonten Ostfriesennerz, biss in einen gewachsten Apfel, kaute, schluckte. »Ich bin eigentlich gar nicht mehr da.«

»Ist Marga auch schon weg?«

»Ist sie. Ihr war nicht gut. Irgendwas mit dem Magen.« Statt die Tür zu schließen, öffnete Jette sie weit, und Käthe Brandt, die alte Dame aus dem Down Town, kam in Kalles Büro spaziert. Sie wedelte mit der Zeitung in der Luft. »Schönen guten Abend, Herr Kommissar. Ich lese sonst nie in diesem Käseblatt. Das gehört sich einfach nicht.«

Leise klappte die Tür zu. Jette hatte sich aus dem Staub gemacht. Verstohlen sah Kalle auf die Uhrzeit, die unten rechts auf seinem Monitor angezeigt wurde. 20.41 Uhr. In jedem Krimi machten Ermittler der Mordkommissionen landauf landab Überstunden ohne Ende. Die Wahrheit war, Kalle konnte nicht nein sagen.

»Bitte nehmen Sie Platz, Frau Brandt.« Er rückte den Stuhl zurecht.

»An den Schreibtisch soll ich mich setzen?«

»Müssen Sie nicht. Wir können uns auch …«

Frau Brandt saß bereits. »Ich wäre gerne Kommissarin geworden, Herr Kommissar. Stattdessen habe ich geheiratet, weil ich keine alte Jungfer werden wollte. Für Frauen gab es damals nur Pest oder Cholera. Ich hab Pest gewählt. Falsch, wie ich heute weiß, denn Cholera kann man überleben.« Käthe Brandt stieß einen Seufzer aus. »Meinen ersten Mann hab ich kaum gekannt, da war der schon tot. Im Krieg gefallen. Dann habe ich noch mal geheiratet.« Wieder seufzte Käthe Brandt. »1955 wollte ich den Führerschein machen. Ging nicht, weil mein Mann der Meinung war, Frauen könnten nicht Auto fahren. Er erlaubte es mir nicht, und das Gesetz stand auf seiner Seite. Unverschämtheit! Und so was nannte sich freiheitliche Demokratie.« Käthe Brandt bekam rote Bäckchen.

Und Kalle blinzelte. »Frau Brandt, was hat Sie zu mir …«

»Ich durfte kein eigenes Konto eröffnen, mein Mann war dagegen. Ich durfte meinen Beruf als Kinderkrankenschwester nicht ausüben, mein Mann war dagegen. Das war in den Siebzigern. Aber das Gesetz war immer noch nur für Männer da. Eine Ewigkeit später war ich dann so weit, ich wollte mich scheiden lassen …«

»Aber Ihr Mann war dagegen.«

Käthe Brandt lächelte. »Nicht mehr, er ist vorher gestorben.«

Unwillkürlich fasste Kalle sich an die Kehle. »Natürlicher Tod?«

»Natürlich.« Käthe Brandt nickte, und ihre Locken wippten. Wie dem auch sei, Kalle hatte bereits zwei Morde aufzuklären. »Frau Brandt, was hat Sie denn nun zu mir geführt, das nicht bis morgen Zeit gehabt hätte?«

»Der Artikel über das *Salut.*« Käthe Brandt faltete die Zeitung auseinander. »Hier steht …«

»Ich kenne den Artikel.«

»Umso besser.« Sie zerknüllte die Zeitung und zielte auf den Papierkorb, der gut fünf Meter entfernt für die Putzfrau bereitstand.

»Treffer.« Käthe Brandt freute sich königlich, da blieb Kalle gar nichts anderes übrig, als sich mit ihr zu freuen.

»Respekt, Frau Brandt!«

»Ich hätte eine prima Basketballspielerin abgegeben, aber …« Frau Brandt schüttelte den Kopf. »Schluss jetzt, Käthe.« Sie überlegte, dann fuhr sie fort. »Zu ihrem 80. Geburtstag, das war vor zwei Jahren, hat Lisbeth Hayenga Frau Prinz, den Joris und mich in einen Waschsalon eingeladen. Wie der hieß, weiß ich nicht mehr.«

*»Salut«,* warf Kalle ein.

»Ja, ja«, erwiderte Käthe Brandt kurz angebunden. »Erst dachte ich, ich hätte mich in der Adresse geirrt. Waschsalon? Die Party fand hinten im Garten statt. Denkt man ja nicht, was es für schöne Gärten in Hinterhöfen gibt. Da waren Scharen von Gästen und sogar ein Kammerorchester. Vier Mädels: Geige, Klavier, Cello und Querflöte. Wunderschöne Musik. Ich war überrascht, denn Lisbeth Hayenga war für mich bis dahin eine einsame alte Frau gewesen, die hin und wieder ein Gläschen zu viel trank.«

»Kannten Sie jemand von den anderen Gästen?«

»Nein, niemanden, nur die Prinz und den Joris. Beim genaueren Hinsehen bin ich aber zum Schluss gekommen, dass Lisbeth Hayenga auch nicht alle gekannt hat. Ich hätte schwören können, die waren von ihrer Agentur engagiert worden. Inszeniert, ja, das Ganze war inszeniert. Alles junge Leute. Woher sollte sie die kennen?« Käthe Brandt musterte Kalle.

Kalle hob die Hände. »Ich habe keine Ahnung.« Er setzte sich aufrecht. »Frau Brandt, ich habe seit Stunden Feierabend …«

»Ich habe mich über die Kellner gewundert, die uns jeden Wunsch von den Lippen abgelesen haben. Sehr jung, sehr, sehr jung. Mit einem habe ich ein bisschen geschnackt. Er erzählte mir, er sei von zu Hause abgehauen und komme mit Jobs von Lisbeth finanziell supergut über die Runden. Mal

einen Auftrag, mit dem Hund Gassi zu gehen oder Herrchen in die Oper zu begleiten oder in die Sauna.«
»In die Sauna?«
»Ja, das fand ich auch etwas, na ja, unseriös, aber gedacht hab ich mir nichts dabei. Heutzutage sind die Menschen ja nicht mehr so manierlich wie zu meiner Zeit. Aber, nachdem ich den Artikel gelesen habe, glaube ich nicht mehr, dass die nur gekellnert haben. Das ist ganz furchtbar für mich. Sich so täuschen zu lassen. Das ist ein Charakterzug an mir, Herr Kommissar, uralt bin ich und immer noch naiv wie ein Schulmädchen.« Käthe Brandt sah aus dem Fenster. Sie schien nur noch körperlich anwesend zu sein. Kalle wartete ab, aber die alte Dame schwieg.
»Frau Brandt …«
»Als ich gehen wollte, bat ich den Jungen, mir ein Taxi zu bestellen. Lisbeth Hayenga überredete mich, noch ein bisschen zu bleiben. Wir setzten uns hinten in den Garten unter das Zeltdach. Ein kleines Lagerfeuer brannte, Lisbeth gab mir eine Decke, schenkte mir von der Erdbeerbowle ein. Sie hatte selbst schon ganz schön einen im Tee und fing an zu palavern. Ihre große Liebe habe sie als ganz junges Ding auf der Reeperbahn im *Café Keese* kennengelernt. In der Bäckerei *Appelles,* da, wo jetzt die Wallhöfe neugebaut worden sind, da habe sie Arbeit gefunden und der Bäckermeister habe ihr ein Zimmer im Haus vermietet. Das war ein Jugendstilhaus mit Erkern und Figuren. Solche Häuser gab es vor dem Krieg überall in Hamburg. Kennen Sie die nördliche Neustadt?«
»Ist praktisch mein Vorgarten.«
»Wieder ist ein Stück ursprüngliches Hamburg plattgemacht worden und nur noch in Gedanken wahr.« Käthe Brandt öffnete ihre Handtasche, holte ein Stofftaschentuch mit rosafarbenem Häkelrand hervor und schneuzte sich. »Im Erdge-

schoss waren der Laden und hinten die Backstube. Vom Laden ging es hinauf in die Wohnung. Ich seh die Bäckerei und das *Keese* noch vor mir, als wäre es gestern gewesen. Nur an Lisbeth Hayenga erinnere ich mich nicht. An die erinnere ich mich einfach nicht.« Käthe Brandt schüttelte den Kopf. Sie schien ärgerlich über ihr lückenhaftes Gedächtnis zu sein. »Lisbeth Hayenga gestand mir, sie sei in letzter Zeit niedergeschlagen gewesen, trauere um die verpassten Chancen ihres Lebens. Im *Café Keese* auf der Reeperbahn – wissen Sie, das war der Kennenlerntempel der 50er und der 60er –, da habe Lisbeth sich Hals über Kopf verliebt. Ball Paradox, Damenwahl, Parkett der Ehestiftungen, sagt Ihnen das etwas?«

Kalle räusperte sich. »Das war vor meiner Zeit, Frau Brandt.«

»Da haben Sie wirklich was verpasst, Herr Kommissar. Das *Keese* war damals mein Zuhause. Ich habe mir meinen zweiten Mann auch beim Ball Paradox ausgesucht, ich war so doof im Kopp!« Käthe Brandts Stimme wurde laut, und ihre Augenbrauen trafen sich über der Nasenwurzel. Offenbar konnte sie auch anders, als nett und freundlich zu sein.

»Ist der Ehemann von Lisbeth Hayenga tot?« Kalle war perplex.

»Keine Ahnung, wieso?« Auf Käthe Brandts Stirn stand ein Fragezeichen.

»Sie sagten doch, Lisbeth Hayenga trauere.« Kalle brauchte dringend Nervennahrung, er konnte sich nicht mehr konzentrieren, verbot es sich jedoch, vor Käthe Brandt die Schublade aufzuziehen und seine Vorräte zu plündern.

»Hätten Sie eine Kleinigkeit zu essen für mich, Herr Kommissar? Ich fürchte, ich bin unterzuckert.« Käthe Brandt rülpste leise. Ihre kleine altersfleckige Hand schnellte nach vorne und legte sich auf ihren Mund. »Pardon.«

Kalles Schutzengel war am Werk gewesen. Danke, danke.
»Bitte schön, nehmen Sie, gerne.«
Käthe Brandt lächelte. »Merci, sehr freundlich, Herr Kommissar.« Sie biss herzhaft in den Eiweißschaum. Ein kleiner weißer Bart blieb auf ihrer Oberlippe stehen. Kalle küsste den letzten Schokokopf vor seinem Todesurteil.

*Lisbeth leckt die Sahne von ihren Lippen, während sie in der Kaffeetasse rührt. Den stattlichen Mann im schwarzen Anzug lässt sie dabei nicht aus den Augen. Nur wegen ihm ist sie wieder ins* Keese *gekommen. Dann senkt sie den Blick, spürt das Feuer auf ihren Wangen brennen. Es schickt sich nicht, was sie tut. Flittchen, würde Theda sagen, Flittchen. Lisbeth zupft sich am Ausschnitt ihres roten Kleides. Es hat Boleroärmelchen, unterhalb der Brüste geht jeweils eine Knopfleiste mit schwarzer Naht bis zum Saum. Nur das halbe Knie ist bedeckt. Die Strümpfe haben auch eine schwarze Naht bis zur Ferse. Ein bisschen verwegen ist das schon. Den Lohn der letzten vier Wochen hat sie auf den Kopf gehauen und auch noch für die schwarzen Damenschuhe mit den Pfennigabsätzen. Als Lisbeth wieder aufschaut, steht er vor ihr und verbeugt sich. »Gnädiges Fräulein, darf ich bitten!« Er wartet nicht ab, bis Lisbeth antwortet, sondern nimmt ihr die Kuchengabel aus der Hand, die auf den Teller fällt. Schrill. Ihre Lider flattern. Sie sieht Theda vor sich, wie sie die Augen aufreißt. Nein, Lisbeth, nein! Doch da liegt Lisbeth schon in seinen Armen und tanzt im Dreivierteltakt mit ihm, der aussieht wie Drafi Deutscher. Und er singt mit dem richtigen Drafi im Duett ganz dicht an Lisbeths Ohr. »Du bist der Engel, der mich liebt. Ich brauch dich viel mehr, als du glaubst. Du bist alles in einem für alle Ewigkeit … Maria, Maria.« Lisbeth ist schwindelig.*
*»Wie heißt du?«, flüstert er.*

*»Lisbeth.«*

*»Wenn ich dich verliere, dann bleibt mir nichts mehr. Lis-be-het. Lis-be-het … Cinderella Baby, komm, gib mir deine Hand … Lass die Träume Wahrheit sein … Lisbeth, Baby …«*
*Er küsst sie.*
*Keine Sahne könnte süßer sein. Lisbeth lehnt sich an seine Schulter. Sie hat nur ein Ziel, einen Strich will sie ziehen unter ihr altes Leben. Dafür braucht sie ihn. Wenn es sein muss, wird sie über Leichen gehen.*

Kalle wischte sich die Schokolade von den Fingern und bot Frau Brandt ebenfalls ein Taschentuch an, das sie gerne annahm.
»Liebe Frau Brandt, warum erzählen Sie mir das alles erst jetzt?«
»Meine verlorene Jugend schmerzt mich sehr, Herr Kommissar. Solange ich darüber nicht geredet habe, solange war es nicht wahr.«
Kalle nickte. »Das kommt mir verdammt bekannt vor, Frau Brandt.«

# KAPITEL 43

**Hamburg-Winterhude, Polizeipräsidium**

Als Kalle im Büro eintraf, war es erst neun, und sein Magen hatte bereits die gesamte Kalorienration für den Tag intus. Wieder hatte er sich verführen lassen von den Göttern Zucker und Fett, in deren Fängen Kalle unzufrieden und schwabbelig wurde.

Auf der anderen Seite der Scheibe flogen die Tauben panisch davon, als er das Fenster öffnete. Während die Festplatte des Computers vor sich hin krawallte, reisten seine Gedanken zurück an den morgendlichen Frühstückstisch: selbstgebackene Brötchen, hausgemachte Marmeladen, Früchtemüsli, lockerflockiges Rührei, extra wegen seines Diätprojektes ohne Speck, und frisch gepresster Orangensaft. Der gebrühte Kaffee aus dem Fair-Trade-Handel – die Ausbeuterbohnen kamen Emma nicht mehr ins Haus – duftete in der ganzen Wohnung. Rote Rosen gab es auch.

Kalle hatte einen gediegenen Schreck bekommen und sich zurück ins Badezimmer getrollt. Eliza hatte gerade Geburtstag gehabt. Emmas vergessen? Der Blackout in Kalles Hirn hatte sich über drei Minuten Zähneputzen hingezogen. Nein, Emma war Löwin. Und Jay in der Psychiatrie. Im Schrank unter dem Stapel der Verwüstung hatte er ein gebügeltes T-Shirt gefunden. Gegen seine zwei in Schale geschmissenen Morgenmuffel – keine Chance!

»Wow, wie aus der *Gala.*« Kalle hielt beide Daumen hoch. Kein Gemaule, weil der Morgen zum Ausschlafen und nicht zum Aufstehen erschaffen worden sei. Elizas Augen hatten geglänzt, als sei Weihnachten.

»Sind die Rosen für mich?«

»Papa!«

So weit war es bereits gekommen, Eliza wies ihn zurecht, als könne er sich nicht benehmen. Na gut, es gab bessere Scherze.

»Heute ist der Jahrestag unserer Randgruppe.« Emma hatte ihre Enkelin umarmt und ihr einen Kuss gegeben.

Bei Kalle war der Cent gefallen. »Alles Liebe und Gute zum internationalen Weltfrauentag! Möget ihr bald genießen können, gleichberechtigt herzinfarktgefährdet zu sein.«

Die Krabbe hatte ihn in den Oberarm gekniffen, so dass es einen blauen Fleck geben würde. Sie hatte das kämpferische Naturell von Emma geerbt. Eigentlich brauchte er sich um Eliza keine Sorgen zu machen. Sie würde nicht unter die Räder kommen. Eigentlich. Kalle seufzte. Hin und wieder die Tür öffnen können und einen Blick in die Zukunft riskieren, das Schlimmste könnte verhindert werden. Und was war das Schlimmste? Es war auf jeden Fall böse. Kalle verzog das Gesicht zu einer Grimasse. Mit den Augen schielte er auf die Nasenspitze. »Uka-uka«, tönte es aus seiner Kehle, während er sich unter den Achseln kraulte.

Marga stand wie angewurzelt auf der Schwelle. »Oh … du bist hier?« Sie kam ins Büro, schloss die Tür, zögerte, ging dann zügig weiter und setzte sich in Mantel und Mütze an den Schreibtisch.

»Wo soll ich denn bitte schön sonst sein?« Tolles Timing.

Kalle strich sich durch die Haare.

»Guntbert Meyer sagte, du würdest heute später kommen. Irgendein Geburtstag …«

»Alles Gute zum internationalen Weltfrauentag, Marga.« Kalle sprang auf und zog das braune Blumenpapier aus seiner

Umhängetasche. Eine rote Rose kam zum Vorschein. »Die ist für dich.«

»Das ist aber nett!« Blass war Marga um die Nase. Bei dem regnerischen Märzwetter könnte man sich schnell einen Virus einfangen, und sie würde flachliegen.

»Gestern am späten Abend hatte ich noch Besuch von Käthe Brandt, wegen des Zeitungsartikels über das *Salut.* Ich denke, wir können jetzt sicher davon ausgehen, dass Lisbeth Hayenga nicht nur als Strohmann …«

»Strohfrau.«

»Hä? Okay, okay … Strohfrau für Fritz Flemming agierte, sondern selbst aktiv die Geschäfte führte. Käthe Brandt und Lisbeth Hayenga sind sich Ende der Fünfziger höchstwahrscheinlich über den Weg gelaufen. Zumindest haben sie sich beide im *Café Keese* auf der Reeperbahn rumgetrieben. Das *Café Keese* war so eine Art prähistorische Diskothek.«

Marga lachte. »In Felsen gehauen.«

»Nee, aber mit Telefon am Tisch. Da konntest du Fred Feuerstein anrufen und um einen Tanz bitten.«

»Oder Fritz Flemming?«

»Ganz genau.« Kalle kniff die Augen zusammen. Marga war wirklich zu blass, regelrecht durchsichtig war sie. Aber sie schien den Geist von Jay vertrieben zu haben, der in seinem Büro seit Jahren herumlungerte. Magische Marga.

»Ist was nicht in Ordnung?«

»Nö, alles bestens. Jette gesichtet worden?«

»Von mir nicht.« Marga schüttelte den Kopf.

Er musste sich in Geduld üben. Irgendwann würde Jette die Hosen herunterlassen müssen, und er würde ihr den Arsch versohlen. Yes!

»Huhu, Kalle, was hat Käthe Brandt noch erzählt?«

Was sie noch erzählt hatte. Viel durcheinander. Also. »Im

*Café Keese* ist so manche Weiche gestellt worden, wenn ich es richtig verstanden habe. Lisbeth Hayenga hat sich von dort auf den Weg gemacht wie Hänschen klein in die weite Welt hinein. Fritz Flemming spielte in ihrem Leben eine zentrale Rolle. Sieht so aus, als hätte sie ihn besser nicht kennengelernt und schon gar nicht geheiratet. Das Mordmotiv bleibt weiterhin rätselhaft. Denn bisher haben wir keine plausible Erklärung, warum es auch Theda Neehuis erwischt hat. Wo liegt der verdammte Hund begraben, der uns zu beiden Schwestern führt?«

Marga schlug den Mantelkragen hoch und drehte die langstielige Rose in ihrer Hand. Sie schien mit den Gedanken weit weg zu sein.

»Sorry, Marga, wird langsam kalt, was?« Kalle schloss das Fenster.

»Danke.« Sie schälte sich aus ihrem Mantel. »Wäre es denkbar, dass Lisbeth Hayenga außer Petra Flemming noch weitere Kinder hatte? Was ist mit Adoption? Vielleicht hat sie ein Geschwisterkind von Petra zur Adoption freigegeben?«

»Wenn, dann hat sie das Kind zu Hause zur Welt gebracht und ohne offizielle Papiere anderen Leuten überlassen. Verschenkt, verkauft, was weiß ich. Theoretisch wäre das möglich. Aber ist das nicht zu abgefahren? Hätte sie ein ungewolltes Kind nicht einfacher abtreiben können?«

»Das war damals sicher nicht einfach.«

»Nach der Geburt ertränken, ersticken, aussetzen, in den Müll schmeißen? Passt das zu Lisbeth Hayengas Biografie, soweit wir die überhaupt kennen?«

Marga zuckte mit den Schultern. Sie wendete sich ab und blickte zum Fenster hinaus.

»Alles okay?«

»Mhm.«

Der Gedanke an weitere Kinder hatte durchaus seinen Charme, ein imaginärer Strohhalm namens Ermittlerfrust.
»Hammer, ich sag euch was, jetzt geht die Luzie ab!« Jette war wie aus dem Nichts ins Büro gebeamt worden und landete auf dem Besucherstuhl. Ihre einst blauen Haarsträhnen leuchteten schrill in Pink. Das pralle Jette-Leben war in einen schillernden dunkelroten Hosenanzug eingeschweißt. Ihr übergeschlagenes Bein wippte, als habe jemand einen Euro in Jettes Scheitel versenkt und den Strom angeschaltet.
Kalle war stocksauer. »Entweder wir sind ein Team, oder ich schmeiß die Brocken hin. So kann ich nicht arbeiten. Du kommst und gehst, wann es dir passt. Was hat Guntbert geritten, dir Extrawürste zu bewilligen?« Das reichte fürs Erste. Kalle zwang sich, die Klappe zu halten. Geduld.
Marga biss sich auf die Lippen. Ihr schien es ähnlich zu gehen. Allerdings stand sie auf Jettes Seite, so wie sie Kalle mit diesem Gewinde auf der Stirn musterte.
»Kalle, ich erkläre dir das gerne in Ruhe. Wirklich. Das soll jetzt nicht doof klingen oder so. Ehrlich nicht. Aber jetzt lass mich bitte ausreden. Die Fahrzeughalterin des Bulli ist ermittelt.« Jette machte eine Kunstpause und schaute von Kalle zu Marga. »Es handelt sich um eine gewisse Xenia Borg, gemeldet in der Semperstraße in Winterhude.« Das Bein von Rotbäckchen Jette hörte auf zu wippen.
Die Bombe war explodiert. Ein Schlag ins Gesicht. Solche heißen Spuren gehörten zuallererst und exklusiv auf Kalles Tisch, waren Chefsache, Kalles Sache, nicht Jettes, nicht Margas, nicht Guntberts. Da konnte Kalle ja gleich die weiße Fahne hissen. Und ihr Exemplar der Rosen, die Emma für die Kolleginnen mitgegeben hatte, konnte sich Jette abschminken. Dann bekam Tinta eben zwei.

# KAPITEL 44

**Hamburg-Winterhude, Polizeipräsidium**

Ich hab die Schnauze gestrichen voll!« Kalle breitete die Arme aus und brüllte Guntbert Meyer an, der einen Schritt zurückwich. »Ich verlange von meinem Chef, dass er mir die Rahmenbedingungen schafft, die für professionelles Arbeiten unerlässlich sind. Ich reiße mir den Arsch auf, schiebe Überstunden, leide unter Fressattacken und vernachlässige seit Jahren meine Familie. Das Ergebnis kennst du. Du untergräbst meine Entscheidungen, gibst Anweisungen über meinen Kopf hinweg. Jetzt sieh zu, wie du klarkommst. Mir reicht's!«

Guntbert stand mit dem Rücken zur Wand. »Du kannst jetzt nicht einfach abhauen, nur weil deine Tochter einen pubertären Heulkrampf simuliert …«

»Simuliert? Hast du noch alle …«

Marga zwängte sich zwischen Guntbert und Kalle. Sie hob die Hände vor Kalles Brust, nur hauchdünn war der Luftspalt dazwischen. »Kümmere dich um Eliza. Xenia Borg werden Jette und ich weichspülen. Ich halte dich auf dem Laufenden. Okay?«

Kalle atmete aus. »Okay.« Ohne Guntbert eines Blickes zu würdigen, riss Kalle seine Lederjacke vom Haken, griff nach seiner Tasche und rannte über den Flur zum Aufzug.

»Dein Verhalten werde ich nicht dulden«, schrie Guntbert Meyer ihm hinterher.

*

## Hamburg-Neustadt, Wincklerstraße

Eine einsame Rose war noch in der Vase übrig geblieben.
»Wo …?«
»Oma hat sie verschenkt an unsere Nachbarinnen.« Elizas Nase war ebenso rot wie die Rosen. Zerknautscht und verheult sah sie aus. Eingewickelt in die voluminöse Wolldecke, kam sie Kalle zart und zerbrechlich vor. Sein Riesenbaby. Eine Welle aus Liebe schwappte über in Kalles Herz, so dass es in der Brust schmerzte. Er setzte sich neben Eliza und legte den Arm um sie. »Was ist los, Krabbe?«
»Ach, Papa.«
Hilflos sah Kalle seine Mutter an. Emma hielt ein geöffnetes Briefkuvert hoch, formte lautlos mit den Lippen: *»Von Jay.«*
»Es gibt nichts, das wir nicht klären können, Eliza.«
Eliza verkroch sich tiefer in die Decke.
*»Lass sie.«* Emma legte den Zeigefinger auf ihren Mund und schickte Kalle die Luftpost. Der Umschlag segelte auf den Tisch. Die blauäugige Blondine auf der Briefmarke kam Kalle bekannt vor. Fünfzig Jahre Barbie. Auch nicht mehr die Jüngste. Was hatte sie im Gepäck? Kalle fingerte nach dem Brief und faltete das Papier auseinander:
*Liebe Eliza, es tut mir so furchtbar leid, dass ich Deine Ferien verdorben habe. Es ist alles meine Schuld. Ich habe beschlossen, mich stationär aufnehmen zu lassen. Wie lange ich im Krankenhaus bleiben muss, weiß ich noch nicht. Sobald ich wieder gesund bin, hole ich Dich nach Berlin. Du bist meine Tochter! Kinder gehören zu ihren Müttern. Ich liebe Dich! Herzlichst, Deine Mutter Jay.*
Gut, dass Jay noch einen Rest an Verstand besaß und sich in die Obhut von Ärzten begeben hatte. Kalle hätte sonst für ihre makellose Fassade keine Garantie mehr abgeben können.

»Ich hätte den Brief vorher lesen sollen.« Emma setzte sich an den Tisch. Sie sah noch schmaler und blasser aus als Marga. »Ohrfeigen könnt ich mich.«
Wo war die Emma von heute Morgen geblieben? Plötzlich wurde Kalle bewusst, dass auch ihre Kräfte endlich waren.
»Es ist nicht nur das«, flüsterte Emma, »ich bin bei den Grünen ausgetreten.«
Emmas Gedankensprünge waren schlimmer, als die von Guntbert Meyer es je sein könnten. »Was hat das jetzt mit Eliza zu tun?«
»Alles. Nenn mich naiv. Ich stand hundert Prozent hinter den grünen Zielen. Was ich bis vor ein paar Tagen nicht wusste: Es sind auch Pädophile Mitglieder. Die Schweine wollten den Paragraphen 176 des Strafgesetzbuches abschaffen.«
»Sexueller Missbrauch von Kindern? Bist du sicher? Das Strafgesetzbuch hat viele Paragraphen. Da kann es schon mal zu Verwechslungen kommen ...«
Eliza schlurfte mit einem leisen »Muss mal« aus der Küche.
»Nichts da Verwechslung. Ich bin nicht senil. Es gab eine Splittergruppe, die sich SchwuP nannte. Steht für Schwule und Pädophile. Ich könnte kotzen.« Emmas Stimme war so laut, wie sie klar war.
Die Kräfte waren zurück. Das Feuer brannte also wieder.
»Das heißt doch nicht, dass die immer noch dabei sind.«
»Ach, die haben sich in Luft aufgelöst, oder wie?«
»Und woher hast du deine Informationen?«
»Von einem Redakteur, der damals bei der *taz* gearbeitet hat.«
»Wann war damals?«
»1985.«
»Meine Güte, das ist doch längst Geschichte.«
»Ja, verdrängen und den Mantel des Schweigens darüberle-

gen. Das kommt mir nur zu bekannt vor.« Emma schlug mit der Faust auf den Tisch. »Hier geht es ums Prinzip.«
Instinktiv hielt Kalle die Klappe. Sein Bedarf an weiterem Ärger war so was von gedeckt.
»Ich geh erst mal auf den Markt. Irgendwelche Wünsche?«
Eliza steckte den Kopf durch die Küchentür: »Eis.«
Die Krabbe hatte die ganze Zeit zugehört? Na wunderbar. »Wieder besser?«
»Mhm. Papa? Pädophile, sind das Kinderficker?«
Kalle stöhnte innerlich. »Ja, manche Leute sagen das.«
Für Eliza schien das Thema erledigt zu sein. Sie wandte sich ab und nuschelte etwas, das sich anhörte wie *Muss Laura simsen.*
Sich mit der Freundin auszuquatschen, das war bestimmt nicht die schlechteste Medizin, wenn es um Herzensangelegenheiten ging. Kalle sah Eliza nach, wie sie über den sonnendurchfluteten Flur schlurfte, gefolgt von der Decke, die den Feinstaub von den Holzdielen fegte. Was für ein Tag. Erst jetzt bemerkte Kalle das kleine Kärtchen, das zwischen den grünen Blättern der Rose steckte. *Schön war's. Auf bald? Kurt.* Wer zum Teufel war Kurt?

# KAPITEL 45

**Hamburg-Winterhude, Semperstraße**

Margas Hand war fest verankert am Griff im Autohimmel, während Jette den Wagen vorwärts-rückwärts-seitwärts-ran durch die Fahrspuren springen ließ. Xenia Borg wohnte in Winterhude, nach Jettes Empfinden lag das anscheinend mitten auf der Strecke Paris-Dakar. Marga konnte Jettes Fahrstil heute so gar nichts abgewinnen. Die letzte Nacht war einfach nur entsetzlich gewesen. Ein ganz gemeiner Magen-Darm-Virus hatte sie erwischt. Montezumas Rache mitten in Hamburgs gemäßigten Zonen. Und ihr wurde schon wieder übel. Warum musste Jette auch so verdammt schnittig fahren? Marga presste die Hand auf den Mund, weil sich ihre Speichelproduktion schlagartig vermehrte. Jette. So nah und doch so fern. Der Damm zwischen ihnen hatte sich erhöht. Auch Kalle war total genervt von Jettes Verhalten, das war unübersehbar. Und Guntbert streute ihm noch Salz in die Wunden. Ob es Kalle nur um die Arbeit ging oder auch sein Ego mitmischte, konnte Marga nicht genau sagen. In der Auseinandersetzung mit Guntbert gerade hatte Kalle extrem angegriffen gewirkt. Richtig verzweifelt. Möglich, dass sie selbst von Guntbert noch eins übergebraten bekam, weil sie über ihn hinweg Kalle geraten hatte, sich um Eliza zu kümmern. Egal. Sie hoffte nur, Kalle würde alles ins Lot bekommen mit seiner Tochter. Das war auch wichtig. Jette bremste scharf, die beiden Frauen wippten nach vorne und zurück wie bei einem Synchrontanz.

»Wir sind da.«
Marga schluckte die aufsteigende Magensäure und den Gedanken an die Kloschüssel runter und blickte sich um. Die Häuser der Semperstraße reihten sich in Cremegelb und Veilchenblau aneinander. Nachdem Jette das Treppenhaus mit einem Dreisprung erklommen hatte, klingelte sie Sturm im ersten Obergeschoss. Als niemand öffnete, pochte sie so energisch mit dem Knöchel gegen die Tür, dass es im Treppenhaus hallte.
»Was soll denn das?« Gegenüber hatte sich eine Tür geöffnet.
Jette strich sich eine pinkfarbene Strähne aus dem Gesicht. »Wir sind auf der Suche nach Frau Borg.«
»Da können sie lange gegen die Tür hämmern. Die ist nicht da.« Die Frau im korallenroten Nicki-Anzug verschränkte die Arme und blickte sie abschätzend an.
Jette drückte ihr den Dienstausweis fast ins Gesicht. »Wir müssen Frau Borg im Rahmen einer dienstlichen Ermittlung unbedingt sprechen.«
Die Frau machte große Augen. »Ich gieße nur die Blumen und kümmere mich um die Post, wenn Frau Borg im Ausland ist.«
»Ausland?«
»Spanien.« Der Nicki-Anzug kam ins Schwärmen. »Ein Appartement am Mittelmeer. Irgendwo zwischen Valencia und Alicante. Einfach phänomenal.«
Verdammter Mist! Konnte in diesem Fall nicht irgendwas auf Anhieb klappen? Der klägliche Rest von Marga, der eine hauchdünne Fassade zeigte, begann zu bröckeln. Gott, war ihr schlecht. Auch Jette war gefrustet, zumindest stand sie unter Strom und redete zu laut. »Ist Frau Borg erreichbar?«
»Ich habe eine Handynummer.« Der Nicki-Anzug druckste herum. »Die ist aber nur für den Notfall.«

»Nur keine Hemmungen.« Jette wedelte mit der Hand. Während sie in ihr Telefon hackte und die Dienststelle informierte, nahm Marga die Personalien des Nicki-Anzugs auf. Sandra Rosshaar goss nicht nur Xenia Borgs Blumen, sondern wusste auch, dass sich diese die Wintermonate über immer in Spanien aufhielt und Drehbücher für Soaps und Krimis schrieb.
»*Wir Barmbeker*? Kennen Sie bestimmt, die Serie, oder?«
Marga schüttelte den Kopf. Nur nicht zu doll, sonst würde er sich bestimmt vom rumorenden Rumpf trennen.
»Ich kenn die!«, quakte Jette über die Schulter dazwischen, das Handy am Ohr. »Haben Sie eine Ahnung, wo sich der rote Bulli von Frau Borg befindet?«
»Unten in der Tiefgarage.«
Wenigstens etwas. Jette rief die Spurensicherung an.
»Besitzen Sie auch einen Schlüssel für das Fahrzeug?«, fragte Marga.
»Nein.« Sandra Rosshaar zupfte verwundert an ihrem Ohrläppchen.
»Besitzen Sie einen Führerschein?«
Sandra Rosshaar schoss krebsrote Farbe ins Gesicht.
»Wenn Sie damit meinen, ich sei mit dem Bulli gefahren, sag ich ab sofort kein Wort mehr!«
»Sind Sie?«
Peng. Die Tür war zu. Der Luftzug wehte Margas Haare nach hinten. Jette, die der Spurensicherung gerade die Adresse des Einsatzortes durchgab, zog die Brauen hoch, bis sie unter einer pinken Strähne verschwanden. Marga winkte ab. Für Sandra Rosshaar war später noch Zeit. Marga tippte Xenia Borgs Nummer ins eigene Handy – ausgeschaltet. Der Teilnehmer war nicht erreichbar. Na klasse.
Die Spurensicherung kam mit dem üblichen Brimborium, Xenia Borgs Wagen hatte man in der privaten Tiefgarage

schnell ausgemacht, und Marga war irritiert, denn die Jungs waren nicht gerade zimperlich. Joki hätte einen Koller bekommen, wäre jemand so mit seinem Wagen umgegangen.
Endlich löste sich Jette vom Telefon. »Ich muss noch mal weg. Wäre gut, wenn du als Ansprechpartnerin erst mal hierbleibst. Es gibt ein internes Problem, Marga. Ich schwöre, das hat nichts mit dir zu tun, und schon gar nicht damit, dass ich dir nicht vertraue.« Kurz legte Jette die Hand auf Margas Schulter. »Mehr kann ich dazu nicht sagen.«
»Okay.« Marga wickelte sich fest in ihre Jacke. In der Tiefgarage war es feuchtkalt. Ob die Spurensicherung ein Chemieklo dabeihatte?

*

**Hamburg-St. Georg, Lange Reihe**

Einer der Beamten ließ sie später am Hotel in der Langen Reihe raus. Ihr ganzer Körper fühlte sich leer und ausgehöhlt an. Sie streifte die Schuhe ab und warf sich in voller Montur aufs Bett. Marga konnte sich nicht erinnern, wann ihr das letzte Mal so schlecht gewesen war. Glücklicherweise schlief sie ein. Als sie erwachte, war es dunkel. Sie duschte lang und heiß, was ihrem Kreislauf nicht besonders gut bekam, legte sich wieder aufs Bett und bestellte sich beim Zimmerservice einen Kamillentee. Ein krankes Huhn war sie. Und einsam. Kurz überlegte sie, ihre Schwester anzurufen oder Peter. Aber sie hätte gar nicht gewusst, was sie sagen sollte. Nicht mal eine Begrüßungsfloskel wäre ihr über die Lippen gekommen. Trotzdem nahm sie ihr Handy und tippte eine SMS. Für Kalle. *xenia borg ist ausgeflogen, angeblich*

*in spanien, aber wir haben den wagen. pass gut auf deine tochter auf. lg marga.*
Sie blickte auf den Text im Display, dann löschte sie den letzten Satz und drückte auf Senden. Mist. Sie zögerte, tippte wieder eine Nachricht und schickte sie gleich hinterher. *alles gut mit eliza? passt auf euch auf. lg marga.*

# KAPITEL 46

**Hamburg-Winterhude, Polizeipräsidium**

Die Sonne am Postkartenhimmel über Hamburg-Winterhude gab ihr Bestes, und Kalle wusste das sehr wohl zu würdigen. Es lag nicht am Wetter, dass er so mies gelaunt war wie lange nicht. Gestern hatte er noch spätabends versucht, vor der Glotze abzuschalten, und einen preisgekrönten *Tatort* geguckt. Ein arbeitsloser Börsenmakler, der finanziell ins Nichts abgestürzt war und als Ein-Euro-Jobber über die Runden kommen musste, hatte zu Beginn die Hecken in öffentlichen Grünanlagen geschnitten. Er war über neunzig Minuten so gut wie nie wieder aufgetaucht. Zum Schluss zauberten ihn die Ermittler als Mörder seines Chefs aus dem Hut. Den hatte er in einer reichlich blutigen Szene einen Kopf kürzer gemacht, und zwar mit der Heckenschere. Über die Tatwaffe war der rotweinsaufende Gerichtsmediziner im Dunkeln gestolpert. Haste Worte! Oder war der Grund für Kalles depressive Stimmung – abgesehen von der bekloppten Jay – so simpel wie naheliegend? War er zu feige, sich vor Guntbert geradezumachen? Alle paar Wochen einen hysterischen Anfall zu bekommen, damit zeigte Kalle höchstens, dass er bereits bis zur Stufe seiner Unfähigkeit befördert worden war. Kurz vor Mitternacht hatte er dann endlich Margas Nachricht erhalten. Auf Marga konnte er sich verlassen. In düsterer Zeit entwickelte sie sich zum Lichtblick wie die liebe Sonne, Margasonne, so warm und wohltuend wie Rotlicht bei Ohrenschmerzen. *lg marga.* Kalle las die SMS zum dritten Mal. Jetzt wanderten seine Mundwinkel doch nach oben. Schlechte Nachrichten waren besser als gar keine Nachrichten. Xenia Borg in Spanien aufzustöbern, konnte dauern. Es machte absolut keinen Spaß, deutschen Staatsbürgern im Ausland hinterherzurennen. Natürlich gab es schlimmere Jobs, wahrscheinlich gehörte Heckenschneiden dazu. Klagte er auf hohem Niveau? Am Monatsende war sein Geld auf dem Konto. Nicht übermäßig viel, aber die meisten Menschen auf der Welt hatten viel weniger bis gar nichts. Sein Job war sicher, Mörder würde es immer geben. Unglück und Leid waren Kalles Lebensversicherung.

Als er sich vom Aufzug in den zweiten Stock des Landeskriminalamtes hochhieven ließ – zweifellos ein alltäglicher Luxus –, hatte er sich wieder geerdet. Dachte er. Allein die geleckte Visage von Guntbert Meyer reichte aus, um Kalles Groll wieder auflodern zu lassen.

»Unser Mitarbeiter-Vorgesetzten-Gespräch ist längst überfällig, Herr Bärwolff.« Guntbert lehnte am Treppengeländer und drehte demonstrativ die Daumen. Seine gestern noch über die Ohren wuchernden Haare waren geschnitten, auch das struppige Fell in den Ohren war verschwunden. Der kleine Kläffer war also beim Heckenschneider gewesen und hatte leider überlebt.

Guntbert stieß sich vom Geländer ab. »Na, dann wollen wir mal.«

In Guntberts Büro sah es aus wie in einem Altpapiercontainer.

»Was ist denn hier passiert?«

»Ich wüsste nicht, was dich das angeht.« Guntbert hob einen Stapel Zeitschriften, Mappen und lose Papiere vom Stuhl und ließ alles auf einen weiteren Stapel auf dem Fensterbrett sinken. »Setz dich.«

Kalle konnte nicht widerstehen. Mit dem Zeigefinger fuhr er über die Sitzfläche. »Nicht dass ich mir hier was hole …«
»Können wir uns wie Erwachsene benehmen?«
Meinst du, du kannst das, lag Kalle auf der Zunge, doch er entschied, Guntbert keine weitere Angriffsfläche zu bieten. Kalle fing an: »Warum mauerst du, wenn ich dich frage, ob es stimmt, dass über den Vorgang *My Lord* keine Akte auffindbar ist? Seit wann hältst du deine Hand schützend über Nick Nolte und seine Bauchtanztruppe? Was hast du mit den Sexualdelikten überhaupt zu schaffen?«
Guntbert drehte sich zum Fenster. Nur die Hälfte seiner Glatze ragte hinter dem protzigen Chefsessel hervor. »Das kann ich dir nicht sagen, Kalle.«
»Du meinst, du willst es mir nicht sagen.«
Der Sessel quietschte, als Guntbert Kalle wieder in die Augen sah. »Ich meine es genau so, wie ich es sagte.«
»Okay.« Kalles Blut wärmte seine Ohrläppchen. »Was ist mit Jette Winter? Wieso bekommt sie Sonderwürste von dir gebraten? Der Telearbeitsplatz gehört nicht zur Standardnummer, oder? Sie ist die einzige Kommissarin im LKA, die dieses Privileg genießt. Den Grund kenne ich nicht, obwohl ich ihn kennen sollte, finde ich. Ist Jette deine uneheliche Tochter, die dich damit erpresst, deine weiße Weste zu besudeln?«
Wieder wendete sich Guntbert ab. Kalle zählte fünf fette Leberflecke und unzählige kleinere. Hautkrebs war kein schöner Tod …
»Gibt es einen Anlass, dass du mit Jette Winters Arbeit unzufrieden bist?« Guntbert drehte noch eine Runde, dann war er wieder auf Los angekommen.
Schlupflider. Genau, so nannten sich die Dinger, denen Guntbert seinen Dackelblick zu verdanken hatte. Wenn Kalle ehrlich war, mochte er Jette einfach nicht. Das war sein Problem

und nicht ihres. Nein, er würde sich nicht auf dieselbe Luschenstufe mit Guntbert Meyer stellen und wild um sich schlagen, das war Kalle seiner Ehre schuldig. »Du enthältst mir Informationen vor. Ich denke, das ist es, was mich wahnsinnig macht. Ich habe keine Ahnung, warum du das für nötig erachtest. Du schaltest und waltest nach Gutsherrenart. Ich muss deine Entscheidungen nicht toll finden, aber ich habe ein Recht darauf, sie nachvollziehen zu können.« Kalle stand auf. »Was qualifiziert dich eigentlich als Chef?«

Guntbert erhob sich aus seinem Liegestuhl. »Hast schon länger keine mehr flachgelegt, was?«

Treffer unter der Gürtellinie. Wenigstens hatte er Guntbert Meyer alles gesagt, was er ihm sagen wollte, außer: Arschloch!

*

Kalle machte einen Abstecher ins Erdgeschoss zur Polizeipsychologin Kerstin Brockmann. Nach seinem Gespräch mit Dr. Kluge hatte er sie gefragt, ob sie in Elizas Klassenstufe über die Gefahren von sozialen Netzwerken im Internet referieren würde. Ob er einen bestimmten Grund dafür habe, wollte Kerstin damals wissen. Nein, rein prophylaktisch, hatte er gesagt! Kerstin hatte gelacht und behauptet, sie sehe es ihm an der Nasenspitze an, wie besorgt er sei. Pah, Weiber. Pah, Psychologen! Kerstins Bürotür stand weit offen. Kalle klopfte an den Rahmen. »Hallo, hast du einen Augenblick Zeit?«

Kerstin nickte und winkte ihn herein. Kalle schloss die Tür. Kerstins Büro glich dem von Anna Lekowski und stand im krassen Kontrast zum Chaos, das bei Guntbert Meyer herrschte. Nicht eine Akte, nicht einmal ein Notizblock oder wenigstens ein Wandkalender.

»Hast du den Osterhasen gesehen?« Kerstin lachte.
Kalle schüttelte den Kopf. »Kann man über das Büro Rückschlüsse auf dessen Nutzer schließen?«
»Ach, das meinst du. Nee, privat müsste sich das Redaktionsteam von *Schöner Wohnen* mindestens zwei Wochen vorher bei mir zu Hause anmelden.« Kerstins Lachen steckte an. »Nimm Platz. Mit Tee und Gebäck kann ich leider nicht dienen. Was verschafft mir die Ehre, dich in meiner Hütte begrüßen zu dürfen?«
Kalle zog sich einen Stuhl an Kerstins Schreibtisch, drehte ihn herum, setzte sich und kreuzte seine Arme auf der Lehne. »Hast du schon einen Termin mit Dr. Kluge vereinbart?«
»Ich hab ihn angerufen, wir haben länger telefoniert, und schwupp, hatte ich sowohl mehrere Terminvorschläge zur Auswahl als auch eine Einladung zum Abendessen.«
Wirklich niedliche Grübchen hatte sie, wenn sie lachte. Kalle grinste. »Sein wahrer Name ist also Doc Casanova. Das sieht man ihm gar nicht an.«
»Den meisten Leuten sieht man nicht an, was sie hinter ihrer Stirn verbergen. Meine Mutter hat mir gerade neulich erst erzählt, bei ihrem Lieblingsitaliener in Kreuzberg sei ein Mann festgenommen worden, den sie vom Sehen her kannte. Und was hat sie mir von dem vorgeschwärmt. Kerstin, so ein elegant gekleideter, netter Mensch, immer freundlich, immer höflich, der hatte noch Manieren der ganz alten Kavaliersschule. Stell dir vor, er soll ein Mafiaboss sein! Tja, lass dich niemals von der Oberfläche verarschen, stimmt's, Kalle?« Kerstins Lachen war versiegt.
»Mir geht es eher andersrum. Vor lauter Verbrechervisagen finde ich die netten Mitmenschen nicht wieder.«
»So, meinst du?«
Da waren sie wieder, die Grübchen. Kalle beschlich das Ge-

fühl, dass Kerstin Brockmann sich über ihn lustig machte. Psychologen. Genauso schlimm wie Pathologen.

»Ende März bin ich in Elizas Schule. Mal gucken. Ich bin schon sehr gespannt auf die Kinder.«

»Na ja, Kinder sind das nicht mehr wirklich. Eliza fängt an, sich zu schminken. Dass weniger mehr sei, will sie mir nicht glauben, nennt mich Spießer. Über bauchfrei und Rocklängen fangen wir an zu streiten. Es sei ihr Körper, und ich habe sowieso keine Ahnung von Frauen. Das ist eine Anspielung auf mein … wie soll ich sagen … angespanntes Verhältnis zu ihrer Mutter.«

»Schock dein Kind, lies einen Elternratgeber. Diesen zum Beispiel.« Ein paar Mausklicks, und Kerstin fand, was sie gesucht hatte. »J. Juul, *Pubertät – wenn Erziehen nicht mehr geht. Gelassen durch stürmische Zeiten.* Ich schick dir den Link, okay?«

»Danke.« Kalle stand auf, drehte den Stuhl in der Luft und stellte ihn wieder an seinen Platz. »Gibt es eigentlich Statistiken, wie häufig Pädophile sich über das Internet an Minderjährige ranmachen?«

»Spontan kann ich nur mit einer ganz aktuellen Studie des Deutschen Jugendinstituts dienen. Danach hat sich fast jede zweite Schule in Deutschland in den vergangenen drei Jahren mit mindestens einem Verdachtsfall von sexuellem Missbrauch auseinandersetzen müssen. Die meisten Verdachtsfälle spielen sich im familiären Umfeld ab. Oder salopp formuliert – zu Hause ist es für Kinder am gefährlichsten.«

»Mir geht das Messer in der Tasche auf.«

»Es ist nicht allein der Missbrauch an sich, der den Opfern zu schaffen macht, sondern auch das Schweigen und Wegsehen derer, die ihn geschehen lassen. In vielen betroffenen Familien gibt es so etwas wie ein ungeschriebenes Gesetz der Solidarität mit den Tätern, während den Kindern kein Glauben geschenkt wird.«

»Schweine. Ich würde kurzen Prozess machen.« Kalle fuhr mit dem Zeigefinger quer an seiner Kehle entlang.

»Bestimmt.« Kerstin lachte.

»Im Ernst, ich hätte kein Vertrauen mehr zu niemandem.«

»Ja, mit so einer Biografie ist es sicher nicht einfach, eine Beziehung einzugehen. Die kann sich wie ein Minenfeld gestalten. Der Missbrauch kann zur Zerreißprobe führen oder zum Fixpunkt werden, um den sich das Leben beider Partner dreht wie ferngesteuert.«

Kalle sah auf die Uhr. »Ich muss leider wieder …«

»Kinder sind auf unser aller Fürsorge angewiesen. Hinsehen, zuhören, handeln. Je eher professionelle Hilfe eingeschaltet wird, desto besser.«

»Du wirst nicht arbeitslos werden, Kerstin.«

»Du doch auch nicht.«

»Danke dir. Tür offen lassen?«

Kerstin nickte. Irgendwie beruhigend, dass sie da war. Falls mit Eliza etwas wäre … Kalle brachte es nicht fertig, den Gedanken zu Ende zu denken.

# KAPITEL 47

**Ostfriesland**

Marga hatte die Nacht überlebt, oh Wunder, die eine oder andere Stunde tief geschlafen, und der Kamillentee war auch dringeblieben. Es ging bergauf. Beim Zähneputzen säuselte ihr Handy. Ein Anruf. Es war Harm.
»Frau Lorei ist vernehmungsfähig.«
Zahncreme tropfte von Margas Zahnbürste – und ihr Magen hüpfte nach oben.
»Kann ich dabei sein?«
»Deshalb ruf ich an. Der Anwalt von der Lorei macht einen ziemlichen Wind, ich möchte nicht, dass irgendwas auf uns zurückfällt.«
»Wann soll das Ganze stattfinden?«
»Heute. Eine dienstliche Anweisung hab ich schon an den Meyer gemailt, wäre schön, wenn du dich freimachen könntest.«
Und wie sie konnte. Marga sprang wie eine Gazelle durch den Raum und packte ihre Sachen. Ihre Hose ließ sich erstaunlich leicht schließen und warf am Po Falten. Obwohl Marga keinen Hunger und erst recht keinen Bock hatte, Jette im Speisesaal über den Weg zu laufen, ging sie hinunter und frühstückte. Nach dem Telefonat mit einem säuerlichen Guntbert Meyer und einer Erklärung ihrerseits war sie für die nächsten Tage vom Hamburger Einsatzplan gestrichen. Xenia Borg schwamm irgendwo im spanischen Mittelmeer, um die mussten sich Jette und Kalle kümmern. Sie musste nach Hause und

Annette Lorei vernehmen. Kalle. Sie wollte ihn nicht außen vor lassen und tippte seine Nummer. »Ich bin auf dem Weg nach Emden.«

»Was ist los? Bist du krank?« Er klang besorgt.

Sie klärte ihn auf.

Die Zugfahrt war öde. Marga kaute an den Fingernägeln, bis unter ihrem Sitzplatz überall weiße Fetzen lagen. Langsam kannte sie die Reihe der Bahnhöfe auswendig. In Bad Zwischenahn griff sie zum Telefon und simste Joki. *bin gleich in ostfriesland. lg marga.*

Kurz darauf kam eine Nachricht zurück. *Ik bin tohuus. Komm nach Oldersum, Harm weiß Bescheid.*

Wieso zu Hause? Marga schmiss sich genervt gegen die Rückenlehne. Dabei hatte sie so schnell wie möglich nach Aurich gewollt.

*

**Oldersum, Ostfriesland**

Obwohl Marga erst einmal in Oldersum bei Joki und seiner Frau Elfie gewesen war, anlässlich eines runden Geburtstags, fand Marga das Haus am Ems-Seitenkanal sofort wieder. Elfie öffnete ihr die Tür und war freundlich wie immer. Im Wohnzimmer thronte Joki auf dem Sofa im mausgrauen Hausanzug mit Bügelfalte. Er sah fast so sportlich aus wie auf dem rotstichigen Foto in seinem Arbeitszimmer, das ihn als aktiven Handballer beim F. C. Oldersum zeigte. Zwar schon mit Glatze, aber ganz schön schnittig.

»Was ist denn los?«

»Hör bloß auf.« Joki gab die Heulsuse. »Mein Knie bringt

mich fast um. Ich bin krankgeschrieben, und der Doc hat gesagt, ich muss in Kürze operiert werden.«

»Oha.«

Elfie brachte Tee und gebuttertes Rosinenbrot. Marga hätte sie knutschen können, sie kam fast um vor Hunger.

»Marga, und nu guck ihn dir an: een Kerl as ’n Boom und schkitt sich vor Angst fast inne Büx.« Elfie nahm kein Blatt vor den Mund: »Lass dir gefälligst einen Termin für dein Knie geben, Johann Flessner!«

Jokis Wangen waren aschfahl, als Elfie den Raum verließ.

»Komm schon, Joki«, versuchte Marga ihn zu beruhigen, »nach der Operation hast du bestimmt keine Schmerzen mehr.«

Jokis Gesicht verfinsterte sich. »Das befürchte ich auch. Weil sie mich mit den Füßen zuerst raustragen.« Er trank seinen Tee. Das Rosinenbrot sah in seiner Hand zierlich aus wie ein Eierplätzchen. Er wirkte nachdenklich. »Ich merk schon seit ein paar Monaten, dass es so nicht mehr weitergeht. Ich hatte aber gehofft, mich bis zur Pension durchzumogeln. Tja, war wohl ’n Satz mit x. Scheiß Arthrose. Ich habe schon mit Harm gesprochen. Und mit Elfie natürlich.«

Natürlich. Marga konnte sich nur schwer vorstellen, dass in diesem Haus etwas ohne Elfies Wissen passierte.

»Für mich ist Schluss, Marga. Ich bin nu über sechzig, ich will noch was vom Leben haben, was nicht mit meiner Arbeit verbunden ist.«

Für Marga sprach er in Rätseln. Joki war Kriminalist durch und durch. Mit gutem Spürsinn und Bauchgefühl. Alles an ihm war untrennbar mit seinem Beruf verbunden. Er konnte doch nicht einfach …

»Ich lass mich vorzeitig pensionieren. Und mein Knie reparieren, dann Reha und dann mit Elfie ab durch die Mitte.«

Doch, er konnte. Marga schluckte. Das waren tatsächlich Neuigkeiten. »Da bin ich aber platt.«
»Ich auch.« Joki prostete ihr mit seiner Teetasse zu. »Ich wollte es dir gerne selbst sagen. Betrifft dich ja auch. Ist alles nich mehr so dolle gelaufen in der letzten Zeit.«
Treffer – versenkt. In der Tat hatte Marga die letzten Monate oft zurückstecken müssen, weil Joki verdammt schlecht zu Fuß unterwegs war. Richtige Sesselpupser waren sie geworden.
»Aber wegen mir brauchst du nicht aufzuhören.«
»Neeisch! Der Zeitpunkt ist zwar ein unfreiwilliger, aber die Entscheidung is in meinem eigenen dicken Kopp gereift, Marga. Ik bin wirklich gespannt, was es auf der Welt noch zu sehen gibt außer meinem eigenen Gartenzaun.« Er grinste.
Obwohl sie seine Unbeweglichkeit oft verflucht hatte, fand Marga Jokis Entschluss schade. Nun müsste sie sich auf ihren eigenen Bauch verlassen. Sie nahm noch ein Stück Rosinenbrot.
»Aber nun erzähl du«, forderte Joki sie auf, »was gibt es für Neuigkeiten in Hamburg?«
Marga fasste alles zusammen, was es in den letzten Tagen an Neuigkeiten in der SOKO Hayenga gegeben hatte.
Joki rieb sich das Kinn. »So richtig schlau werd ich aus dem Fall nicht.«
Marga ließ die Kluntjereste in der Tasse kreisen. »Ich für meinen Teil setze voll auf die Vernehmung von der Lorei.«
Jokis Mundwinkel gingen nach unten. »Ich weiß nicht, Margarethe.«

*

## Fachkommissariat Aurich, Ostfriesland

Annette Lorei sah wesentlich besser aus als bei ihrem letzten Treffen, aber das war auch kein Kunststück. Sie trug einen grauen Pullover mit Schalkragen. Ein buntes Nicki-Tuch verdeckte die Verletzungen an ihrem Hals. Der Anwalt der Lorei, ein markanter Typ mit Dreitagebart, erhob sich und begrüßte Marga mit einem festen Händedruck.
»Ich möchte betonen, dass es Frau Loreis Pflichtbewusstsein und gutem Willen anzurechnen ist, dass wir heute schon aufeinandertreffen. Aus ärztlicher Sicht hätten wir gut noch eine Woche warten können, zumal Frau Lorei sich nur langsam von den Schrecken der vergangenen Tage erholt.«
Marga versuchte, seinen gönnerhaften Ton zu ignorieren, und bemühte sich um Sachlichkeit.
»Wäre Frau Lorei nicht mit einem Kopfsprung in die Scheibe getaucht, hätte die Vernehmung zum Mord an Frau Hayenga schon wesentlich eher stattfinden können.«
Harm hatte einen Pokerblick. Nur seine Nasenflügel blähten sich auf, als hätte er etwas Unappetitliches gerochen. Der Anwalt richtete sich auf. »Ich muss doch sehr bitten. Behalten Sie Ihre Spekulationen für sich. Von einer Beamtin in Ihrer Stellung dürfte man etwas mehr Professionalität erwarten. Und ich finde es sehr befremdlich, dass Sie Ihren rücksichtslosen Kurs beibehalten, nach allem, was Sie damit angerichtet haben.«
Hallo? Jemand zu Hause? Nach allem, was sie, Marga, angerichtet hatte? Ging's noch? Marga schoss zurück.
»Frau Lorei war eine Tatverdächtige im Mordfall Neehuis. Sie hat das Opfer sediert, das kurze Zeit später verschwand und am Tag darauf tot aufgefunden wurde. In ihrer Obhut befanden sich weitere Frauen, für deren Sicherheit ich zu dem

Zeitpunkt nicht garantieren konnte. Im Gegenteil. Es bestand ein dringender Tatverdacht gegen Frau Lorei. Ich habe mir nichts vorzuwerfen.« Marga spürte, wie die Wut ihr rot den Hals hochkrabbelte. Harm machte unter der Tischplatte Zeichen mit der flachen Hand: Bleib ruhig, Margarethe.
Sie gab sich alle Mühe.
»Nun werden Sie doch nicht albern. Der dringende Tatverdacht war lächerlich und keinen Moment haltbar. Meine Mandantin war zu jeder Zeit um das Wohl von Frau Neehuis bemüht. Und das seit Jahren. Sie hat exzellente Referenzen aus ihrer Arbeit in der Altenpflege und versteht sich mit den Angehörigen der Verstorbenen bis heute ausgezeichnet. Und dann erscheinen Sie auf der Bildfläche und zerstören in wenigen Minuten alles, was sich das Ehepaar in jahrelanger Arbeit aufgebaut hat. Und warum? Weil Sie mit Ihren unüberlegten Verdächtigungen weit über das Ziel hinausschießen.«
Marga beugte sich vor. Am liebsten hätte sie die Zähne gefletscht. »Es ist ein Mord geschehen, darf ich Sie daran erinnern? Frau Neehuis ist das Opfer von brutaler Gewalt geworden, Frau Lorei gehört als Bezugsperson automatisch zum Kreis der Verdächtigen. Und Frau Lorei hat erwiesenermaßen das Opfer kurz vor seinem Tod mit Medikamenten sediert. Und nach ihrer begründeten Festnahme hat sie versucht, sich selbst zu verletzen – und hat sich damit in Lebensgefahr gebracht. Egal, wie Sie es mit dem Tatverdacht halten, den Sprung in die Scheibe sehe ich persönlich als eindeutiges Schuldeingeständnis.«
Der Anwalt lehnte sich behaglich zurück. »Nun kommen Sie mal runter. Es gibt genügend Mediziner, die an einer Verabreichung eines leichten Beruhigungsmittels bei dementen Personen keinen Anstoß nehmen. Das bekommen Sie auf Wunsch auch schriftlich. Außerdem kann von Selbstverlet-

zung keine Rede sein. Frau Lorei ist gestürzt und unglücklich gefallen. Sie hatte einen Schwächeanfall, für den Sie und Ihr unangemessenes Verhalten die Verantwortung tragen. Wir behalten uns rechtliche Schritte gegen Sie vor.«
Marga lachte auf. Frau Lorei spielte das Bambi, und Harm schüttelte den Kopf.
»Meine Herrschaften, das führt doch zu nichts. Wir befinden uns hier nicht in einem Theater-Workshop.« Harms Blick war fest, Naturstein im Block. »Es bleibt Ihnen überlassen, ob Sie rechtliche Schritte gegen wen auch immer einleiten wollen. Fakt ist, es ist ein Mord geschehen im Umfeld von Frau Lorei, und zu diesem wird sie vernommen. Ich möchte betonen, dass ich als Polizist genau wie meine Kollegin gehandelt hätte. Frau Lorei hat sich durch das eigenmächtige Hantieren mit dem Sedativum äußerst verdächtig gemacht. Den Unfall kann man deuten, wie man will, der steht heute nicht zur Debatte. Ich verbitte mir da ebenfalls Spekulationen. Frau Lorei war bei Kräften und psychisch bis dato unauffällig. Ich kann und werde Frau Terbeek da keinen Vorwurf machen.«
Marga war sicher, mit der Festnahme korrekt gehandelt zu haben – obwohl ihr Gewissen sie piekte, weil sie so siegessicher gewesen war. Und sie war zornig. Sie war auf die heimliche Medikamentengabe angesprungen wie eine Wespe auf den Pflaumenkuchen. Außerdem war sie immer noch sicher, dass die Lorei Dreck am Stecken hatte. Trotzdem dankte sie Harm fürs große Kino. Sie war froh, dass er hinter ihr stand.
Der Anwalt der Lorei rieb sich die Hände. »Gut. Dann lassen wir jetzt den Vorhang fallen. Da laut Staatsanwalt gegen meine Mandantin im Mordfall Neehuis kein hinreichender Tatverdacht besteht, werden Frau Lorei und ich uns jetzt verabschieden. Außerdem wird Frau Lorei hinsichtlich weiterer

Ermittlungen gegen ihre Person von ihrem Aussageverweigerungsrecht Gebrauch machen. Ein entsprechendes Schriftstück habe ich vorbereitet. In doppelter Ausführung.«

Harm unterschrieb den Wisch nach kurzer Prüfung und erhob sich. Der Anwalt knöpfte sein Sakko zu, grüßte knapp und schob die stetig schweigende Lorei nach draußen.

»Und du willst sie einfach so gehen lassen?« Marga starrte Harm an und wusste nicht, ob sie lachen oder weinen sollte.

»Ich habe keine Wahl.« Harm stützte sich auf seine Stuhllehne. »Man muss auch wissen, wann's gut ist, Margarethe. An diesem Punkt kommen wir nicht weiter.«

»Weil der blasierte Anwalt uns in die Schranken weist?« Margas Lippen waren weiß und blutleer. Harm sah sie an. »Weil wir uns an die Fakten und die Rechtsgrundlagen halten müssen. Hast du nicht mit Joki gesprochen? Warum bist du dir so sicher, dass die Lorei Theda Neehuis ermordet hat?«

»Es war eine Beziehungstat, da bin ich mir sicher. Und der Täter stammt aus ihrem Umfeld.« Marga ballte die Hände zu Fäusten. Andererseits war da noch diese Bullifahrerin. Marga war am Ende.

Harm schüttelte den Kopf. »Ab ins Wochenende, Margarethe. Ruh dich aus und leg die Beine hoch. Dein Dauerlauf nützt gar nichts, wenn du in die falsche Richtung rennst.«

Marga wollte etwas erwidern, doch er kam ihr zuvor.

»Keine Widerrede. Und iss was. Du siehst aus wie ein Handstock mit Plünnen.«

*

## Uttum, Ostfriesland

Nach Dienstschluss fuhr Marga nach Emden. In einem Supermarkt an der alten Molkerei kaufte sie Brot und Käse, Saft, Tomaten und eine Prinzenrolle. *Handstock mit Plünnen.* Was fiel Harm eigentlich ein? Nur weil er vom Alter her ihr Vater sein konnte, brauchte er sich noch lange nicht wie einer aufführen. *Und iss was.* Frechheit. Sie bog in die Bolardusstraße ein. Bei Peter war alles dunkel. Mist. Sie war zwar erleichtert, Peter erst mal nicht unter die Augen zu kommen, wollte Ludger aber unbedingt mit nach Hause nehmen. Der dicke Kerl. Er war bestimmt schon völlig entfremdet. Durch ein ausgeklügeltes Einbahnstraßensystem war Marga gezwungen, zu ihrer Wohnung einmal um den kompletten Pudding zu fahren. Einem inneren Drang folgend, fuhr sie plötzlich wieder stadtauswärts Richtung Harsweg. Dann Richtung Hinte und über die Dörfer. In der Dunkelheit flogen einzelne Baumschatten an ihr vorbei, und das Auto fraß einen weißen Mittelstreifen nach dem anderen. Osterhusen, Cirkwehrum, danach kam Uttum. Sie war seit der Befragung von Derk Kampmann nicht mehr in Uttum gewesen. Es schien Lichtjahre her zu sein. Sie parkte ihren Wagen am Dorfrand, kramte im Kofferraum nach einer Taschenlampe und ging zu Fuß an der Landstraße entlang. Ganz geheuer war ihr das nicht. Ein unaufmerksamer Autofahrer, und sie würde als Pizza Margarethe auf dem Asphalt enden. Das Gelände um das alte Arbeiterhaus war wieder freigegeben. Marga leuchtete ins Dickicht und fand den Bau nach ein paar unwegsamen und feuchten Metern. Hier hatte Theda ihre letzten Stunden verbracht. Marga lief es kalt über den Rücken, als sie in den Schuppen leuchtete. Nichts deutete auf Thedas gewaltsames Ende hin. Hatte sie gespürt, dass sie erstickte? Oder war sie durch das Beruhigungsmittel einfach eingeschlafen und hatte ihren krassen Abgang verpennt? Gerade noch Rosenkohl mit Mehlschwitze, dann plötzlich im Büßerhemd auf der himmlischen Showbühne. Marga hatte keinen Plan. Theda hatte im Leben wie im Tod keine Antworten für sie hinterlassen. Zurück an der Landstraße lief sie wie automatisch den Weg hinein ins Hammrich auf den Hof von Derk Kampmann zu. Dort war Theda geboren. Die Entfernung war Marga bei Tageslicht geringer vorgekommen, ihre Taschenlampe warf kleine Lichtbögen vor und zurück. Hoffentlich würden die Batterien halten. In den Entwässerungsgräben am Straßenrand stand das Schilf mannshoch. Die Luft war feucht, aber kalt und würzig. Marga maschierte stramm durch, niemand begegnete ihr. Der ehemalige Hayenga-Hof lag still und düster da. Eine Funzel über dem Stalleingang gab ein trübes Licht. Derk Kampmann war nirgends zu sehen. Der Wohntrakt war genauso dunkel, auch dort brannte nur die Außenbeleuchtung. Marga umrundete den Hof auf einem schmalen, geklinkerten Weg. An der Stirn des Gebäudes standen uralte Kopflinden. Sie spähte neugierig durch eines der Fenster. Es schien die Küche zu sein, zumindest konnte sie den Umriss eines alten Stangenofens ausmachen. Aus dem Inneren des Hauses meldete sich der heisere Jagdhund. Marga hielt die Luft an. Hoffentlich ließ niemand den Hund nach draußen. Doch nichts rührte sich. Ihr Herz hatte einen Zahn zugelegt. Derk Kampmann war augenscheinlich nicht zu Hause, und das war auch gut so, denn Marga hatte keinen blassen Schimmer, wie sie ihm erklären sollte, warum sie um sein Haus schlich und durch die Fenster schaute. Im Gebüsch neben ihr raschelte es. Marga schwenkte die Taschenlampe, und zwei gelbe Blitze schossen auf sie zu. Dann fauchte es, und Margas Nackenhaare stellten sich auf.

*Der Teig ist weich und warm, schmeckt nach Hefe und klebt, wenn Theda ihn von der Fingerspitze lutscht. Lisbeth lächelt und zwinkert der Schwester zu. Die Mutter backt Brot, und die Laibe stehen zum Gehen auf einem großen Holzbrett nah am Stangenofen. Es ist schon dunkel und Mutter noch nicht fertig. Sie wird immer langsamer und muss sich oft den Rücken halten. Mit dem Kochlöffel haut sie nach Thedas und Lisbeths Händen. »Finger aus dem Teig!« Mutter trifft nicht, und Lisbeth lacht sie aus.*

*»Das kommt, weil du so dick bist. So dick wie Grete kurz vorm Kalben!«*

*Das war frech, was Lisbeth gesagt hat, findet Theda und guckt zu Boden. Und dann sagt Lisbeth noch: »Wenn Vater dich so sehen könnte.«*

*Lisbeth weiß doch, dass der Vater nicht da ist, weil er das Land verteidigen muss. Theda mag sich gar nicht mehr bewegen, als auch noch die große Kumme, in der Mutter die Brote formt, auf den Dielen landet.*

*»Ab in die Kammer«, sagt Mutter, und Theda kriegt Angst.*

*Ihr wäre es lieber gewesen, Lisbeth hätte ordentlich eins mit dem Löffel bekommen.*

*Lisbeths Mund ist ganz schmal, als sie ihre Zöpfe löst und sich das Haar bürstet. Anschließend bürstet sie auch Thedas Haar.*

*»Au, Lisbeth! Nicht so doll.« Dann ist Theda still, weil Lisbeth sonst nur noch fester bürsten würde. Die Mädchen krabbeln zusammen ins Bett, und der dicke Kater legt sich wie ein warmer Pelz am Fußende auf die Decke und schnurrt.*

*Theda hört die Stalltür schlagen, der Onkel kommt ins Haus. Sie zieht die Decke höher und hofft. Doch seine Stimme in der Küche wird laut, bis die Holzdielen es kreischen: »Er kommt!« Der Kater kann ihn auch nicht leiden, springt herunter und*

*faucht, als der Onkel vorm Bett steht. Ein Tritt, und das Tier fliegt wie ein Vogel, nur nicht so schön.*
*Erst zieht der Onkel seinen Gürtel aus der Hose, dann Theda aus dem Bett. Scharf brennt seine Hand auf ihrer Wange, vom Schlag dreht sich alles vor ihren Augen. Er schickt sie raus, und sie macht, dass sie davonkommt. Und bevor er die Tür schließt, sieht Theda Lisbeth steif und trotzig im Bett sitzen, die Haare umwallen sie wie ein Vorhang, hoffentlich zieht sie ihn zu.*
*Theda rennt im Hemdchen in die Küche. Sie will es nicht hören, ihr Gesicht wird immer heißer. Wo ist die Mutter? Sie rennt durch die Küche in die Milchküche und aus dem Haus. Sie hält sich die Ohren zu und rennt und rennt.*

Ein schwarzer Kater sprintete an Marga vorbei, und ihr Herz flog an einem Gummiband nach unten und wieder hoch. Marga schluckte. Was zum Teufel tat sie hier überhaupt? Sie drehte sich um und ging schnurstracks zurück, von wo sie gekommen war. Am liebsten wäre sie gerannt. Erst kurz vor dem Auto konnte sie erleichtert aufatmen und das ungute Gefühl abschütteln, das sich an ihr festgekrallt hatte wie eine eiskalte Hand. Hinten im Genick.

*

**Emden, Ostfriesland**

Das Wiedersehen mit Ludger fand erst am nächsten Tag statt. Ludger freute sich riesig, Marga zu sehen. Peter bat sie herein, doch Marga lehnte ab. »Ich muss erst mal 'ne Runde laufen, bisschen den Kopf freikriegen und so.«
Peter hatte Verständnis. Wie immer.

»Hast du später vielleicht Zeit für eine Tasse Tee? Ich bin voll auf Entzug, in Hamburg trinke ich immer nur Kaffee.« Marga lächelte unbeholfen.
Peter hatte Zeit. Auch wie immer. Marga stiefelte los. Das war also geritzt. Sie war erleichtert. Keine Ahnung warum, denn letztendlich war das Treffen mit Peter nur aufgeschoben. Beim Blumenpavillon ging sie über die Holzbrücke und auf den Wall. Während des Dreißigjährigen Krieges hatte der Wall mit seinen kanonenbewehrten Zwingern Emden vor feindlichen Truppen geschützt. Heute ging hier die ganze Stadt spazieren, und der Wall musste geschützt werden. Vor Hundekacke und Altglas. Ludger trottete mal vor, mal hinter Marga. Der Hund hätte einen guten Ermittler abgegeben. Er steckte seine Nase in alles, was ihn interessierte. In Margas Wohnung war Aufräumen angesagt, und den Rest des Nachmittags verbrachte sie mit Hausarbeit und Wäschewaschen. Um fünf kam Peter zum Tee. Er hatte Butterkuchen dabei. Das Gespräch lief erst schleppend, dann wurde Marga unbefangener. Trotzdem hatte sie das Gefühl, der eine Kuss lag ihr wie ein gefährliches Wort auf der Zunge. Mit einem fetten Ausrufezeichen gleich dahinter. »Ich habe Post bekommen, von dem Jungen, der Theda Neehuis gefunden hat.«
»Was schreibt er?«
»Ihm geht es gut, er ist wieder zu Hause. Nur manchmal träumt er von der Toten.«
»Und wie geht's dir?«, fragte Peter.
Marga wurde kribbelig. »Geht so.« Hilfe, sie hatte keine Ahnung, was sie sagen sollte, geschweige denn, was er hören wollte.
»Marga, mach dir wegen mir keinen Stress, okay?«
Zu spät, Sweet Pete. Marga musste sich wirklich überwinden. »Ich mag dich und ich mag Ludger. Und ich mag, dass du

Ludger magst. Aber mehr kann ich im Augenblick nicht sagen.«

Peter lächelte. »Völlig okay.«

Ach? Na denn. Marga lehnte sich zurück und wünschte, sie hätte was von Peters Lässigkeit.

Am Sonntag packten sie Ludger ins Auto und brausten an die Knock, den westlichsten Zipfel der Krummhörn, etwa zehn Kilometer von Emden entfernt. Hier verbreiterte sich die Ems in den Dollart, und man konnte nach Holland spucken oder rüberschwimmen. Zumindest sah es so aus. Marga ließ sich den Wind um den Kopf wehen und das Gehirn durchpusten, bis ihre Nase knallrot gefroren und ihre Gedanken frisch und leicht waren. Peter warf Stöckchen für Ludger. Marga wickelte sich fest in ihren Parka und sah ihnen zu. *Völlig okay.*

*

### Fachkommissariat Aurich, Ostfriesland

Die Stuhlbeine im Besprechungsraum des Präsidiums am Fischteichweg schabten über die Auslegware. Marga war aufgeregt, aber nachdem sie ins Reden gekommen war, lief alles detailliert und flüssig. Die Kollegen hörten interessiert zu. Harm klärte sie auf, dass die Überprüfung des Alibis von Derk Kampmann nichts ergeben hatte. Er war sauber, Marga hatte nichts anderes erwartet. Ebenso waren die finanziellen Verhältnisse der Rohdens durchleuchtet worden. Sie standen gut da. Ihr Haus war bereits abbezahlt, und es gab Rücklagen. Das dicke Erbe in Form von Thedas kleinem Häuschen, das von der Brandkasse mit einem Marktwert von siebzigtausend

Euro veranschlagt war, zog nicht wirklich als Motiv. Außerdem waren die Rohdens zur Tatzeit in der *Strandlust* am Fähranleger Knock schick essen gewesen. Hochzeitstag. Als Herr Rohden anschließend vom Verschwinden seiner Tante informiert worden war, hatte er sich gleich an der Suche nach ihr beteiligt. Ferner konnten weder den Rohdens noch Derk Kampmann eine Verbindung nach Hamburg, geschweige denn zu Xenia Borg nachgewiesen werden.

»Und über die Loreis wird sich in Pewsum das Maul zerrissen. Keine der alten Damen ist ins Pflegeheim zurückgekehrt, sind alle anderswo untergekommen. Frau Lorei wird die Pflege wohl schließen müssen.« Harm sah nachdenklich aus.

»Aber doch zu Recht, Harm.« Marga runzelte ihre Brauen. »Selbst wenn sie mit dem Tod der Neehuis nichts zu tun hat, wovon ich immer noch nicht restlos überzeugt bin, hat sie die alte Frau mit irgendwelchen Tabletten aus dem privaten Bestand vollgepumpt, damit sie ihnen nicht auf den Zeiger ging. Und das bleibt ein Vergehen, sowohl ethisch als auch juristisch. Und warum sollte Frau Lorei sonst in die Scheibe gesprungen sein? Ich empfinde das als Schuldeingeständnis.«

»Frau Lorei sagt aus, sie sei gestolpert und unglücklich gefallen.«

»Das hat der Kollege, der sie am Arm hielt, aber ganz anders gesehen.« Marga schnaufte.

»Ich weiß, Margarethe. Aber da steht Aussage gegen Aussage. Das wird im Sande verlaufen.«

War er froh darüber? Harm verzog keine Miene, als er Marga ansah. Sie konnte überhaupt nicht einschätzen, wie er dazu stand.

»Und die Angehörigen der Damen haben sich zwar von den Loreis distanziert, aber belangen will sie keiner.« Er schob seine Papiere zusammen. Thema erledigt. Für ihn war alles klar. Marga fand es zum Kotzen. Immer rein mit der Chemie. Wer aus dem Rahmen fällt, wird eingestellt. Na toll.

»Wir werden sehen, wie die Staatsanwaltschaft diesbezüglich entscheidet, wir haben die Fakten ermittelt, damit ist unsere Arbeit erledigt, und die nächste Instanz ist dran. Sonst noch was?« Harm blickte in die Runde.

Marga presste die Lippen aufeinander. Was sollte sie jetzt noch sagen? Die Kollegen erhoben sich, die Besprechung war beendet, und Marga schwamm in ihrem eigenen Frust. Würde sie hier jemals ein Bein auf den Grund bekommen? Ihre Zunge klebte pelzig am Gaumen, und sie steuerte die Teeküche an. Die Tür fehlte, sie war ausgehängt worden, es war Marga recht. Das blutige Bild von Annette Lorei im Türausschnitt war auch so aufdringlich genug. *Gestolpert.* Lächerlich. Harm erschien kurz nach Marga. Sie stellte den Wasserkocher an und nahm einen Becher aus dem Schrank.

»Du fährst heute wieder nach Hamburg?«

»Mein Zug geht um zwanzig nach neun.« Sie warf einen Teebeutel in den Becher und goss das kochende Wasser drüber. Vor lauter Schwung und mieser Stimmung war der Beutel samt Rückholleine in den heißen Fluten versunken. Mist.

»Du darfst es nicht persönlich nehmen, Margarethe.«

Sie hielt in der Bewegung inne. Wie jetzt? *Handstock mit Plünnen?* »Was meinst du?«

»Den Fall, die Ermittlungsergebnisse. Die Fakten. Nimm es nicht persönlich, das trübt den Blick. Bleib objektiv.«

Margas Kiefermuskulatur verhärtete sich. Schon wieder ein väterlicher Rat? Na, vielen Dank.

»Wenn Joki in Pension geht, wirst du alleine zurechtkommen müssen.«

Typisch Harm, kein Freund vieler Worte, und er traf den Nagel auf den offensichtlichen Kopf. Stand er wirklich hinter ihr,

wie es bei der Vernehmung von Annette Lorei den Anschein gehabt hatte? Oder war das nur Schadensbegrenzung gewesen?
Harm sah ernst aus. »Du bist auf gutem Wege – mach weiter so.« Er sprach es und verschwand.
Marga starrte verblüfft auf ihren ertränkten Beutel. Das war ein Lob gewesen. Ohne Zweifel. Aus Harms Mund war das ein Lob. Todesmutig steckte sie blitzschnell zwei Finger in das heiße Wasser und rettete den Beutel. Ohne sich zu verbrühen. Dann man weiter so.

*

## Emden, Hauptbahnhof

Gegen Abend brach Marga wieder auf. Ludger blieb bei Peter. *Völlig okay.* Und der hastige Abschiedskuss von Marga, der irgendwo auf Peters Mundwinkel landete, war es auch. Sweet Pete. Was hatte sie schon zu verlieren? Und – es wurde schließlich Frühling. Anders konnte sich Marga ihren spontanen Zuneigungsbeweis nicht erklären. Beschwingt ging sie in die Buchhandlung am Bahnhof und erstand einen *Spiegel* und einen Krimi, der auf Spiekeroog spielte. *Friesensturm.* Von Birgit Böckli.
»Soll der Knaller sein«, sagte die Verkäuferin und reichte Marga das Wechselgeld. Der *Friesensturm* war nur der erste Knaller des Tages. Im *Spiegel* stand, dass sich in den Niederlanden eine dreckige Pädophilen-Partei wegen zu geringer Wählerunterstützung aufgelöst hatte. Der Oberknaller. Und immer noch nicht der letzte. In Bremen war Endstation. Das Bahnpersonal streikte, und es ging kein Zug mehr. Bis sie an

einem Informationsschalter nähere Auskunft erhalten hatte, bekam sie auch keinen Mietwagen mehr, und um Peter anzurufen, war es definitiv zu spät. Margas neu gewonnene Unbeschwertheit ging ganz schnell flöten. So ein Schiet! Sie musste unbedingt am nächsten Morgen im Hamburger Präsidium auf der Matte stehen, andernfalls bekäme sie von Guntbert Meyer höchstpersönlich einen Tritt in den Hintern, der sie im hohen Bogen nach Ostfriesland zurückbefördern würde. Einfache Fahrt. Marga kramte nach ihrem Handy und tippte Kalles Nummer. Er musste ihr den Rücken frei halten, wenn noch irgendwas schiefging. Die Leihwagenzentrale war erst ab sieben Uhr morgens wieder besetzt. Sie stapfte stocksauer aus dem Bahnhofsgebäude und suchte sich eine Möglichkeit zum Übernachten.

# KAPITEL 48

**Hamburg-Neustadt**

Im Supermarkt stand nur noch ein Einkaufswagen im Abstellkäfig. Die abendliche Einkaufsschlacht war in vollem Gange. Kalle kramte in seiner Hosentasche nach dem Plastikchip und erlöste den Wagen von seinen Ketten. Marga saß immer noch auf dem platten Land fest. Zustände waren das. Wozu nach Indien reisen, wenn es Ostfriesland gab? Sie hatte Kalle angerufen und auf die Deutsche Bahn geflucht. »Spätestens morgen früh bin ich wieder zurück in Hamburg. Wenn es sein muss, zu Fuß.«

Zuzutrauen wäre es ihr. Immerhin hatte sie sich gemeldet. Das ging schon in Ordnung. Auch Guntbert war nicht zum Dienst erschienen. Der Flurfunk meldete, er sei beim Kardiologen. Sich bei Kalle abzumelden, war unter Guntberts Würde. Hatte auch sein Gutes. Das Märchen von Margarethe und den sieben defekten D-Zügen hatte Kalle sich also sparen können. Ansonsten traten sie auf der Stelle. Xenia Borg war bisher nur ein Phantomschmerz in Kalles Ermittlerbrust. Die spanischen Kollegen in der Comunidad Valenciana sprachen ein grottenschlechtes Englisch und ein gewöhnungsbedürftiges Spanisch. Valencianisch konnte der Dolmetscher nicht. Kalle kam mit seinem Grundwortschatz Portugiesisch erst recht mit denen auf keinen gemeinsamen Nenner. Europa einig Vaterland. Daraus würde nie was werden. Kalles Magen knurrte. Hungrig einkaufen zu gehen, war eigentlich strengstens verboten. Salz mit Jodid, stand auf Emmas Zettel. Mit

Jodid. Immer Extrawünsche. Er stellte zwei Packungen in den Einkaufswagen. Was bereitet Ihnen auf dem Weg zur Arbeit Bauchschmerzen? Das war eine von Gesas Fragen beim Workshop gewesen. War es bloß Hunger? Der Hunger danach, ein Held sein zu wollen? Vor allem diesem Guntbert wollte Kalle es zeigen. Das gestaltete sich jedoch unerfreulich. Nichts gegen den Rechtsstaat, es gab keinen besseren. Doch das wussten gerade Kriminelle besonders zu schätzen. Kalle konnte es nicht ändern. Er hatte versucht, einen richterlichen Durchsuchungsbefehl für die Wohnung von Xenia Borg bei der zuständigen Staatsanwältin zu bekommen. Die zierte sich noch. Xenia Borg schien so etwas wie einen Promibonus zu haben. Sie schrieb Drehbücher fürs Fernsehen, für Daily Soaps und den *Tatort* aus Hamburg. Das Heckenscherenmassaker war auch von ihr gewesen. Da kam sie unmöglich selbst als Täterin in Frage. Logisch. Ein beschissener Montag war das gewesen! Kalle drückte der reifen Birne den Saft ab, die ihm daraufhin aus der Hand glitschte und unter die Obstauslage rollte. Und nie hatte er ein Taschentuch dabei, wenn er es am dringendsten brauchte. Birnen, Bohnen und Speck – Emmas Einkaufszettel nahm kein Ende. Sechshundert Gramm durchwachsenen Speck hatte Kalle an der Fleischtheke geordert. Kartoffeln erledigt. Bohnen und Bohnenkraut und Petersilie ebenfalls. Mussten es unbedingt Bergamotte-Birnen sein, oder gingen auch diese matschigen grünen? Kalle entschied, sich nicht länger mit Fachsimpeleien über Birnen aufzuhalten, und wog fünf Stück ab. Bier fehlte noch. Viel Bier. Und zum Nachtisch wollte Emma heute ihre berühmte rote Grütze servieren. Johannisbeeren, Himbeeren, Kirschen und Erdbeeren, so lecker! Alles Bio aus dem Tiefkühlfach. Gesund leben hatte seinen Preis, und der Strom kam aus der Steckdose. Immer hatte er was zu motzen. Spätestens, wenn es ihn selbst nervte, sollte er vielleicht einfach mal die Klappe halten. Die Schlange endete hinter Kalles Horizont. Nächstes Mal würde er sich einen Campinghocker mitbringen und Piña Colada schlürfen. Kräftig – nach fest kommt ab – zog er an der Schnur, die vor seiner Nase von der Decke des Supermarktes baumelte.

»Wir eröffnen sofort eine weitere Kasse. Danke für Ihren Hinweis.«

Stunden später zahlte Kalle in bar, weil er seine PIN dreimal falsch in das Kartenlesegerät eingegeben hatte. Ohne einen Cent in der Tasche kettete er den Einkaufswagen wieder in seinem Käfig an und steckte den Chip in sein leeres Portemonnaie. So etwas nannte sich wohl Punktlandung.

*

## Hamburg-Altstadt

Kalter Nieselregen pinkelte Kalle an, ach, woher denn, die ganze Welt tat das. Die schweren Einkäufe hatte er nach oben geschleppt. Dank der Vorfreude war das ohne Kreislaufkollaps über die Bühne gegangen. Alles eine Frage der Motivation. Dann hatte er jedoch den gemütlichen Familienabend gleich wieder knicken können. Emma, mit einer Plastiktüte auf dem Kopf, hatte er im Badezimmer vorgefunden. Nein, sie wolle sich nicht umbringen, sondern nur die Haare färben. Ach? Seit Jahren hatte sie das nicht mehr getan. Grau sei der neue Schick im Norden, war ihre Devise gewesen. Da steckte dieser Kurt dahinter. Das würde Kalle sich nicht lange anschauen. Fehlte noch, dass der Spacken unter Emmas Decke kroch. Das kam überhaupt nicht in Frage. Obwohl

Emma ganz genau wusste, dass Kalle Eliza verboten hatte, unter der Woche bei Laura zu übernachten, tat Eliza jetzt genau das. Sie übernachtete bei Laura. Das musste man sich auf der Zunge zergehen lassen. Emma hatte mit den Schultern gezuckt und sich die Anleitung auf der Haarfärbepackung durchgelesen, sie schien absolut nicht bei der Sache zu sein. Und von wegen Abendessen. Sie sei eingeladen. Großes Sorry, aber wozu gäbe es Kühlschränke? Eliza hatte ihr Handy in ihrem Zimmer liegen gelassen. Bei Laura meldete sich nur die Mailbox oder der Anrufbeantworter. Wo waren diese Prolls? Es war nach neun Uhr abends! Da Kalle die Adresse von Laura nicht kannte, musste er Emma danach fragen, und die ließ sich mehr als zweimal bitten. Die Wut, die Kalle in weniger als einer Viertelstunde bis vor Lauras Haustür in der Altstadt, gegenüber der Speicherstadt, torpediert hatte, schlug um in Panik. Das kleine Viertel mit den windschiefen Fachwerkhäusern lag verlassen im Dunkeln. Die Straßenbeleuchtung war komplett ausgefallen. Hinter jeder Ecke vermutete Kalle Kundschaft, die ihm an die Wäsche wollte. Ganz recht, man könnte auf die Idee kommen, er sei hysterisch. Würde er nicht abstreiten. Kalle klingelte Sturm, niemand öffnete. Auch die Nachbarn schienen nicht zu Hause zu sein. Nirgends brannte Licht in diesem verdammten Spukviertel. Nass war er bis auf die Haut, oder war er schweißgebadet? Rumstehen brachte ihn keinen Schritt weiter. Wenigstens funktionierten die Straßenlaternen an der Hauptstraße, und der Regen hatte aufgehört. Vor dem *Deichgrafen* standen ein paar windige Gestalten und qualmten. Die Kleine in der Karnickelfelljacke …

»Eliza!«

»Probleme, Alder?« Der Braut fehlte ein Schneidezahn.

Sie war locker Barbies Jahrgang. Kalle hätte sie küssen können, so erleichtert war er. *Let the sunshine in. Let … Emma is calling.*

»Ist was mit Eliza?« Kalle schrie, als würde er ohne Betäubung aufgeschnitten.

»Eliza fragt, ob sie nicht doch bei Laura übernachten darf. Laura hat heute Geburtstag. Sie waren mit Lauras Eltern im Kino und danach fein essen. Tut mir leid, ich hab's verschlunzt.«

»Sag ihr, ich liebe sie.« Kalle drückte Emma weg und trat gegen eine Mülltonne am Straßenrand.

Die Tonne rollte den Zombies vor die Füße. »Was bist 'n du für 'n Honk, ey?«

*

Es hatte wieder angefangen zu regnen. Kalle breitete die Arme aus. Dem Himmel sei Dank. Der Abend war sowieso gelaufen. Da konnte er sich gleich ins Büro trollen und dort schlafen. Polizisten waren auch bloß Beamte. Kalle war einfach nur selig. Wenn es Eliza gutging, was scherte ihn die Pinkelei von oben! Der 6er Bus zum Hauptbahnhof war unverschämt unpünktlich, dafür kam er aber genau rechtzeitig, nur um Kalle einzusammeln. Beim Fahrer kaufte er sich die Nachtausgabe der *MOPO. HSV – So schaffen wir das Wunder!* Haut rein, Jungs! HSV for ever. Gerade wollte er die Zeitung zusammenfalten, da fiel sein Blick auf eine unscheinbare Kurzmeldung unter »Hamburg Regionales«. *Fritz F.* (84) *hatte einst ein schickes Apartment am Schwanenwik an der Alster, führte ein Luxusleben, finanziert aus dubiosen Geschäften mit dem billigen Sex. Inzwischen ist er Rentner, krank und pleite. Jetzt stand der Berufskriminelle wieder vor Gericht: Er hatte in seiner Reinigungsfirma in Wandsbek* 201 *Putzfrauen*

*schwarz beschäftigt. Seine Anwältin erklärte, ihr Mandant sei dement. Sie legte ein ärztliches Attest vor …*
Kalle hörte die Nachtigallen singen. Noch im Bus ließ er sich mit der Rufbereitschaft des Kriminaldauerdienstes verbinden. Die SOKO Hayenga war wie blöd hinter Fritz Flemming her. Der eine Staatsanwalt war so gütig, einen Haftbefehl wegen Mordverdachts beim zuständigen Amtsgericht Hamburg-Mitte zu erwirken, und parallel klagte der andere die Fritz-Bazille wegen Steuerhinterziehung im Stadtteil Wandsbek an. Kommunikation über die Bezirksgrenzen hinaus? Fehlanzeige. Fremdwort. Fuck! Ging Kalle sowieso nichts an. Er war ja bloß töffeliger Bulle. Und weil das für einen echten Beamtenwitz noch nicht ausreichte, markierte Fritz Flemming obendrauf den Tüddeligen. Das Drehbuch des wahren Lebens war sich echt für nichts zu doof.

*

## Hamburg-Winterhude, Polizeipräsidium

Karl-Heinz Bärwolff ist der coolste Honk in down town Lauch, LKA for ever and ever HSV, my Darling Luzie Crime, das Spiel ist aus.
»Moin, Herr Bärwolff, entschuldigen Sie …«
Den Bruchteil einer Sekunde – mit Blick auf die Uhr: Es war drei Minuten nach zwei – brauchte es, bis Kalle wieder im Film war.
»… entschuldigen Sie die Störung. Frau Xenia Borg ist festgenommen worden. Sie sitzt in II.«
Diesmal war Kalle zur richtigen Zeit am richtigen Ort. Xenia Borg gehörte ihm allein. Der Büroschlaf hatte ein wahres

Wunder vollbracht, er war hellwach. Auf der Toilette wusch er sich Gesicht und Hände und gurgelte den faden Geschmack weg. Er verschwendete einen kurzen Gedanken an Koffein, während seine Beine ihn zur Teeküche transportierten – und einen längeren an Xenia Borg, was sie wohl für eine Tusnelda war. Die Kaffeemaschine zeigte sich im fahlen Energiesparlampenlicht dermaßen versifft, dass er sich seine Finger nicht schmutzig machen wollte. Neben ihr und Kalle gab es noch einen Loser im LKA. Das war der Getränkeautomat. Wie immer fast leer. Nur noch Otto von B., das Tafelwasser aus dem Reichskanzlerwald, war vorrätig. Kalle klemmte sich die Flasche unter den Arm und nahm zwei Gläser von der Theke mit. Durch das Fenster zum Vernehmungsraum II sah er einen kleinen drahtigen Feldwebel mit üppigem Busen und Hüftspeck auf und ab marschieren. Der Busen hob und senkte sich im Takt der Schritte. Wäre ja auch zu schön gewesen … Die Klofrau in der Raststätte Hasbruch hatte die Fahrerin des roten Bulli als dürr und groß beschrieben. Wahrheit oder Wichtigtuerei? Das fing ja gut an. »Guten Morgen. Bitte nehmen Sie Platz, Frau Borg. Meine Name ist Bärwolff.«
Xenia Borg blieb stehen. Kalle setzte sich, stellte Flasche und Gläser auf dem Tisch ab. Etwas älter als Kalle war sie, oder? Doch, sie war älter, viel älter sogar. Gut über 50, schätzte er. Und weißer als die Wand war sie auch. Der rot geschminkte Mund wirkte im Kontrast dazu … obszön. »Setzen Sie sich doch bitte.«
Xenia Borg gähnte, hielt es nicht für nötig, die Hand vor den Mund zu halten. Korrektes Gebiss. Zu schöne Zähne, um echt zu sein.
»Ich leite die SOKO Hayenga. Wir ermitteln in zwei Tötungsdelikten. In Ihrem VW Caravelle T4 haben wir Spuren

sichergestellt, die zweifelsfrei einem der beiden Opfer des Gewaltverbrechens zuzuordnen sind.«

Xenia Borg sank auf den Stuhl. Ihre Gesichtsfarbe wechselte von weiß nach rot.

Kalle fuhr fort: »Wenn Sie einverstanden sind, nehme ich unser Gespräch auf Band auf.«

»Nicht einverstanden.«

»Okay ... möchten Sie einen Anwalt benachrichtigen?« Die Frau hatte nicht nur perfekte Zähne, sondern auch Haare drauf. Immerhin war sie verunsichert, nach der Größe der Schweißflecke unter ihren Achseln zu urteilen.

»Das werde ich sicher tun.« Xenia Borgs Stimme war klar und fest.

Lag er doch falsch? Die Symptome eines außer Kontrolle geratenen vegetativen Nervensystems machten aus Xenia Borg offenbar noch lange keine labile Nuss, die ohne Anstrengung zu knacken war.

»Ich bin eine absolut unbescholtene Bürgerin, komme müde von einer achthundert Kilometer langen Autofahrt nach Hause, gebe den Leihwagen tipptopp zurück und muss dann feststellen, dass mein eigener Wagen, den ich sicher in der Tiefgarage glaubte, aufgebrochen und verwüstet worden ist. Ich rufe die Polizei um Hilfe und werde pronto, ohne Angaben von Gründen, festgenommen und hierher verschleppt. Schon mal was von Sachbeschädigung in Tateinheit mit Freiheitsberaubung gehört?«

Kalle dachte an die Polizeipsychologin Kerstin Brockmann und ihren Tipp für Vernehmungen: reden lassen.

»Meine Mutter ist noch keine vierundzwanzig Stunden unter der Erde, ich habe mich mit bürokratischem Unsinn zu befassen, der mich selbst noch vorzeitig ins Grab bringen wird, und dann kommen Sie daher, behandeln mich wie eine Verbrecherin und konfrontieren mich mit gequirltem Himmelblau.«

»Mein Beileid, Frau Borg.«

Xenia Borg winkte ab. Ihr Redefluss schien versiegt zu sein. Hätte Kalle mal besser die Klappe gehalten. »Wo waren Sie am Sonntag, dem 20. Februar, Frau Borg?«

Xenia Borg warf den Kopf in den Nacken und lachte: »Das ist jetzt nicht Ihr Ernst!« Sie musterte Kalle von oben bis unten, als begutachte sie ein Stück stinkende Hundekacke an der Sohle ihres Stiefels. »Am Sonntag, dem 20. Februar, habe ich für meine Mutter Hamburger Labskaus gekocht, wie jeden Sonntag seit dem 23. Januar. Das war ihr Leibgericht. Kennen Sie sicher.« Der Blick von Xenia Borg ruhte auf Kalles Plauze. Kalle spürte, wie ihm das Blut zu Kopf stieg. Schnepfe.

»Ich habe sie Teelöffel für Teelöffel gefüttert, und es hat ihr gut geschmeckt. Danach hat sie ein bisschen geschlafen. Nachdem sie aufgewacht ist, habe ich ihr Bett neu beziehen müssen. Das war nämlich vollgekackt. Dann …«

»Das tut mir leid, Frau Borg.« Irgendwie drohte ihm die Gesprächsführung zu entgleiten. »Ihre Nachbarin hat ausgesagt, Sie hielten sich in Spanien auf.«

»Das stimmt. Ich bin von Herbst bis Frühling immer in Spanien. Anfang des Jahres erhielt ich einen Anruf vom Hausarzt meiner Mutter. Oberschenkelhalsbruch. Also habe ich meine Sachen gepackt und bin nach München geflogen und von dort mit dem Auto ins Allgäu. Sie ist nach der OP nicht wieder auf die Beine gekommen, hat rapide abgebaut. Ach, was rede ich. Das geht Sie alles nichts an.«

In Kalles Kehle hockte ein Frosch. Kalle räusperte sich. »Auch einen Schluck Wasser?«

Xenia Borg nickte. Er schenkte ein und reichte ihr das Glas. Sie nahm einen Schluck und senkte den Kopf. Kalle hatte das

Blickkontaktduell gewonnen. Na also, ging doch. Jetzt drehte sie das Glas in ihren Händen und schien ihre Gedanken zu ordnen. Wollte sie sich passende Lügen zurechtlegen?

»Ihr Wagen ist von einer Überwachungskamera auf der Raststätte Hasbruch aufgenommen worden – am Nachmittag des 20. Februar. Wie erklären Sie sich das?«

»Dann muss ihn wohl jemand dorthin gefahren haben. So erkläre ich mir das. Ich war es definitiv nicht.«

Xenia Borg trank das Glas leer und knallte es auf den Tisch. »Geht die Polizei eigentlich immer so respektlos rabiat mit fremdem Eigentum um? Sogar die Sitze habt ihr mir aufgeschlitzt.« Xenia Borg beugte sich vor. Ihr Blick krallte sich an Kalles fest. »Einerseits steckt ihr offenbar einzelne Staubkörner in Plastiktüten, und andererseits vergrault ihr Zeugen, die euch vielleicht etwas mitzuteilen haben.«

»Wie meinen Sie das, Frau Borg?«

»Grundsätzlich meine ich das.«

Xenia Borg hatte die Arme verschränkt und die Lippen zusammengepresst. Aus der würde er im Moment nichts mehr herausbekommen. Sie begutachtete ihn. Ihr Blick wanderte jetzt über ihn hinweg. Wie ein Stück Vieh kam Kalle sich vor. Reichte es zum Preisbullen oder nur für Blutwurst? Es war still. Kalle hörte sich atmen. Xenia Borg räusperte sich.

»Möchten Sie noch etwas sagen, Frau Borg?«

Ihre Augenlider flatterten. Da war noch was. Doch sie schüttelte den Kopf. Ihre Aussage erschien ihm einigermaßen glaubwürdig, auch wenn sie vermutlich noch nicht alles ausgezwitschert hatte. Auf der anderen Seite wäre es nicht die erste Geschichte vom Pferd, die er aufgetischt bekommen hatte. Manche Frauen konnten lügen, da blieb kein Auge trocken. »Frau Borg, wir müssen Ihre Angaben überprüfen.«

»Ich habe einen ganzen Koffer voll mit Beweisen. Papiere,

Papiere, Papiere bis hin zur Auftragsbestätigung für den Grabstein.«

»Okay, wir werden sehen. Das ist aber leider noch nicht alles.«

»Noch nicht alles? Die zweite Leiche schimmelte in meiner Gartenlaube rum, oder wie?«

»Ganz genau. Kompliment, Sie kennen sich mit Drehbüchern aus.«

Xenia Borg war wieder bleich geworden. »Ich will meinen Anwalt sprechen!«

# KAPITEL 49

**Hamburg-Neustadt, Portugiesenviertel**

Fast hätte Kalle verpennt. Im letzten Moment sprang er aus dem U-Bahn-Waggon. Landungsbrücken. Der Bahnsteig war menschenleer. Er kniff die Augen zusammen. Im schönsten Orangerot tauchte die Sonne wie frisch gebadet aus der Elbe auf. Eben noch fehlte ein Stückchen, jetzt war sie vollkommen rund. Sie hatte es eilig, den Himmel zu erobern. Bestimmt war es schön da oben, aber hier unten war es auch schön. Nirgendwo sonst wäre Kalle jetzt lieber gewesen. Hier war sein Viertel, hier war er zu Hause. Warm wurde ihm ums Herz. So warm, dass er schwitzte, noch bevor er hundert Meter zurückgelegt hatte. Zwei Touristen, schwer bepackt mit Rucksäcken und Isomatten, kamen ihm auf der Ditmar-Koel-Straße entgegen. »Excuse me, Sir. We are looking for the public restrooms.«

Restrooms? Kalles Hirn blätterte durch die Abteilung englischer Vokabeln. Sparsam bestückt.

»Well, you know, I need to go for a pee ...« Der Mann deutete an, ins Gebüsch zu pinkeln.

Alles klar. Wie sagte man auf Englisch, Hamburg habe kein Geld für öffentliche Klos übrig? »Oh ... no restrooms.« Kalle schüttelte den Kopf. »Come with me. I show to you.« Kalle öffnete die Tür des Cafés und ließ die beiden vorangehen. Nick Nolte wartete bereits auf ihn. Er saß am Fenstertresen und tippte auf seine Armbanduhr. »Moin, Alter.« Nick hob die Hand, und Kalle schlug ein.

»Du könntest eine Rasur gebrauchen, Mann.« Er schob Kalle den Espresso rüber.
»Boah, ich bin fix und alle. Hab durchgemacht.« Kalle gähnte ausgiebig und nippte dann an der Tasse.
Nick schien wieder der Alte zu sein. Von Chefallüren keine Spur.
»Xenia Borg ist die Halterin des Bullis, in dem Theda Neehuis zur Scheune transportiert wurde. Kannst du folgen?«
Nick nickte. »Jau.«
»Die Borg ist in der Nacht festgenommen worden. Ihr Anwalt hat dasselbe Zombiezwergformat wie Guntbert Meyer. Die könnten geklont sein.«
»Gott bewahre!«
»Erst küsste er ihr die Hand, dann verbot er ihr das Wort. Da er sich mit seiner Mandantin kurzschließen wollte, sah ich mich genötigt, eine Pinkelpause zu machen. Anschließend klärte er mich auf über meine Pflichten.«
Nick grinste. »Oha!«
»Insbesondere hätte ich zu Beginn versucht, seine Mandantin zu überrumpeln, indem ich das Gespräch aufzeichnen wollte. Ich hätte sie im Dunkeln darüber gelassen, ob ich sie als Zeugin oder als Täterin vernehme. Außerdem hätte ich versäumt, sie über ihr Aussageverweigerungsrecht aufzuklären.«
»Autsch.«
»Ohne jedoch einen Schatten einer Ahnung zu haben, was seiner Mandantin überhaupt vorgeworfen werde, könne er mit Sicherheit sagen: Ihre nächtliche Aussage dürfe ich getrost in die Tonne werfen.«
Kalle seufzte, biss in den warmen Toast und kämpfte mit den Ziehfäden des Käses.
»Du hast sie unterschätzt, Alter. Steck's weg und schau nach vorne. Die Tante kannst du immer noch anzapfen, und dann

sprudelt es umso hübscher. Aber jetzt lass mich auch mal was loswerden, okay?«

»Okay.« Kalle hatte sowieso genug zu tun. Er musste kauen und verdauen.

»Tinta hat Schluss gemacht, und meine Frau hat ihr verziehen.« Nick zog seinen Ehering vom Finger. »Aber mir verzeiht sie nicht. Sie steht auf dem Standpunkt, dass Männer, die fremdgehen, immer die Schuld tragen und nicht die Frauen, die sie verführt haben. Ich hätte nein sagen können.«

Kalle schwieg, wischte sich die fettigen Finger an der Serviette ab.

»Alter, wieso sagst du nichts?«

Nick schien einen Freund zu brauchen. »Weiber.« Kalle legte den Arm um Nicks Schultern.

»Jau. Weiber. Frag nicht nach Sonnenschein.«

Eine Ameise kämpfte sich über den Zuckerberg im Streuer.

»Wer weiß, vielleicht wirst du im nächsten Leben als Ameise wiedergeboren. Dann hast du so viel für deine Königin zu schuften, da ist an Sex gar nicht zu denken.«

»Haben Ameisen Sex?« Nick winkte Beatrice zu sich. »Noch einen doppelten Espresso. Du auch, Kalle?«

Kalle nickte.

»Zwei, bitte.«

Der Hintern von Beatrice war eine Sehenswürdigkeit, die in eine Vitrine gehörte mit dem Warnhinweis: *Nicht anfassen, sonst Hand ab!* Instinktiv hatte Nick die Gefahr wohl erfasst, er stierte bloß. Männer waren und blieben Jäger und Sammler. Das war ein Naturgesetz.

»Hast du schon gehört? Anna Lekowski wird für den Posten des Innensenators gehandelt.«

Nick riss die Augen auf. »Die Lütsche aus der Gerichtsmedizin? Die, die immer zwei verschiedene Socken anhat?«

»Genau die. Die Buschtrommeln haben es mir unter dem Siegel der absoluten Verschwiegenheit anvertraut.« Kalle zwinkerte Nick zu. »Du weißt, was du zu tun hast?«
Nick lachte. »Okay, kannst dich auf mich verlassen.«
Kalle wurde ernst. »Ich hab auch gerade nicht so wirklich Drive bei den Frauen. Dachte, ich hab eine an der Angel, aber dann beißt sie nicht an. Ich bin richtig traurig, Nick, so richtig, richtig traurig. Das bleibt jetzt aber unter uns.«
»Was soll ich dir sagen, Kalle, außer: Lass ihn nicht hängen!«
Wider Willen musste Kalle lachen.
»Das Leben ist zu kurz, um traurig zu sein.« Nicks Blick klebte an dem Ring in seiner Hand.
Nicht länger daran rühren. Nicks Wunden waren zu frisch.
»Kannst du dir das vorstellen? Guntbert hat das Dezernat für interne Ermittlungen eingeschaltet!«
»Flippt der jetzt total aus, oder was? Du bist echt nicht zu beneiden, Alter.«
»Marga Terbeek …«
»Eure friesisch Herbe, lecker …«
»Marga Terbeek weiß das angeblich von Jette Winter. Wieso Jette das weiß, weiß die Terbeek nicht.«
»Weiber!« Nick hob die Hand.
Kalle schlug ein. »Du hast also nichts läuten hören?«
»Nee. Aber vielleicht hängt das mit dem Blöd-Blatt zusammen? Vielleicht hat Guntbert die internen Ermittler auf den Informanten angesetzt. Würde mich auch auf Zinne bringen, wenn bei uns einer singen würde.«
»Hab ich auch schon drüber nachgedacht. Wen könnte Guntbert im Visier haben? Ich bin ratlos. In eurer Freitagsgebetsrunde hat er nichts dazu gesagt, oder?«
»Leg ich meine Hand für ins Feuer. Nichts. Im Beisein von Thao Behrmann doch sowieso nicht. Die beiden sind wie

kleine Kinder. Der eine haut der anderen die Schaufel übern Dassel, und die andere schmeißt mit Sand. Und keine Mamas da, die ihnen den Arsch versohlen.«
»Alter, dein Handy ...«
»Moin, Tinta. Was gibt's?«
»Der Rechtsanwalt von Xenia Borg bittet dich, bei ihr zu Hause vorbeizuschauen. Sie warten auf dich. Es ist wichtig.«

*

Nick bot Kalle an, ihn zur Semperstraße zu fahren, und Kalle nahm gerne an. Im gewohnt sportlich rasanten Stil fädelte Nick in die Helgoländer Allee ein und nahm dem Linienbus 112 die Vorfahrt. Kalle schwitzte. Ein bisschen nur. Nicht wirklich der Rede wert. Nicht wirklich. »Männer sind um Welten die besseren Autofahrer, finde ich.« Kalle klammerte sich am Haltegriff fest.
»Jau, Alter.« Nick gab Gas, überholte links, überholte rechts, hupte und drohte mit der Faust. »Vollpfosten.«
»Überall machen sich Weiber breit und wichtig. Beim Frauenfußball zum Beispiel. Fett geschminkt und zwei linke Füße. Ich verspüre Schmerzen in der Brust bei so viel Dilettantismus.«
»Jau.«
»Nur die Formel 1 ist noch 'ne weiberfreie Zone.«
Ohne den Blinker zu setzen, bog Nick ab. Dong! Kalles Kopf touchierte die Scheibe der Beifahrertür.
»Ohne Männer geht gar nichts.« Nick hob die Hand.
Kalle schlug ein. »Übrigens, Lisbeth Hayenga hatte keinen Führerschein, aber einen Daimler. Nie in eine Verkehrskontrolle geraten. Wie es aussieht, hat die ihr Ding durchgezogen auf Kosten anderer. Rücksichtslos auf ihren Vorteil bedacht

war die, hat ihren Ex souverän ausgebootet und sich im Milieu einen Platz an der Sonne reserviert. Da braucht es keine blühende Fantasie, um mir vorzustellen, dass die sich zahllose Feinde gemacht haben muss. Was uns Kopfzerbrechen verursacht, ist der Zusammenhang mit dem Tod ihrer Schwester Theda.« Kalle schloss die Augen. Keine Erleuchtung, alles war schwarz wie immer.

»Könnte die Theda ein Motiv gehabt haben?«

»Sie war dement.«

»Und wenn sie gar nicht dement war? Wenn das alles nur eine falsche Fährte gewesen ist? Nehmen wir an, Theda Neehuis hatte einen Komplizen. Der hat Lisbeth Hayenga einkassiert. Theda hat ihr gründlich die Meinung gegeigt. Endlich bekam die verhasste Schwester ihre gerechte Strafe. Darüber war sie über das gesunde Maß hinaus erregt, also Theda, nicht die Schwester, und dann, pardauz, hat Theda vor lauter Freude einen Herzinfarkt bekommen. Der Komplize bekam Panik, hat sie zurück nach Ostfriesland verfrachtet und in der Scheune entsorgt.«

»Wow, Nick, so wird's gewesen sein. Du hast mir sehr geholfen.«

# KAPITEL 50

**Hamburg-Winterhude, Semperstraße**

Kalle steckte das Handy in die Brusttasche seines Jeanshemdes und seufzte laut und noch einmal lauter. Vielleicht sollte er eine Kontaktanzeige aufgeben: Einsamer Bärwolff, vom Aussterben bedroht, sucht dich mit scharfen Eckzähnen. Gesa wollte ihn nicht. Jay hatte ihn verlassen und danach alle guten Geister sie. Marga rumpelte durch Ostfriesland. Es konnte sich nur um Tage handeln, bis sie endlich zurück in Hamburg sein würde. Und Jette rauschte wie die Linde. Die war Kalle so was von egal. Immerhin hatte er sie erreichen können. Da musste man ja schon dankbar sein. Sie hatte sich sofort auf den Weg in die Semperstraße machen wollen.
Tatsächlich saß Bodo Steinhoff in Xenia Borgs Wohnzimmer.
»Kalle, da bist du ja endlich.«
Bodo sah kein Stück besser aus als die Leichen der alten Omis. Guntbert hatte ausnahmsweise recht. Bodo schien seinem Job nicht mehr gewachsen zu sein.
»Muss mal an die Luft.«
»Alles klar, Bodo?«
Doch Bodo Steinhoff hatte die Tür bereits hinter sich zugezogen. Nicht dass er noch aus den Latschen kippte.
»Wenn das hier wieder eine Ihrer beknackten *Tatort*-Nummern ist«, Kalle trat Xenia Borg fast auf die Füße, »dann gibt es echt Ärger, ich schwöre. Rauben Sie mir nicht meine Zeit. Also?«
Xenia Borg setzte zu einer Antwort an, aber der Zombiezwergenanwalt signalisierte ihr per Wimpernschlag, die Klap-

pe zu halten. Er stellte sich vor seine Mandantin, die ihn um mehr als einen Kopf überragte, in Hausschlappen. Beinahe tat er Kalle leid. »Frau Borg hat etwas in ihrem Golf gefunden, das Sie interessieren wird.«
»Golf?«
»Genau, Golf. Das wissen Sie ja sicher, Herr Bärwolff. Sie sind doch von der Polizei.«
Arschloch. Xenia Borg öffnete die Schublade des antiken Sekretärs und übergab Kalle eine kleine runde Schachtel. »Bitte sehr.«
Kalle öffnete die Schachtel, eine schimmernde Murmel rollte gegen die Wand. Die Murmel war hohl mit zwei gegenüberliegenden Löchern. Das war keine Murmel. Das war eine … Glasperle.
»Diese Perle hat Frau Borg heute in aller Frühe im Seitenfach der Fahrertür gefunden, verborgen in der Falte eines Fensterwischtuchs.«
Kalles Herz polterte gegen seinen Brustkorb. Alarm. Alarm. Solange es niemand aussprach, solange war es nicht wahr, nicht wahr?
»Gesa Clasen …«
Wahr.
»… meine Mandantin ist sich sicher. Die Perle gehört zu einem Armband, ein Hochzeitsgeschenk für eine Freundin. Sie hat keinen Zweifel. Es handelt sich um mundgeblasene Blattgoldperlen aus unterschiedlichen Glassorten, von einer Künstlerin aus Spanien hergestellt. Sie sind einzigartig, unverwechselbar und sauteuer.«
Kalles Hand zitterte, die Perle rollte über den Boden der Schachtel, stieß gegen die Wand, rollte zurück, glitzerte, funkelte SOS in der Schachtel. Kalles Herz hatte aufgehört, im Dreieck zu springen, ruckelte jetzt unregelmäßig in der Brust.

Wenn es nach Kalle ging, konnte es auch gleich ganz aufhören zu schlagen.
»Herr Bärwolff? Bitte schön.« Xenia Borgs Anwalt überreichte Kalle mit spitzen Fingern den Schlüssel. »Der Wagen gehörte der verstorbenen Mutter meiner Mandantin. Meine Mandantin hat ihn bereits letzten Sommer nach Hamburg überführt, weil sie ihn verkaufen sollte. Aus beruflichen Gründen musste sie das aber verschieben. Nun ja, jetzt ist der Golf vermutlich für ein Gewaltverbrechen benutzt worden. Meine Mandantin bittet Sie hochachtungsvoll um Nachsicht bei der Spurensicherung. Der Wagen hat keine tausend Kilometer drauf.«

*

Bitte nicht auch das noch. Bleich und leblos hing Bodo Steinhoff im Fahrersitz. Kalle riss die Tür auf. Bodo fiel ihm entgegen. Shit!
»Hey, Bodo.« Kalle richtete den Kollegen auf und tätschelte seine Wangen. Bodo öffnete die Augen und umklammerte das Steuerrad. »Da bist du ja endlich, Kalle.«

*

### Hamburg-St. Georg, Asklepios-Klinik

In der Wartezone der Asklepios-Klinik St. Georg wischte ein Putzmann mit einem zerzausten Mopp unter den roten Plastikschalenstühlen herum und summte vor sich hin. Emma feudelte ähnlich fröhlich durch die Lande, besonders, wenn es Streit gegeben hatte. Das reinige die Seele und das bockte, wie sie sich neuerdings ausdrückte. Wo zum Teufel blieb Marga? Kalle bewegte den Kopf ganz langsam nach rechts in Richtung Eingang. Autsch und Hölle! Der Arzt in der Notaufnahme hatte von Glück im Unglück gesprochen, von einem Schutzengel, dem Kalle zu verdanken habe, dass er mit einem Schleudertrauma davongekommen und nicht wie sein Kollege auf der Intensivstation gelandet sei. Der Arzt riet Kalle von einer Halskrawatte ab. Die sei nach neuesten wissenschaftlichen Erkenntnissen so wirksam wie homöopathische Kügelchen, nämlich gar nicht. Viele Patienten bekämen durch die Krawatte erst recht sogenannte Immobilisationsschmerzen, nicht schön. Stattdessen solle Kalle seinen Nacken vorsichtig bewegen, um die Muskulatur zu beschäftigen. Auf dem Röntgenbild seien keine Risse oder Brüche an den Wirbeln zu erkennen gewesen, Kalle brauche sich keine Sorgen zu machen. Man hatte ihm ein Rezept für Schmerztabletten – nur vorsichtshalber – und eins für Physiotherapie in die Hand gedrückt. Letzteres nur, weil Kalle als Beamter privat versichert war. Marga! Am liebsten hätte Kalle laut gebrüllt. Sollte er hier Wurzeln schlagen, oder was? Normalerweise war Bodo ein umsichtiger Autofahrer. Kalle hatte sich immer gerne von ihm kutschieren lassen. Bodo fuhr defensiv, bremste lieber einmal zu viel als zu wenig. Mit Blaulicht war es flott vorangegangen. Bodo wirkte entspannt. Nicht mal fünf Minuten waren noch zu fahren gewesen bis zu Gesas Haus in der Erichstraße. Wie war dieser grässliche Unfall bloß passiert? Im Nachhinein war man immer schlauer. Es war ein Fehler gewesen, Bodo ans Steuer zu lassen. Er hatte abgewinkt, es sei nichts, und Kalle hatte ihm zu gerne geglaubt. Er hatte andere Sorgen, als sich Gedanken über Bodos Gesundheit zu machen. Gesa. Gesa. Es bewies gar nichts, dass die Perle im Golf gewesen war, falls Xenia Borg sie überhaupt dort gefunden

hatte. Das war bisher nur eine dreiste Behauptung. Trotzdem hatte Kalle entschieden, keine Zeit zu verlieren. Er musste Gewissheit haben, und er musste seinen Job machen. Auf der Kennedybrücke hatte Bodo plötzlich angefangen zu quasseln. Kalle hatte zunächst nur mit halbem Ohr zugehört. Die Worte sprudelten aus Bodo heraus. Sein Redefluss überschwemmte Kalle regelrecht. Ihm blieb gar nichts anderes übrig, als zuzuhören. Bodo habe einen fürchterlichen Fehler gemacht, der ihn nicht mehr schlafen ließe. Seine berufliche Existenz stehe auf dem Spiel. Kalle hatte vorgeschlagen, dass Bodo sich an den Personalrat wenden solle, am besten an den Vorsitzenden oder an Kalle selbst. Da ließe sich sicher eine Lösung finden. Bodo war daraufhin über dem Steuer zusammengesackt und verlor die Kontrolle über den Wagen. Der brach auf die linke Spur aus, geriet auf die Gegenfahrbahn und streifte das entgegenkommende Fahrzeug. Der Wagen drehte sich um sich selbst und dann aufs Dach. Wirklich? Kalle konnte es nicht mit Sicherheit beschwören. Vielleicht war das nur gesponnen? Wie er aus dem Wagen herausgekommen und im Krankenhaus gelandet war, daran konnte sich Kalle nicht erinnern. Nur schwarze Nacht war dazu in seinem Hirn vorzufinden. Verdammt, Marga! Wo bleibst du?
»Entschuldigen Sie, Herr Bärwolff?«
Kalle hob behutsam den Kopf. Die Schwester war platinblond und ihre Wimpern aus Plastik. Autsch.
»Tach.«
»Würden Sie bitte so nett sein und die Angehörigen von Herrn Bodo Steinhoff benachrichtigen. Das wäre lieb.« Sie klimperte mit den Augenlidern. Holla, die Waldfee.
»Kein Problem.«
»Gute Besserung.« Ihr Hüftschwung winkte bye, bye.
Kalle betrachtete Bodos Habseligkeiten, Schlüsselbund,

Brieftasche, zwei Handys. Das Display von Bodos privatem Handy leuchtete auf, nachdem Kalle auf Menü gedrückt hatte. Telefonliste: Cleanteam, Dr. Dahms, Gert, Hausverwaltung, Pizzaservice, Shakira … Mehr Einträge gab es nicht. Kalle sah auf. Verdammt, Marga! Der Putzmann verstaute den Mopp im Eimer und schob den Rollwagen mit Putzmitteln, Lappen, Müllsack und verschiedenem anderen Zeug den Gang hinunter. »Ich bau dir ein Schloss …«
Kalle steckte Bodos Sachen in die Innentasche seiner Lederjacke.

# KAPITEL 51

**Hamburg-Winterlinde, Polizeipräsidium**

Der arme Kalle. Er sah entsetzlich derangiert aus. Marga selbst war locker auf einen hundertachtziger Puls gekommen, als sie nach einer nervtötenden Autofahrt endlich Hamburg erreicht hatte. Dann musste sie noch mit dem Schuhkarton von Leihwagen zur Asklepios-Klinik brettern, wo sie Kalle frisch genäht und blaugebeult mit Schiefhals in der Wartezone vorfand. Er hatte sich geweigert, in den Wagen zu steigen, der Schock saß ihm wohl noch in den Gräten. Langsam reichte es auch an Unfällen. Marga hatte mit baldriantriefender Stimme auf ihn eingeredet, sie war in Übung, bis er leichenblass und mit Schweißperlen auf der Oberlippe endlich ins Auto geklettert war. Shit happens. Willkommen im Club.

Auf dem Präsidium bildete sich eine Traube um Beulen-Kalle, Jette stand in der ersten Reihe, die Arme in die Hüften gestemmt, ihr persönlicher Seitenaufprallschutz.

»Alter, was machst du denn für Sachen?«

»Scheibe geküsst, wa?«

»Was ist mit Bodo?«

Kalle schüttelte den Kopf. »Noch nicht bei Bewusstsein.«

Er klopfte auf die ausgeleierten Taschen seiner Jacke und fand, was er suchte. Bodos persönliche Sachen wechselten in Jettes Besitz. »Kümmer dich bitte darum, ich hab tierische Kopfschmerzen.«

Das bezweifelte Marga keine Sekunde. Ob er nicht besser

nach Hause gehen sollte? Guntbert drückte dem Treiben seine ganz eigene Note auf und war stinkig wie ein billiges Parfüm.

»Sind wir hier auf dem Basar, oder was? Wenn die Herrschaften sonst nichts zu tun haben, möchte ich Sie aufs höflichste bitten, Ihre Ärsche in den Besprechungsraum zu schieben!«

»In fünfundvierzig Minuten.« Jette klang ruhig.

»Bitte was?« Guntberts Kopf wurde so rot, dass Marga einen akuten Verschluss seiner Halsschlagader befürchtete.

»In fünfundvierzig Minuten. Zwei unserer Kollegen sind verunglückt. Der eine steht auf Messers Schneide, seine Angehörigen gehören umgehend benachrichtigt, und der andere ist nicht ganz so schmerzfrei wie Sie, Guntbert. Wir sollten ihm zumindest die Zeit geben, bis das Schmerzmittel wirkt. Sagt mir mein Fingerspitzengefühl.«

»Fünfundvierzig Minuten! Keine Sekunde länger!« Guntbert versuchte, seine Größe durch Lautstärke wettzumachen, schrie Jettes Busen an und rauschte davon. Er hinterließ eine Schneise der Verblüffung.

»Danke.« Kalle hob die Hand und schlurfte in sein Büro.

Jette verlor keine Zeit. »Komm!« Sie riss an Margas Ellbogen und drängte vorwärts, Marga trudelte von der Wucht des Antritts um ihre eigene Achse und umarmte fast den Kaffeeautomaten. »He!«

Jette war schon auf der Treppe, und Marga sprintete hinterher. Was ging denn jetzt ab? Ehe sie sich versah, saß sie neben Jette im Auto und wurde dank der rasanten Fahrweise an die Rücklehne gepresst. Jette hatte es spürbar eilig.

»Wohin geht die Reise?« Marga klemmte sich mit den Beinen im Fußraum des Wagens fest.

»Zu Bodo.«

»Aber der ist doch gar nicht ansprechbar.«

»Zu Bodo nach Hause.«
Marga schwieg. Sollten sie Bodo jetzt zu zweit den Kulturbeutel packen, oder was? Jettes Blick fixierte den Mittelstreifen der Langenhorner Chaussee. Auf der schmalen, zweispurigen Straße war höchste Konzentration gefragt. Die Lufthansa-Maschine flog über ihre Köpfe hinweg.
»Am 6. September 1971 ist so ein Kaventsmann nicht weit von hier statt am Flughafen Fuhlsbüttel auf der Autobahn A7 runtergekommen und an einer Brücke in zwei Teile zerbrochen.«
»Woher weißt du das so genau?«
Jette grinste. »An dem Tag bin ich aus der Gebärmutter ausgezogen.«
»Tatsächlich.« Soweit Marga Kalle richtig verstanden hatte, lebte Bodo allein. War er geschieden? Gab es Kinder? Fünf Minuten später standen sie vor Bodos Wohnungstür. Jette klingelte. Alles blieb still. Dann probierte sie Bodos Schlüsselbund durch, und rucki, zucki war die Tür auf. Eine Woge warmer Luft schlug Marga entgegen. Die Heizkörper mussten bis zum Anschlag aufgedreht sein. Marga fühlte sich kribbelig. Färbte Jettes Anspannung auf sie ab? Sie würden schauen, ob es in Bodos Wohnung Hinweise auf zu benachrichtigende Personen gab und fertig. Im Flur standen Bodos Hausschuhe, Modell Pantoffel. Die Küche war aufgeräumt, keine Pinnwand, keine Zettel. Die Arbeitsplatte mit blauen Sprenkeln versuchte, jugendlichen Charme zu versprühen. Ein Spüllappen hing ordentlich über dem Wasserhahn. In einem Käfig war ein Wellensittich zum Leben erwacht und hüpfte von Stange zu Stange. Armes Vieh. Marga verließ die Küche. Jette war im Wohnzimmer und durchwühlte die Schubladen eines Schreibtisches. Marga wurde mulmig. »Was machst du da?«

Jette antwortete nicht.
»Hör mal, was wird das hier? Du kannst nicht so in seinen Sachen kramen.«
»Marga, ich weiß, was ich tu. Vertrau mir! Such du einfach nach einem Adressbuch, Postkarten ... nach dem üblichen Kram, wenn es um Angehörige geht.«
Sonst noch Wünsche, Frau Hosenanzug? Das wurde ja immer schöner. Marga lachte auf. »Na klar, Jette. Ich vertrau dir. Weil du so offen und mitteilsam bist. Weil du Spezialaufträge erhältst und unsichtbare Mauern hochziehest, wenn es dir gerade in den Kram passt. Und warum hast du eigentlich einen Stein im Brett bei Guntbert? Oder hat der Angst vor dir? Irgendwas lässt ihn vor dir kuschen, obwohl er dich auch nicht lieber mag als andere. Dir vertrauen? Ich glaub, du spinnst. Ich werde dich nicht aus den Augen lassen.«
»Super. Das hab ich mir gedacht.« Jette lächelte und machte sich an einer Schrankwand zu schaffen. Marga blieb ihr auf den Fersen. Die Postkarten konnte Jette selber suchen. Hinter der Hochglanzschiebetür verbarg sich Hightech vom Feinsten. Marga verkniff sich einen Spruch. Flachbildfernseher, Festplattenrekorder, Soundanlage, aber Hausschuhe aus Cord. Mit dem Finger strich Jette über die Rückseiten einiger DVDs. »Sagen dir die Titel was?«
Marga ging neben ihr in die Hocke. »*Hart aber herzlich,* Folge eins bis zehn. *Agentin mit Herz. Ein Colt für alle Fälle.* Das sind alles alte TV-Serien. Aus den Achtzigern.« Sie zuckte mit den Schultern. »Wem's gefällt.«
Jette legte eine DVD ins Laufwerk. Robert Wagner, Stefanie Powers und ein zotteliger Hund. Und dieser Typ mit den dicken Koteletten. Wer war der Kerl noch mal? Der Koch? Der Butler? Marga konnte sich nicht mehr erinnern.
Jette reichte ihr die Fernbedienung. »Lass mal vorlaufen.«

Das Bild verzerrte und rannte über den Schirm.
»Und stopp.« Eine steile Falte ging von Jettes Haaransatz bis zur Nasenwurzel. *Shakira shakira!* Und es war nicht Stefanie Powers, die da ungehemmt tanzte. Marga wurde flau. Die Luft war plötzlich stickig und zum Schneiden dick. Was tat das Mädchen da? Und was hatte das auf Bodos DVD zu suchen?
»Einpacken. Wir nehmen alles mit.« So schnell, wie sie gekommen waren, verschwanden sie aus Bodos Bude. Mit den DVDs, verstaut in Bodos rotem Wäschekorb aus Plastik. Marga musste sich überwinden, ihn anzufassen. Beim Rausgehen hielt Marga Jette zurück. »Moment.« Sie lief in die Küche und schnappte sich den Käfig. Der arme Vogel konnte nichts dafür.

*

Marga hielt die Plastiktüte mit der Glasperle ins Licht. Hübsch sah sie aus und schillerte fast so bunt wie Kalles Augenbrauenbogen.
»Kann sich jemand von euch an diese Art von Glasperle erinnern?«, fragte Marga in die Runde.
Bodo fehlte. Natürlich. Vor exakt einer Viertelstunde hatte sie noch Mitleid mit ihm gehabt, jetzt empfand Marga nur noch Entsetzen. Und Abscheu. Und Jette fehlte auch. Sie war mit Bodos schmutziger Wäsche zu den bedauernswerten Kollegen geeilt, die den ganzen Tag nichts anderes taten, als Dreck in Bild- und Tonmaterial zu sichten. Jette machte ihren Job, auch wenn man sie nicht sah. Guntbert kommentierte ihre Abwesenheit mit keiner Silbe.
»Nö, kann mich nicht die Bohne erinnern.« Thao rutschte gelangweilt auf ihrem Steißbein herum.

Nick Nolte strengte sich schon mehr an. »Ja, klar, die Dingens hat ein Armband mit solchen Perlen getragen. Die Personaltrainerin. Gesa Clasen.« Freude breitete sich auf seinem Gesicht aus. Weil ihm der Name eingefallen war?

Guntbert hatte die Arme verschränkt und grunzte skeptisch.

Marga redete weiter. »Ich habe mit Tinta gesprochen. Es ist noch ohne Gewähr, aber im Golf von Xenia Borg wurden Fasern von Lisbeth Hayengas Kleidern gefunden.« Sie legte die Tüte mit der Glasperle auf den Tisch. »Und Xenia Borg gibt ebenfalls an, dass sie die Perle erkannt habe. Sie stamme aus einem Armband von Gesa Clasen.«

»Ja, und was soll das?« Thao kippelte mit ihrem Stuhl.

»Gesa Clasen ist die Lebenspartnerin von Sabine Clasen, die beiden sind mit Xenia Borg befreundet.«

»Die drei Damen vom Grill.« Nick feixte und wackelte anzüglich mit der Zunge.

»Wenn du nichts zu sagen hast, dann halt doch einfach die Schnauze!« Kalles Halsschlagader pulsierte verdächtig, er sah gespenstisch aus, wie frisch gekalkt.

Nick konnte ein Idiot sein, aber das wusste Kalle auch nicht erst seit gestern. Marga runzelte die Stirn. Stand Kalle etwa auf Gesa Clasen?

»Das könnte bedeuten, dass Gesa Clasen und Lisbeth Hayenga zusammen in dem Golf gefahren sind«, sagte Marga.

Guntbert grunzte. »Warum sollten sie das tun?«

Marga prickelte es auf dem Scheitel. »Tinta hat noch etwas überprüft. Sabine Clasen ist Standesbeamtin.«

Auf der Rückfahrt von Bodos Wohnung hatte Jette sie davon in Kenntnis gesetzt und damit den nächsten Funken gezündet – und Marga hatte nachgedacht. Erst war es nur ein Glimmen gewesen, dann wurde es strahlend hell. »Die Tochter von Fritz und Lisbeth ist tot – zumindest laut Sterberegister.«

Guntberts Leitung war definitiv zu lang. Er grunzte schon wieder. Einmal noch, und Marga würde ihm eine schallern. Thao schnalzte mit der Zunge, und Kalles Mundpartie bekam einen ockergelben Schimmer. »Mir ist schlecht!«

# KAPITEL 52

**Hamburg-St. Pauli, Erichstraße**

Der Typ vom Schlüsseldienst brauchte keine zwei Minuten, bis die Tür zu Gesas Haus aufsprang.
»Polizei. Frau Clasen?« Margas Stimme war glockenhell.
Clasen, Clasen. In Kalles schmerzendem Kopf hallte das Echo.
»Frau Clasen, sind Sie zu Hause?« Marga wartete, drehte sich dann zu Kalle um. »Sollen wir reingehen, oder warten wir auf die Spurensicherung?«
Seit dem Abend in der Kneipe gegenüber hatte Kalle ein paar Mal von dem Haus mit den grünen Fensterrahmen geträumt. Marga verschwamm vor Kalles Augen, und Gesa erschien. Er hatte geklingelt, müde von der Arbeit. Gesa hatte schon auf ihn gewartet. »Kalle, was ist los?« In Sorge war sie, weil er sich verspätet hatte.
»Kalle!«
»Warum schreist du so?«
Marga rollte die Augen. »Du bist nur körperlich anwesend. Sollen wir reingehen?«
Kalles Herz machte Bocksprünge. Nein, er wollte nicht rein. Nein. Eine Welle aus Wut und Zorn schwappte durch ihn hindurch und drückte auf die Adrenalinhupe. Er hatte hier nichts verloren, verdammt noch mal. Das war privat. Marga stand bereits im Flur. »Kork. So klasse. Fast wollte ich meine Schuhe ausziehen.«
Kork. Im Traum hatte er Gesas selbstgebackene Hanseaten-

herzen gegessen, aus Mürbeteig und Himbeermarmelade. Und Zuckerguss.

»Guck mal, die Küche. Ich schwöre, die kostet mehr als ein Porsche.« Marga zog sich Latexhandschuhe an. »Ich stehe ja eher auf selbstgebaut. Und ein Sofa ist ein Muss. Hier unter dem Fenster würde ich es hinstellen, so schön.«

Die Wände waren mit Gemälden fast schon überladen. Landschaften, Natur pur, offenbar Originale, farbenfrohe Bilder, unten rechts signiert mit den Initialen G. C. für Gesa Clasen. *Gesa,* eingraviert in seinem Ehering. Flitterwochen unter Sonnenblumen. Ja, das Sonnenblumenbild war das schönste von allen. Unverkennbar hatte van Goghs berühmter Schinken Pate gestanden. Kalle presste die Lippen aufeinander. Jetzt bloß nicht sentimental werden. Marga war beschäftigt, zog Schubladen auf, suchte, fand nichts. Die nächste. In der Mitte der Küche stand der Herdblock in schwarzem Glanz. Kein einziger Fingerabdruck war darauf zu sehen. Die Abzugshaube war ein Edelstahlmonster.

»Sieht aus wie im TV-Kochstudio.« Kalle hatte sich wieder im Griff.

Marga steckte ihre Nase in den Kühlschrank. »Ziemlich unbenutzt, wenn du mich fragst, um nicht zu sagen nigelnagelneu und leer.«

»Der Kalender ist interessant.«

»Mit Fotos.« Marga nahm ihn von der Wand. Ihre Haare verströmten einen eigentümlichen Geruch. Irgendwie antiseptisch statt Pfirsich-Maracuja.

»Da versteht jemand was von Fotografie. Die beiden sind ja weit rumgekommen. Dubai, Kapstadt, San Diego.« Marga blätterte. »Und wo ist das, na?«

Kalle stierte auf das Foto. »Keine Ahnung, du bist von uns beiden doch die Meerjungfrau.«

»Komm schon, der breite Strand, die Dünen, der Leuchtturm. Ich tippe auf Amrum. Das sieht da heute immer noch so aus.«
Auf Amrum war er mal mit Jay im Urlaub gewesen. Glatt vergessen.
»Guck mal, auf den Gipsarm sind Millionen Herzchen gemalt. Hübsches Mädchen, oder, Kalle, was sagst du? Wie alt schätzt du sie?«
Hübsch war gar kein Ausdruck. Ihre Haare waren schulterlang und knallblond. Wunderschöne gerade Zähne hatte sie.
Marga hängte den Kalender wieder zurück an die Wand. Aber Kalle konnte sich nicht von dem Foto losreißen. Herzchen. Leise las er den in schwungvoller Handschrift verfassten Text unter dem Foto: »Für meine Bine. Du Engel hast mir das Leben gerettet. Zu unserem Jahrestag viele, viele heiße Küsse, Deine Gesa.«
»Was ist?« Marga legte die Hand hinters Ohr.
»Nichts, was soll denn sein?« Bine. Der i-Punkt war eine gestempelte Biene. Ein Schweißperlenschauer rieselte Kalle den Rücken hinunter.
»Mensch, Kalle, wo bist du mit deinen Gedanken?« Die Falten auf Margas Stirn sahen aus wie ein Gewinde.
Was hatte Marga doch gleich wissen wollen …? Ihm war furchtbar heiß. »Sechzehn oder siebzehn Jahre, vielleicht.«
»Ja, könnte hinkommen.« Marga nickte.

*»Hier ist der Westdeutsche Rundfunk mit seinem zweiten Hörfunkprogramm, angeschlossen sind das zweite Programm des Senders Freies Berlin, das dritte Programm des Norddeutschen Rundfunks, Südfunk drei und das Deutsche Fernsehen. Guten Tag, meine sehr verehrten Damen und Herren. Hier ist wieder der Internationale Frühschoppen mit sechs Journalisten aus fünf Ländern.« Fritz sitzt in seinem Sessel vor dem*

*Fernseher. Er hat die Lippen aufeinandergepresst. Die blaue Ader an der Schläfe sieht aus wie ein fetter Regenwurm. »Meine Herren«, Werner Höfer, wie immer mit schwarzer Hornbrille, hebt sein Weinglas und prostet in die Runde. Blauer Dunst von rechts und links nebelt ihn ein. »General Franco ist tot. Nach sechsunddreißig Jahren endet die Diktatur in Spanien. Juan Carlos wurde zum König proklamiert. Wird der König Spanien in die Demokratie führen?« Die Terrassentür steht offen. Im Wind bauscht sich die Gardine. Die Novemberluft ist feucht. Petra friert, dennoch bittet sie ihren Vater nicht, die Tür zu schließen. Mit dem guten Geschirr hat Petra den Tisch gedeckt. Sie zündet die Kerze an, weil Sonntag ist und weil sie einen Entschluss gefasst hat. Sie wird abhauen und zu Bine ziehen. Lisbeth bringt den Braten herein auf dem silbernen Tablett. »Zu Tisch, bitte.« Ihre Lippe ist aufgeplatzt. Angetrocknetes Blut klebt daran.*

*Fritz hat sie nicht gehört, jedenfalls reagiert er nicht.*

*»Bitte komm doch, es wird sonst kalt.«*

*»Halt die Fresse!« Fritz springt auf, schaltet den Fernseher aus und knallt die Terrassentür zu, drückt den Hebel nach unten und zieht die Gardine vor. »Wie viele Male habe ich dir gesagt, du sollst dich von dem Schulze fernhalten, hm? Wie viele Male?«*

*»Ich hab geklingelt, weil ich kein Salz mehr hatte.«*

*Fritz zieht seinen Gürtel aus der Hose. »Ich hab genau gesehen, wie du dich an ihn rangeschmissen hast. Guck dich doch mal an, wie du rumläufst, Schlampe.«*

*Ruhig knöpft Lisbeth die Bluse ganz bis zum Hals zu. »Ich hab bloß nach Salz gefragt.«*

*Noch bevor Fritz die Hand mit dem Gürtel hebt, hält Lisbeth schon die Arme vors Gesicht.*

*»Lass sie in Ruhe.« Petra stellt sich zwischen die Eltern. »Du hast es mir versprochen.«*

*»Aus dem Weg.« Fritz geht einen Schritt auf Petra zu, doch Petra bleibt, wo sie ist.*
*»Aus dem Weg.« Die Ader an Fritz' Schläfe pulsiert. Fritz stößt Petra zur Seite. Sie stürzt mit dem Arm gegen die Kante der Anrichte.*

Kalles Blick wanderte durchs Küchenfenster hinüber zum *Hot Chili Pepper.* Als er neulich in der Kneipe gewartet hatte, wusste er es längst. Gesa hatte kein Interesse an ihm. Auf seinen Verstand konnte er sich verlassen, der war scharf wie Pfeffer und Chili zusammen. Doch seine hirnlosen Gefühle hatten zu viel Platz im Bauch. Saftladen. Ob die Bratkartoffeln zu fettig gewesen waren oder das Weizen schlecht? Jedenfalls hatte Kalle auf dem Klo im *Hot Chili Pepper* gehockt, von Magenkrämpfen und Dünnschiss geplagt.
»Moin. Was liegt an?« Der Kollege von der Spurensicherung schlug Kalle auf die Schulter.
Stechender Schmerz bohrte sich seinen Weg durch Kalles Halswirbel bis hinauf in den Kopf. »Umgraben. Und den Garten nicht vergessen.« Kalle hob den Zeigefinger und ließ ihn wieder sinken. Jede Bewegung war eine zu viel. »Benehmt euch. Keine aufgeschlitzten Sofas.«
Das Handy klingelte *Let the sunshine in.* »Eliza-Schatz, was gibt es?« Der Kinobesuch mit der Krabbe – vergessen. Fuck! Es war Elizas nachträgliches Geburtstagsgeschenk. Einen Vater wie ihn brauchte kein Mensch. »Gönn dir einen XXL-Eisbecher auf meine Kosten. Ich mach mich sofort auf den Weg. Bis gleich.« Und alles nur wegen Gesa und seiner peinlich pubertären Liebeswallungen. Schluss. Aus. Vorbei.

*

## Hamburg-Dammtor, Cinemaxx Kino – Hamburg-Neustadt, Wallanlagen

Aus *sofort* waren schlappe neunzig Minuten geworden. Kalle war hoffnungslos zu spät. Vor dem Cinemaxx wartete eine gigantische Menschentraube. Er konnte es nicht in Worte fassen, aber irgendetwas in Gesas Haus hatte ihn irritiert. Ziellos war er durch die Räume gewandert, wohl wissend, dass Eliza vor dem Kino auf ihn wartete. Immer wieder hatte er vor dem Kalender in der Küche gestanden. Amrum. Gesa war damals ungefähr sechzehn gewesen und Kalle gerade eingeschult worden.

Im Kino verursachte ihm der Geruch nach Puffmais Brechreiz. Die ganze Scheiße aus den USA ging Kalle auf den Sack. Bei seinem letzten Kinobesuch mit Eliza und Laura war er fünfzig Euro losgeworden. Die Karten, Softdrinks. *Papa, das heißt Popcorn!* Und in der Pause nach der Werbung auch noch Eis. Vor lauter Menschengewimmel konnte Kalle seine Krabbe nicht finden. Ihr Handy war ausgeschaltet. Kalle drängelte sich durch die Schlangen im Kassenbereich und sah sich im Foyer um. Nirgends konnte er Eliza entdecken. Er rief Laura an. Deren Mutter berichtete, Laura habe nicht mit ins Kino gedurft. Sie müsste noch für Mathe üben. Morgen sei ja die Klausur. Aha, Klausur. Wieso wusste Kalle wie immer von nichts? Als er sich wieder nach draußen durchgearbeitet hatte, war es dunkel geworden. Leichter Nieselregen setzte ein, und prompt hatte es auf der Kreuzung am Stephansplatz gekracht. Die Busse steckten im Stau fest. Das feierabendliche Verkehrschaos war perfekt. Kurzentschlossen überquerte Kalle die Dammtorstraße, eilte am Eis-Livotto-Kiosk vorbei, der verlassen im Schatten der Kastanien lag, und sprang die Stufen hinunter in den Park Planten un Blomen. Anders als

im Kino war es hier menschenleer und unheimlich still, mit Betonung auf unheimlich. Wenn jetzt jemand aus dem Gebüsch sprang, war Kalle geliefert. Hamburgs Polizisten seien zu fett für die Verbrecherjagd. Das war die Schlagzeile in der *MOPO* vor ein paar Wochen gewesen, und sie hatte die Gemüter im LKA hochschlagen lassen. Guntbert hatte sich gefreut und Kalle als Paradebeispiel vorgeführt. Er solle sich beim Sport&Spaß-Fitnesstraining zum Abspecken anmelden. Das sei eine Dienstanweisung. Bisher war Guntbert nicht darauf zurückgekommen, aber er würde es tun und Kalle so lange nerven, bis Guntbert erreicht hatte, was er wollte: Sieger sein. An der alten Bunkeranlage flatterten ein paar Fledermäuse in den Himmel. Winterschlaf schon zu Ende? Mitten in der Stadt fühlte Kalle sich auf dem engen Weg zwischen Teich und Wallanlage wie im Sherwood Forest. Nur war er leider nicht Robin Hood und dazu auch noch unbewaffnet. An der Unterführung kamen ihm zwei Schatten entgegen. Klitschko-Formate mit sehr breiten Schultern waren das. Kalle war auf dem Sprung. Sie schienen ihn ins Visier zu nehmen, machten dann aber einen Bogen um ihn. »Da regen die Leute sich auf, wenn einer im Bett die Socken anbehält …«
Kalle linste über die Schulter, doch die beiden setzten ihren Weg zügig fort. Ausatmen. Rechts lag das Untersuchungsgefängnis am Holstenglacis. Die meisten Zellen waren beleuchtet. Gut besuchter Knast. Letztes Jahr hatte sich ein polizeilich bekannter Stammkunde mit Hilfe eines Bettlakens über die Mauer in die Freiheit abgesetzt. Der Justizsenator hatte die Flucht nur deswegen überlebt, weil er sofort reagierte und den Dienst in den Wachtürmen wieder besetzen ließ. Es gab definitiv beschissenere Jobs als seinen. Doch das tröstete Kalle trotzdem kein bisschen. Erneut versuchte er, Eliza zu erreichen. Emma und ihr Gesundheitsfimmel. Strahlung von Han-

dys sei krebserregend. Die Dinger nie eingeschaltet am Körper tragen. Nur, seit wann hielt sich Eliza an hysterische Omaliebe? Zu Hause meldete sich bloß der Anrufbeantworter. Tonnenschwer lag das Universum allein auf Kalles Schultern. Auf der Eisbahn war nichts los. Die Saison war zu Ende. Ende. Ach, Gesa. Lange hatte Kalle keine Frau mehr getroffen und so anziehend gefunden wie sie, nicht nur äußerlich, sondern weil sie in sich zu ruhen schien, mit sich und der Welt im Reinen war. Und dann war diese einzige Eine ausgerechnet Lesbe und vielleicht auch noch eine Mörderin? Die Eintragungen im Personenstandsregister waren korrekt. Sabine Clasen arbeitete in den 1970er Jahren im Standesamt Hamburg Altona als Verwaltungsbeamtin im gehobenen Dienst. Zu dieser Zeit lebten die Flemmings in einem Reihenhaus in Lurup, im Bezirk Altona. Das passte also. Theoretisch hätte Sabine Clasen Daten manipulieren können. War Gesa etwa Petra Flemming? Und falls ja, welches Tatmotiv hatte sie? Rein zeitlich konnte Gesa unmöglich auch Theda Neehuis umgebracht haben. Aber Sabine Clasen könnte …
»Eliza, melde dich, verdammt noch mal.« Kalle unterdrückte den Impuls, sein Handy auf den Boden zu schleudern. Das wurde auf die Dauer zu teuer. Am hamburgmuseum verließ er den Park. War der da im Nadelstreifenanzug an der Haltestelle ein Pädophiler und fuhr verkleidet kreuz und quer durch die Stadt auf der Suche nach Lolitas? Oder der, der am Rande der Treppe in die Büsche pinkelte? Irgendwo musste sich das Gesocks ja rumtreiben.

*

## Hamburg-Neustadt, Wincklerstraße

Es war Elizas Lachen, das Kalle wie auf Knopfdruck wieder glücklich machte. Fast schien es ihm, als schwebte er in die Wohnung. In der Bärwolffschen Küche herrschte Remmidemmi. *Let the sunshine in. Marga is calling.* »Was gibt's, Marga?« »Wir haben zwei Sturmmasken gefunden, drei Loch, schwarz. Und diverse Reizstoffsprühgeräte, fünfzig bis fünfundsiebzig Milliliter, Reichweite sechs Meter, Wirkstoff *Oleoresin Capsicum*.«

»Das Zeug darf an Privatpersonen doch gar nicht abgegeben werden.«

»Tja, wer soll das kontrollieren? Schönen Abend, Kalle.«

»Dir auch, Marga. Und danke.«

An der Garderobe hingen fremde Jacken. Eine aus schwarzem speckigem Leder mit Metallnieten und ein edles blaues Sakko. Hugo Boss gab sich die Ehre. Und sein Hund? Eine schwarz-weiße Schnauze zwängte sich durch den Spalt in der Küchentür. Der struppige Geselle, dem die Schnauze ausnehmend gut stand, trabte auf Kalle zu, wedelte mit dem Schwanz und schlabberte ihm die Hände ab.

»Wer bist du denn?« Kalle hockte sich vor den Hund und kraulte ihm die Brust.

»Schröder, komm zu Frauchen.«

Der Hund drehte ab und sprang an Eliza hoch. Kalles Krabbe war unversehrt und so süß wie Zucker.

»Seit wann haben wir einen Hund?«

»Papa, kannst du nicht ein Mal pünktlich sein?« Eliza schüttelte den Kopf, und Kalle fühlte sich wie von seiner Mama zurechtgewiesen. Bevor er in der Höhle der Partylöwen Small Talk machen musste – darauf hatte Kalle so was von null Bock, zumal sein linkes Auge fies geschwollen war und er fand, er sehe aus wie Godzilla himself –, bog er ab ins Gästeklo, wusch sich die Hände und lauschte der tiefen Männerstimme. »Erde an Mars. Du, Mars, ich hab Homo sapiens. Sagt der Mars: Liebe Erde, mach dir keine Sorgen, das hatte ich auch mal, das geht vorbei.«

Gejohle. Kalle grinste. Gar nicht mal schlecht. Die Stimme gehörte diesem Kurt, darauf verwettete Kalle seinen Allerwertesten. Aber wem gehörte die abgerissene Lederjacke?

»Guten Abend. Mein Name ist Kalle Bärwolff. Ich wohne hier. Gibt es was umsonst?«

»Oh, Papa.« Eliza lief rot an.

So weit war es also gekommen. Er war ihr peinlich.

»Moin, Kurt Schäfer. Ich habe schon viel von Ihnen gehört.« Schäfer hieß der Spacken, und der traute sich an Emma Bärwolff ran. Na dann, Prost!

»Nur Gutes, nehme ich an.« Kalle blieb nichts anderes übrig, als die Hand, die Kurt ihm entgegenstreckte, kräftig zu drücken. Der sollte ruhig wissen, wer hier im Hause die Pantoffeln anhatte.

»Nur das Beste.« Kurt lachte.

Und Emma lachte noch lauter als sonst. So viel positive Energie in so einer kleinen Küche. Hauptsache, niemand wurde verstrahlt. Kalle würde Kurt später unter die Lupe nehmen. Gerade fühlte er sich eher wie von einem Bulldozer platt gewalzt. Schuld daran war der Teenager, der breitbeinig und weit zurückgelehnt auf Kalles Küchenstuhl hing. Stefano da Silva!

»Wie wäre es mit Aufstehen und Diener machen?«

»Oh, Papa.« Eliza zog Kalle aus der Küche. »Stefano hat eine Nierenprellung. Oma hat ihm zwei Schmerztabletten gegeben.«

»Ach ja. Wo hast du den bitte schön aufgegabelt?«

»Ich bin vom Kino mit dem 112er Bus bis St. Pauli gefahren und von da zu Fuß nach Hause. Beim Michel hockte Stefano auf dem Vorplatz, da, wo die großen Turmglocken stehen, und krümmte sich vor Schmerzen. Kein Schwein hat sich um ihn gekümmert, nur Schröder. Der hat jeden angeknurrt. Aber mich nicht. Schröder hat gerochen, dass ich Stefano helfen wollte.«
»Und wie ist das mit der Prellung passiert?« Kalle spürte die warme Nase von Schröder an seiner Hand. War da Silvas Hund nicht von den Kollegen abgeknallt worden? War wohl Schröder Nummer zwei. Wäre der Pelzball nicht, Kalle hätte Stefano längst in hohem Bogen rausgeworfen. Die Mitleidstour stank doch bis zum Himmel. Der wollte sich an die Krabbe ranmachen und sonst gar nichts.
»Sein Vater hat einen Brief von der Staatsanwaltschaft bekommen. Irgendein Strafverfahren gegen Stefano sei eingestellt worden. Das ist doch eine gute Nachricht, oder?«
Die Staatsanwaltschaft hatte ein Verfahren gegen Stefano da Silva eingeleitet? Das war ja ein Ding. Wenn Guntbert davon wissen sollte und Kalle nicht informiert hatte, dann war definitiv Schluss. Kalle würde die Brocken hinschmeißen. Bye, bye und tschüss.
»Papa, du sagst ja gar nichts. Muss Stefano doch ins Gefängnis?« Elizas Kinn zitterte. Gleich würden die Tränenschleusen geöffnet werden. Kalle legte den Arm um seine Krabbe.
»Nein, muss er nicht. Was hat sein Vater denn nun mit der Nierenprellung zu tun?«
»Er hat Stefano halb totgeschlagen. Das hat er damit zu tun.« Eliza ballte die Fäuste.
»Schwein.« Kalle war fassungslos.
Eliza schlang ihre Arme um Kalles Hals. »Ich liebe dich, Papa.«

# KAPITEL 53

**Hamburg-St. Pauli, Seniorenresidenz**

Käthe Brandt in ihrem Wohnzimmer wirkte wie aus dem Ohnsorg-Theater entführt. Die weißen Haare in Pusteblumenoptik, eine schimmernde Perlenkette, ein Häkeldeckchen auf dem Nussbaumtisch mit Intarsien. Kalle hatte auf ihre Redseligkeit gesetzt. »Wirklich, Marga, mit älteren Frauen kenn ich mich aus!«

»Soso«, murmelte Marga. Kalles Gesichtsfarbe wechselte von Kreidebleich nach Puterrot. Wer den Schaden hatte, brauchte bekanntlich für den Spott nicht zu sorgen. Armer Kalle. Er schien tatsächlich in Gesa verballert gewesen zu sein. Oder war er es noch? Gesas Wohnung gestern war ihm an die Nieren gegangen, das hatte Marga beobachten können. Und heute Vormittag hatte er angerufen, dass er später käme. Marga schob es auf den Unfall. Vielleicht war das aber nicht der einzige Grund gewesen. So hart es für ihn jetzt auch sein mochte, sie brauchten restlos alles an Informationen über Gesa Clasen. Oder Petra Flemming. Oder wie auch immer.

Die Wohnung in der Seniorenresidenz glich im Schnitt der von Lisbeth Hayenga. Allerdings fehlte die feuerfeste Sicherheitstür. Doch so, wie Käthe Brandt jetzt dasaß, würde sie jeden Angreifer mit ihrer Handtasche in die Flucht schlagen, da war Marga sicher.

»Ich kann uns gerne noch einen Kaffee aufbrühen, beste Bohne, frisch gemahlen …«

»Danke, Frau Brandt, Herr Bärwolff und ich sind wirklich in Eile.«
»Sie mögen doch aber ein Plätzchen, nicht wahr?« Sie hielt Kalle das silberne Schälchen unter die Nase, so dass er gar nicht anders konnte, als zuzugreifen.
»Was hat Lisbeth Hayenga über ihre Tochter erzählt? Bitte versuchen Sie, sich ganz genau zu erinnern. Es ist sehr wichtig.« Schaumgebäckpartikel segelten durch die Luft, als Kalle sprach. Schuldbewusst wischte er über die polierte Oberfläche des Tischchens, und aus den Krümeln wurden helle Streifen.
Marga grinste.
»Nur, dass sie Petra hieß. Aber das wird Ihnen nichts nützen, denn sie lebt nicht mehr.« Käthe Brandt legte die Hände in den Schoß.
»Können Sie uns etwas über das Verhältnis von Frau Hayenga zu ihrer Tochter sagen?«
Die alte Dame zog die Mundwinkel nach unten, und Marga wurde nervös. Ob Käthe Brandt als Infoschalter wirklich etwas taugte? Sie schien keine Tratschtante zu sein.
Kalle räusperte sich. »Frau Brandt, ich oder besser gesagt wir sind auf Ihre Hilfe angewiesen. Sie haben mir ja schon sachdienliche Hinweise gegeben, ohne die wir uns kein so deutliches Bild von Lisbeth Hayenga hätten machen können. Uns interessiert nun aber insbesondere die Tochter. Sie könnten im Besitz weiterer wichtiger Informationen sein.«
Marga senkte die Stimme. »Quasi wie eine verdeckte Ermittlerin, Sie verstehen?«
Käthe Brandts Augen wurden glasklar, ihre Löckchen wirkten wie elektrostatisch aufgeladen. »Selbstverständlich, junge Frau, ich bin ja nicht von gestern.« Sie griff sich an die Nasenwurzel und ließ ihren Gehirnkasten durchrattern.

Kalle zeigte Marga den erhobenen Daumen, während Käthe Brandt sich konzentrierte. »Petra. Petra. Lisbeth Hayenga hatte eine hässliche Kaiserschnittnarbe von Petras Geburt, die ihren Bauch entstellte.« Käthe Brandt schüttelte den Kopf. »Sie gab doch tatsächlich dem Kind die Schuld dafür. So ein Blödsinn. Danach hatte sie bei mir jegliche Sympathie verloren. Und sie sagte noch, ihre Tochter sei ein Flittchen.« Käthe Brandt bekam zwei rote Kreise auf den Wangen. »Entschuldigen Sie, aber das waren ihre Worte.«
Kalle reichte ihr die Hand. »Frau Brandt, Sie haben uns sehr geholfen.«
Marga hob die Brauen. Echt?

*Petra steht an der Gardine, die fein säuberlich in Falten gelegt ist – reinweiß, blütenfrisch –, und blickt auf die Straße. Der schmale Rücken zittert, das kann Theda erkennen, aber ihr bleibt keine Wahl. Es ist nur das Beste für Petra. Und was sollen sonst die Leute denken. »Deine Mutter wird gleich hier sein.« Thedas Stimme ist belegt.*
*»Sie wird mich zwingen.« Petra dreht sich zu ihrer Tante um.* Hilf mir, *steht in ihren Augen.* Hilf mir. *Am liebsten würde Theda fortlaufen, aber ihre Füße in den schicken Schuhen sind wie einbetoniert. »Es ist das Beste so.« Theda spricht und schluckt, will nichts mehr davon hören. Das Motorengeräusch verstummt. Die Tür geht auf. Lisbeth hat zur Begrüßung ein paar saftige Ohrfeigen für ihre Tochter mitgebracht. »Du Lügnerin! Du Hure!«, zischt sie bei jedem Schlag. Theda wird heiß. Sie spürt den Kochlöffel der eigenen Mutter noch auf der Haut und schließt die Augen. Ihr Körper brennt, und überall ist Scham. Sie müssen still sein! Alle müssen still sein, und nichts wird passieren. Nichts ist passiert.*

Marga und Kalle gingen hinunter ins Erdgeschoss.
»Na, so richtig weitergebracht hat uns das aber nicht.« Marga sprang die Stufen hinunter, Kalle hielt sich die kaputte Seite bei jedem Schritt. »Wir wissen jetzt, dass Lisbeth Hayenga kein gutes Verhältnis zu ihrer Tochter hatte.«
Marga verzog das Gesicht. »Damit ist sie nicht allein auf der Welt.«
Kalles Blick traf Marga unvorbereitet. Ach herrje! »Trotzdem bringt der Großteil der Bevölkerung seine Mutter nicht gleich um.« Hier war weder Zeit noch Ort für einen Seelenstriptease. Sie musste sich sowieso schon die ganze Zeit beherrschen, um kein Wort über Bodos üble Vorlieben und Jettes interne Ermittlungen zu verlieren. Jette hatte sie gebeten, Kalle nichts zu sagen. Sie wollte es beizeiten selbst tun. Toll. Und Marga hatte jetzt den Salat. Auf der einen Seite war sie natürlich zu loyal, um die Quasselstrippe vom Dienst zu spielen, auf der anderen Seite fand sie es Kalle gegenüber auch nicht besonders fair, den Mund zu halten. Abgesehen davon, dass sie fast daran erstickte, mit niemandem über den Fund aus Bodos Wohnung sprechen zu dürfen. Und Jette war immer noch mit der Sichtung des Filmmaterials in Beschlag genommen. Bodo. Hart, aber herzlich. Pottsau! Zu beneiden war Jette wirklich nicht.
»Ich bin fertig.« Kalle seufzte, als sie endlich das Erdgeschoss erreicht hatten.
»Ja, sofort. Ich will nur noch mal schnell bei der Prinz nachhaken. Vielleicht weiß die mehr über Lisbeths Tochter, als wir denken.«
Im Büro von Sophia Prinz trafen sie auf eine junge Frau, die Margas Dienstausweis studierte wie ein abstraktes Gemälde. Nach einer gefühlten Ewigkeit nahm sie endlich ihre Lesebrille von der Nase und stellte sich vor. »Ich bin Valerie Kremers. Die neue Heimleitung.«

Marga und Kalle blickten sich an.
»Und wo ist Frau Prinz?« Marga fand als Erste die Sprache wieder.
»Frau Prinz ist von der Geschäftsführung der Elbblickresidenzen gekündigt worden, Sie müssen jetzt mit mir vorliebnehmen.«
»Wir hätten da noch einige Fragen bezüglich Lisbeth Hayenga.« Kalles Stimme klang eine Spur zu süß, und Marga hörte seine Zähne knirschen.
»Ah ja, die Dame, die ermordet worden ist. Tut mir leid, Sie müssen verstehen, dass ich dazu so gut wie gar nichts sagen kann. Ich muss mich hier erst mal gründlich einarbeiten.« Valerie lächelte, klinisch rein.
»Ach. Aber zu Joris Duncker fällt Ihnen doch sicherlich was ein.« Marga wurde krätzig.
»Wer soll das sein?«
»Der Multifunktionsboy, der hier als Altenpfleger beschäftigt war, nebenbei die Omis mit Drogen versorgt hat und außerdem als Handlanger für Lisbeth Hayenga unterwegs war.«
Valerie Kremers zog beide Augenbrauen bis zum Anschlag hoch. Dann schüttelte sie den Kopf. »Tut mir leid. Der ist hier nie beschäftigt gewesen. Sie können gerne die Personalakten durchgehen. Und bezüglich der anderen Fragen«, sie lächelte Kalle dreist ins Gesicht, »möchte ich Sie bitten, sich an die Geschäftsführung zu wenden.« Valerie kam, sah und siegte.
Und Marga und Kalle beeilten sich, dass sie nach draußen kamen. Kalle bugsierte Marga gerade noch durch die Eingangstür, dann ging ihre Contenance lautstark zu Bruch. »Was war denn das für ’ne abgebrühte Schrulle? Ich hab echt keinen Bock mehr auf den ganzen Mist. Unsereins reißt sich den Arsch auf, und wo du hinkommst, wird gelogen und gemauert. Das ist doch zum Kotzen.« Marga war stinksauer. Und

voller grimmiger Entschlossenheit. »Ich würde jetzt zu gerne ins Wohnheim von Jesper fahren und dem noch mal auf den Zahn fühlen, wegen der Sache mit dem *Salut.*«
Kalle verdrehte die Augen. »Mensch, Marga. Das ist doch gar nicht unser Sachgebiet. Wir können uns nicht um alles kümmern.«
»Nee, können wir nicht. Aber wir können es zumindest versuchen. Kalle, das sind minderjährige Bengels, die da anschaffen gehen. Von dir als Vater hätte ich etwas mehr Mitgefühl erwartet. Und wir könnten Jesper fragen, ob er was von der Rolex weiß.« Kalle blinzelte und starrte auf seine Schuhspitzen. Dann willigte er ein. Ob sie ihn bei seiner Ehre als Vater gegriffen hatte? Ganz egal. Er kam mit, und das war gut so.
»Aber fahr langsam.« Kalle stand der Schweiß schon wieder in Perlen auf der Oberlippe.

*

## Hamburg-Neustadt, Kohlhöfen

Marga rauschte in die Wohngruppe, und Kalle humpelte in ihrer Bugwelle hinterher. Lag es an ihr oder an den männlichen Genen, dass ihre Begleiter immer schlecht zu Fuß waren? Sie fanden Jesper im Aufenthaltsraum, wo er mit Hotte über Schulaufgaben brütete. Jesper schloss sein Gesicht ab, als er Marga und Kalle sah; Hotte war freundlich. Zumindest zu Marga. »Frau Terbeek, richtig? Was kann ich für Sie tun?« Kalle übersah er einfach.
»Wir hätten noch ein paar Fragen an Jesper. Es geht um Joris. Jesper, hat dein Bruder dir mal was von einem Geschenk erzählt, das er von Lisbeth Hayenga bekommen hat?«

»Keine Ahnung, von wem der Geschenke nimmt, und ich will es auch gar nicht wissen«, knurrte Jesper, ohne den Blick von seinem Heft zu lösen.
»Es geht hier nicht nur um die Anschafferei, Jesper. Wir ermitteln in einem Mordfall.« Marga ballte die Hände zu Fäusten. Scheiße.
Hotte machte Marga ein Zeichen und ging mit ihr in den Flur.
Kalle blieb. Marga sah ihn interessiert auf Jespers binomische Formeln schauen. Hotte zog sie mit vor die Tür.
»Jesper geht es nicht besonders gut. Ich möchte nicht, dass Sie ihn weiter befragen. Ich bin mir sicher, dass er Ihnen zu seinem Bruder genauso wenig sagen kann wie ich.« Hotte sprach eindringlich. »Die Mutter der Jungen ist ins Krankenhaus eingeliefert worden, wahrscheinlich ein Suizidversuch. Wir haben Jespers Vater benachrichtigt, doch der ist in Dubai auf einer Baustelle und kann oder will nicht kommen.«
Marga gab klein bei. Es gab keinen Grund, weiter in Jespers Wunden zu pulen. Wenn sie Hottes Worten Glauben schenkte, und das tat sie, war Jesper schon gestraft genug. Vater weg, Mutter weg, Bruder inhaftiert. Hotte versprach ihr, Augen und Ohren offen zu halten. Im Aufenthaltsraum saß Kalle neben Jesper und erklärte ihm seinen Mathekram.
»Lass uns gehen.« Marga schlug Kalle freundschaftlich auf die Schulter. Sie fühlte sich mittlerweile so saft- und kraftlos wie eine ausgepresste Orange. Ihre Wut war verraucht, und zurück blieb nur Frust. Und den ollen Leihwagen musste sie auch noch bei einer Zweigstelle in Hamburg-Sonstwo abliefern. Kalle setzte sich auf den Beifahrersitz wie die Prinzessin auf der Erbse.
»Vorschlag«, sagte Marga. Kalle stöhnte nur und schlug die Hände vors Gesicht.

»Du lotst mich zu der Leihwagenfirma, wo ich die Karre abgeben muss, und ich spendier danach was zu trinken.«
Kalle lugte zwischen den Fingern durch. »Tee und Gebäck?« Seine Stimme klang dumpf.
»Neeisch! Irgendwas mit Alkohol und davon reichlich.« Keine Lösung, aber Marga war danach. Und Kalle scheinbar auch. Er hielt sich am Gurt fest und schloss die Augen. »Gib Gummi.«

# KAPITEL 54

**Hamburg-St. Georg, Steindamm**

Noch einmal waren Marga und Kalle in das Neubauviertel auf dem Areal der ehemaligen Astra-Brauerei zurückgekehrt – dem mutmaßlichen Ort von Lisbeth Hayengas Verschwinden – und hatten ihn auf sich wirken lassen. Sie waren dem Weg gefolgt, den Lisbeth Hayenga wahrscheinlich zurückgelegt haben musste. Mitten in der Stadt war ein Mensch eingesackt worden, ohne dass es aufgefallen wäre, keine Augenzeugen, nur eine Klein Erna, die Lisbeths Hilfeschrei wahrscheinlich gehört hatte. Die abschließende Auswertung der öffentlichen Fahndung war ernüchternd gewesen. Nichts. Nada. Auf der Kersten-Miles-Brücke reihte sich ein Reisebus an den nächsten. In einer Lücke dazwischen parkte der Dienstwagen. Die Warnlichter blinkten, als Marga auf den elektronischen Schlüssel drückte. »Mach nicht so ein Gesicht, Kalle. Erfreue dich lieber an der Aussicht.« Margas Arm schwang im Halbkreis. »Vielleicht können wir ja mal durch den Alten Elbtunnel nach Steinwerder fahren und von dort auf Hamburgs Skyline gucken.«

Kalle nickte. »Wir könnten auch mit dem Rad rüber.«

»Mit dem Rad, du?«

»Ja, wieso nicht?«

*Let the sunshine in.* »Moin Tinta.«

Kalle deutete Marga an, den Wagen zu starten, und öffnete mit dem Handy am Ohr die Beifahrertür. »Okay, gib uns fünf Minuten.«

»Was ist los?« Marga wartete, bis Kalle sich angeschnallt hatte. »Wohin soll's gehen?«
»Steindamm, Höhe Hansa-Theater. Fritz Flemming ist dort einer Zivilstreife bei einer Personenkontrolle ins Netz gegangen. Er hat eine Prostituierte angequatscht.«
»Und deswegen muss man sich in Hamburg ausweisen?« Marga gab Gas, und Kalle setzte das Blaulicht auf das Dach des Dienstwagens. »Seit Anfang des Monats ist die Kontaktverbotsverordnung in Kraft. Freiern droht ein Bußgeld bis 5000 Euro.«
Die Polizeisirene lärmte in den höchsten Tönen. Kalle drückte auf den Fensterheber und sperrte den Krawall aus. *Let the sunshine in.* »Ja, Tinta?«
Mit gerunzelter Stirn sah Marga zu Kalle hinüber.
»Na wunderbar. Danke und tschüss.«
»Was wollte sie?«
»Für elf ist auf dem Steindamm eine Prostituiertendemo angemeldet.«
»Es ist elf.«
»Eben.« Kalle lehnte sich zurück und spielte für Marga das Navi. Auf der Ludwig-Erhard-Straße ging es flott voran, am Michel vorbei, unter dem Viadukt der U-Bahn am Rödingsmarkt hindurch, weiter die Willy-Brandt-Straße hinunter in Richtung Altstadt. Zwischen den Bürogebäuden tauchte die Ruine von St. Nikolai auf. »Lohnt sich, die Kirche zu besichtigen, Marga, Mahnmal für Opfer von Krieg und Gewaltherrschaft.«
»Hm.«
Na gut, dann nicht. Der gestrige Abend im *Max & Consorten* am Spadenteich war richtig nett gewesen. Nick Nolte war auch noch dazugekommen und hatte für Stimmung gesorgt. Wer einen suchte, um über Beamte, ihre Arbeitsmoral und gequirlte

Desaster herzuziehen, der konnte sich vertrauensvoll an Nick wenden. Was hatten sie vor Lachen gebrüllt. Kalles Kiefer hatte fast so geschmerzt wie seine Matschseite. Marga bremste scharf, und Kalle kippte nach vorne in den Gurt. Die Rücklichter des Müllwagens waren keinen Meter entfernt. Es ließ ihn erstaunlich kalt. Der Verkehr staute sich am Hauptbahnhof. Kurzentschlossen lenkte Marga den Wagen rechts auf den Fahrradweg. Sie fuhr zügig an der Blechkolonne vorbei. Zurück auf der Straße gab sie wieder Gas. Kalle gähnte herzhaft.

»Penn mal nicht ein.«

Marga nun wieder. Sie schien alles im Griff zu haben, vor allem ihre persönlichen Geheimnisse. Schwer einzuschätzen, was für ein Mensch hinter ihrer aufgeräumten Fassade lebte. Margas Jalousien öffneten sich immer nur, wenn es um die Arbeit ging. Da konnte sie ganz schön zornig werden.

»Wie komm ich denn jetzt zum Steindamm?«

»Fahr rechts und die nächste links, Auffahrt zum Parkplatz und dann wieder links.«

Marga folgte seinen Anweisungen, verlangsamte dann das Tempo und hielt an. »Dicht.«

Kalle öffnete die Beifahrertür und stieg aus. Aussichtslos, da durchzukommen. »Shit, wir müssen zu Fuß weiter.« Er verstaute das Blaulicht im Wagen, und Marga schloss ab.

Sich den Weg durch die Hurendemo zu kämpfen, war für ihn als Mann eine schräge Kiste. Eins der Mädels hielt ein Papplakat vor seine Nase. Sie wollte sich bei ihm unterhaken. »Hey, Pfoten weg.« Kalle kämpfte sich zu Marga durch, die mit Handy am Ohr vor einem Pornokino stand.

»Wir sind gleich da.«

Wenn das mal nicht zu optimistisch war.

»Die Kollegen hatten alle Hände voll zu tun.« Sie steckte das Handy in die Tasche ihres Parkas.

»Soll heißen?« Kalles Frage ging im Geschrei der Demonstrantinnen unter: »Ene, mene, muh und raus bist du. Bürgermeister, buh! Bürgermeister, buh!«
Kalle schlug den Kragen seiner Lederjacke hoch und folgte Marga, die einen Zacken zugelegt hatte.
»Bürgermeister, buh!«
Der Eingangsbereich des Supermarktes war abgesperrt worden. Kunden konnten weder rein noch raus. Vor den Automaten für Leergut lag ein Herkules in Jeans und schwarzem Mantel auf einer Bahre, die Hände auf dem Bauch in Handschellen. Zwei Sanitäter waren über ihn gebeugt und versorgten die blutende Wunde an der Augenbraue.
»Guten Morgen, Terbeek, mein Kollege Bärwolff.«
Der Polizist in Zivil gab erst Marga, dann Kalle die Hand, weitere Kollegen folgten. Die Zivilfahnder waren passend zum Schmuddelkiez gekleidet – abgerissen.
»Was war denn los?« Marga nickte in Richtung des Verletzten.
»Der wollte sich gepflegt vom Acker machen.«
Marga sah Kalle groß an. Kalle zuckte mit den Schultern. »Wir brauchen das Protokoll, und zwar heute noch zu meinen Händen.« Er zückte seine Visitenkarte, die der Kollege in seiner Jackentasche versenkte. Im Gegenzug überreichte er Kalle einen Personalausweis. »Fritz Flemming.«
Er war es, ja! Der Sanitäter verschloss seinen Koffer. »Platzwunde. Das blutet zwar stark, ist aber nicht so schlimm, wie es aussieht. Ihr könnt ihn mitnehmen. Genäht werden muss das nicht.«
Fritz Flemming richtete sich auf. »Ich will, dass sich das ein Arzt ansieht, Pfuscherpack, elendiges.«
»Hey, hey.« Das würde noch spaßig werden mit dem. Kalle, eben noch sauer auf die Kollegen, die vermutlich zu weit ge-

gangen waren, ahnte Böses. Auf einmal spürte er die Müdigkeit, die ihm von gestern noch in den Knochen steckte.

*

**Hamburg-Winterhude, Polizeipräsidium**

Nicht mal Kalle konnte es übersehen. Auf jedem Tisch standen Tulpen. Der neue Kantinenpächter käme aus Amsterdam. Das zumindest behauptete Guntbert. Haha. Aus der hinteren Hosentasche ihrer Jeans holte Marga einen Zettel hervor und faltete ihn auseinander. »Heute gibt es für Vegetarier Blumenkohlbratlinge mit Tofu …«
»Pfui Teufel!«
»Gegrillte Schweinefiletmedaillons in Rahmsoße, Kroketten und Champignongemüse.«
»Nee, Schwein mag ich nicht.«
»Rinderhackbällchen mit Preiselbeersauce.«
»Zu kreativ.«
Marga seufzte. »Du bist ganz schön krüsch.«
Kalle war ein bisschen beleidigt. Ein bisschen. »Kaffee und Kuchen gehen immer. Morgen mach ich Diät.«
»Okay, wir können einen Vertrag aufsetzen.«
»Was für einen Vertrag?«
»Du verpflichtest dich, in x Wochen y Kilogramm abzunehmen, und ich bin deine persönliche Bußgeldstelle. Wenn du es nicht schaffst, ist eine saftige Fettgebühr für die Kaffeekasse fällig.«
»Und wenn ich es schaffe?«
»Dann freust du dir einen Ast.«
Kalle schob das Tablett an der Kuchentheke vorbei und nahm

sich einen gewachsten Apfel aus dem Obstkorb. Nein, keinen Apfel. Er legte ihn zurück und wählte stattdessen ein Schälchen Obstsalat mit Melone. »Kaffee?«
Marga nickte, machte aber keine Anstalten, auch ein Tablett zu nehmen.
»Willst du nichts essen?«
»Nö, hab keinen Appetit.«
Wie ging das, keinen Appetit zu haben? An der Kasse lehnte Kalle die zwei Euro ab, die Marga ihm aufdrängen wollte, und steckte ihr das Wechselgeld zu. »Nimm das als Bußgeldvorauszahlung.«
»Heißt das, ja?«
»Dickkopf.« Kalle lachte. Richtig gute Laune überfiel ihn praktisch wie aus dem Hinterhalt. Na dann. Er steuerte auf die grünste Fensterecke der Kantine zu und stellte das Tablett ab. Kaum hatten Marga und er Platz genommen, reizten ein kreischend gelber Hosenanzug und eine violette Bluse Kalles Netzhaut. Jette! Instinktiv zog er Kopf und Bauch ein, aber Jette hatte sie schon gesehen. Schnurstracks kam sie angestiefelettet, einen Hefezopf auf dem Teller, und setzte sich dazu. »Kalle, ich arbeite für das Dezernat Interne Ermittlungen. Marga weiß es schon. Ich möchte, dass du es auch endlich weißt. So, jetzt ist es raus.«
Kalle klappte der Unterkiefer weg. Mit zitternder Hand setzte er den Kaffeebecher ab. »Was für eine Scheiße läuft hier?« Sein Herz wummerte. Es würde ihn noch mal umbringen.
»Ehrlich. Noch mal lass ich mich zu so 'ner Undercover-Nummer nicht überreden. Da streikt mein Gewissen.«
Kalle schwieg. Marga hielt sich an ihrem Kaffeebecher fest und sah nicht besonders glücklich aus. Immerhin. »War das alles?«
Jette faltete die Hände und senkte den Kopf. Amen, Jette.

»Ich musste mir was ausdenken, um dich mir vom Hals zu halten, Kalle.« Jette sah ihn an. Sie biss in den Hefezopf. Die Zuckerkristalle hagelten auf Teller und Tisch. Jette kaute, schluckte, hustete und spülte ihre Kehle mit Kaffee aus. »Und da schien es mir am effektivsten, mich als Zombie zu präsentieren.«

»Das ist dir wunderbar gelungen. Oscarreife Leistung. Bravo.«

Erneut senkte Jette den Kopf. »Gib's mir ruhig. Ich hab nichts anderes verdient.«

Auf die wehleidige Tour stand Kalle überhaupt nicht. »Ich sehe noch Defizite, Jette. Das mit der Heularie musst du noch üben.«

Kalle wollte schon weitersprechen, da trat ihm Marga unter dem Tisch gegen das Schienbein und wandte sich an Jette. »Wie bist du denn eigentlich an diesen beknackten Job geraten?«

»Ich war einige Jahre im Ausland tätig. Erst in Polen, dann folgten die baltischen Staaten und Tschechien. Mit Kollegen habe ich sogenannte Twinning-Projekte durchgeführt. Die neuen EU-Staaten werden von den Altstaaten unterstützt, sich den europäischen Standard zur Korruptionsprävention anzueignen. Das war sehr interessant, und ich habe Land und Leute auf eine Weise kennengelernt, wie es als Touristin nicht möglich gewesen wäre.« Jettes Wangen glänzten wie der Jonagold-Apfel, dem Kalle einen Korb gegeben hatte. »Es war eine schöne Zeit, aber ich wollte wieder fest zurück nach Hamburg. Heimweh, schätze ich. Der Staatsrat fand, ich sei die ideale Besetzung für einen Schnüffelauftrag im eigenen Hause, der ihm Sorgen bereitete. Ich kam also wie gerufen. Praktisch über Nacht war die ominöse Neue geboren, mit der die freie Stelle in Guntberts Dezernat besetzt werden konnte.

Bester Nährboden, um in Ruhe nach den faulen Trüffeln suchen zu können.«

Kalle verschränkte die Arme. »Das ist ein Joke.«

»Und er ist wahr.«

Nur den Schimmer einer Ahnung zu haben, wenn überhaupt, wonach Jette suchte, machte ihn hilflos – und Kalle Bärwolff hasste nichts mehr, als hilflos zu sein. »Um welche Trüffel geht es konkret?«

»Ich hab den Wald vor lauter Bäumen nicht gesehen. Und als ich ihn dann gesehen hab, war das ein regelrechter Schock für mich.« Jette biss in den Hefezopf und kaute. Plötzlich hustete sie, lief rot an und röchelte. Sie schnappte nach Luft. Ihre Gesichtsfarbe wurde knallrot und dann bläulich. Marga sprang auf. »Steck deinen Finger in den Hals, Jette. Komm schon.«

Panisch schlug Jette um sich. Kalle packte Jettes Arme und presste sie an ihren Körper, und Marga zwang Jette, sich vornüberzubeugen. Sie schlug ihr mit der flachen Hand kräftig zwischen die Schulterblätter. Ein Plastikteil schoss aus Jettes Mund wie ein Projektil aus dem Lauf einer Waffe.

# KAPITEL 55

**Hamburg-Winterhude, Polizeipräsidium**

Lang ausgestreckt versuchte Kalle, sich auf der Liege zu entspannen. Er schloss die Augen. Sein lächerliches Abziehbild tanzte ihm jetzt erst recht auf der Nase herum. Also öffnete er die Augen wieder und starrte auf den Wasserfleck an der Decke. Alles drehte sich. Was für eine Blamage! Die würde ihn bis ins Grab verfolgen. In seiner Augenbraue pochte es. Sie war wieder aufgeplatzt. Zahn um Zahn. Augenbraue um Augenbraue. Tinta Krieger, beste Ersthelferin in town, hatte alle Hände voll zu tun gehabt, die Blutung zu stillen. Anschließend hatte sie ihn ins Erdgeschoss des Polizeipräsidiums verfrachten lassen, und zwar in den Ruheraum für Schwangere. Oh, Panne. Das allein war ein Running Gag. Guntberts Gurkentruppe. Erst war Jette in der Kantine fast erstickt, und nur eine knappe Stunde später hatte Kalle das Bewusstsein verloren. Thao Behrmann sollte sich auf die Schenkel geschlagen haben. Dass das nichts als die Wahrheit war, bezweifelte Kalle keine Sekunde. Schadenfreude war ihr in die DNA einprogrammiert. Er stöhnte leise, als er den Arm nach dem Wasserglas ausstreckte, nahm einen Schluck und sank wieder zurück auf die Liege. Alles drehte sich. Die Vernehmung war eine Katastrophe gewesen. Fritz Flemming war kein tattriger Opa, sondern hochgewachsen und stabil wie eine Deutsche Eiche. Auf die Frage, wann er seine Tochter zuletzt gesehen habe, reagierte er aggressiv, packte Kalle am Hemd. Zwei Knöpfe verabschiedeten sich und sprangen da-

von, als seien sie auf der Flucht. Die sei für ihn gestorben. Fritz' Visage war verzerrt, irgendwie schief, von den Toten auferstandener Zombie. Nachdem Kalle sein Hemd gerichtet hatte, ohne ein Wort über den Angriff zu verlieren, hakte er nach, was genau Fritz damit sagen wolle. Doch Fritz Flemming ließ sich keine Antwort mehr entlocken, sondern verlangte, seine Anwältin zu sprechen. Na klar, um Kalle ein ärztliches Attest zu präsentieren, das Fritz bescheinige, plemplem und nicht vernehmungsfähig zu sein? Fritz Flemming hatte die Arme verschränkt, kaute Kaugummi, ließ ab und zu eine Blase platzen und schaute demonstrativ an Kalle vorbei. Irgendwie war das Ganze in einen Machtkampf ausgeartet, den Kalle um jeden Preis gewinnen wollte. Er hatte einen letzten Versuch gestartet, war einer Eingebung gefolgt, die seit Tagen in ihm rumort hatte. Habe Flemmings Ex-Gattin Lisbeth Hayenga noch alte Rechnungen mit ihm offen gehabt und ihre Schergen beauftragt, ihm gepflegt eins aufs Maul zu geben für all die verlorenen Jahre? Selbst unter Kriminellen seien Pädophile das letzte Gesocks.
Diesmal kam doch noch eine Antwort, und die prompt. Fritz hatte Kalle den Kaugummi vor die Brust gespuckt.

*Die Nächte im* La Luna *sind lang. Lisbeth ist zum Umfallen müde. Ihre Füße sind geschwollen. Folge des stundenlangen Stehens hinter der Bar. Vom Hammer Deich fährt sie mit der Straßenbahnlinie* 15 *bis zum Bahnhof Altona. Dort steigt sie in die Linie* 1 *um.*
*»Endstation.« Der Schaffner rüttelt an Lisbeths Schulter.*
*Schlaftrunken steigt Lisbeth aus. Der Wind verteilt den stechenden Gestank nach den chemischen Kunstharzen von der Hermes-Schleifwerkzeugfabrik im ganzen Viertel. Eilig überquert Lisbeth die Luruper Hauptstraße. Sie kauft frische Bröt-*

*chen beim Bäcker und Pferdewurst bei Rossschlachter Heinze. Was sonst noch fehlt, holt sie im VIVO-Selbstbedienungsmarkt, der in der kleinen Ladenzeile neu eröffnet hat. Zu Hause klebt Lisbeth die blauen Zehn-Pfennig-Rabattmarken in das Heftchen. Wenn es voll ist, gibt es den Treuebonus ausbezahlt. Von dem Geld weiß Fritz nichts, sonst wäre es futsch. Lisbeth schiebt das Heftchen unter die Geschirrhandtücher in der Küchenschublade. Die Haustür schlägt zu. Petra ist von der Schule nach Hause gekommen. Sie stellt den roten Lederranzen im Flur ab.*

*»Was machst du schon hier?« Lisbeth tippt auf ihre Armbanduhr. »Ist doch erst halb elf.«*

*»Hab Bauchschmerzen.«*

*»Schon wieder?«*

*Petra dreht sich um und will die Treppe hinauflaufen.*

*Lisbeth hält sie am Arm fest. »Faule Ausreden ziehen bei mir nicht.«*

*Widerwillig folgt Petra ihrer Mutter in die Küche und lässt sich auf den Stuhl fallen. »Ich hab meine Blutung bekommen.«*

*Gerade erst ist Petra zwölf geworden. »Wenn du schwanger wirst, kannst du was erleben.«*

*Petra schaut Lisbeth an, stumm wie ein Weihnachtskarpfen. Lisbeth ist schwarz vor Augen am helllichten Tag.*

Angewidert hatte Kalle den Kaugummi vom Tisch geschnippt. »Es reicht, Herr Flemming. Sehen Sie zu, dass Ihre Anwältin hier antanzt. Und dann fangen wir noch mal ganz von vorne an. Bisher habe ich Sie lediglich als Zeugen vernommen. Allerdings ist Ihre Kooperationsbereitschaft unter aller Sau. Es sieht nicht gut für Sie aus, Herr Flemming, gar nicht gut. Die Indizienlage spricht Bände, und Ihr asoziales Aggressionspotenzial lässt mir keine Wahl. Es wäre grob fahrlässig, Sie laufenzulassen.« Kalle war aufgestanden, ging um den Tisch herum und wandte sich nochmals an seinen Sparring-Gegner. »Es ist mir ein persönliches Bedürfnis, miesen Ratten wie Ihnen den Arsch anzuzünden.« Dann wurde es zappenduster. Kalle wusste nur noch, dass er den Halt verloren hatte. Als er wieder zu sich gekommen war, bewegten sich über ihm knallrot geschminkte Lippen auf und zu, auf und zu. Kalle hörte Tintas Stimme wie aus einem fernen Universum zu ihm sprechen. »Du Unglücksrabe, Fritz Flemming hat dir ein Bein gestellt.«

# KAPITEL 56

**Hamburg-Winterhude, Polizeipräsidium**

Das Nickerchen im Ruheraum hatte Kalle gutgetan, seine Kräfte waren zurückgekehrt. Nicht mal Kopfschmerzen hatte er, und die Schwindelgefühle waren auch fast verschwunden. Drei Dinge muss der Kriminalbeamte verkraften können: Kaffee, Kirschtorte und Klugscheißer als Chefs. Eins und zwei waren Grundnahrungsmittel, und drei erledigte sich demnächst von selbst, wenn Guntbert Meyer nur noch als Pensionär auf Weihnachtsfeiern rumblöken konnte. Ohne dämlich zu grinsen, hatte Guntbert sich nach Kalles Befinden erkundigt. Oder hatte er doch dämlich gegrinst? Schwer zu sagen, denn mit komplett zugeschwollenem Auge fehlte die Hälfte der Welt. Zurück in seinem Büro fertigte Kalle einen Aktenvermerk über den Verlauf der Vernehmung an. Er erwähnte wahrheitsgetreu, Fritz Flemming habe ihm ein Bein gestellt, ließ noch ein paar Sätze fallen über die kriminelle Energie des mutmaßlich Tatverdächtigen, unterschrieb, setzte *Zur Kenntnis Guntbert Meyer* darunter und warf die Akte in den Ausgangskorb. Guntbert würde sie frühestens morgen Vormittag auf dem Tisch haben. Dass er seinen Senf noch dazugeben würde, war Kalle so was von scheißegal. Kalles Bedürfnis, Guntbert Rechenschaft abzulegen, lag exakt bei null Komma nix. Mit keinem Wort hatte Kalle den Sturz erwähnt und das damit verbundene Trallala. Als dümmste Pappnase ever in die Annalen des Landeskriminalamts einzugehen und später ins Staatsarchiv für die Ewigkeit, musste nun wirklich nicht auch noch sein. Kalle zog seine Lederjacke an, setzte sich aber doch noch mal an den Rechner. Elizas Klassenlehrer Dr. Kluge hatte die Eltern gebeten, einen Termin für den Vortrag *Medienkompetenz* von Kerstin Brockmann abzustimmen. *Internet und elterliche Aufsichtspflicht.* Klang ja reichlich dröge. Ohne die verdammte Technik funktionierte gar nichts mehr im Leben. Kalle fluchte leise vor sich hin. *Um an der Umfrage teilnehmen zu können, müssen Sie sich registrieren. Bitte geben Sie Ihren Benutzernamen und ein Passwort ein.* Kalle klickte auf *Tipps zur sicheren Verwendung Ihres Passwortes.* Er überflog den ultraklein gedruckten Fließtext. Von barrierefrei hatten die Websitedesigner offensichtlich noch nie etwas gehört. Na ja, warum sollten sie sich darüber Gedanken machen, waren ja alle noch Milchgesichter. *Geben Sie Ihr Passwort niemals weiter. Auch nicht an Lebenspartner, Mitbewohner oder Papageien.* Kalle glotzte auf den Bildschirm.

»Alls klar, Kalle? Du siehst ein bisschen … bekloppt aus.« Tinta stand in der Bürotür und grinste breit.

»Danke für die Blumen.« Nein, Kalle würde nichts mit Tinta anfangen. Dafür war er noch nicht unglücklich genug. Die Festplatte jaulte, nachdem er auf Ausschalten geklickt hatte. »Mir reicht's für heute hochkant.«

»Soll ich dich eben rumfahren?«

»Entschuldigung angenommen.« Kalle zerrte seine Umhängetasche aus dem Schrank und erschrak vor seinem Spiegelbild. Die Godzillavisage hatte einen gewissen Charme gehabt. Aber diese war echt zum Schämen. »Meine Güte, wie kann man nur so verboten scheiße aussehen.«

»Kalle, du übertreibst, George Clooney sieht viel beschissener aus.« Tinta lachte.

Danke, danke.

## Hamburg-Neustadt, Wincklerstraße

Die Fahrt mit Tinta war suboptimal gewesen. Forget it. Dafür war Kalle jetzt zu Hause und nicht erst in einer halben Stunde oder sogar später. Im vierten Stock des alten Gemäuers waren Wohnzimmer und Küche hell erleuchtet. Wie schön, wenn man erwartet wurde. Durch den runden Torbogen konnte Kalle den Michel sehen. Hier gehörte Kalle hin, hier war er zu Haus. Ja, ja, er wiederholte sich. Vielleicht sollte er den hanseatischen Heimathafenverein gründen.

»Ich wünsche Ihnen einen angenehmen Feierabend, Herr Bärwolff.«

Kurtspacken! Er winkte, faltete sich zusammen und ließ sich in einen windschnittigen Sportwagen plumpsen. Hatte Emma den Verstand verloren? Ihr grünes Parteibuch hatte sie im Altpapier versenkt, und jetzt ließ sie es noch mal richtig krachen? Zum dicken Auge bekam Kalle auch noch einen dicken Hals, aber wie. Die elende Kraxelei nach oben war der krönende Abschluss eines Tages, den er zum Glück nicht noch mal erleben musste, denn er war vorbei, für immer vorbei. Kein Schlüssel? Ächzend fischte Kalle nach der Fußmatte und lehnte sie gegen die Wand. Außer Schmutz und Sand nichts zu sehen. Er klingelte Sturm. Eliza öffnete. »Papa, hast du sie noch alle?« Sie ließ Kalle stehen und verschwand in der Küche. Kalle knallte die Tür zu, schmiss seine Tasche auf die Halde aus Klamotten, Schuhen, Rucksäcken und keine Ahnung, was noch. Seine Jacke stülpte er über die Nietenlederjacke an der Garderobe. Stefano! Kalle war kurz davor, die Krise zu kriegen. Im selben Moment kam die hübsche Hundeschnauze aus der Küche auf Kalle zugeschossen und leckte ihm die Hände ab. Der Schwanz wedelte. Süßes Viech. Kalle kraulte seinem neuen Freund die Brust. »Wenigstens du freust dich auf mich.« In der Küche roch es nach Knoblauch und gebratenem Lamm. Emmas Wangen waren genauso rosig und glatt wie die Apfelbäckchen von Jette. Bei Emma auf jeden Fall der Verdienst von Kurtspacken.

»Na, Herr Sohn, Läusearmee über die Leber gelaufen?«

»Wo is denn der Schlüssel?«

»Kurt findet, das Versteck sei fahrlässig, und deswegen hängt der Schlüssel, wo er hingehört. Schlüsselbord im Flur.«

Kurt findet. Kalle schnappte nach Luft. Allein Schröder, der an Kalle hochgesprungen war und versuchte, ihm das Gesicht abzuschlabbern, war es zu verdanken, dass Kalle ruhig blieb.

»Platz. Ich sagte, Platz.« Brav legte sich Schröder zu Elizas Füßen hin.

Stefano richtete Kalle mit Lippenbewegungen und Gesten eine Botschaft aus.

»Das heißt: *Guten Abend.*« Eliza strahlte.

»Moin.« Zu mehr konnte Kalle sich nicht durchringen. Alles, was er jetzt wollte, war seine Ruhe, ein kühles Blondes und die Füße hoch.

»Stefano hat sich mit seinem Vater wieder versöhnt.« Während Eliza mit Kalle sprach, schmachtete sie Stefano an.

»Stefano wurde von seinem Vater schwer misshandelt, Eliza. Das ist eine Straftat, für die er in den Knast kommen kann.«

Kalle zog den Stuhl vor und setzte sich an den Tisch. Besonders glücklich sah Stefano nicht aus. Dann waren sie ja schon zu zweit.

»Papa, Stefanos Vater ist Richter und hat viel Stress.«

»Ach.« Kalle betrachtete seine Krabbe. Für Stefanos Vater schien sie ja viel Verständnis zu haben. Woher kam der Sinneswandel? »Stress also. Kein Grund, sein Kind zu schlagen. Sollte ein Richter ja wohl am besten wissen, oder?«

Eliza blieb ihm die Antwort schuldig und wechselte das Thema. »Ich will Gebärdensprache lernen. Hab mir bei der Volkshochschule schon einen Kurs ausgesucht.«

»Soso.« Kalle sah zu Emma. Sie lächelte selig. Warum auch immer. Obwohl an Stefano nichts auszusetzen war, außer sein Alter – 16 war definitiv nichts für Eliza –, und Kalle zugeben musste, dass Stefano einen guten Einfluss auf die Krabbe zu haben schien, mochte er ihn nicht. Basta. Stefano nickte Eliza zu, und beide standen wie beim Synchronschwimmen gleichzeitig auf.

»Ich begleite Stefano und Schröder zur U-Bahn.« Eliza klemmte die Hundeleine ans Halsband. Schröder bellte einmal kurz, wedelte mit dem Schwanz und freute sich offensichtlich auf frische Luft.

»Spätestens um acht bist du wieder hier.«

»Papa.« Niemand konnte so genervt mit den Augen rollen wie Eliza.

Und weg waren sie. In einem Sarg konnte es kaum stiller sein. Nur der Wasserhahn tropfte. Heute nervte alles. Kalle drehte ihm den Saft ab.

»Willst du was essen? Es ist noch gefüllte Lammkeule in Knoblauch-Kräuter-Kruste übrig.«

Kalle schüttelte den Kopf. »Hab keinen Appetit.«

»Das solltest du dir im Kalender eintragen.« Emma setzte sich neben Kalle und legte ihre Hand auf seinen Arm. »Was ist los?« Schön warm war die Hand. Kalle wich Emmas Blick aus.

»Bist du unglücklich wegen der Kollegin, die dich abgeholt hat, als wir mit Eliza rodeln waren?«

»Quatsch mit Sauce.«

»Schon gut.« Emma zog die Hand zurück. »Ich hab einen Brief von Jay abgefangen.« Aus der Schürzentasche holte Emma den Umschlag hervor. »Hab ihn nicht aufgemacht.« Sie gab Kalle den Brief.

Kalle legte ihn auf den Tisch und schob den Brief weit von sich. »Mam?«
Emmas Hand legte sich wieder auf Kalles Arm. »Los, spuck's aus, Kalle. Ich seh doch, dich bedrückt was.«
»Ich hab nicht mehr daran geglaubt, mich verlieben zu können. Dann ist es passiert, und es ist wieder die Falsche.«
Emma streichelte Kalles Arm. »Will sie dich nicht?«
»Höchstwahrscheinlich deckt sie eine Mörderin, Mam.«
»Die beiden Alten wurden von einer Frau getötet? Das glaub ich nicht.«
»Genau genommen waren es zwei.«
»Dann musst du sie überzeugen, die Namen rauszurücken. Das wirkt sich doch strafmildernd aus. Alles wird gut.«
Kalle schüttelte den Kopf. Tränen stiegen ihm in die Augen. Emma sah halbseitig verschwommen aus. »Es ist viel schlimmer, Mam. Alles deutet darauf hin, dass sie ihre eigene Mutter auf dem Gewissen hat.«
»Oh, mein Gott, wie krank ist das denn?«

# KAPITEL 57

**Hamburg-Neustadt, Wincklerstraße**

Nachdem Eliza eine gute halbe Stunde zu spät nach Hause gekommen war, hatte sie Kalles Gemecker über sich ergehen lassen müssen und sich daraufhin beleidigt in ihrem Zimmer eingeschlossen. Eigentlich hatte Kalle vorgehabt, mit der Krabbe zusammen den Brief von Jay zu lesen. Jay hatte diesmal nur wirres Zeug geschrieben, es schien ihr richtig mies zu gehen. Emma hatte sich feingemacht und eilig verabschiedet. Sie sei auf eine Mitternachtsvernissage eingeladen. Klar, wer dahintersteckte. Kalle hatte also nichts Besseres zu tun gehabt, als sich zeitig in die Koje zu hauen und mal wieder richtig auszuschlafen. Nach einer ruhigen Nacht wurde er gegen Morgen von feuchten Träumen heimgesucht. Mit den Füßen hatte er im warmen Fruchtwasser geplanscht und Purzelbäume um die Nabelschnur geschlagen. *Let the sunshine in. Let the sunshine in.* Dann folgte der Kaiserschnitt, und Kalle wurde erbarmungslos ins grelle Sonnenlicht befördert. *Let the sunshine in.* Er kniff die Augen zusammen. *Marga is calling.*

»Moin.«

»Ebenso. Tut mir leid, Kalle. Guntbert will, dass wir heute noch zu Xenia Borg fahren. Sie müsse wissen, wo sich Gesa und Sabine Clasen aufhalten. Wir sollen es aus ihr rauspressen und nicht zimperlich sein. Er ist der Meinung, die Clasens seien sowieso längst auf und davon. Du hättest die öffentliche Fahndung viel zu spät angeleiert.«

Guntbert und sein dumm Tüch – und kein Kraut gewachsen, mit dem man ihm das Maul stopfen könnte. »Wieso ruft der dich an und nicht mich?«
»Das wollte ich dich auch gerade fragen.«
»Wahrscheinlich Guntberts Interpretation von Ladys first. Okay, in zwei Stunden vor Ort in der Semperstraße.« Kalle legte auf und sich selbst in die Kissen zurück.
*Let the sunshine in. Let the sunshine …*
»Was ist denn noch?«
»Ich warte im Wagen vor deiner Haustür.«
Welcher Tag war heute? Freitag? Nee, Sonnabend. Kalle drehte den Wecker zu sich herum. Sieben Uhr. Der alte Sack tickte ja wohl nicht mehr richtig.
»Kalle?«
»Dann komm mal hoch auf'n Kaffee.« Kalle sprang aus dem Bett. »Mam!« Eilig raffte er seine Klamotten zusammen und lief über den Flur. »Mam, Marga klingelt gleich.« Im Badezimmer schmiss er die Jeans auf den Klodeckel und den Rest in den Wäschekorb. Zurück in seinem Zimmer durchwühlte er die Schubladen. »Mam! Ich finde keine frische Unterhose. Sind die noch in der Wäsche, oder was?« Wieder aus dem Zimmer raus und in die Küche rein. Kurtspacken! Hemdsärmelig in T-Shirt und Jeans und barfuß saß er am Bärwolffschen Küchentisch. Emma, abgeblätterter Lidschatten und Augenringe, schmierte ihm fett Nutella aufs Brötchen. Noch bevor jemand ein Wort verlieren konnte, klingelte es. Kalle, nur in Schlafanzughose, betete die Küchendecke an. »Kann mal bitte jemand öffnen.« Er flüchtete zurück ins Bad, schlug die Tür zu und lauschte.
»Guten Morgen. Ich bin Margarethe Terbeek. Ihr Sohn …«
»Frau Terbeek, endlich lerne ich Sie persönlich kennen. Kommen Sie doch bitte herein. Ich freue mich.«

Die Haustür fiel ins Schloss. »Kalle lässt sich entschuldigen, er ist gleich fertig. Darf ich vorstellen, mein Freund Kurt …« Emmas Stimme verstummte hinter der geschlossenen Küchentür.

Fuck! Der lieben Frau Kollegin gestand Emma unumwunden, dass sie einen Lover hatte. Na toll, Kalle wusste offiziell nichts davon. Nicht zu fassen. Wie lange kannte sie den überhaupt? Schon mal daran gedacht, liebste Mam, dass Kurtspacken ein Heiratsschwindler sein könnte? Kalle durchwühlte die Dreckwäsche. Die Unterhose von gestern tat es noch. Er schlüpfte hinein und musste an Emmas Spruch denken. Niemals nie in ungewaschenen Unterhosen das Haus verlassen. Das sei verboten. Man stelle sich vor, ein Unfall passiere und der Notarzt stelle fest, Kalle laufe in stinkiger Unterhose durch die Gegend. Das sei seiner unwürdig. Rein statistisch war Kalle auf der sicheren Seite. Er hatte gerade einen Unfall gehabt. Seine Unterhose war über jeden Verdacht erhaben gewesen.

*

**Hamburg-Winterhude, Semperstraße**

»Frau Borg. Hier ist Bärwolff. Polizei. Öffnen Sie gefälligst, sonst werde ich die Tür eintreten.«

Marga stöhnte leise.

»Die Olsche ist zu Hause, Marga. Ich hab die Dielen knacken gehört.«

»Lass mich mal.« Marga schob Kalle zur Seite und klingelte. »Frau Borg, bitte öffnen Sie, hier spricht Margarethe Terbeek, Kripo Aurich. Wir sind auf Ihre Mitarbeit angewiesen.«

Sesam öffnete sich. Xenia Borg erschien mit einer Plastiktüte auf dem Kopf im Rahmen. Auch hier der neue Schick im Norden. Rote Farbe lief ihr an den Schläfen hinunter und sammelte sich in den Ohrmuscheln zu kleinen Seen. Es grüßte der Todesengel von Winterhude. Kalle wendete sich ab und verbot seinen Lachmuskeln jegliche Zuckungen.
»Dürfen wir reinkommen, Frau Borg?«
Margas Nervenkostüm war aus Stahl. Made in Ostfriesland. Profi durch und durch.
»Aber nur Sie, nicht der da.« Die schwarz lackierten Fingernägel von Xenia Borg waren bereit, Kalle das Matschgesicht aufzuschlitzen.
Margas Blick sprach Bände.
»Meinswegen.« Wenn Marga so guckte, dann war es besser, nachzugeben. So gut kannte er sie inzwischen.
Xenia Borg schlug die Tür vor Kalles Nase zu. Supi. Er könnte noch schön in den Federn liegen und pofen. Auf der Straße schaute Kalle sich um. Die Herzen der Demographen mussten in Winterhude vor Freude umherhüpfen wie der Flummi, der Kalle vor die Füße sprang. Lütsche Kinder, wohin das Auge schaute. Er fing den Flummi auf und warf ihn dem Dreikäsehoch zu, der ihn geschickt in seinen Patschhändchen verschwinden ließ. Hach ja, ob Kalle noch mal die Chance bekommen würde, Vater zu werden? Es war sein geheimster Geheimwunsch. Mit Gesa hätte er ihn sich nicht erfüllen können. Vielleicht war es ja doch ganz gut, so wie es war. Gegenüber im Tabakwarenladen kaufte Kalle sich eine *MOPO* und setzte sich auf eine Bank in die Sonne.
*Das Dezernat für Interne Ermittlungen ist bei den Mitarbeitern der Hamburger Behörden gefürchtet und nie gern gesehen, denn die internen Ermittler gehen Korruptionsvorwürfen und anderen schlimmen Dingen auf den Grund. Doch der*

*Spaß an der Freude darf nicht fehlen. Chefermittler Jo Luipold (57) lädt unter der Schirmherrschaft des Innenstaatsrats Volkmar Kiesch (61, SPD) zum Benefiz-Fußballturnier für die Opferhilfsorganisation Weißer Ring ein. Gespielt wird im Schanzenpark. Mitmachen dürfen alle Mitarbeiter der Innenbehörde, Polizisten und Staatsanwälte.* Und der Stöckchenspringer hält das Tor sauber. Kalle lachte laut. »Göttlich.«
Die Omi, die sich neben ihn auf die Bank gesetzt hatte, flüchtete mit ihrem Hackenporsche in den Bus.

*

»Meine Güte, Marga, ich war kurz davor, das mobile Einsatzkommando anzufordern. Was gab es denn so ewig zu bequatschen?«
Marga setzte den Blinker, beobachtete den Verkehr im Rückspiegel und fädelte aus der Parkbucht auf die Semperstraße ein. »Xenia Borg kaut einem das Ohr ab. Ich hab das Gefühl, ich kenne jetzt ihre ganze Lebensgeschichte. Die hat mich mit ihrem Psychiater verwechselt.«
»Und, is was bei rumgekommen für uns?« Kalle starrte auf den Lieferwagen, dessen Bremslichter immer wieder aufleuchteten.
»Sie hat mir Stein und Bein geschworen, sie wisse nicht, wo Gesa und Sabine Clasen sich aufhalten. Seit ihrem Abflug nach Spanien im Herbst habe sie die beiden angeblich weder getroffen noch gesprochen. Ich habe keine Ahnung, ob sie die Wahrheit sagt. Tut mir leid.«
»Muss dir nicht leidtun, Marga. Wir stecken eben nicht drin in den Leuten. War nicht anders zu erwarten gewesen, und ich an ihrer Stelle würde meine Freunde auch nicht verraten. Du?«

Kalle lehnte sich in seinem Sitz zurück. Er war erleichtert. Auf eine irrationale, unprofessionelle Art und Weise erleichtert. Seine Nasenspitze klebte am Beifahrerfenster. Nicht dass Marga irgendwas merkte. Und die Vernehmungspleite gönnte er Guntbert von Herzen. Kalle lächelte. Genugtuung pur.

»Ich weiß gar nicht, ob ich welche habe.«

»Welche was?«

Marga trat auf die Bremse. »Freunde.«

Das war diesmal wirklich knapp gewesen. Kalle kontrollierte Margas Mimik mit einem kurzen Seitenblick, aber sie sah aus wie immer.

»Sabine Clasen ist mit Xenia Borg zur Schule gegangen. Sie sagte, Sabine habe nach dem Abitur Ende der Sechziger bei der Stadt eine Ausbildung im gehobenen Verwaltungsdienst absolviert und später als Standesbeamtin beim Bezirk Hamburg Altona gearbeitet. Das deckt sich also mit unseren Ermittlungen. Sie habe sich seit jeher ehrenamtlich engagiert. Damals für ein Mädchenprojekt ihrer Kirchengemeinde. In erster Linie ging es da um Unterstützung bei schulischen Problemen: Nachhilfe organisieren oder auch Hilfe bei Bewerbungsschreiben und Ähnliches. Aber manchmal tauchten auch Mädchen auf, die nicht mehr nach Hause zurückwollten oder konnten. Sabine habe sie dann an ihre Kollegen von den sozialen Diensten vermittelt. So habe sie auch Petra kennengelernt.«

*Aschenputtel, Petra fällt Aschenputtel ein. So fühlt sie sich, und so sieht sie auch aus. Die weitläufige Treppe führt hinauf zu dem weißen Schloss mit den Säulen rechts und links vom Eingang. Petra blickt sich um. Kein junger Graf in Sicht. Doch, der Reiter mit Helm da oben auf dem Sockel. Das*

*könnte einer gewesen sein. Petra schaut an sich hinunter. Ihre Treter sind ausgelatscht und uralt. Kein Hahn kräht nach solchen Ungetümen, und ein Graf erst recht nicht. Sie ist nicht zu retten, von niemandem. Sterben, warum nicht einfach sterben? Stattdessen holt sie sich ihre neu ausgestellte Geburtsurkunde ab. So was Bescheuertes. Lisbeth hat die Originale verschlampt. Danke, Mutter, danke. Alle in der Klasse haben längst den Reisepass in der Tasche. In zwei Monaten soll es nach London gehen, von den Landungsbrücken mit dem Schiff nach Harwich und von da weiter mit dem Bus. Zehn lange Tage. Lisbeth hatte gezetert. So viel Geld. Mit sechzehn sei sie nicht weiter als nach Aurich gekommen. Aber heutzutage müsse es ja London sein. Warum nicht gleich New York oder Sydney? Die nette Standesbeamtin hatte sich das alles anhören müssen. Ja, sie war wirklich nett. Hatte Petra ein paar Mal angelächelt, während Lisbeth sich auskotzte. Im Erdboden hatte Petra versinken wollen oder wenigstens ganz weit weg sein. Aber sie klebte auf dem Stuhl neben ihrer Mutter in diesem Behördenzimmer mit den kackbraunen Übergardinen und den Staubschichten auf den Blättern des Grünzeugs, das die Fensterbank überwucherte. Vielleicht trifft sie die Nette heute wieder. Bloß nicht zu früh freuen. Im Warteraum ist kein Mensch.*
*»Petra?« Die Frau mit dem Kaffeepott, sie ist es! Und sie weiß Petras Namen noch. »Kommen Sie gerne mit mir. Wir haben mittwochnachmittags eigentlich gar keine Sprechstunde.«*
*Petra folgt der schönen Blondine ins Büro. Der junge Graf würde sicher nicht zögern und sie auf sein Pferd bitten. Obwohl die Frau bestimmt doppelt so alt ist wie Petra.*
*»Setzen Sie sich.« Die Frau deutet auf den Stuhl vor ihrem Schreibtisch. »Sind Sie heute ohne Ihre Mutter hergekommen?«*

*Petra senkt den Blick. Sie kann so schlecht lügen. »Sie ist ... sie ist verhindert, ich meine, sie ist krank.«*
*»Eigentlich darf ich dir die Originale nicht aushändigen, ohne dass deine Mutter mir den Empfang bestätigt.« Die Frau nimmt eine grüne Mappe vom Stapel und schlägt sie auf. »Ihr versteht euch nicht so besonders, oder?« Sie schaut Petra an und lächelt.*
*Sie ist eine Schönheit, viel schöner als Agnetha von* ABBA.
*Petra schüttelt den Kopf. »Nicht besonders.«*
*Es klopft. Ein zerzauster Rübezahl steckt den Kopf ins Büro. »Käffchen, Sabine?«*
*Sabine. Sie heißt Sabine. Niemals nie wird Petra ihren Namen vergessen. Sabine hebt den Kaffeepott hoch. »Danke. Hab mich schon selbst versorgt.«*
*»Dann will ich mal nicht weiter stören.« Und weg ist er.*
*Es muss ja kein Graf sein. Eine Königin ist doch viel besser.*
*Die Königin lächelt, und Petra lächelt zurück, die staubigen Pflanzen haben rote Glockenblüten, und die Gardinen schimmern gelb wie Gold.*

»Petra?«
Marga nickte und erzählte weiter: »Als Xenia Borg bemerkte, dass sie sich versabbelt hatte, versuchte sie, wieder die Kurve zu kriegen. Sie meine natürlich Gesa, wisse gar nicht, wie sie auf Petra gekommen sei. Ihre unlängst verstorbene Mutter habe auch Petra geheißen, deswegen sei sie wohl mit den Namen durcheinandergekommen. Blubb, blubb.«
»Gesa ist Petra, das wäre also geklärt. Das Ergebnis kann sich sehen lassen. Glückwunsch, Marga.«
Wenn Marga lächelte, konnte einem echt das Herz aufgehen. Sehr süß. Ähm, ja, Kalle wollte ihr keinen Antrag machen. Vielleicht war sie eine Heiratsschwindlerin. Nee, er würde

sich nicht wie Emma aufs Glatteis begeben, dafür war er zu unsportlich.
»Definitiv, Gesa ist Petra. Ich habe Xenia Borg überzeugen können, ihre Aussage am Montag im Präsidium zu Protokoll zu geben.«
»Du machst Witze.«
»Nee, Gespräch von Frau zu Frau.« Margas Grinsen wurde breiter.
»Warum hat sie eigentlich die Perle rausgerückt?«
»Na, sie konnte ja nicht wissen, dass wir komplett im Trüben fischen. Sonst hätte sie sich das sicher verkniffen.«
»Du nun wieder.« Kalle lachte.
»Jedenfalls hab ich sie auch danach gefragt. Keine Antwort ist auch eine, oder? Ich schätze, ihr Anwalt hat ihr ein paar Takte zu Paragraph 258 Strafgesetzbuch erzählt. Wer absichtlich die Bestrafung eines Täters verhindert, kann bis zu fünf Jahre in den Knast wandern. Der Freundschaftsdienst war ihr wohl zu teuer.«
»Wie findest du den Freund meiner Mutter?«
»Du magst ihn nicht?«
»Ich antworte, wenn du geantwortet hast.« Kalle verschränkte die Arme. In seinen Ohrläppchen kribbelte es.
»Ich find den nett.«
»Genau das wollte ich hören.«
»Hab ich mir gedacht.« Marga lachte. »Ach so, Xenia Borg will wissen, wer den Sachschaden an ihren Autos bezahlt.«
»Damit soll sie sich gerne vertrauensvoll an Guntbert Meyer wenden.«
»Seh ich auch so.«
Sie war echt ’ne Nette. Nein, er würde Marga nicht sagen, dass er gerne ihr Freund wäre, nur platonisch, selbstverständlich. Erst musste Kalle Blumen besorgen.

# KAPITEL 58

**Hamburg-Winterhude, Polizeipräsidium**

Fritz Flemming war unglaublich groß für so einen alten Knacker. Ein ganzer Kerl, der schon zum Frühstück kleine Kinder oder zumindest rohes Fleisch verdrückte. Vom gebrechlichen Opi keine Spur. Die Tür des Vernehmungsraumes fiel ins Schloss. Marga wusste, dass Kalle hinter der verspiegelten Scheibe stand und jedes Wort aus dem Lautsprecher sofort aufsaugen würde. Dann man ran an den Speck. Vielleicht hätte Marga sich besser die Augenbrauen mit Vaseline eingeschmiert, aber Kalle hatte sich die Visage ja beim Sturz ruiniert und nicht beim Vollkontakt mit Fritz Flemmings Fäusten.

Für den Moment wirkte Flemming ganz zahm und wie in Bronze gegossen, dunkles Sakko, dunkler Rollkragenpullover, Bügelfalte und edle Lederschuhe. Die Unschuld in Person. Wahrscheinlich hatte seine Anwältin ihm geraten, einen guten Eindruck zu machen. Sie saß neben ihm, souverän in Dunkelblau, das Gesicht verspiegelt wie die Scheibe des Vernehmungsraumes. Marga hätte zu gern einen Blick dahinter geworfen, aber erst war der alte Fritz dran.

»Herr Flemming, wissen Sie, dass Ihre Tochter, Petra Flemming, sich heute Gesa Clasen nennt?«

Er strich seine Hosenbeine glatt, obwohl der faltenresistente Stoff wahrscheinlich gar nicht in der Lage war, zu knittern.

»Ja, das wusste ich.«

»Und woher?«

Sein Gesicht knitterte ebenfalls nicht, sondern verzog sich zu einem Lächeln. Es lief Marga kalt den Rücken runter.
»Wir haben ein gutes Verhältnis zueinander. Immer schon gehabt.«
Marga hatte das dringende Bedürfnis, den Raum zu verlassen, Fritz Flemming verursachte ihr Übelkeit.

*Petra krallt die Finger in den grünen Kunstlederbezug der Pritsche. Der Kittel des Doktors ist blitzeblank und sein Lächeln auch. Sie starrt an die Decke, aus ihrem Mund dringt kein Mucks, als er die Spreizer einführt. Nur ihre Knie zittern, und sie schämt sich dafür. Am liebsten wäre sie tot, dann hätte alles endlich ein Ende. Der liebe Gott hat scheinbar ein Einsehen. Erst kommt der Schmerz, dann das Blut. Und es hört nicht auf zu strömen, läuft rot und dick aus ihr heraus. Minutenlang. Soll es nur. Sie braucht es nicht mehr. Der Doktor flucht und wird hektisch, rutscht fast aus in dem roten Meer. Bald benötigt er ein Boot, denkt Petra noch, und alles wird leicht. Sie wird sehr müde. Als sie wieder zu sich kommt, hängt sie am Tropf. Und Lisbeth ist da, die keine Miene verzieht und Petras Jacke festhält, aber nicht ihre Hand. Der Heimweg ist noch nicht das Schlimmste, sondern sein Gesicht mit dem abartigen Grinsen. Lisbeth geht in die Küche, bereitet das Abendessen vor. Er setzt sich zu Petra, streicht ihr über den Kopf. »Mein gefallener Engel«, sagt er. Dann will er, dass sie an seinem Finger nuckelt.*

»Hatten Sie dieses gute Verhältnis, wie Sie es nennen, auch zur Mutter Ihrer Tochter? Zu Lisbeth Hayenga?«
Er lächelte weiter, und seine Augen studierten Marga, starrten sie an. Was glotzte der alte Sack so schmierig?
»Haben Sie mich nicht verstanden, Herr Flemming?« Marga

sprach extra laut. Vielleicht hörte er schlecht, nicht abwegig in seinem Alter.
Fritze starrte weiter, seine Augen wünschten Marga die Pest an den Hals. Die Anwältin hatte verstanden, sie ermutigte ihn, zu antworten. »Lisbeth Hayenga …« Er schaffte es, den Namen zu spucken, ohne dass Speichel mitkam. »Sie ist eine asoziale Person, die sich meine Existenzgrundlage unter den Nagel gerissen hat.«
Marga blätterte in ihren Unterlagen. »Sofern ich mich richtig erinnere, haben Sie das Gewerbe auf ihre damalige Ehefrau überschrieben.«
»Und hatte kurze Zeit später Hausverbot. In meinem eigenen Etablissement! Sie hat mich zum Gespött gemacht und wollte mich am Boden sehen. Erst letztens hat sie einen brutalen Schlägertrupp auf mich gehetzt. Ich bin tätlich angegriffen worden.«
Margas Stirn warf Querfalten. Flemming war nicht der Typ, den man verhaute; bei der Mitleidsnummer war er von seiner Anwältin schlecht beraten worden.
»Konnten Sie einen der Angreifer erkennen?«
»Sie waren maskiert.« Flemming lehnte sich zurück. »Aber Joris Duncker war mit Sicherheit dabei. Er ist einer von Lisbeths Laufburschen.«
Das waren ja wohl nur Vermutungen. Sechzig Jahre Rotlichtmilieu gegen kiffenden Newcomer mit Zuhälterambition. Es war lachhaft, und Fritze war noch nicht fertig.
»Eine Ladung Pfefferspray hat mir der feige Hund ins Gesicht gesprüht, ich war sofort wehrlos, danach wollte er mich abstechen. Nur mit Mühe bin ich davongekommen, ich lebe in Angst und Schrecken seit der Tat.«
Marga konnte den Schrott nicht mehr hören. Der Anwältin schien gar nichts peinlich zu sein. Hauptsache, die Kohle

stimmte. Marga wechselte das Thema. »Warum haben Sie den Betrieb überhaupt auf Frau Hayenga überschrieben?«

Terminator-Fritz ließ theatralisch Luft ab. »Unzuverlässiges Personal und Behördenwillkür – dann kann es ganz schnell abwärtsgehen im Geschäft. Ich musste die Notbremse ziehen. Und das war der Fehler meines Lebens.«

Wenn er über Lisbeth sprach, sprang ihm der Hass aus dem Gesicht, und seine Augen traten hervor. Zu viel Druck im Kopf, keine Frage. Marga betrachtete seinen geröteten Hals. Ob der Rolli ihm die Luft abschnürte? Sie brachte einen Brandbeschleuniger. »Frau Hayenga hat sich scheinbar auch bedroht gefühlt, nachdem Sie ihr in der Seniorenresidenz einen Besuch abgestattet haben. Die arme Frau muss sich schrecklich gefürchtet haben. Ihre Sicherheitstür war nicht von schlechten Eltern.« Marga schüttelte mitleidig den Kopf. Die Anwältin zog die Brauen zur Nase, und Fritz Flemming bleckte die Zähne. »Einen Scheiß hat das Miststück. Zu nichts nütze war sie! Nicht mal zum Drüberbügeln, wenn Sie verstehen, was ich meine.« Er grinste gehässig. »Ich bin froh, dass sie unter der Erde ist, wer weiß, sonst hätt ich mir womöglich noch die Hände schmutzig gemacht.«

Marga schnalzte mit der Zunge. »Schon klar, Herr Flemming. In Ihrem Alter steht man nicht mehr auf schmutzige Sachen.«

Fritz explodierte mit einem lauten Ruck nach vorn. Marga spürte seine Faust an ihrem Gesicht vorbeizischen. Dass er sie verfehlte, war nur der Reaktion der Anwältin zu verdanken, die ihm geistesgegenwärtig in den Schlagarm gegriffen hatte. Wo hatte die Frau Jura studiert? Margas Herz polterte hinter den Rippen. Kalle fiel fast mit der Tür ins Vernehmungszimmer. »Hinsetzen!« Er brüllte wie ein Silberrückenmännchen. Fritz Flemming hob beschwichtigend die Hände. Marga war versucht, die Vernehmung zu unterbrechen. Dann aber sam-

melte sie sich. »Dann hätte ich jetzt gerne genau gewusst, wo Sie sich am Sonntag, den 20. Februar, aufgehalten haben?«
Flemming verschränkte die Arme, und die Nahkampfexpertin von Anwältin ergriff das Wort. »Herr Flemming war auf einer Feier im Kreise seiner Freunde.« Sie zog eine Liste aus ihrem Köfferchen und reichte sie Kalle.
Er las und wurde dunkelrot; Flemming grinste sich einen.
»Eine Gedenkfeier auf der Reeperbahn? Das ist nicht Ihr Ernst, oder?«
Die Anwältin zuckte mit den Schultern. Kalle gab den Wisch an Marga weiter. Wenigstens hundert Zeugen, mit Datum und Unterschrift. Klotzen statt kleckern. Fritz Flemming war also raus. Zumindest auf dem Papier. Überprüfen würde Marga es akribisch. Die Anwältin ließ ihren Koffer zuschnappen.
»War's das?«
Gute Frage. Marga atmete tief durch. Wo zur Hölle war Gesa Clasen?

# KAPITEL 59

**Hamburg-St. Pauli, Reeperbahn**

Marga parkte den Wagen in der Talstraße direkt vor der Heilsarmee. Sie würde die Fahrerei für Kalle vermissen. Wahrscheinlich auch Kalle und die Hamburger Luft, obwohl die ostfriesische natürlich um Güteklassen besser war. Guntbert hatte ihnen den Sonntag gestrichen und klargemacht, dass die SOKO Hayenga kurz vor der Auflösung stand. Und damit meinte er nicht die Auflösung des Falles. Die Fahndung nach Gesa Clasen alias Petra Flemming und Sabine Clasen verlief bisher ergebnislos. Auch bei der Hausdurchsuchung hatten sie keine Hinweise mehr auf den Verbleib der beiden gefunden. Vieles an Papieren und Unterlagen war entweder mit ihnen fort oder zu einem kläglichen Rest Asche auf dem Boden eines Kaminofens mit Glasfront verbrannt.

Jette hatte daraufhin eine uneingeschränkte Bankeinsicht beantragt, und tatsächlich – es war nichts mehr zu holen im Hause Clasen. Das gemeinsame Konto war leer. Ein Sparbuch bis auf fünf Euro geplündert. Kein gutes Zeichen. Guntbert hatte sich aufgebläht wie ein Kugelfisch und wurde genauso giftig. Seine Gurkentruppe bekäme nichts gebacken, während Nick und Thao wieder und wieder zugriffen – und lobend in der Tagespresse erwähnt wurden. Kalle hatte es nur geflüstert, aber Guntbert war nicht blöd. Zumindest nicht auf den Ohren. Er hatte sie losgejagt, Fritz Flemmings Alibi zu checken. Zum ersten Mal hatte er auch Marga angepfiffen. Sie fühlte sich ein bisschen geehrt, endlich ein vollwertiges Teammitglied zu sein.

*

Während Marga und Kalle am Sonntagvormittag zu Fuß von der Talstraße zur Reeperbahn unterwegs waren, schliefen Nick und seine Mannen noch den Schlaf der Gerechten. Am Abend zuvor war ein 13-jähriger Junge bei einer spontanen Fahndung im *Salut* eingesackt worden, und sie hatten den Laden daraufhin hochgenommen. Endlich. Hotte hatte den heißen Tipp gegeben, als einer seiner Schützlinge abgetaucht war. Auch wenn Ruhm und Ehre an Nick gingen und ein Stück des Kuchens mal wieder an Thao, war Marga froh, dass die Minderjährigen geschützt wurden. Wenigstens bis zum nächsten Mal.

»Und hier gibt's die besten Hotdogs der Welt.« Kalle grinste und zeigte auf einen klitzekleinen rot-weißen Laden. »Wenn der Schuppen aufhätte, würde ich dich glatt zum Sonntagsessen einladen.«

Ein grobschlächtiger Typ im braunen Nappaleder-Blouson gab Kalle einen müden Daumenwink und wies auf den Eingang einer Striptease-Bar hinter seinem Rücken. Kalle lehnte dankend ab.

»Ein Koberer. Und wie der aussah, schon seit gestern Abend im Dienst, denn sonst haben die alten Säcke alles Mögliche an unanständigen Sprüchen drauf, um dich in die Bars zu locken. Ob du es hören willst oder nicht.«

Marga wollte definitiv nicht. Auf dem Kiez waren die Überbleibsel der Nacht unübersehbar. Müll und Siff und dazwischen Menschen.

»Was hier alles so rumhängt …«, murmelte Marga.

Kalle vergrub die Hände in den Hosentaschen. »Alles, was die Nacht in den heiligen Sonntag gespült hat. Treibgut sozusagen. Das steht natürlich in keinem Touristenführer. Wo du hinguckst, Galgenvögel und abgestürzte Gestalten.« Er lächelte, breitete die Arme aus und zwinkerte Marga zu. »Besoffene und Bekiffte, Verirrte und Verwirrte.«
»Und wir mittendrin.« Marga lächelte zurück. Wie falsch sie Kalle eingeschätzt hatte.
»Jo, und wir mittendrin. Als des Wahnsinns fette Beute.« Er schien sich trotzdem wohl zu fühlen.
Das Etablissement, in dem Fritz Flemming so ausgiebig gefeiert haben wollte, lag noch im Schönheitsschlaf. Marga hatte schon viel über den legendären Schuppen gehört. Die üblichen Klischees. Am Kneipentresen versammelten sich hundert Jahre Knast, und im Trainingskeller boxte die halbe Unterwelt. Na dann, Prost. Allerdings öffnete die Kneipe offiziell erst gegen Mittag. Kalle pochte trotzdem laut gegen die Tür. Nichts rührte sich. Kalles Klopfangriff schwoll zu einer Maschinengewehrsalve an, und es erschien ein missmutiger kahler Schädel im Türspalt. Auweia! Marga inspizierte eine Runde ihre Fingernägel.
»Was?«, motzte der Schädel. Kalle blieb unbeeindruckt und hielt dem Kahlkopf den Dienstausweis vor die Nase.
»Wir haben noch geschlossen.«
Kalle rollte mit den Augen. »Nur auf ein Wort.«
Der Kahlkopf knurrte und ließ sie rein. Der dicke rote Samtvorhang sah puffig aus, und es roch nach Rauch und Schmutz. Die Wände waren tapeziert mit Fotos und Zeitungsausschnitten. Im Fernseher an der Decke flimmerte ein Sportkanal. Der Kahle warf sich ein Handtuch über die Schulter, polierte den verchromten Zapfhahn und behandelte Marga und Kalle wie schlechte Luft.

»Sagt Ihnen der Name Fritz Flemming was?«, fragte Kalle.
»Keine Ahnung. Ich hab's nicht so mit Namen.«
»Das ist ja blöd, der will hier nämlich gefeiert haben.«
»Kann sein – kann nicht sein.«
Marga zog ein Foto von Fritz Flemming aus der Tasche und hielt es dem Kahlkopf hin.
»Kenn ich.«
»Fritz Flemming.«
Die Glatze beugte sich über den Tresen. »Ob Franse Frietjes oder Karl Arsch, sein Name interessiert mich nicht.«
»Schon verstanden. Sie haben es nicht so mit Namen.«
»Richtig.«
»Und wann war der hier?«
»Das Wochenende um den 20. Februar.«
»Zur Gedenkfeier?«
»Richtig.« Der Kahle grinste.
Kalle seufzte. Marga war genervt, dass Meister Proper ihnen auf der Nase rumsteppte. »Hätten Sie die Güte, noch mehr von dieser Feier zu berichten? Zum Beispiel, wie lange gefeiert wurde und wer noch anwesend war?«
»Angefangen haben wir am Freitagnachmittag, aufgehört am frühen Montagmorgen. Und der, den Sie suchen, ist ein ganz harter Knochen. Er hat erst mit den letzten Gästen das Lokal verlassen.«
Marga wurde flau. Herzlichen Glückwunsch, Fritz Flemming.
»Und Sie können das bezeugen?«
»Ich und etwa hundert andere Gäste, schätz ich.«
»Alle ohne Namen?«
»In diesem Fall mache ich eine Ausnahme. Wollen Sie eine Liste?«
Spiel, Satz und Sieg. Autsch. Marga war kurz davor, die Fas-

sung zu verlieren, und Kalle sah aus, als hätte ihm jemand die Wurst aus dem Dänischen Hotdog geklaut.
Der Schuppen war ein verlorener Posten. Kalle ging grußlos. Und Marga ging mit. »Danke für nichts.«
Der Kahle lachte.
Die Tür fiel krachend zu, und Marga kam sich vor wie der letzte Schloof. Sie gingen zurück zur Heilsarmee.
»Das ist doch alles Mist.« Am liebsten hätte Marga Glatzen-Per zum Abschied ordentlich wo reingetreten. »Ein Scheißkerl gibt dem anderen ein Alibi, und wir stehen da wie Hein Blöd. Na toll. Die haben doch alle Dreck am Stecken. Und wir können nichts anderes tun, als um die Meute rumzuschwänzeln – und müssen den Verbrechern noch beweisen, dass sie Verbrecher sind.«
»Richtig.« Kalle imitierte den Kahlkopf, und Marga puffte ihm in die Seite. Der Blödmann. Ihr war überhaupt nicht zum Spaßen zumute.
»Komm schon, Marga, lach wieder. Der Frustbolzen vom Dienst ist meine klassische Rolle.«
»Das ist doch alles nicht richtig. Hier läuft was falsch. Langsam hab ich das Gefühl, wir haben total versagt.«
»Quatsch. Wir haben die Täterinnen ermittelt. Es können nur Gesa und Sabine Clasen gewesen sein.«
Marga ließ den Schnabel hängen wie Bodos Wellensittich. Einen Ermittlungserfolg hatte sie sich irgendwie anders vorgestellt. Kalle blinzelte in die Märzsonne. »Weiß der Geier, wo sich die beiden die Sonne auf den Pelz brennen lassen. Irgendwann werden sie festgenommen, da bin ich mir sicher.«
Am Himmel zog ein Flugzeug einen weißen Streifen hinter sich her. Marga öffnete ihre Jacke ein Stück. Wenn die Sonnenstrahlen auf die Haut trafen, fühlten sie sich schon ein bisschen warm an. Was Peter wohl gerade machte? Sie freute

sich darauf, ihn wiederzusehen. Ob er auch an sie dachte? Sweet Pete. Und Ludger.
»Ich fand Gesa echt super.« Kalle blickte zur Seite.
Marga biss sich auf die Lippe. Der arme Kerl. Gleich doppelt gearscht. Sie legte den Arm um seine Schulter.
Er lächelte. »Und was machen wir jetzt?«
»Du gehst heim zu deiner Familie und lässt dich trösten.«
»Und du?«
»Ich muss zu meiner Schwester nach Volksdorf.«
Kalle blieb stehen. »Du hast Familie in Hamburg?«
Marga nickte. Oh ja. Und so wie Beate am Telefon darauf gebrannt hatte, Marga zu sehen, war da auch was im Busch. »Und ich denke, meine Schwester bekommt ein Baby.«
»Volksdorf ist eine nette Gegend. Gerade für Kinder.« Kalle klang begeistert.
Marga schluckte, dachte an Bindungsängste und die große, weite und nicht immer nette Welt. »Mir macht das eher Angst.«
»Das ist völlig normal.«
Marga streckte die Nase in Richtung Sonne. Normal, okay. Dann wurde sie eben Tante. Tante Marga. Hörte sich eigentlich gar nicht so schlecht an.

# KAPITEL 60

**Hamburg-Winterhude, Polizeipräsidium**

In der Teeküche im sechsten Stock, in der Bodos Wellensittich samt Käfig auf sein Asylverfahren wartete, standen zwei farbenfrohe Frühlingssträuße bereit. Kalle hatte unter den Kollegen Geld gesammelt und, oh, Wunder – auch Guntbert hatte kommentarlos gezahlt. Kalle hatte die Summe großzügig aufgerundet und die Blumen höchstpersönlich besorgt. Es gab Dinge im Leben, die musste man selbst erledigen, wenn man Eier in der Hose hatte. Wenn man ganz genau hinguckte, waren die Sträuße nicht identisch. In Jettes Strauß steckten drei knallrote Pissnelken. Das mochte ungerecht sein. Jette war eigentlich ganz okay. Und dennoch, Kriminaloberrat Kalle Bärwolff vorsätzlich für doof zu verkaufen, gehörte zu den Dingen im Leben, die nicht mehr gutzumachen waren.

*

Bis auf Marga und Jette, die ohne Punkt und Komma schnatterte, war der Besprechungsraum leer. »Moin, Mädels.«
Jette rückte den Stuhl für Kalle zurecht und klopfte mit der flachen Hand auf den Sitz. »Hab dir deinen Platz frei gehalten.«
Kalle setzte sich. »Hey, hey, der is ja noch warm.« Gut gelaunt wandte er sich Marga zu. »Ich durchschaue euch Frauen mit geschlossenen Augen.«

»Warum auch nicht, wir haben nichts zu verbergen.« Marga grinste.
Kalle lehnte sich zurück. Zu seiner Rechten Jette Winter – absolut nicht sein Typ – und an seiner Herzbubenseite Marga Terbeek. Wer hätte gedacht, dass Marga und er zusammen Friede-Freude-Eierkuchen backen würden? Noch vor einem Monat undenkbar, und heute schon wieder vorbei. Das Schöne im Leben war immer nur auf der Durchreise. Auf dem Flur näherten sich die polternden Absätze, die zu den Quadratlatschen gehörten, in denen Guntbert Meyers Plattfüße steckten. Krach und bumm, die Tür flog gegen den Rahmen. Die Uhr wackelte, blieb aber an der Wand hängen. Kalle wertete das als gutes Omen.
»Meine Herren …« Guntbert stutzte. »Äh, und Damen.«
Kalle versank im Kragen seines Jeanshemdes, um nicht laut loszulachen. Er schielte zu Marga, die erstaunlich rosige Wangen hatte. Guntbert streckte seinen kurzen Körper. »Für fünfzehn Uhr ist die Pressekonferenz anberaumt. Ich wurde von unserer neuen Innensenatorin Frau Dr. Lekowski ausdrücklich gebeten, daran teilzunehmen.« Guntbert richtete seinen Krawattenknoten. »Weiß der Kuckuck, was den Bürgermeister geritten hat, diese Pippi Langstrumpf in Amt und Würden zu berufen. Das richtige Parteibuch, nehme ich an, und der geölte Schwachsinn von wegen Rockzipfelquote. Leckt mich am …«
»Guntbert, bleib aufm Teppich.« Kalle guckte streng.
»Mein Zug wird sicher nicht auf mich warten.« Margas Stimme war fest und ruhig. Sie ließ sich nie provozieren. Bewundernswert. Kurz versank Guntbert in seinen Gedanken, dann richtete er das Wort an Marga. »Frau Terbeek, bitte nehmen Sie das mit der Rockzipfelquote nicht persönlich. Ausnahmen bestätigen die Regel. Ich möchte mich ganz herzlich bei Ihnen für Ihre tadellose Arbeit bedanken.«

Oh, nee, jetzt kam die Dackelblickarie. Guntbert öffnete den Aktenkoffer, und Kalle fing an zu schwitzen. Was hatte Guntbert vor? Nicht dass der Marga einen Knochen zum Knabbern anbot. Unter einem Stapel losen Papiers zog Guntbert eine grüne Mappe hervor und schob sie zu Marga über den Tisch. »Ich möchte Sie nochmals bitten, ganz in Ruhe das Für und Wider abzuwägen, Frau Terbeek.«

Marga nickte. Offenbar wusste sie, was sich in der Mappe befand, denn sie machte keinerlei Anstalten, nachzusehen. Jette drehte Däumchen. Auch sie schien nicht die Spur neugierig zu sein. Kalle fühlte sich ein kleines bisschen angepisst. Die Geheimniskrämerei nahm kein Ende.

»Ich erlaube mir, ein kurzes Fazit zu ziehen.« Guntbert faltete die Hände zur Gardinenpredigt. »Die mutmaßlichen Täterinnen sind weiterhin auf freiem Fuß. Sie konnten in aller Ruhe türmen und sind vermutlich über alle Berge, während du und Bodo euch im Krankenhaus die Füße habt kraulen lassen. Wir haben ein schniekes Häuschen auf St. Pauli versiegelt, das allein vom Grundstückswert eine Goldgrube ist. Im Grundbuch eingetragen waren Sabine und Gesa Clasen. Seit einem guten Jahr gehören Haus und Garten Xenia Borg. Dank des psychologischen Fingerspitzengefühls der Kollegin Terbeek ist es immerhin gelungen, Frau Borg zu einer qualifizierten Aussage zu bewegen – Gesa Clasen ist die Tochter von Lisbeth Hayenga und Fritz Flemming. Somit können wir – wenn auch nur vage – den Zusammenhang der Morde verstehen und ein Tatmotiv herleiten. Offenbar gab es Konflikte zwischen Mutter, Tante und Tochter, die Frau Clasen auf die abscheulichste Art und Weise meinte, lösen zu müssen, die ich mir vorstellen kann. Sie hat ihre eigene Mutter entführt und in einer Gartenlaube eingesperrt wie ein Stück Vieh in einen Stall. Bei frostigen Temperaturen ist Lisbeth Hayenga

erfroren, während ihre Tochter in unserem gut geheizten Besprechungsraum Weisheiten über soziale Führungskompetenz und anderen Nonsens zum Besten gegeben hat. Im wahrsten Sinne des Wortes – Gesa Clasen ist ein eiskaltes Weibsbild und hat ein ebensolches Kapitalverbrechen begangen. Zu allem Übel hat sie sehr wahrscheinlich auch ihre Partnerin Sabine Clasen hineingezogen, der sie die Rolle des Todesengels für Theda Neehuis zugewiesen hat. Frau Clasen ist vom Teufel besessen.« Guntbert schnaufte.
Kalle senkte den Kopf. Am Abend, als er auf Gesas Gartenzaun rumgeturnt war, um besser in ihre Küche spähen zu können, hatte er den Beweis ihrer Identität bereits vor seiner Nase gehabt. Aber die Signatur auf dem Kalenderfoto hätte er nur mit Fernglas erkennen können. *Für meine Bine.* Spätestens bei der Hausdurchsuchung hätte es dann aber klick machen müssen! Das Bild, das Lisbeth Hayenga im Tresor aufbewahrt hatte, war ebenfalls signiert. *Für meine Mami.* Liebevoll verzierte i-Punkte. Der eine von Petra, der andere von Gesa. Dasselbe Herz, dieselbe Seele. Hätte die verfahrene Kiste zu dem Zeitpunkt noch aus dem Dreck gezogen werden können? Wohl kaum. Trotzdem, ganz tief in ihm drin hatte er wohl längst Verdacht geschöpft. Nur gesagt hatte er nichts, nicht zu Marga, nicht zu Jette und zu Guntbert schon gar nicht. Sein Herz hatte versucht, ihm Sirup ins Hirn zu schmieren, und sein Liebeskummer hatte ihn in die Arme von Emma getrieben. Kalle Bärwolff, nie erwachsen geworden – wie ein kleiner Junge, der sich beim Spielen das Knie aufgeschlagen hatte –, suchte immer noch Trost bei seiner Mama. Marienkäfer und Bienen hatten gegen Gefühlsduselei keine Chance gehabt, egal wie laut sie hallo schrien. Während er seine Wunden geleckt hatte, hatten Marga und Jette auf ihren Ohren und Augen gesessen. Kalle lehnte sich zurück. Es war nicht nur

seine Schuld allein. Basta. Guntbert sabbelte immer noch. »Weder Fritz Flemming noch Joris Duncker noch Sophia Prinz noch Xenia Borg ist auch nur der geringste Schatten eines diffusen Verdachts nachzuweisen. Dafür wissen wir, dass Lisbeth Hayenga unschuldige Nymphensittiche in ihrem Kamin verheizt hat und die Asche in einer Urne aus feinstem Meissener Porzellan auf der Fensterbank im Wohnzimmer aufbewahrte. Wenigstens der Vogelmord ist aufgeklärt. Glückwunsch, Kalle!«

Jettes Schultern zuckten. Sie senkte den Kopf und hielt sich die Hand vor den Mund. Kalle hatte das Kichern trotzdem gehört.

»Sorry«, flüsterte sie. Eine Träne rollte über ihr Apfelbäckchen.

»Taschentuch?«

Jette nahm die ganze Packung an sich. »Bitte nicht sauer sein, Kalle.«

»Stinksauer.« Kalle hatte Mühe, ernst zu bleiben. Seine Wut auf Jette verpuffte in Raten. Er war eben ein durch und durch inkonsequenter Charakter. »Ich nehme das auf meine Kappe, Guntbert. Es ist, wie es ist und nicht zu ändern. Dennoch besteht selbstverständlich ebenfalls der geringste Schatten einer diffusen Hoffnung, Gesa und Sabine Clasen doch noch aufzugreifen. Niemand kann sich in Luft auflösen. Das ist physikalisch unmöglich.«

Guntbert winkte ab. »Kannst dich ja bei *Jugend forscht* bewerben. Vielleicht gewinnst du den Trostpreis.«

Guntberts Sprüche hatten zuweilen einen gewissen Unterhaltungswert. Das musste Kalle anerkennen. »Aber jetzt mal bitte schön Butter bei die Fische, Guntbert. Stimmt es, was der Flurfunk seit heute Mittag meldet?«

Angewidert verzog Guntbert Meyer das Gesicht. Er schaffte

es nicht, Kalle in die Augen zu sehen, suchte offenbar nach den richtigen Worten. Jette kam Guntbert zuvor. »Es stimmt, Kalle.«

Immerhin zeigte wenigstens sie Haltung und wich seinem Blick nicht aus.

»Es ist Bodo Steinhoff gewesen, der sich als *My Lord* ausgegeben hat. Der Cop4U-Beamte vom Polizeikommissariat in der Caffamacherreihe war es definitiv nicht. Weißt du ja. Eine sehr bedauerliche Verwechslung. Für Teenies sehen wahrscheinlich alle Männer ab vierzig gleich aus. Alt.« Jette zuckte mit den Schultern.

Der Zeiger der Uhr lärmte in der Stille des Besprechungsraums. Bodo – blass, leise, unsicher, verklemmt, aber nicht unsympathisch. Es schmerzte Kalle, dem Versteckspiel des Kollegen auf den Leim gegangen zu sein.

»Herrn Steinhoff geht es den Umständen entsprechend gut. Er ist nicht mehr auf der Intensivstation.« Guntbert schwieg. Er schien den Faden verloren zu haben.

Jette sprang für ihn ein. »Bodo ist vom Dienst suspendiert.«

Blicke konnten töten, zumindest Guntberts konnten. Jette, die offenbar kein Risiko eingehen wollte, hielt den Mund.

»Die Staatsanwaltschaft hat die Ermittlungen übernommen.« Guntbert nickte Jette zu. »Dir gilt mein ganz besonderer Dank, Jette.« Der Deckel von Guntberts Aktenkoffer klappte zu.

Ein Stück Papier ragte an der Seite heraus wie eine weiße Fahne der Kapitulation. »Ich muss los.« Guntbert stand auf und verließ fluchtartig den Raum. Die Tür des Besprechungszimmers donnerte ins Schloss.

Bodo Steinhoff. Klar, irgendwo mussten diese miesen Typen sich herumtreiben, aber doch nicht in nächster Nähe! Kalle verspürte das dringende Bedürfnis nach frischer Luft. Mit großen Schritten ging er um den Tisch herum und öffnete das Fenster. Auf der Fensterbank lag eine tote Fliege. Er schnippte sie ins Nirgendwo. »Ich verstehe nicht, wieso Guntbert so heiß auf die Pressekonferenz ist? Aufs Siegertreppchen darf er diesmal nicht. Sonst hat er sich immer gedrückt und mich vorgeschickt.«

»Du bist ja auch schon groß«, sagte Marga.

Kalle lachte: »Da kann ich nix für.«

Marga wandte sich an Jette: »Hast du es Kalle immer noch nicht gesagt?«

Jettes Apfelbäckchen glühten wie der Sonnenuntergang. »Ich hatte noch keine Gelegenheit.«

Nicht aufregen. Kalle atmete aus. Die Taubenkacke vor dem Fenster war beseitigt worden. Das war doch sehr erfreulich.

»Fang ich also mit der guten Nachricht an.« Jette holte Luft. »Wer im LKA unautorisiert Informationen an das Blöd-Blatt weitergibt, habe ich nicht herausfinden können.«

»Und das ist eine gute Nachricht?« Kalle schüttelte den Kopf.

»Alles ist relativ.« Jette starrte auf ihre Finger, hob dann den Kopf und sah Kalle ernst an. »Die schlechte Nachricht lautet: Die Eltern des Mädchens, die Anzeige gegen *My Lord* erstattet haben, kennen den Staatsrat persönlich und haben ihn gebeten, nachzuforschen, warum die Ermittlungen eingestellt wurden. Die Anzeige ist von Polizeikommissariat Caffamacherreihe an das Dezernat für Sexualdelikte weitergeleitet worden, dort war sie aber nicht auffindbar. Die Staatsanwaltschaft wusste auch von nichts. Hinzu kam das Leck zum Blöd-Blatt. Der Staatsrat war auf Zinne und entschied, das LKA gründlich durchfeudeln zu lassen, und ich bekam den Job als Putzfrau.«

Die Wut war zurück, nur das Ziel für Kalles Faustschlag hatte sich feige aus dem Staub gemacht. »Guntbert hätte mich einweihen müssen. Herrschaftszeiten, er kennt mich. Warum vertraut er mir nicht? Und du hättest dir das Kaspertheater sparen können.«

»Ich würde das an deiner Stelle nicht persönlich nehmen, Kalle. Es geht um Macht und nicht um Vertrauen. Der Staatsrat hat Guntbert gebeten mitzuspielen. Das Stellenbesetzungsverfahren bei euch bot sich an, mich ohne Aufsehen einzuschleusen.«

Und was für eine schlechte Nachricht das war, die Jette lakonisch auf den Punkt gebracht hatte. Absolut darum ging es Guntbert, nur darum. Man möge Kalle einen Kotzeimer reichen.

»Fakt ist, Bodo Steinhoff hat Nick Nolte um Hilfe gebeten. Daraufhin hat Nick über seine Kompetenzen hinweg die Anzeige kassiert und die Ermittlungen eingestellt. Er nahm Bodo Steinhoff das Versprechen ab, sich krankzumelden und in dieser Zeit eine Therapie zu machen, damit er seine pädophilen Neigungen zu steuern lernt. Das ist zwar auf menschlicher Ebene anzuerkennen, aber entlarvt Nick dennoch als unprofessionell, eigenmächtig und für korrupte Handlungen generell empfänglich.«

»Und Guntbert lässt sich als Orakel des LKA auf der Pressekonferenz feiern und keiner merkt, dass er eigentlich mit leeren Händen kommt. Die Flucht nach vorne, bevor die unbekannte Petze wieder singt.«

»Jo, Kalle, so sieht's aus.« Jette reichte ihm die Hand. »Tut mir sehr leid. Ich kann mich nur wiederholen.«

Kalle schlug ein. Für alle Ewigkeit beleidigt zu sein, war Gift für seinen jugendlichen Teint.

*

Das Taxi wartete bereits. Der Fahrer stieg aus. »Moin.« Er nahm Kalle das Gepäck ab und verstaute es im Kofferraum, während Kalle die Wagentür öffnete.

»Tschüss, Kalle. Ich wünsch dir immer eine Handbreit Wasser unterm Kiel.« Marga schlüpfte auf die Rückbank, und Kalle reichte ihr den Strauß. »Gute Heimfahrt, Marga. Und bitte überleg dir das mit der Bewerbung bei uns. Ich würde mich freuen.« Er gab der Tür einen Schubs. Das Taxi wendete. Marga winkte, und Kalle winkte zurück und winkte noch, als der Wagen längst auf die Hindenburgstraße abgebogen war. Wie aus heiterem Himmel musste er an die Zeilen denken, die sein Schulfreund Herbie Schmidt ihm vor über 30 Jahren ins Poesiealbum geschrieben hatte. *Rosn, Tulpn, Nelkn, alle Blumn welkn. Aba nur die eine nich und die heist Fergismanich.* Vergiss mich nicht, Marga. Kalle drehte sich um und ging die Stufen zum Polizeipräsidium hinauf. Jetzt brauchte er erst mal einen starken Kaffee und ein Stück Sahnetorte.

# EPILOG

*Landungsbrücken am frühen Sonntagmorgen. Ein Mann hockt auf dem Poller und singt: »Dor fohrt vun Hamborg mal son olen Kasten …«*
*Das Akkordeon auf seinen Schenkeln ist nur Attrappe. Die Musik kommt aus einem Kassettenrekorder, der zu seinen Füßen steht. Der Wind hat aufgefrischt. Regenwolken ziehen über die Elbe hinweg. In der Fahrrinne treibt ein durchnässter Körper aufrecht, mit leichter Schlagseite von Wellental zu Wellental. Das Boot der Wasserschutzpolizei nähert sich rasant aus Richtung der Hafencity.*
*»… met Namen het he Magellan. Dor wer bi Dog keen Tied ton brassen, dat leet wi allens bit Obends stahn.«*
*Möwen begleiten den Körper, den das Polizeiboot zum Ponton lotst. Der Himmel zieht sich zu. Die Musik verstummt. Der Polizist hantiert mit der langen Stange, an deren Ende ein eiserner Haken befestigt ist. Immer wieder rutscht der massige Körper daran ab. Dunkles Sakko und Rollkragenpullover, das Gesicht wie eingeschmiert mit Matsch, konturenlose Fratze. Ein zweiter Polizist kommt zu Hilfe. Mit vereinten Kräften hieven sie den stinkenden Körper endlich an Bord. Das Boot dreht ab und beschleunigt seine Fahrt elbeaufwärts. Wellen schlagen gegen den Ponton. Die Gischt spritzt hoch, und die Musik spielt wieder. »Rolling home, Rolling home, Rolling home across the sea. Rolling home to dear old Hamborg, dear land to thee.«*

Birgit Böckli

# FRIESENSTURM

Kriminalroman

Auf Spiekeroog treibt ein Mörder sein Unwesen. Die Insulaner schließen von vornherein aus, dass der Täter einer von ihnen ist. Diese eingeschworene Haltung der Friesen erschwert die Ermittlungen der beiden Hauptkommissare Thomas Berg und Freda Althuis erheblich. Und der Sturm, der sich vor der Insel zusammenbraut, wird bald alle Spuren verwischen ...
Ein junger, urbaner Kommissar, eine eingeschworene ostfriesische Inselgemeinschaft und ein eiskalter Mörder – Birgit Böckli ist mit diesen Zutaten ein grandioses Debüt gelungen.

KNAUR

Christian Limmer

# SAUBÄR

Kriminalroman

Der ausgebrannte Kombi des Saubauern Hias stellt die Polizei von Niedernussdorf vor ein Rätsel. Nach Schweinsripperl riecht's, findet Polizeiobermeister Schorsch. Ist der Saubauer samt Schweinen in diesem Wrack verbrannt? Oder geht ein bärengroßes Zwitterwesen um, wie die Dorfbewohner munkeln? Ein Fall für den schönsten Polizisten Niederbayerns – und den Schorsch, den Erwin und den Richie …

*»Witzige Krimikomödie mit ganz viel niederbayerischem Charme.«*
Bayerischer Rundfunk über den Vorgänger »Unter aller Sau«

DROEMER

*Die Kultkommissare Wallner und Kreuthner ermitteln wieder*

Andreas Föhr

# KARWOCHE

Kriminalroman

Als Polizeiobermeister Kreuthner von seinem Spezl Kilian Raubert zu einer Wettfahrt herausgefordert wird, lässt er sich nicht lumpen. Mit 150 km/h rauschen sie den Achenpass runter Richtung Tegernsee. Bei einem halsbrecherischen Überholmanöver fegt Kreuthner fast ein entgegenkommendes Auto von der Straße – am Steuer ausgerechnet sein Chef, Kommissar Wallner. Kreuthner versucht, das Autorennen als dienstliche Aktion zu tarnen, und führt spontan eine Straßenkontrolle durch. Dabei bietet sich den Polizisten ein schockierendes Bild: Im Laderaum von Rauberts Lkw kniet eine Tote, das Gesicht zu einer grotesken Fratze verzerrt …

*»Ein Schmunzelkrimi, der sich die bayerischen Eigenheiten zunutze macht und mit allen gängigen Klischees jongliert. Höchstes Lesevergnügen garantiert!«*
GONG

KNAUR